Henrik Stangerup

Bruder Jacob

oder die Reise zum Paradies

Henrik Stangerup

Bruder Jacob

oder die Reise zum Paradies

Roman

Aus dem Dänischen
von Wolfgang Butt

Luchterhand

Die Originalausgabe *Broder Jacob* erschien 1991
im Verlag Lindhardt & Ringhof, Kopenhagen
Die Übersetzung wurde gefördert vom
Dänischen Literaturinformationszentrum, Kopenhagen

Gesetzt aus der Plantin
von Clausen & Bosse, Leck
Druck und Bindung: Clausen & Bosse, Leck

Printed in Germany
ISBN 3-630-86858-4

INHALT

Die Indianer kamen aus einem Umkreis von vielen Meilen, um ihm ihre Sorgen und Nöte mitzuteilen... Und dadurch wurde Jacob zum Gegenstand so großer Ergebenheit seitens der Taraskenindianer, daß es keinen Kummer gab, keine Mühsal oder Sorge, die sie ihm nicht anvertrauten. Und wenn das Kind krank wurde, brachten sie es zu ihm, damit er es segnete, und es wurde gesund. Er heilte so viele, daß es ein offenbares Gnadengeschenk bei ihm war. Er strahlte vom Glanz aller Tugenden und bemühte sich, jedem einzelnen so große Aufmerksamkeit zu zeigen, als sei dieser der einzige. Er war sehr asketisch und trank nie Wein, nicht einmal bei Schneewetter. Er trug sein Ordensgewand stets direkt auf dem Körper und ging barfuß, sogar in gebirgigem und felsigem Terrain. Seit seinem Eintritt in den Orden und sein ganzes Leben hindurch, von Dänemark bis Michoacán, ging er zu Fuß, ohne auch nur den Wunsch zu haben, Schuhe anzuziehen, trotz der Klagen, die sein königliches dänisches Blut vorbringen mußte, wenn es sich vielleicht zwischen Schotter und Flintsteinen beschmutzt sah, weil er vor Müdigkeit stolperte. Aber da eine andere Kraft ihn trieb, ermattete er nicht, noch bemerkte er, daß es blutete, denn er ging so leicht und so schnell, daß er keine Zeit hatte, darauf zu achten.

Frater Alonso de la Rea

(*Crónica de la Orden de Nuestro Serafico P. San Francisco, Provincia de San Pedro y San Pablo de Mechoacan en la Nueva España, 1643.*)

Erster Teil

EIN PASSIONSBILD

To ruine the great Work of time,
And cast the Kingdome old
Into another mould.
Andrew Marvell

I

Bruder Jacob hatte es als eine schwache Ahnung gespürt, als er, um die dreißig Jahre alt, zum ersten Mal von dem Altarbild hörte: es war, als sollte es Ausdruck der letzten Prachtoffensive sein. Danach würde alles sinken. Allmählich oder auf einmal? Atlantis? Das Altarbild mußte prächtiger werden als irgendein anderes in der Provinz Dacia. Jahrelang wurde daran geschnitzt, oft Tage und Nächte hindurch. Vielleicht verbarg die Zeit ein letztes Geheimnis, und die Flutwelle würde nie kommen, was die Königinwitwe mehr als irgend jemand sonst wünschte. Sie hatte das Bild selbst bestellt, schon lange vor ihrem Tod. Sie hatte gewünscht, daß es sowohl ein Passionsbild als auch ein Marienbild sein sollte, und es hieß, daß sie in der Nacht, als es fertig wurde, zwei Jahre nach ihrem Tod, in der Werkstatt erschien und zusah, wie die letzten Pinselstriche eine Arabeske über Maria vergoldeten. Maria als die Mutter Gottes, mit menschlichen Zügen, aber auch die Legende von Maria, die zur Braut Christi erhoben wird, die Himmelskrönung erfährt und ihre Machtstellung als die Kaiserin des Himmelreiches einnimmt:

Mich ehren nun alle neun Engelschöre
denn Christus Jesus zu mir kam
als der Kaiserin des Himmelreichs.

Der Mittelschrein zeigt den gekreuzigten Christus an einem Kreuzbaum. Drei waagerechte stilisierte Äste gehen von dem Stamm aus und teilen den Altarschrein in vier Felder, oben und unten zwei breite, in der Mitte zwei schmale. Die Flügelbilder erzählen in sechzehn Reliefs die Leidensgeschichte Christi nach den Evangelien, und die Predella ist geschnitzt als der Leidensmann Jesus, der die Nagelmale in seinen Händen und die Wunde in der rechten Seite vorzeigt. Vor ihm kniet die Königsfamilie im Gebet: im Feld zur Linken die Könige Hans und Christian II., Prinz Franz und Christians II. Sohn Hans, im Feld zur Rechten die Königinwitwe Christine, Königin Isabella und die Kurfürstin Elisabeth von Brandenburg. Die Verherrlichung Hans' und Christians II. verweist darauf, daß das Altarbild vor oder gleichzeitig mit der Vertreibung Christians II. im Jahre 1523 vollendet wurde, dem Jahr, als Bruder Jacob ernsthaft den Kampf gegen die Flutwelle aufnahm, wie er sie lange in Träumen vor sich gesehen hatte. Sie ist mit Kalk gesättigt, und die Männer eines neuen Königs befehlen Bauern und Handwerkern, sie in Eimer zu füllen. Wartet die Flutwelle, dann nur, um Platz zu lassen, damit die gefüllten Eimer über das Land geschwungen werden können, von Hand zu Hand. Und Besen werden in die Eimer getaucht, und bald ist das Innere der Kirchen weiß wie Kreide. An manchen Stellen kann man umgefallene Eimer sehen, deren Kalk ins Gras läuft, als habe ein altes Weib sie umgestoßen. Und es kommt vor in Jacobs Träumen, daß tote Krähen senkrecht herabfallen in die Eimer, Schwarz in Weiß, Warnzeichen.

Aber kurz darauf richten die umgefallenen Eimer sich wieder auf und werden aufs neue gefüllt und marschieren in die Kirchen und werden von Händen ergriffen, die sie Leitern hinauftragen und ihren Inhalt gegen die Gewölbe schleudern, so daß alle Malereien verschwinden. *Majestatis Domini*. Christus auf dem Regenbogen. *Agnus Dei*. Der Matthäus-Engel und der Johannes-Adler. Kalk drüber. Maria und Johannes, die bei Christus Fürbitte tun für die Menschen, während die Apostelfürsten Peter und Paul zusehen. Kalk drüber. Die Schöpfung und die ersten Menschen. Kalk drüber. Und das Lebensrad. Das Rad, das sich dreht und auf dem Weg nach oben einen jungen Mann mit einer Krone trägt: *regnabo*, ich will herrschen; das Rad dreht sich weiter, der König nun im Hermelinmantel und mit einem Schwert in der rechten Hand: *regno*, ich herrsche; das Rad dreht sich weiter, der bärtige und alternde König klammert sich mit Händen und Füßen daran fest – abwärts geht es, abwärts: *regnavi* – ich habe geherrscht. Kalk drüber. Bald liegt der König unter dem Rad, seine Krone ist abgefallen, und Kalk drüber, mehr Kalk drüber: *sum sine regno*, ich bin ohne Königtum. *Sic transit gloria mundi*, so vergeht die Herrlichkeit der Welt, nicht auf den Malereien umherwandernder Meister wie dem Elmelundmeister oder dem Brarupmeister oder dem Unionsmeister oder dem Meister vom Isefjord. Sondern in Kalk.

Am meisten Weiß über Maria. Und über den Teufel, der die Seinen holt. Alle Teufel und Engel: Kalk drüber. Und über alle Tiere. Hier ein Elefant aus dem fernen Afrika. Dort ein nordisches Wildschwein, das angreift. Der Löwe, der sowohl Christus sein kann als auch der Teufel. Der Fuchs, der den Gänsen predigt. Und Esau auf der Jagd und der Kindermord und das Martyrium des heiligen Laurentius und Sankt Georg und das Pfingstwunder. Alles verschwindet in der weißen Flutwelle. Nur die Altarbilder werden bleiben. Die glücklichsten. Wie der Königinwitwe eigenes Altarbild im Chor der Franziskanerkirche in Odense. Vielleicht nicht einmal dieses.

Die Flügelreliefs des Bildes schildern Christi Leiden und Tod von der Fußwaschung bis zu Christi Himmelfahrt und den zwölf Aposteln, am Pfingsttag versammelt um Maria, die ein aufgeschlagenes Buch im Schoß hält, vielleicht Sankt Bonaventuras *Lignum vitae*. Christus am Kreuz: »Es ist vollbracht.« Sein Kopf ist auf die Brust herabgesunken. In den angrenzenden Feldern herrscht ein Gewimmel von Personen. Hier sind die Männer des Alten Bundes, Johannes der Täufer, Moses, Abraham, König David und Noah, und hinter ihnen sieht man alle Propheten. Sie stehen links von Christus. Zu seiner Rechten sind die Männer des Neuen Bundes geschnitzt, die Apostel und die Evangelisten. Unter ihnen sieht man Heilige, Märtyrer, die Lehrer und die Beschützer der Kirche, Papst Clemens, Bischof Dionysius, den farbigen Streiter Mauritius, Bischof Quirinius und die Heiligen Cosmas und Damian. Sie alle sind in höchster Gemütsbewegung.

Aber still, ganz still ist es, wo der heilige Franz von Assisi, mit Tonsur und in seine Ordenskutte mit Kapuze und einer Schnur mit drei Knoten um den Leib gekleidet, andächtig das Gesicht der Christusfigur betrachtet. Er ist barfüßig, und seine erhobenen Hände tragen die Male der Stigmatisierung, die er in einer Vision empfing, als er im Jahre 1224 auf dem Mons Alvernus betete. Im Unterschied zu allen anderen Figuren des Bildes wendet Franz das Gesicht vom Beschauer fort.

Betrachtet man das Gesicht der Figur, erstaunt man. Dies ist nicht Franz von Assisi, wie er seit Cimabuë di Ciones Freske in der unteren Basilika von Assisi dargestellt worden ist. Stets sieht man Franz mit mageren und knochigen Zügen, aber sein Gesicht ist schön. Hier ist das Gesicht kräftig, mit schweren Kiefern, vorstehenden Wangenknochen und spitzem Kinn. Die Nase ist kräftig und gerade, die Stirn breit. Franz ist keineswegs schön, und der reiche Kleiderhändler Pietro di Bernardone und Madonna Pica aus Assisi würden kaum einen Zug ihres »französischen« Sohns wiedererkennen, der vor seiner Bekehrung die provenzalischen *chansons de geste* gesungen hatte und überall die Liebeshöfe besuchte, die *la gaya scienza*, »der fröhlichen Wissenschaft«, geweiht waren. In den Adern des abgewandten Franz auf dem Altarbild der Königinwitwe fließt kein provenzalisches Blut. Aber er ist jung. Vielleicht ist Franz, der nicht Franz ist, nur knapp über Dreißig.

Warum sieht er vom Betrachter fort? Warum will Franz hier in Odense nicht erkannt werden? Weil er, in der Verkörperung einer anderen Person, ahnt, daß seine Zeit vorüber ist, wenn die weiße Flutwelle über Dacia hereinbricht?

2

Claus Berg war es, der den Auftrag erhielt, das Bild in den Maßen von insgesamt 3,55 x 3,01 Metern zu schnitzen – der Deutsche Claus Berg oder *Clawes Berch, Bürger zu Odense, zu Fünen in Dänemark*. Als die Königin ihn rief, brachte er Gehilfen mit, die später mehr wurden, aufgeteilt in vier Gruppen: Schreiner, Bildschnitzer, Staffierer und Kunstmaler. Es wird berichtet, daß die Königin ihm einen Hof an der Ecke von Overgade und Overstræde schenkte, und die Werkstatt soll viele Jahre hindurch gestanden haben und wurde der Apostelhof genannt, nach den geschnitzten Apostelfiguren auf den Stützbalken des Fachwerks.

Claus Berg traf die Königin in Lübeck, und sie war ausschließlich in die Stadt gekommen, um ihn zu sehen, nachdem sie auf Wallfahrtsreise in Norddeutschland gewesen war. Und sie sprach lange über Maria und daß der Altar eine Anna-Selbdritt-Gruppe aufweisen sollte: die heilige Anna, die Mutter der Jungfrau Maria, die das Christuskind hält, das sich bemüht, in die Arme seiner Mutter zu kommen. Und die Königin las aus den Rosenkranz-Andachten und Gedichten des Franzosen Alanus de Rupes, die sie in der Nachdichtung des Herrn Michael auf dänisch herauszugeben gedachte. Auf dem Bild wie auch in dem Buch sollte Maria die Größe ihrer Macht zeigen, nachdem alle neun Engelschöre sie ehren, weil Christus sie aufgesucht hat als Kaiserin des Himmelreiches:

Wärst du verdammt zu der Hölle Grund
und solltest hinab noch zu dieser Stund,
wirst du dich an mich wenden!
Ich kann dich erretten aus Pein und Not,
du sollst nicht erleiden den ewigen Tod,
meine Gnade will ich dir senden.

Claus Berg hatte alle Motive bei sich, an die er sich aus seiner Lehrzeit in Nürnberg erinnerte. In seiner Werkstatt wimmelte es bald von grafischen Blättern, und Claus Berg griff zu, wo er etwas Gutes fand. Das erste Relief, das Abendmahl und die Fußwaschung, entwarf er nach einem Holzschnitt von Albrecht Dürer, und zu der Komposition des Altarbildes mit seinem Gewimmel von Gestalten ohne einen inneren Zusammenhang wurde er durch Erhard Schöns Holzschnitt vom Rosenkranz sowie durch Lucas Cranachs Jungfrau Marias Himmelfahrt und Himmelskrönung angeregt. Cranachs Holzschnitt bekam Claus Berg von der Königin Christine, nachdem sie sich diesen von ihrem Bruder, dem frommen Kurfürst Friedrich dem Weisen von Sachsen, hatte zusenden lassen. Ihn wollte die Königin gern mit auf dem Altarbild haben, den einen Tag als römischen Soldat, den nächsten als Apostel, ganz nach ihrer Stimmung. Überhaupt wollte sie möglichst viele Familienmitglieder dargestellt sehen, und Claus Berg mußte sorgfältig ihre Namen nach Rang und Alter niederschreiben und ihr Aussehen skizzieren. Er begann mit König Hans und seinem vierschrötigen Gesicht, den schwellenden Pausbacken, den vorstehenden Wangenknochen und Kinn und den Locken bis hinab auf die Schultern. Das gleiche Gesicht mußte Claus Berg nach des Königs Tod im Jahre 1513 in einen mächtigen gotländischen Kalkstein hauen, ein Epitaph an der Nordwand des Chors. Auf dem Stein sieht man den König mit den Kroninsignien, auf dem Bild kniet er vor dem Kreuz.

An einige Gesichter mußte Claus Berg sich nach den Anweisungen der Königin heranzeichnen, andere sah er auf Gemälden, Kupferstichen und Zeichnungen, und wenn ein Apostel oder eine Heilige ihnen gleichen konnte, wollte die Freude der Königin kein Ende nehmen. Ein Prinz, gut. Den schnitzen wir hier. Ein Fürst. Den bringen wir da an. Eine Kusine, die Kurfürstin von Brandenburg war. Nun, keine Kusine. Eine *Tochter* der Königin. Geschnitzt als Maria Magdalena oder geschnitten als Veronica mit dem Schweißtuch? Und die Familienmitglieder der Königin aus Sachsen. Und Johann und Ernst, ihre toten Jungen mit König Hans, beide in der Kapelle der Heiligen Drei Könige in Roskilde begraben. Sollten die auch dabeisein? Und Prinz Franz, der ungefähr gleichzeitig mit seinem Vater Hans starb und für den Claus Berg in Eile eine Gedenktafel für die Graubrüderkirche schnitzen mußte. Und der ungestüme Christian, der – wohlvertraut mit Claus Bergs Arbeit im Apostelhof, dem Schnitzen und Schneiden und Leimen und Malen und Nachschlagen in dem gerade herausgekommenen Gebetbuch *Via felicitatis* mit seinen vielen Holzschnitten von Hans Schäufelein – als Christian II. gekrönt wird? Er mußte entschieden hinab auf die Knie gleich hinter seinem Vater, mit der Krone auf dem Kopf, der spitzen

Nase und dem Vollbart. Und seine Königin Isabella von Habsburg mußte hinab auf die Knie in dem Feld gegenüber, gleich hinter Königin Christine. Und Isabella ist die Tochter von Philipp dem Schönen, Erzherzog von Österreich und König von Kastilien, und von Johanna der Wahnsinnigen. Philipp als Johannes der Täufer? Und die Wahnsinnige als Rachel, die die Kinder Israels beweint. Und warum nicht Gorm den Alten nehmen als Gottvater mit den majestätischsten Korkenzieherlocken?

Den Scherz fand die Königin dem Vernehmen nach nicht lustig.

Und dann die immer wiederkehrende Frage, die auch Claus Bergs Helfer während fast der ganzen zehn Jahre, die es dauerte, den Altar zu schnitzen, beschäftigte: Wer war dieser Franz von Assisi, geschnitzt nach einer Zeichnung, die auf Verlangen der Königin eingerollt für sich liegen sollte, in einer Schublade, zu der nur Claus Berg den Schlüssel haben durfte?

3

Es gibt Wochen in Folge, wo Claus Berg dem Zusammenbruch nahe ist. Ihm schwirrt der Kopf vor lauter Gesichtern, manche so klein wie Paradiesäpfel. Des Nachts träumt er von ihnen, vielleicht hat er viele von ihnen vertauscht, so daß er von vorn beginnen muß. Ganz von vorn beginnen. Und dann hier in diesem Dänemark, aus dem er nie richtig schlau werden kann. Manche in den Schankstuben sagen, daß es sehr klein ist, dieses Dänemark. Daß es nur Schonen, Halland und Blekinge, Seeland, Fünen und Jütland ist, und dann noch ein paar kleinere Inseln, die von toten Seelen heimgesucht werden. Und Claus Berg stellt sich vor, wie es sein muß, auf einer solchen Insel zu enden, ohne Schnitzwerkzeug. In Holz zu schneiden, das vom Meer angetrieben wird, weißgewaschen und feingeschliffen vom Salzwasser, es zu bearbeiten mit scharfen Steinen und Muschelschalen, die andauernd brechen, und ohne andere Gesellschaft als die einer Seemöwe. Sie hüpft auf einem Bein davon, während alle Flöhe im Tang springen. Sich die Stellen an den Fingern blutig schneiden, die nicht von harter und zerfurchter Haut mit unzähligen gebogenen und roten Narben von den Messern bedeckt sind. Tote Seelen schnitzen. Warum denkt er so?

Andere in Odense prahlen damit, daß dieses Land in Wirklichkeit ein Riesenreich ist, das sich vom Nordkap und der Höhle des Luchses und des fürchterlichen Meermanns Rosmer bis an die Tore Hamburgs erstreckt. Vor einem Tor zu stehen und anzuklopfen und zu wissen, daß das Tor nie geöffnet werden wird und daß der Schnee vom Nordkap bald über alles hinwegfegen wird, das Dänemark heißt. Und daß auch er, Bürger Claus, ertrinken wird in Eis und Schnee, woraus er bis zuletzt Figuren schnitzen wird: den Luchs, dessen Fleisch ungenießbar ist, aber dessen Fell macht, daß jeder, der es trägt, nie aufhören kann zu essen und zu trinken, Bären, Wölfe, Ungeheuer aus den norwegischen Felsenhöhlen mit bis zu sieben verschiedenen Gesichtern, Nachtraben mit Zähnen wie Haie. Und Edele Eisenbart, König Hans' langjährige Geliebte, oft denkt Claus Berg daran, sie in das Altarbild zu schnitzen, um Königin Christine zu necken. Dieses Tierweib gleicht kaum der heiligen Anna oder Maria oder Sancta Clara, geschweige denn der Königin selbst, und es kann vorkommen, daß Claus Berg sie sich in Luchsfelle gekleidet vorstellt, mit einem Raben auf jeder Schulter und einem struppigen Loch zwischen den Beinen, das niemals gestopft werden kann, ein Sog von Dunkel. Alle diese Figuren schnitzen auf einer öden Insel, oder aus dem Schnee, der alles bedeckt. Schnitzen zu keinerlei Nutzen.

So sitzt Claus Berg oft in seiner bevorzugten Bierstube in Odense und läßt seinen Gedanken freien Lauf. Hier trinkt er einen Krug Bier nach dem anderen. Wenn er noch Aquavit hinzugibt, kommt es vor, daß er die Werkstatt im Apostelhof völlig vergißt. Und dann die Tage, an denen die Bierwirtin *Wein* anzubieten hat – »eine Kanne Honig auf zehn Kannen Wein«. Oder das Beste von allem: sie macht ihr ganz spezielles, veredeltes Getränk, *Lutentrank*, mit fünf Lot Lakritz, drei Quent Meerrettich, vier Lot Zimt, drei Quent Anis und einem Lot Paradieskörner auf acht Krüge Wein. Schon bevor der Hahn kräht, hat sie die Messingtöpfe aufs Feuer gesetzt, zwei Pfund Zucker in jedem und Wein darauf gegossen. Wenn der Wein mit dem Zukker zu sieden beginnt, werden die Zutaten beigegeben, und der Wein wird durch einen Lutentrankbeutel gegossen. Als nächstes gießt die Wirtin den kalten Wein durch den Beutel. Der gemischte kalte und warme Wein wird wieder durch den Beutel gegossen, und noch mehrere Male, bis der Wein klar ist. Und sollte er nicht klar werden, fügt die Wirtin dem geseihten Wein einige Löffel mit Milch oder Eiweiß hinzu, und die Kannen können stehen und abkühlen, bevor die ersten Gäste auftauchen und Claus Berg als der eifrigste nach einer Kanne greift.

Und indem die Stunden vergehen und neue Kannen zu ihm hergebracht werden, bevölkert Claus Berg die Schankstube mit all den Personen des Altarbilds sowie mit Edele Jernskæg, die unaufhörlich fordert, mit dabeizusein. Im einen Augenblick ist sie verkleidet als die Schankwirtin, fett und schluchzend vor Lachen über den kleinsten Scherz, mit drei Zähnen im Mund und aufgeplusterten, großporigen Backen. Im nächsten Augenblick stößt sie mit einem Fußtritt die Tür auf und tänzelt herein als großes, wunderschönes Mädchen, kaum einen Tag älter als siebzehn. Und sie hat langes, helles Haar, Eisenringe an allen Fingern, und sie hat König Hans höchstpersönlich im Schlepptau. Seine Krone rutscht auf seinem Kopf herum, seine Locken sind in wilder Unordnung, und sein Gesicht ist eingeschmiert mit etwas, das Honig oder Fett sein kann. Die beiden lassen sich auf eine Bank fallen, und der König brüllt, daß, wenn er, der Trunkenbold Claus, der Scheißdeutsche mit den tiefsitzenden Augen, der Bildschnitzer, der aus der geheimen Schatulle der Königin bezahlt wird, Edele Eisenbart nicht mit auf das Altarbild nimmt, er abhauen und direkt zu seinem Vetter, dem Tod von Lübeck, zurückfahren kann.

In seiner Phantasie hat Claus Berg angefangen, König Hans zu mögen, ob er nun mit Edele Jernskæg kommt oder sich mitten in der Schankstube hinstellt und jedermann zu einer Schlägerei herausfordert, schlammbesudelt bis über die Stiefel, gerade zurückgekehrt aus Dithmarschen, wo er alles verlor bis auf die Ehre, im letzten Augenblick den aufrührerischen Großbauern entkommen zu sein, die ihn nicht als König und Herrn haben wollen. Und dann geht es wieder um Schweden oder Norwegen. Diese Länder, von denen sie sagen, daß sie auch zu Dänemark gehören. König Hans ruft alle seine getreuen Männer aus der Schankstube zusammen. Aber keiner will mit ihm ziehen. Und kurz danach bricht er auf der Bank zusammen, Claus Berg direkt gegenüber, der ihn bis in die Fingerspitzen spüren kann. Während der König schnarchend in Schlaf sinkt, greift Claus Berg in die Tasche nach einem Stück Holz und einem Schnitzmesser und schnitzt als erstes die Nase des Königs. Kurz darauf kommt das Kinn zum Vorschein und der Mund und die Augen. Die Locken müssen warten. Und Claus Berg erhebt sich und schwankt durch die Schankstube und hinaus in die Nacht, wo der Regen auf die Dächer peitscht und Dachziegel direkt vor seine Füße schleudert. Noch lange hört er alle Männer des Königs aus der Schankstube rufen. Rufen sie nach ihm, weil er es aufgab, die Locken des Königs zu schnitzen? Ein Königsmann warf ihm einen ganzen Brennholzkloben zu und verlangte, in voller Größe geschnitzt zu werden. Ist es der, den er direkt hinter sich fühlt? Ist es sein Atem, den er im Nacken spürt? Oder ist es der Meermann Rosmer, der ihm nachschleicht? Wovor hat er plötzlich solche Angst auf diesen wiegenden und spiegelnden Pflastersteinen zwischen Hausfassaden, die aussehen, als schwankten sie im Wind und wollten jeden Augenblick über ihm zusammenstürzen? Warum diese Schatten überall? Claus Berg weiß es nicht, und er findet mit Mühe den Weg zurück zum Apostelhof und krabbelt hinauf in seine Kammer und fällt in Schlaf, während der Kopf des Königs aus seiner Hand und über den Fußboden kullert.

»Ich hab' ihn in den Fingern, ich hab' ihn in den Fingern«, murmelt Claus Berg im Schlaf. Er spricht zu Edele Eisenbart. Sie kommt auf ihn zu. Und sie hat keine Kleider an. Sie ist das große, helle Mädchen, keinen Tag älter als siebzehn. Sie legt sich neben ihn in den Alkoven, und er umfängt sie begierlich, merkt aber erschaudernd, daß sie die Schankwirtin mit den drei Zähnen und den aufgeplusterten, großporigen Backen ist. Claus Berg erwacht und greift nach dem Krug mit seinem Schlaftrunk. Als der nicht hilft gegen seine Phantasien, torkelt er herum und sucht die Flasche mit *antidotus saxonica*, das er in reichlicher Menge aus Lübeck mitgebracht hat. Mit seinem Schlaftrunk vermischt, drei Schluck rasch hinuntergeschüttet, und es wird ihm oben und unten herauskommen. Obwohl er nun schläft, ohne daß ihm der Kopf schwirrt, geht er am nächsten Morgen mit dröhnenden Kopfschmerzen an die Arbeit und entdeckt, daß er den verstorbenen König Hans längst geschnitzt hat. Die Gesellen machen sich lustig über ihn, besonders die schleswigschen Staffierer, weil er mit müden, verständnislosen Augen dasitzt und lange den knienden König Hans auf dem Altarbild betrachtet. Die Gesellen wissen, daß Claus Berg immer wieder einmal wegbleibt, aber daß er stets an die Arbeit zurückkehrt, mit einer Masse neuer Köpfe, um sie Aposteln und Heiligen und römischen Soldaten aufzusetzen, während draußen, mit dem Gang der Zeit, der Lärm von der Stadt Odense anwächst, von Reitern in vollem Galopp. Sicher ein Heer in die eine Richtung oder ein Heer in die andere Richtung. Vielleicht ist Christian II. unter ihnen, in Unwissenheit darum und vielleicht uninteressiert daran, daß er auf dem Altarbild kniet, in seiner ganzen Pracht direkt hinter seinem verstorbenen Vater. Beide sind nur von ihrem gekreuzigten Erlöser in Anspruch genommen, der einzigen Figur, die Claus Berg nie »zwischen den Fingern hat«, weil er weiß, daß hier nicht er bestimmt, sondern daß ihm bestimmt ist, Jesus Christus am Kreuz wieder und wieder zu schnitzen, bis zu dem Tag, an dem der Erlöser sagen kann: »Es ist vollbracht.«

Monate vergehen, ohne daß Claus Berg sich der Schankstube und damit der Furcht nähert, eines Tages am gleichen Tisch sitzen zu müssen wie der Meermann Rosmer, das Ungeheuer, das er mehr fürchtet als irgend etwas anderes in den dänischen Landen.

4

Es verlautet, daß Christian II. nach Vinland segeln will. Er will seinem Schwager, Kaiser Karl V., nicht nachstehen, der weit über den Horizont im Westen hinaus, wie jenseits des Sonnenuntergangs, der ein neues Land nach dem anderen entdeckt hat, von Hispañola bis Neuspanien und noch darüber hinaus und von dort weiter hinauf nach Norden oder weiter hinab nach Süden. Ebene nach Ebene, Bergkette nach Bergkette, Dschungel nach Dschungel, überall sind die Männer des Kaisers auf dem Vormarsch. Wenn sie sich bücken, finden sie überall Gold und Edelsteine. Aber sie müssen mit Tausenden und Abertausenden von Heiden kämpfen, nackten, rothäutigen Westindern, die in Städten von der Größe Paris' oder des alten Babylon leben und mit Tempeln, auf deren Spitzen sie ihren Feinden die Haut vom Leib ziehen und sich selbst überstreifen und von wo sie die toten, blutigen Körper neun mal neunundneunzig Stufen hinabwerfen. Dort liegen die Leichen haufenweise am Fuß der Tempel, auf großen, flachen Steinen, die Gott und dem Himmel die Zunge herausstrecken, und werden von den schreienden Frauen der Westinder in Stücke gerissen. Und das alles, während ihre Priester, wahnsinnig von dem eigenen starken Aquavit der neuen Welt, sie anfeuern, indem sie sie mit geflügelten Schlangen peitschen.

Christian II., sagen sie rundum in Odense, ist überzeugt davon, daß, wenn er eine Handelsgesellschaft errichtet und eine Flotte mit Männern in Rüstung und unter dem Kommando eines *Conquistadors* wie Søren Norby losschickt, auch er über neue reiche Länder herrschen wird. Um seinen Schwager, den Kaiser, zu übertreffen, beabsichtigt der König, selbst mitzusegeln und das alte Vinland hinter dem vergessenen Grönland der Wikinger wiederzuentdecken. Das Land des Narwals, das Mondland, das Silberland mit zehn, vielleicht hundertmal soviel Silber, wie es Gold gibt in den neuen Ländern des Kaisers, und von friedlichen Einhörnern bewohnt – es gibt viele Namen für und Geschichten über Christians II. Neudänemark. Claus Berg stellte oft Vermutungen darüber an, wer dieser robuste König, der in Kopenhagen von einem Großkaufmann Hans Bogbinder aufgezogen wurde, eigentlich ist, daß er es wagt, von allen seinen Schlössern fortzusegeln, während der Kaiser ängstlich zu Hause bleibt. Ein kräftiger Vollbart, der nach vorn wippt, spitze Nase und starrende, ein wenig stechende Augen mit scharfem Weiß um die Pupillen, die Krone auf dem Kopf. So hat Claus Berg ihn zwischen den Fingern. Und doch ist Christian II. der einzige Sünder im Gewimmel von Sündern und Heiligen auf dem Altarbild, dessen er sich nicht sicher fühlen kann. Er und der sonderbare Franz von Assisi kehren häufig beunruhigend in seinen Träumen wieder, in denen er sich des Königs Hans sicher wurde und fühlte, daß er ihn bis in seine kleinsten Gedanken und Gelüste kennenlernte, die sich gleichsam in seinen schwellenden, lebensmüden Pausbacken und dem Doppelkinn sammeln, die Claus Berg besonders hervorhob. Christian II. dagegen: es ist, als wolle er ihm die ganze Zeit aus den Händen entwischen und ein ganz anderer werden. Vielleicht meint er überhaupt nichts mit seinen ausgestreckten Händen. Vielleicht schaut er einfach durch Christus am Kreuz hindurch und auf sein unendliches Neudänemark, das ihn ebenso mächtig unter dem Mond machen wird, wie der Kaiser es unter der Sonne ist.

Paneel um Paneel wird das Altarbild fertig. Christus in Gethsemane. Christus wird von der Wache ergriffen, und Peter schlägt Malchus das Ohr ab. Claus Berg fühlt, daß dies sein Hauptwerk wird. Seine Stil hat sich verändert mit dieser Aufgabe, die kein Ende zu nehmen scheint. Plötzlich wagt er Dinge, die er früher nicht gewagt hat. Die Drapierung der Figuren tritt mit einer für ihn ganz neuen Schärfe im Schnitt hervor. Ihre Bewegungen sind heftiger als die, die er seinen Figuren früher gegeben hat. Ein Drama spielt sich ab zwischen den Personen, als hätten sie sich nicht zufällig hier versammelt. Alle haben den richtigen Faltenwurf, und Claus Berg weiß, daß das Altarbild eines Tages eines der größten in Mittel- und Nordeuropa sein wird. Christus wird vor Kaiphas geführt. Christus wird verhöhnt. Maria wird von Gottvater und Christus gekrönt. Der Kirchenvater Hieronymus, Gregor der Große, Ludwig der Heilige von Frankreich, Bernard von Clairvaux und Bernardin von Siena in Prozession. Christus bricht auf dem Weg nach Golgatha unter dem Gewicht des Kreuzes zusammen. Simon von Kyrene kommt zu Hilfe, während Veronica das Schweißtuch hält. Claus Berg vergißt ganz, über Christian II. Vermutungen anzustellen, er kann den Tag von der Nacht nicht unterscheiden, und es kommt vor, daß seine Gesellen sich Sorgen machen, weil er sich so wenig ausruht und oft den Schmerz aus den Augen reiben muß. Keinen Tropfen rührt er an. Er ißt nur wenig, während er, in einer Weihnachtsnacht und zwei Weihnachtstagen und -nächten in Folge, das Stück fertigschnitzt, das ihn am meisten schmerzt: Christus, der vor das Volk gestellt wird: »*Ecce homo.*«

»Kreuziget ihn! Kreuziget ihn!«

Selbst die Kinder zeigen mit Fingern auf den Erlöser, und Claus Berg macht sie fett. Unnatürlich dicke Kinder hat er nie leiden können. Und dem Kind in der untersten rechten Ecke des Feldes gibt er extra dicke Backen, fette Arme und Hände und Augen wie die eines Ratsherrn in Odense vom Schlage derer, die nie einen Fuß in die Schankstuben setzen. Das Fett des Kindes kommt von Schweinerücken und Mastenten und allzuviel in Geschlabber getunktem Brot.

Dann kommt wieder ein neues Jahr, und wieder wird Claus Berg in seiner Konzentration gestört durch all die Geschichten, die über den König erzählt werden. Als drehte sich der ganze Norden ausschließlich um ihn. Christian hat es nun doch aufgegeben, Vinland wiederzuentdecken und Herrscher über Narwale und Einhörner zu werden. Sie langweilen ihn, diese Tiere. Es ist viel besser, Schweden zu erobern und den Adel in Stockholm zu köpfen, nachdem er auf dem Brunkeberg als Schwedens Erbherr gefeiert und in Stockholms Großkirche gekrönt worden ist. Und ist es nicht der schwedische Adel, den er hinrichten kann, dann ist es die verhaßte Kriegssteuer, die er den Bauern auferlegt, so daß ihre Existenzgrundlage untergraben wird, und die ihm in Dänemark den Namen König Klipping* einbringt. In Schweden heißt er König Knüppel, nach seinem vergeblichen Versuch, den schwedischen Bauern ihre Waffen wegzunehmen. Die Liste über den Machtmißbrauch des Königs wird länger. Er läßt gerne seine besten Ratgeber köpfen, und Königin Christine soll sich schon bei seiner Krönung gegenüber Gesandten aus Sachsen über ihren Sohn beklagt haben. Seine Königin Isabella behandelt er schändlich. Und seine norwegische Geliebte Dyveke und ihre schreckliche Mutter Sigbrit bringen ihn zu allem möglichen, sei es, daß er splitternackt in seinen Schlössern herumläuft, oder daß er zur Beerdigung seiner Ratgeber ins Jagdhorn bläst. Mutter Sigbrit ist nichts Geringeres als eine Hexe, im Pakt mit dem Meermann Rosmer.

Kaum ist Schweden erobert, da trachtet König Klipping danach, seine Herrschaft nach Süden auszuweiten. Es ist, als wolle Christian Knüppel die ganze Zeit aus dem Altarbild herausspringen, und Claus Berg hat oft Alpträume, daß der König bei seiner Flucht die anderen Figuren tritt, so daß ihren Nasen absplittern. Oder sie fallen auf den Steinfußboden und zerbrechen, so daß die Gesellen in der Werkstatt es nicht schaffen, sie wieder zusammenzuleimen. Ein Armstumpf von Kaiphas wird König Hans angesetzt, den Kopf Johannes' des Täufers setzen sie Pontius Pilatus auf, während König Christian mit der spitzen Nase in die Nacht hinausreitet, ehrlos. Wild jagt er im ganzen Norden umher. Er macht sein Recht auf Norddeutschland

---

* Klipping, Spitzname, von dän. *Klippe,* schneiden, gebildet.

geltend. Er sieht sich selbst als einen neuen Valdemar den Siegreichen, sagen sie, flüstern sie – ängstlich, weil alle wissen, daß es nicht Valdemars Kräfte sind, die in ihm wüten, sondern Stürme ohne Richtung. In den Schankstuben sagen sogar manche, daß der König sonderbare Gedanken nähre, die Erde sei ein Planet von der Größe des Mondes und fliege mit rasender Geschwindigkeit um die Sonne. Nichts ist ihm heilig. Nichts auf dieser im Weltraum galoppierenden Erde kann er in Ruhe lassen. Jeden Augenblick wird sie alles von sich abschütteln. Es gibt keinen Mittelpunkt der Welt und keinen Mittelpunkt im König. Da ist nur Peripherie, und dann die starrenden Augen des Königs. Aber kann Christian ganz Nordeuropa erobern und vielleicht mit Leyden als Treffpunkt Europa zwischen sich und dem Kaiser aufteilen, wird die Ruhe über ihn kommen – glaubt er.

Wird die Erde in ihren natürlichen Himmelshafen zurückgleiten.

5

Spät eines Nachts klopft es am Haupttor des Apostelhofs. Es ist Königin Christine mit ihrem Gefolge. Es ist lange her, seit Claus Berg sie zuletzt gesehen hat. Als eine Huldigung an sie und als Dank dafür, daß sie, bevor er mit dem Altarbild begann, Taufpatin seines Sohnes war, schnitzte er sie direkt nach dem lebenden

Modell und in vielen Varianten, bis sie sich selbst wählte, fast ganz in Gewänder eingehüllt, als sei sie eine Nonne. Die weichen Wangen, die verraten, daß sie weder zuviel ißt noch zu wenig, der etwas abwesende Blick, der Mund wie mit einem Zug von Schmerz. Unter all den Königlichen auf dem Altarbild ist sie diejenige, die sich am sichersten ist, daß sie den leidenden Christus betrachtet, den Schmerzensmann Christus. Sie hat vergessen, daß sie einmal eine junge Prinzessin war wie so viele andere, Tochter des Kurfürsten Ernst von Sachsen und Elisabeths von Bayern, sorglos, glücklich mit sich selbst beschäftigt, bis der Norden sie 1478 zur Hochzeit nach Kopenhagen und zu all den nachfolgenden Sorgen rief. Manche sagen, daß ihre Gefangenschaft auf Gråmunkeholmen in Stockholm und später im Kloster der heiligen Birgitta in Vadstena sie verwandelt habe. Daß es die Einsamkeit und Furcht der vielen Monate gewesen sei, die sie ernsthaft dazu gebracht habe, über ihren Herzensheiligen Franz von Assisi zu meditieren und strenge Kirchenzucht zu fordern, um eine Grenze zu ziehen zwischen dem, was Gottes ist, und dem, was von dieser Welt ist. Das Clarakloster in Kopenhagen entstand auf ihr Geheiß, und im Geiste Franz von Assisis und Claras sucht sie überall wiedergutzumachen, was ihr Mann und später ihr Sohn an Unheil anrichteten und anrichten, von Dithmarschen bis zum Nordkap. Die ganze Zeit trägt sie ihr Rechenschaftsbuch bei sich und führt darin alle Beträge auf, die sie für wohltätige Zwecke spendet. Und das Epitaph für König Hans bezahlte sie aus ihrer eigenen Schatulle.

Nun ist ihr Gesicht mager. Draußen stürmt es, und trockenes Laub wirbelt in die Werkstatt, als sie die mit Ölandstein in den Farben des Herbstes belegten Stufen herabsteigt. Die Blätter tanzen um ihr farbloses langes Gewand, als wollten sie sie mit sich in ihren wirbelnden Rundtanz ziehen. Die Königin ist auch kleiner geworden mit den Jahren, in den Knochen eingesunken, und zwei Männer ihres Gefolges laufen hinzu, um sie zu stützen, nachdem der eine mit aller Kraft die Tür gegen den Sturm zugedrückt hat. Aber Königin Christina schüttelt ihren Griff ab und hat sich sogleich den kleinsten Schemel in der Werkstatt ausgesucht. Claus Berg, mitten in einem Brief an seinen inzwischen halbwüchsigen Sohn, der von einer der Hofdamen der Königin aufgezogen wird, bereut plötzlich die Male, als er, um der Königin ihre frommen Vorwürfe wegen seiner Neigung, in Bierstuben zu sitzen, zurückzuzahlen, Edele Jernskæg in das Altarbild schnitzen wollte. Und dennoch, bereuen und bereuen? Ist es nicht ein gleichgültiges Wort jetzt, wo die Königinwitwe offensichtlich an einem ganz anderen Ort auf dieser Erde ist und sich wahrscheinlich nur in ihren kalten Sälen auf Schloß Næsbyhoved aufhält, tief versunken in Frömmigkeit, und auf die Erlösung wartet? Ihr Blick ist dunkel, und ihre Augen sind größer geworden vom Sehen. Allzuviel hat sie gesehen.

Sie gleicht jetzt noch mehr einer Nonne als auf dem Altarbild. In Gedanken lebt sie nicht hier, sondern in Assisi. Oder in Bethlehem. Oder sie ist in Golgatha dabei, auch in dieser Stunde, in dieser späten Nacht. Sie ist Sancta Clara, aber auch Maria Magdalena. Nachdem sie sich gesetzt hat, flüstert sie, daß nichts sie mehr freue, als zu wissen, daß Claus Berg noch immer an dem Altarbild arbeitet. Und aussieht, als hielte er sich von den »Orten« fern. Dieses Altarbild ist ihr einziger Trost. Wenn nur die Flutwelle es nicht mitnimmt, die, wie sie fürchtet, über das Land spülen wird, weil niemand in der Kirche, die Franziskaner ausgenommen, sich nach ihrem Zuchtgebot richtet. Und auf einmal erhebt sie sich und geht hinüber zu Claus Berg an einem der unzähligen Arbeitstische. Sie nimmt seine Hände von dem Brief und fragt, ob er nicht alle Paneele des Bildes sammeln und so gut es geht in der richtigen Reihenfolge aufstellen kann. Dann werden sie zusammen beten, auf den Knien, und lange.

Es ist gar nicht so einfach, das Bild zusammenzufügen und es einigermaßen im Gleichgewicht zu halten. Claus Berg muß es mit Holzklötzen und Stativen aus schräggestellten Stangen abstützen, um die Paneele zu stabilisieren, und die oberen Teile muß er an Schnüren von der Decke herabhängen lassen. Nicht immer sind die Paneele in der richtigen Nummernfolge, und über die, die noch fehlen, muß er erzählen, während er ungehobelte Holzklötze und kleinere Werkzeugkästen und Gebetbücher und zum Schluß Werkzeuge verwendet, um die Lücken auszufüllen. Eine Kneifzange wird zu Noah, ein Hobel zu Moses mit den Gesetzestafeln. Doch plötzlich ist es der Königinwitwe gleichgültig, ob die letzten Paneele an ihren Platz kommen. Sie weiß, daß das Altarbild schon da ist, geschaffen als Prachtoffensive, die die Flutwelle abhalten soll. Selbst Christian II. vermag sie zu zähmen, so daß er vor dem

Schmerzensmann auf die Knie fällt, wie sie es wünscht, direkt hinter seinem Vater auf der fertigen Predella, und auf den Erlöser blickt, nicht durch ihn hindurch.

Aber am meisten verweilen ihre Augen auf dem sonderbaren Franz von Assisi, und als sie fertiggebetet haben, verlangt sie die Zeichnung von ihm aus der Schublade, zu der nur Claus Berg den Schlüssel hat. Sie rollt die Zeichnung aus und sieht von ihr hinüber zu dem großen fertigen Hauptfeld, wo Franz als einziger sich vom Beschauer ab- und direkt Christus am Kreuz zuwendet. Sie rollt die Zeichnung wieder zusammen, preßt sie an ihr Herz und schiebt sie dann sanft in den einen Ärmel und winkt ihren Männern, daß es Zeit ist aufzubrechen. Sie ist fort, wie vom Sturm hinausgewirbelt in die kalte Nacht in Odense. Die welken Blätter tanzen wieder über den Fußboden wie in einem letzten Gruß an sie, und Claus Berg kann das Altarbild mühsam wieder auseinandernehmen und die Paneele auf die verschiedenen Tische zurücklegen, bis früh am nächsten Morgen, wenn die Gesellen kommen. Falls der Mißmut über den Zustand in den Reichen sie nicht wieder einen Tag fernhält.

Einige Wochen später verlautet es, daß die Königin krank ist, und eines Tages ist sie nicht mehr da. Claus Berg bekommt wieder alle Hände voll zu tun im kalten Chor der Franziskanerkirche, jetzt damit, *ihr* Epitaph in einen gotländischen Kalkstein zu hauen, der direkt unter dem südlichen Fenster der Kirche hängen soll und dessen Mächtigkeit dem Epitaph für König Hans nicht nachsteht. Als Stein auf dem eigentlichen Grab soll sie – ihr letzter Wunsch – nur einen »glatten« Stein ohne jede Inschrift haben. In der Grabkapelle ist es eisig kalt und draußen nur eine Ahnung wärmer. Als sollte es nie Sommer werden in Dänemark, und Claus Berg muß Handschuhe aus weichem Leder anhaben, während er die Handgelenke stramm mit Schnüren umwickelt gegen die schlimmsten Schmerzen, die ständig durch seine Arme jagen, bis hinauf zu den Schultern. Wird die Gicht ihn gerade jetzt zugrunde richten, wo er sicher bald auch das Epitaph für König Christian meißeln muß? Werden seine Finger als mißgestaltete Klauen enden, die er nicht mehr gerade richten kann, so daß er eine Ewigkeit für Christians Gedenkstein brauchen wird? Oh, dieser König und seine Herrschaft, wie eine vom Sturm auseinandergetriebene Flotte, die in alle Richtungen auf einmal segelt! Dithmarschen setzt sich aufs neue gegen die dänische Königsmacht zur Wehr. In Schweden ist wieder Aufruhr, angeführt von einem Herrn Gustav Vasa Eriksson oder Gustav Eriksson Vasa. Ganz Norddeutschland liegt mit dem König im Krieg, angeführt von Claus Bergs Heimatstadt Lübeck, so daß der König einen demütigenden Vergleich mit den Hansestädten schließen muß. Und selbst die Nordjüten, des Königs eigene Untertanen, hissen die Fahne des Aufruhrs. Der König ist ein gejagter Wildeber im Sumpf, fertig für das Epitaph. Hin und zurück über den Kleinen Belt segelt er. Den einen Tag heißt es draußen vor der Kirche: »König Klipping kommt!« Den nächsten Tag: »Der König ist losgesegelt!«

Der König kommt. Der König segelt.

Bis Christian endlich fortsegelt von allem, hinunter

in die Niederlande seines Schwagers. Bei sich hat er sein ganzes Gefolge und hundert Tonnen Wein und eine weinende Isabella und die heulende Hexe Sigbrit Willoms, wenn sie denn nicht, wie jemand sagte, von den Kopenhagenern in einen Schwefelpfuhl aus dem ganzen Haß getaucht worden war, den sie über den Norden ausgespuckt hatte.

6

Es ist ein alter Mann, der an einem Frühjahrstag in die Stadt Odense hinaustorkelt, und das, obwohl er zwei Jahre, vier Monate, sieben und dreiviertel Stunden nichts anderes getrunken hat als abscheulichen Saft von Äpfeln und im Winter Wasser. Claus Berg legte sich eines frühen Morgens trocken, nachdem er den größten Teil der Nacht am ganzen Körper gezittert und sich erbrochen hatte. Es stank aus seinem Magen, es ätzte in seinen Augen, und Ausfluß aus seinen Ohren lief ihm den Hals hinunter. Der kalte Schweiß perlte von seiner Stirn und lief von seinem Nacken den Rükken hinunter, seine Schenkel waren so besudelt, daß sie an den Hosen klebten, die er lange Zeit nicht ausgezogen hatte, und das Rascheln von den Bretterwänden wurde zu ungebetenen, bewaffneten Gästen. Schließlich, es war kurz nach Mitternacht, richtete er sich von Entsetzen gepackt in seinem Alkoven auf und brüllte aus vollem Hals: »Hinaus!« – nur um zu erkennen, daß er ganz allein in seiner Kammer war. Christus in der Unterwelt, der die Höllenpforte aufbricht und die Menschheit, repräsentiert von Adam und Eva und Johannes dem Täufer, befreit, schnitzte er unter größten Mühen fertig. Endlich, nach ein paar Wochen, kamen seine Hände zur Ruhe, und in über zwei trockenen Jahren schnitzte er die letzten Paneele, immer präziser in der Charakterzeichnung. Und er schaffte sogar noch ein kleineres Bild für eine Kirche auf dem Lande. Sein ganzer Stolz von damals, als er von der Werkstatt des Veit Stoß in Nürnberg seinen Gesellenbrief bekam, kehrte wieder. Aber jetzt ist es ihm egal. Was noch fehlt, müssen die Gesellen machen. Seine Kehle ist bitter. Er hustet von all der Kälte in der Grabkapelle. Er hat Kalk in den Lungen vom Epitaph der Königin. Zwei Jahre, vier Monate, sieben und dreiviertel Stunden. Claus Berg denkt nur an eins: Wein, Met, Bier. Und alle möglichen Sorten Aquavit, um Löcher in den Magen zu schlagen, der sich anfühlt wie ein Klumpen unverdaulicher Nahrung. Hartes Brot, klumpiger Brei, Fleisch von aufs Feuer geworfenen Knochen und hier und da einmal ein Reier oder ein Pfau, den er nie ordentlich rupfen kann, so daß seine Federn im Gaumen zwischen den Resten seiner Zähne steckenbleiben. Das ist seine Nahrung. Und er kann nicht mehr erbrechen, wenn der Ekel vor all *dem Trockenen* ihn reizt, wütend die Zunge herauszustrecken oder in ein Stück Holz zu beißen. Doch dann macht der bloße Klang des Namens Helsingør ihn heiter.

Von Helsingør ergießt sich plötzlich nach dem Fall des Königs Wein über Dänemark, als schere sich niemand mehr darum, die Ladung der Schiffe gemäß den Vorschriften des Øresundzolls zu deklarieren, die dem König ein Drittel von all dem Wein gaben, der passierte, sowie das Recht, jede Sendung zurückzuhalten. Fässer mit Rheinwein, Schläuche mit rotem und weißem französischen Wein und die etwas kleineren Verwandten mit dem seltenen Gubinwein aus der Lausitz rollen in sämtliche Rathauskeller, dicht gefolgt von Fässern mit dem schweren spanischen Bastardwein und den leichteren spanischen Romani, Alicante und Muscatel. Claus Berg schüttet begeistert alles in sich hinein. Er kann die Arme wieder mühelos heben, seine Finger richten sich gerade, es kitzelt süß in seinen Zehen, seine Beine werden leichter, und sein Gaumen – das Beste vom Ganzen – es rieselt über seinen Gaumen. Achthundertundzweiundfünfzig Tage und sieben Stunden und drei viertel Stunden hat er einzuholen, und er fing im Rathauskeller an. Die sieben und drei viertel Stunden holte er in der ersten Stunde ein. Dann trinkt er sich an den einen verlorenen Tag nach dem anderen heran, und zwar mit den bevorzugten Weinen der Ratsherren.

Die Wochen vergehen, er hat schon Monate und bald ein halbes Jahr eingeholt, während sich die Leute im Keller über Dinge streiten, von denen er keine Ahnung hat. Bald bevölkert Claus Berg alle leeren Plätze mit den Personen aus dem Altarbild, aber es scheint niemanden zu interessieren. Bedeutet es denn nichts für einen Ratsherren, neben einem Heiligen zu sitzen? Und warum sieht niemand Christian Knüppel mit dem wippenden Vollbart und den starrenden Augen mit spanischen Landsknechten aus den Niederlanden zurückkehren? Münder auf, Münder zu, brüllendes Gelächter, stampfende Stiefelabsätze auf dem Steinfußboden, Schulterklopfen: »Neue Zeiten, neue Zeiten!« schallt es dröhnend unter den Gewölben des Weinkellers, und König Christian und die Landsknechte und alle Apostel und Heiligen müssen den Rathauskeller unverrichteter Dinge verlassen. Wie auch Claus Berg es bald muß, weil niemand hört auf das, was sein Altarbild zu erzählen hat.

Claus Berg hat rasch das erste Jahr, in dem er nicht trank, eingeholt. Er ist wieder auf seinem alten Platz bei der Schankwirtin mit den großporigen Backen, und da die Zeit sich nähert, wo das Altarbild in der Graubrüderkirche aufgestellt werden soll, kommen seine Gesellen immer wieder und fordern ihn auf, bei dem heiligen Ereignis anwesend zu sein. Aber Claus Berg lehnt ab. Er will erst kommen, wenn er unerkannt und allein in der hintersten Bankreihe der Kirche sitzen und Gott danken kann, und er weiß nicht, wann der richtige Tag kommt.

In der Bierstube haben die Gäste begonnen, von ihrer Sehnsucht nach König Christian zu singen:

Fort flog da der alte Adler
mit allen seinen Jungen klein.
Die anderen Vögel, sie wurden so ratlos,
sie wußten weder aus noch ein.

Die Soldaten des neuen Königs kommen regelmäßig herein und räumen brutal die Bierstube, wenn alle Gäste in das beliebte *Adlerlied* einstimmen. Es ist die Zeit Frederiks. Solange man in Dänemark zurückdenken kann, hat Christians Onkel auf seinem Schloß in Gottorf in Südschleswig geschlafen, aber nun kann die Zeit ihn brauchen, und die Zeit gehört mehr und mehr den Lutheranern im Rathauskeller, deren Gleichgesinnte auch große Teile von Deutschland im Griff haben, nicht zuletzt Königin Christines Sachsen. Frederik gehört nicht in das Altarbild, und Claus Berg hatte keine Ahnung davon, daß es ihn überhaupt gab. Frederik bekommt rasch Beinamen. Abraham mit dem grauen Bart nennen manche ihn, andere meinen, er solle die Henne von Gottorf heißen, und Claus Berg findet, daß der Name am besten zu ihm paßt, weil er ihn vorsichtige Schritte machen und damit beschäftigt sieht, Ordnung in den Finanzen zu bekommen, die König Klipping zugrunde gerichtet hat. Geld beiseite legen. Jedem das Seine bezahlen. Pfand einlösen. Immer höhere Steuern einführen. Und kein Auftrag für neue Altarbilder – Claus Berg ahnt, daß seine Zeit bald um ist. Er hat immer noch den Auftrag für ein mächtiges Kruzifix für Sorø auf Seeland, doch weigert er sich weiterhin, das Altarbild an seinem Platz in der Graubrüderkirche anzusehen, weil selbst die Graubrüder dem Vernehmen nach nicht wissen, welchem Zweck es dienen soll. Nicht nur die Klöster der Dominikaner und der Karmeliter, sondern auch die der Christine-Franziskaner werden jetzt eins nach dem anderen geschlossen. Marias Himmelfahrt und Himmelskrönung sind plötzlich ein Relikt aus alten Tagen, »Aberglauben« sagen sie, und in den Handelsstädten des Nordens hat man begonnen, Herrn Michaels Übersetzung der Rosenkranz-Andachtsübungen des Alanus de Rupes zu verbrennen. Die Theologen einer neuen Zeit mit königlichem Schutzbrief predigen in jeder zweiten Kirche oder reden auf den Marktplätzen, und sie schämen sich nicht, die Schankstuben zu besuchen.

»Laßt uns trinken. Alles ist *Gnade*!« rufen sie und leeren die Bierkrüge, bis sie umsinken.

Einige von ihnen haben das Altarbild in der Graubrüderkirche studiert. Es ist »ausdrucksvoll komponiert«, lassen sie Claus Berg verstehen. Es ist »schön«, besonders im Hauptpaneel. Es muß »seinen Mann gefordert« haben. Es ist »ehrlich gemeint«. Aber es ist...

»...*verkehrt*!« unterstreichen sie.

»Verkehrt?« Claus Berg winkt nach dem Krug mit Aquavit.

»Du bist verführt«, sagen sie.

»Und von wem?«

»Das versteht Herr Berg kaum.«

»Sagt es.«

»Vom Analogie-Teufel!«

»Analog-*was*?«

Claus Berg hat im Lauf der Zeit von vielen Teufeln gehört. Er hat eine lange Reihe als Verzierung von Kirchenbänken geschnitzt, und wäre er Maler, würde er wie die wandernden Meister in jeder Kirche die Hölle als feuerspeiendes Drachenwesen gemalt haben, in das die Verlorenen von den roten Teufeln hinabgetrieben werden. Die Teufel, die er kennt, sind behaart und langohrig, oft mit dem Kopf vorn wie hinten, weil sie *hinter*hältig sind. Sie haben Hörner und Schwänze, und manche gehen mit Holzbeinen oder Krücken. So sind die kleinen Teufel, die dem Großen Krokodil dienen, dessen Gesichtstüren niemand außer ihnen öffnen kann, ohne zu vergehen. Um seine Zähne ist Angst, aus seinem Rachen fahren Fackeln, Dampf tritt aus seinem Schlund. Die Stärke sitzt in seinem Nacken, und die Angst hüpft vor ihm her. Aber der Analogie-Teufel? Claus Berg ahnt nicht, wie der Besagte aussieht, und bekommt umgehend zu wissen, warum nicht: *den Analogie-Teufel kann man nämlich nicht sehen!* Im Gegenteil, er ist derjenige unter tausend anderen, der einen dazu bringt, *verkehrt zu sehen.* Man sieht einen Nebel – und es ist, »als ob« man Gott sähe. Welcher Trugschluß! Welcher menschliche Hochmut! Man glaubt, man sähe die Hölle, wenn man in den Schlund eines Ungeheuers blickt! Aber was für eine kindliche Naivität, von etwas, das *gleicht*, auf etwas zu schließen, das *ist*!

Alles in Claus Bergs Kopf ist plötzlich nur noch ein einziges großes »Als-ob«, während er von den immer lautstärkeren Theologen belehrt wird, die das Altarbild als Beweis anführen: alle Figuren darin sind ja nur »Als-ob«-Figuren. Es ist, »als ob« alle Gäste in der Schankstube Apostel und Heilige seien in Claus Bergs Phantasie, die seine ewig schnitzenden Hände lenkt, nicht wahr, und schnell macht er seine ganz eigene Kirchengeschichte. Irren die Theologen sich? Aber dies sind falsche Bilder, inspiriert vom Analogie-Teufel. Kein Mensch mit einem Rest von Demut in sich darf es wagen, etwas darüber auszusagen, wie es in der Vorzeit aussah, und besonders nicht in der Zeit, als Gottes Sohn auf dieser Erde lebte. Der rechte Glaube sollte eingeben, daß Christus in diesem Jahr des Herrn nie etwas anderes sein kann als ein Kreuz, höchstens ein leidender Körper an diesem Kreuz, mit dem Kopf zur Erde gewandt. Und mit der Dornenkrone, gerne. Aber nur eine armselige Nachahmung von Christus selbst. Weniger als alle anderen darf Gottes eingeborener Sohn Opfer dieses teuflischen »Als-ob« werden – »als ob«. Er könnte wirklich darauf kommen, dort drüben am letzten, armseligen Tisch zu sitzen, nur weil der Bart ähnelt, und »als ob« ein bißchen struppige Natur um Odense *Seinem* Gethsemane gleichen könne. Nein, alles ist *Schrift*. Das wissen die neuen Theologen. Das wissen sie in Deutschland. In der Schrift offenbart sich Gott, und nur dort. Und die Schrift ist die einzige Waffe gegen den Analogie-Teufel, der die Sicht der Menschen verzerrt und einen tanzenden Abendnebel zu Gott und einen versoffenen Bauern zu Christus selbst macht. Außerdem: Nirgendwo in der Bibel steht ein Wort von Marias Himmelfahrt und Himmelskrönung. Welche Verhöhnung des Allmächtigen, ihn auf diese Weise zu entthronen. Maria nur eine Stufe höher zu stellen heißt, Gott eine Stufe herabzusetzen. Wer wagt das?

Während die Theologen sich warmreden, fangen sie an, wild nach Fliegen zu schlagen. Das muß Claus Berg nämlich wissen: Die Teufel sind Fliegen und nicht kleine rote Männer mit Schwänzen und Forken, um die guten Bürger in den Hintern zu pieken. Die Teufel des Teufels sind immer da, wo man es am wenigsten glaubt, und sie verkleiden sich in alles mögliche, ausgenommen in Bildern, die so tun »als ob«. Die Teufel können in einem Tischbein sein, das plötzlich bricht. Sie können Dachziegel sein, die von einem besessenen Haus herabfallen. Sie sind Teller, die zerbrechen, Schlaglöcher, die sich auf dem Weg des Wandersmanns auftun. Sie werden zu leeren Bierkrügen, die unerwartet wieder vollaufen mit Bier, ohne eine Kanne in der Nähe, und sie sind der Schaum, der über die Bierstube hinquillt. Und sie werden zu Fliegen, Tausenden von Fliegen, die in einen hineinkrabbeln und in den Beinen und Schenkeln wimmeln. Da hilft nur noch Beten und Läuten von Kirchenglocken, im schlimmsten Fall der Scheiterhaufen. Ja, die Theologen können es beweisen: ein deutscher Theologe hat ausgerechnet, daß es 2 Trillionen, 665 Billionen, 886 Millionen, 746 Tausend und 664 Kleinteufel gibt.

7

Während die Jahre vergehen und niemand weiß, ob das Altarbild abgenommen werden oder stehenbleiben soll, mit Tüchern über den Paneelen, die Szenen zeigen, die nicht zu der neuen Lehre passen, bleibt Claus Berg in Odense hängen. Nun nennen sie ihn den zahnlosen Schreiner, und Angebote kommen sogar aus Viborg. Eine neue Sitte breitet sich aus: Alle, die es sich leisten können, wollen in *Särgen* begraben und nicht wie früher auf Bahren unter dem Kirchenfußboden oder in den Erdalkoven des Friedhofs beigesetzt werden, in Leichenkleidern mit entblößtem Kopf und mit einer weichen Decke aus Zweigen und Blättern, die darübergeworfen wird, bevor die Erde aufgefüllt wird. Man will standesgemäß in eigenen vornehmen Wagen im Rathaus unseres Herrn ankommen, und viele verlangen, daß die Särge lange vor dem Besuch des Todes in der guten Stube stehen sollen. So können die Nachbarn sehen, daß Gedeihen hier zu Gedeihen im Jenseitigen führen wird. Man will seine Portraits und verschlungene Initialen auf den Särgen haben, als sei man adelig, und am liebsten auch noch Bibelzitate. Claus Berg schnitzt und hobelt und stellt neue Gesellen ein, so daß er zur Bierwirtin hinüberschlendern kann, wenn der Drang sich meldet. Er will nichts hören von dem ewigen Gerede der Bürger von Odense, daß sie am liebsten so dicht wie möglich an den Kirchenmauern begraben werden möchten. Am Ende des Friedhofs begraben zu werden ist plötzlich das Schlimmste, das man sich in Dänemark vorstellen kann, weil Gräber jetzt zuwachsen, wo immer weniger Mönche da sind, die sie pflegen und dort Kräuter anpflanzen. Am hinteren Ende des Friedhofs sind alle friedlos, Tote wie Lebende.

Die Kirchen verfallen, vor allem um Viborg herum, wo ein besonders lautstarker abtrünniger Mönch Sonntag für Sonntag Rom abschwört. Dort erklingt selten noch Mönchsgesang. Dort leuchten keine Lichter mehr im Dunkel, noch gibt es Duft von Weihrauch oder Töne von einer Orgel, doch es vergehen Wochen zwischen den Messen für die Verstorbenen. Die Kirchenwände wachsen zu mit Schimmel, und überall im Land machen sich unzählige Eimer auf den Marsch und werden von Händen gegriffen, die sie in die Kirchen schwingen und ihren Inhalt mit Kalk gegen die Gewölbe schleudern, so daß alle Malereien verschwinden. Und bald werden die Kirchen an Werktagen geschlossen, wenn sie nicht zu Ruinen zerfallen. Die Altarlichter gehen aus und – wie Claus Berg eine alte Frau klagen hört – »Nässe und Grauen ziehen das Leichentuch über die Dünste von den Toten unter dem Fußboden«. Die Priester sind gefallene Mönche, die sich die frischgewachsenen Bärte kratzen, sich verheiraten und für Taufen und Begräbnisse Geld verlangen. Die Teufel wüten auf den Friedhöfen und holen die Toten, die sich nicht von ihren Särgen beschützt glauben, direkt aus der Erde, jetzt, wo die Nacht Allerseelen fort ist und keine angezündeten Wachslichter im Schnee auf den Gräbern stehen. Und doch liebt Claus Berg es, allein auf den Friedhöfen umherzustreifen, und am liebsten nachts. Er betrachtet die Sterne.

Es gehen Gerüchte um. Er muß im Pakt mit dem Bösen sein. Und eines Nachts auf dem Heimweg steht er plötzlich einer Gruppe Lutheraner unter Anführung des Meermanns Rosmer mit den kleinen Augen, der umgekehrten Nase, Schuppen fast über den ganzen Körper und einem peitschenden Rattenschwanz gegenüber. Claus Berg wehrt sich, doch rasch hat Rosmer Meermann ihn hochgehoben und gegen eine Mauer geworfen. Unter heftigen Schmerzen kann Claus Berg sich aufrichten, aber wieder sind Rosmer Meermann und die Lutheraner über ihm, und mit seinen nassen, behaarten Händen packt der Meermann seine Handgelenke und bricht ihm die Finger. Niemand kommt zu Hilfe, als Claus Berg vor Schmerz brüllt, und erst gegen Morgen gelingt es ihm, sich aufzuraffen und zum Apostelhof zurückzuwanken. Ein paar Stunden schläft er betäubt von Schmerzen und bleibt den ganzen Tag in seinem Alkoven. Die nächsten Monate verläßt er den Apostelhof nicht und läßt die Gesellen alle Arbeit tun. Die Zeit der Henne! hallt es die ganze Zeit in ihm. Niemand interessiert sich für seine Entwürfe für neue Altarbilder, und sein eigener Sohn bleibt ganz weg. Nachdem er Schulmeister der Henne in Odense und Henne-Schreiber irgendwo in Jütland war, träumt er jetzt davon, Henne-Bischof zu werden, wenn Luthers Partei endgültig gewonnen hat.

Ein Winter vergeht. Dann läßt Claus Berg Dänemark Dänemark sein und packt ein paar Kleider und etwas Brot und viel Knoblauch in einem Bündel zusammen und verläßt die Werkstatt. Die Schmerzen in den gebrochenen Fingern sind längst verschwunden, aber sie sind immer noch leblos. Er wandert einfach drauflos, in der Hoffnung, ans Meer zu kommen, so daß er sich einschiffen kann nach Mecklenburg, wo die Katholiken standhalten. Er hat einen von den Männern der Henne ausgefertigten *Pasbort* bei sich, so daß er Dänemark in Frieden verlassen kann.

Er kommt an eine Kirche und geht hinein. Die Kirche ist nicht zerstört, und ihre Malereien müssen wie sein eigenes Altarbild von der Königinwitwe bestellt worden sein. Die Farben sind frisch, und der Meister, dessen Stil Claus Berg nicht kennt, hat den zweifelnden Papst Gregor dargestellt, der davon überzeugt wird, daß das Brot und der Wein sich wirklich in den Leib und das Blut Christi verwandeln. Es ist Christus selbst, der sich dem Papst während einer Messe zeigt. Claus Berg wird bei diesem Anblick so froh, daß er kurz darauf in den Kirchturm hinaufsteigt und mit seinen verkrüppelten Händen den Glockenstrang greift und über das ganze Land hinausläutet. Kurz danach antwortet eine Glocke von einer Nachbarkirche. Claus Berg klettert hinunter und geht nach draußen. Die Hitze flimmert über dem Korn, so weit er sehen kann, und ihm entgegen, von der Kirche in der Ferne, die ihm geantwortet hat, kommt ein Graubruder gewandert. Bald stehen sie sich von Angesicht zu Angesicht gegenüber, und Claus Berg spürt, wie seine Finger sich ausrichten. Er blickt verwundert auf sie und danach auf den Graubruder, und plötzlich merkt er in allen Fingerspitzen, daß es Franz von Assisi aus dem Altarbild ist, dem er gegenübersteht. Er verspürt Lust, auf die Knie zu fallen. Das kräftige Gesicht mit den vorstehenden Wangenknochen und dem scharfen Kinn, die kräftige, gerade Nase, die breite Stirn, die milden Augen. Genau wie er sie nach der Zeichnung der Königin geschnitzt hat.

»Franz!«

Claus Berg fällt weinend auf die Knie.

»Nein«, sagt der Mönch. »Ich bin nicht Franz.«

»Wer bist du dann?«

»Ich bin Bruder Jacob Johansen. Ein Bruder unter Brüdern, und du kennst mich nicht.«

Zweiter Teil

DIE SEHNSUCHT NACH UTOPIA

Væ vobis, divitibus.
»Wehe euch, die ihr reich
seid im Geiste.«

Die Vertreibung der Graubrüder

Es hilft gegen den Zorn, die Chronik der Vertreibung zu redigieren, zu der viele der Minoritenbrüder ihren Teil beitragen, und Bruder Jacob liebt es, seine Wortwahl durch die *interpretatio romana* prägen zu lassen, die darin besteht, Phänomene und Institutionen der Gegenwart mit klassisch-lateinischen Vokabeln zu bezeichnen. So bevorzugt er *cenobium* für ein Kloster, gebraucht aber auch gern *monasterium*. *Conventus* benutzt er nur, wenn ausdrücklich von der Bruderschaft die Rede ist, und dann am liebsten in Verbindung mit dem Namen der Stadt – z. B. *de conventu malmogensi*. Eine Kirche nennt er *sacra edes* statt *ecclesia*, und entsprechende klassische Bezeichnungen gebraucht er für eine Sekte (*factio*), einen Bürgermeister (*proconsul*) und einen Heiligen (*divus*). Bruder Jacob gibt auch genau an, wann die ketzerischen Lutheraner begannen, die Minderbrüder aus ihren Klöstern zu vertreiben. Viborg 1527 ... Malmö 1527 ... Aalborg, Randers und Køge 1530 ... Ystad 1532 ... Næstved und Kalundborg 1532 ... Horsens im gleichen Jahr, »am Tag des heiligen Märtyrers Bischof Thomas von Canterbury« ... Kopenhagen ...

Aber besonders liebt Bruder Jacob es, seine Komposition zu sprengen, so daß die chronologische Ordnung häufig von Einschüben unterbrochen wird, die auf die Vorgeschichte zurückgreifen oder die religiöse Bedeutung der Ereignisse zeigen sollen. Die gesammelte Chronik versieht er mit einem *Gebet gegen die Versuchungen der Ketzer und des Teufels*, das folgendermaßen beginnt: »O Herr, Gott der Heerscharen, wende Dich um, schau vom Himmel herab (mit Deinem milden Auge) und sieh (unsere Not, die wir für unsere Sünden leiden) und besuche diesen Weinstock (diesen Orden der Minderbrüder)!« Und es schließt mit den Worten: »Darum bitte ich, Herr, Gott der Heerscharen, daß die Ketzer selbst umkommen mögen durch die Drohung Deines Angesichts (bewirke, Herr, Gott der Heerscharen, daß diese falschen Prediger umkommen mögen durch die Drohung und den Grimm Deines zornigen Angesichts bei Christus, unserem Herrn). Dies nach Psalm 79.«

Insbesondere im Kapitel über das Kloster in Malmö, das längste Kapitel der Chronik, das er ganz selbst schreibt, weil er hier die Hauptperson ist, greift Jacob Johansen zu den langen Einschüben. Zuweilen gibt er der Versuchung nach, »ich« zu schreiben.

An der Klosterpforte. Der Ketzer:

»Was heißt es, Buße zu tun?«

»Ich« kniff den Mund zusammen, weil »ich« es nicht für wert erachtete, einem solchen Wortklauber zu antworten. »Ich« wußte nämlich, was »ich« auch erwiderte, der andere würde es auf seine Weise in eine Verleumdung verdrehen. Der Ketzer antwortete sich denn auch selbst mit einem verfälschten Pauluswort.

»Was soll das nun bedeuten?« fragte »ich«.

Dann streicht Bruder Jacob das Geschriebene und beginnt das Kapitel über Malmö von vorn und berichtet über die Vertreibung, so wie er, der Vizeguardian Bruder Jacob Johansen in der dritten Person, sie erlebt hat. Es beginnt damit, daß einer der neuen Priester nach Malmö kommt, »schamlos erfüllt von der Verirrung seiner ketzerischen Verblendung«. Dieser Claus Bødker schäumt über »vom größten Überfluß des Quellstroms aller Bosheit«, denn da er »weder in den menschlichen noch den göttlichen Schriften kundig ist«, war er zuvor nach Kopenhagen gereist, wo das theologische Studium blüht. Doch in dieser königlichen Residenzstadt ist man eifriger mit dem Studium der lutherischen als der katholischen Theologie befaßt, und dort wird der Faßbinder heimlich unterwiesen und so aufgepeitscht, daß er oft selbst die Kanzel in der größten Kirche, der Kollegiatkirche der Jungfrau Maria, besteigt und dort, wie Bruder Jacob schreibt, »mit aufgeblasenem Hochmut predigt«. Als dies dem Bischof zu Ohren kommt, verbietet er dem Faßbinder, je wieder eine Kanzel in seinem Stift zu besteigen. Aber Jørgen Koch, auch Jørgen Mønter genannt, einer von Malmös Bürgermeistern und der Münzmeister des Reiches, ist von der lutherischen Lehre beeinflußt und läßt den anrüchigen Priester nach Malmö holen in der Hoffnung, daß er dort alle mit seiner Ketzerei anstekken und Haß gegen die Geistlichkeit entfachen kann. Doch bekommt er nur die Erlaubnis, vor den Toren der Stadt zu predigen, in einer verlassenen Kapelle auf einer grünen Wiese. Bald versammelt sich die ganze Stadt, um die neue Lehre zu hören.

Reden, muß Bruder Jacob zugeben, das konnte der Faßbinder. Er hört noch immer seine dröhnende

Stimme in der verlassenen Kapelle. Claus Bødker ist ein listiger Mann, »nicht unkundig in den Ränken des Bösen«, und deshalb sieht er ein, daß man nicht das reine Gift einschenken darf, sondern »es in süßen Honig tunken und langsam in die Ohren der Zuhörer träufeln« muß. Alle loben die Predigten des Ketzers, und man protestiert dagegen, daß er draußen auf dem freien Feld sein muß, als sei er ein Verdächtiger. Man klagt bald darüber, daß die Wiese um die Kapelle niedergetrampelt wird, und führt den Prediger in die Stadt, zunächst zur Heiligkreuzkapelle. Hier zündet er »kleine winzige Funken« seiner Ketzerei. Sie wirbeln in der Kapelle umher und gewinnen viele Gönner und Verteidiger, so viele, daß die Kapelle sie allmählich nicht mehr fassen kann. Bald predigt Claus in Sankt Simons und Judas' Kapelle. Dort werden Lieder gesungen, und dort werden Messen auf dänisch gehalten. Der nächste Schritt auf dem Weg ist die Kirche des heiligen Apostels Peter, und hier versammeln sich immer mehr wie zu dem fröhlichsten Schauspiel, und der Ketzer ruft »auf die unwahrhaftigste Weise gegen alle Wahrheit in der heiligen Kirchenlehre« auf. Nach einem Jahr, in dem der Faßbinder zusammen mit einem Abgefallenen aus dem Orden des Heiligen Geistes, Hans Spandemager, nach Haderslev gezogen war, kommen die beiden nach Malmö zurück, um unter Berufung auf königliche Privilegien alles auf den Kopf zu stellen. Altäre werden umgestürzt, die katholischen Priester werden davongejagt, die Kapellen der Kirche des heiligen Apostels Peter werden verunstaltet, und der Faßbinder errichtet sich seinen eigenen Altar, nur ein

Tisch in großer Höhe, an dem er sein ganz eigenes Abendmahl hält, wo der Wein und das Brot trotz der Anwesenheit Christi darin Wein und Brot bleibt. Kalk über die Malereien in den Kirchen, während immer mehr Altarbilder in Stücke gesägt, zerstört und verbrannt werden. Die ganze Zeit ist Bruder Jacob Johansen einer der ersten, wenn es gilt, mit den Ketzern zu streiten und sie zum rechten Glauben zurückzuführen, und oft bekommt der Faßbinder einen roten Kopf und weiß nicht, mit welchen Wendungen er Bruder Jacobs Argumenten ausweichen kann. Dann tritt Hans Eimermacher hinzu und verunglimpft Bruder Jacob, der vom Guardian, Bruder Gabriel, davor gewarnt worden war, sich mit den Ketzern einzulassen.

»Was wünschst du zu fragen, Hans Spandemager?«

»Was ist ein gutes Werk, Bruder Jacob? Nenn mir ein solches! Nur eins!«

»Auf die rechte Weise zu fasten ist ein gutes Werk.«

»Haha! Ein gutes Werk, das *wem* hilft? Gott? Mir? Dir? Ha!«

Der Schaum vor dem Mund des Eimermachers, sicher war er trunken, denkt Bruder Jacob. Und hinter ihm, doch das schreibt Bruder Jacob nicht, Abraham mit dem grauen Bart – Frederik I., auch die Henne von Gottorf genannt, dieser in Bruder Jacobs Augen falsche König, diese Spartruhe, der von Kindesbeinen an neidisch war auf seinen Bruder Hans, der sündigte, aber beten konnte, Fehler machte, aber nach Bonaventuras *Lebensbaum* meditieren konnte und deshalb vermied, ein Opfer der sieben Todsünden zu werden. Graubart dagegen: weder Gier noch Hochmut, weder

Zorn noch Völlerei, weder Liederlichkeit noch Lebensüberdruß. Aber *invidia horrendum monstrum, sævissima pestis.* Mißgunst. Die gespreizten Schwanzfedern eines Pfaus, und sie müssen abgeschnitten werden. Ein alternder Meister hoch unter dem Deckengewölbe einer Kirche, bei der Arbeit, das Lamm zu malen, das die Schuld der Welt trägt und über den Wassern des Jordan thront, von wo der Strom des Lebens und der Sakramente sich ergießen soll, und die Leiter muß unter ihm weggetreten werden. Die aufrichtige Frömmigkeit einer Königinwitwe, und ihre Gebetbücher müssen verbrannt werden. Eines Königs Krone, und sie muß gestohlen werden, und konnte Graubart sie nicht König Hans stehlen, kann er sie nun seinem landesflüchtigen Sohn stehlen. Maria, in die hinterste Reihe mit ihr. Selbst Christus am Kreuz soll die Herrlichkeit seiner Auferstehung nicht gegönnt sein – wieder soll er gekreuzigt werden, während alle seine Altarbilder in Stücke gehauen werden. Und vor sich her schiebt Graubart seine Heerscharen von Faßbindern und Töpfern und Schildmalern und Schuhmachern und Buchdruckern und Eimermachern. Trunkenbolde und Hurenböcke sind sie alle.

»Ich« zog mich zurück von dem Eimermacher. Immer diese Frage: *Was ist ein gutes Werk?* Und die Antwort der Ketzer stets zur Hand: Es gibt keins. Der Mensch ist böse, sagen sie. Gäbe es den Menschen nicht, hätten Gott und der Teufel sich längst versöhnt, sagen sie – und sehen hingerissen aus bei dem Gedanken. Der Mensch ist ein Schlachtfeld, wo das Böse von Tag zu Tag Boden gewinnt, bis der Mensch zusammenbricht unter der Sünde und nur der Glaube ihn vor der ewigen Verdammnis retten kann, sagen sie – und stürzen sich in die Sünde, wie Kinder sich in die Arme ihrer Mütter werfen, und erdichten Predigten, die sie als die der Minderbrüder ausgeben, »voll der entsetzlichsten Verirrungen«. Schließlich ist Claus Bødker ganz nah herangekommen. Es ist ein Uhr am Mittag, und er dringt in die Klosterkirche ein, weil er erfahren hat, daß Bruder Jacob Johansen und Bruder Christoffer Madsen abwesend sind. Hier »kläfft er schlimmer als ein Hund mit seiner schmutzigen Schnauze«. Als Bruder Christoffer von der Bettelrunde zurückkommt, besteigt er die Kanzel, sobald die Predigt des Ketzers vorüber ist, und beweist die Unschuld der Brüder. Als er herabgestiegen ist, steigt der Ketzer wieder hinauf und danach wieder Bruder Christoffer. Und so vergeht der Tag bis zur Vesperzeit um fünf Uhr damit, daß der eine oder der andere predigt, Bruder Christoffer dreimal und der Faßbinder zweimal.

An einem anderen Tag ist Bruder Jacob an der Reihe. »Ich« war müde. »Ich« war zornig. Gedanken über die Führung des Reiches und darüber, wo »ich« mich heute befunden haben würde, hätte »ich« nicht meinem weltlichen Namen abgeschworen, und meine Herkunft hätte an mir gezehrt. »Ich« war zornig und hungrig, und »ich« sprach mich selbst dessen schuldig. »Ich« fühlte mich allein, selbst unten den Meinen, und sprach mich auch dessen schuldig. Lebensüberdruß, Trägheit des Herzens, *acedia* oder *desidia*, die schleichendste aller Todsünden: Wozu sich anstrengen, wozu nach Vollkommenheit streben, es keimt ja doch kein Leben auf im Schutz der Dunkelheit, um sich im Licht des Morgens zu entfalten, denn das Morgen wird nie kommen. Sich hinlegen und riechen, die Zähne ausspucken, verrotten und zu noch einem Skelett der Zufälligkeiten werden. Müde, zornig, hungrig und allein war »ich«, als die Worte mir aus dem Mund flogen, so daß sich die Ketzer einen Schritt zurückzogen.

»Oh, Ihr Schuhmacher und Töpfer und Buchbinder und all Eure knisternden Schriften, so voll von den Funken der Schlauheit, daß Ihr Euch unter ihrer Inspiration dessen rühmen könnt, zu disputieren wie sonst niemand! Habt Ihr nun die ganze papistische Geistlichkeit überwunden? Ich könnte Euch eine liederliche Viehherde nennen!«

Am Ende vertreiben die Bewohner Malmös selbst die Minderbrüder aus ihrer Klosterkirche, als fürchteten sie, die Stadt könnte infolge ihrer stillen Messen zugrunde gehen. »Ich« weinte und verurteilte das Fürchterliche, das geschehen war. Dann dachte »ich« an Bonaventuras sieben Stufen der Reinigung:

1 – *Aufgrund deines schlechten Benehmens,*
erröte;
2 – *Aufgrund des Gerichts,*
schaudere;
3 – *Aufgrund der Strafe,*
seufze;
4 – *Aufgrund deiner Heilung,*
flehe um Hilfe;
5 – *Aufgrund des Widersachers,*
dämpfe deine Leidenschaften;

6 – *Aufgrund der Krone,*
suche das Martyrium;
7 – *und um dich zu schützen,*
nähere dich Christus.

Bruder Jacob streicht aufs neue alle Stellen, wo er sich selbst in der ersten Person nennt, und er schreibt das Kapitel über die Vertreibung aus Malmö fertig, von der Stelle im Text an, wo Jørgen Mønter den Brüdern erlaubt, in der Kleiderkammer Gottesdienste abzuhalten, doch mit der Absicht, daß sie sich vor Gottes Gericht für solche gottlosen Messen, wie er sie nennt, verantworten sollen. »Oh, der du die Mücke tadelst, aber das Kamel schluckst!« tönt es laut von Bruder Jacob, während er schreibt. Daß Priester sich nun verheiraten, bedeutet nichts, aber Messen zu halten ist in den Augen der Malmöenser so abscheulich, daß sie Bruder Jens Plov, als er sie lesen will, mit Steinen und Schimpfen vom Altar vertreiben. Bei einer anderen Gelegenheit findet man unter der Kanzel große Haufen von Steinen, und als das Ausmaß der Ketzerei von Tag zu Tag zunimmt und die erhitzten Gemüter »erfüllt sind von der Krankheit der Mißgunst«, machen sich die Ketzer alle erdenkliche Mühe, die Brüder ihres Klosters zu berauben. Bei ihrer Verfolgung scheuen sie sich nicht, jedes Gesetz zu übertreten, sei es natürlich, göttlich oder menschlich, und nun kommen sogar die vier Bürgermeister der Stadt zum Kloster, um die Gemüter der Brüder »mit arglistigen Versprechen und Schmeicheleien« zu beruhigen oder um sie durch Drohungen dazu zu bringen, auf einzelne Räumlichkeiten des Klosters zu verzichten – damit das gesamte Kloster folgen kann, wenn die Ketzer erst einen Fuß in die Tür bekommen haben. Die Brüder setzen sich zur Wehr wie *ein* Mann. Sie bestehen darauf, daß das Kloster den Herren gehöre, die ihnen die Räumlichkeiten gegeben haben. Als die Brüder sich dem Willen der Ketzer nicht beugen, bemächtigen sich letztere »kraft der eigenen Machtvollkommenheit« des Hofs der Laienbrüder und bauen im Obstgarten ein Armenhospital, und nun, wo die Tore zum Obstgarten jederzeit offenstehen, kommen Menschen und Vieh Tag und Nacht zu den Brüdern herein, die weder Ruhe finden, Gottesdienste zu halten, noch zu den kanonischen Zeiten jede dritte Stunde ihre Gebete zu halten. Oder zu essen.

Aber die seraphischen Brüder sind standhaft, schreibt Bruder Jacob stolz. Sie halten Schriftlesung zu den vorgeschriebenen Zeiten und predigen jeden Abend in ihrer Fastenzeit zwischen Allerheiligen und dem Weihnachtstag und später während der vierzigtägigen Fastenzeit. Während der letzten Fastenzeit, zwischen dem 2. März und dem 10. April 1530, stellen sich die Ketzer jedoch vor der Klosterpforte auf, damit niemand zu den Brüdern hineingehen und beichten kann, und während des Osterfestes, in der Nacht des zweiten Ostertags, als die Brüder während der ersten kanonischen Zeit, der *Matutin*, den 3. Psalm singen, werden Steine durch das nördliche Fenster geworfen, und die Ketzer treiben fast alle Brüder aus dem Chor. Nach dem Osterfest kommen die Ketzer nun oft ins Kloster und versuchen bald mit Drohungen, bald mit Schmeicheleien, die Brüder dazu zu bringen, entweder der neuen Lehre zu huldigen oder den Ketzern das Kloster zu überlassen, damit sie ein Gymnasium für theologische Studien einrichten können. Obendrein sollen die Brüder ihre Stundengebete und Gottesdienste aufgeben und das Gymnasium besuchen. So werden sie, behaupten die Ketzer, in kurzer Zeit die gelehrtesten Doktoren in »der wahren Theologie« werden. Oder, wie »ich« dachte: Lästerer Gottes und der Heiligen!

Es kommt vor, daß die erste Person sich wieder in den Text einschleicht. Um dann wieder gestrichen zu werden.

Eines Tages kommen die Ketzer zu den Brüdern, die im Speisesaal versammelt sind, und fragen, ob sie ihren, den lutherischen Glauben annehmen wollen. Es werden Fragen an jeden einzelnen gestellt. Jørgen Mønter geht auf Bruder Gabriel los:

»Was sagst du? Ist der Ehestand unsittlich?«

Bruder Jacob ergreift das Wort für den Guardian:

»Vater Guardian, wenn du ihre Ehe ein unsittliches Leben genannt hast, so hast du ein wahres Wort gesagt. Streite es nicht ab. Wir können leicht beweisen, daß es sich so verhält.«

Von nun an geht es schnell mit der Vertreibung. Der Apostat Franz Vormordsen, der sein Zölibatsgelübde gebrochen und sich mit einem jungen Mädchen verheiratet hat, gegen den Willen ihres Vormunds und trotz der Warnungen seiner Freunde, fühlt sich getroffen. Der Zorn des Lutheraners schwillt in einem solchen Maße an, daß er »weder seine Lippen noch sein Gesicht davon abhalten kann zu beben«. Er antwortet wütend, daß alle Gelübde der Brüder gottlos sind, worauf Bruder Jacob erwidert, daß das Urteil eines Abgefallenen über die Gelübde nichts bedeutet. Schließlich, eines Morgens gegen acht in der vierten Woche nach Ostern, strömen viele Bürger vor dem Kloster zusammen, während der Guardian in der Kleiderkammer Gottesdienst hält. Der Vizeguardian, Bruder Jacob Johansen, befiehlt dem Verwalter, Bruder Jacob Jensen, alle Türen zu schließen und mit starken Sicherungen zu versehen, was dieser in dem allgemeinen Tumult vergißt. Die Ketzer dringen ein, und der Guardian geht zu ihnen, während die Brüder im Schlafsaal zurückbleiben. Bruder Jacob hofft, daß er die Ketzer mit milden Worten besänftigen kann, aber als er zu ihnen in den Speisesaal kommt, überschütten sie ihn mit solchen Beschimpfungen, daß er in den Schlafsaal zurückgeht, um die Brüder zusammenzurufen. Weil er nicht wünscht, daß Bruder Jacob zu den Ketzern hinuntergeht, sagt Bruder Jacob, er bleibe gern in seiner Zelle zurück. Darauf sagen die Brüder: »Wenn er nicht mit uns geht, geht keiner von uns hinunter.« Daraufhin gehen alle Brüder hinunter zu den Ketzern in den Speisesaal. Hier verlangen die Ketzer, daß sie sofort das Kloster verlassen oder zu Luther übertreten sollen. Die Brüder lehnen beides ab. Da nehmen die Ketzer dem Kellermeister und dem Koch die Schlüssel zum Bierkeller und zur Speisekammer ab und holen eine Menge Essen und Trinken herauf. Sie singen ein langes Lied, um die Brüder zu verhöhnen. Als es zu Ende ist und die Brüder nicht ihres Weges ziehen wollen, gehen alle Bürgermeister ihres Weges, ausgenommen Jens Fynbo, der mit zahlreichen Taugenichtsen zurückgeblieben ist, um die Brüder zu vertreiben. Er verlangt die Schlüssel des Klosters vom Guardian. Als Bruder Gabriel nicht einwilligt und der Abend anbricht, sagen die Ketzer, daß die Brüder in dieser Nacht den Speisesaal nicht verlassen dürfen. Dort liegen die Brüder bis zum nächsten Morgen auf dem Fußboden. Doch erhält ein alter Bruder, Laurids Jacobsen, der dem Tod nahe ist in dieser Bedrängnis, die Erlaubnis, in den Schlafsaal hinaufzugehen unter der Bedingung, daß er bis zum nächsten Tag darüber nachdenkt, ob er dem Glauben der Ketzer beitreten will.

Als nun die Brüder im Speisesaal eingeschlossen sind, schütten ihre Wächter die ganze Nacht hindurch das Bier des Klosters in sich hinein, wobei sie singen und durch den Schlafsaal und den Chor tanzen und unaufhörlich die Glocke läuten. Jede Stunde öffnen sie die Tür zum Speisesaal und kommen herein, um aufzupassen, daß die Brüder nicht durch die Fenster flüchten. Am Morgen bekommen die Brüder mit knapper Not die Erlaubnis, zum heimlichen Haus zu gehen. Die ganze Zeit folgen ihnen drei, vier Ketzer und schauen sogar durch die Löcher des heimlichen Hauses, um auf sie aufzupassen.

Endlich, gegen Mittag, kommen die Bürgermeister und führen ihre Lesemeister in den Speisesaal der Brüder, so daß die Brüder eine letzte Gelegenheit bekommen können, sich zu dem Glauben der lutherischen Partei zu bekehren. Als sie sich, selbst nach zwei Vorlesungen, nicht bekehren lassen, werden sie mit Gewalt aus dem Kloster vertrieben. Sie dürfen ihr Bettzeug und ihre Becken aus den Zellen mitnehmen. Als die

Brüder über den Friedhof gegangen sind, zerren die Ketzer den Guardian, Bruder Gabriel Poulsen, und den zweiten Vizeguardian, Bruder Bernhard Poulsen, von ihren Mitbrüdern fort und bringen sie ins Gefängnis, weil sie den Stiftungsbrief des Klosters nicht herausgeben wollen. Sie werden unter der Bedingung freigelassen, daß sie den Vorlesungen der Ketzer beiwohnen. Dazu sagt Bruder Gabriel ja. Und wird in die Irre geleitet. Und legt nach Ablauf eines Jahres seine Ordenstracht ab. »Ich« ... mußte ihn ausstoßen:

»Erbarme sich seiner der allgütige und allmächtige Gott in Seiner unendlichen Barmherzigkeit!«

Die vertriebenen Brüder ziehen weiter nach Lund, einige jedoch nach Ystad, wo sie zwei Jahre darauf, am Tage der Verkündigung der hochlöblichen Jungfrau Maria, Christi Mutter, Opfer noch schlimmerer Szenen werden. Zuvor haben die Brüder die Pforte ihres Klosters verstärkt, aber die Lutheraner brechen Planken aus den Flügeltüren und brechen in den Hof der Laienbrüder ein. Doch gelingt es ihnen zunächst nicht, in das Innere des Klosters zu gelangen, weshalb sie die Brüder mit Beschimpfungen überschütten und sie Mörder, Räuber, Blutsauger und Seelenmörder nennen. Später gehen die Ketzer zu einer anderen Taktik über. Sie sagen, daß sie nur friedlich reden wollen. Doch kaum ist die Pforte einen Spaltbreit geöffnet, da stürzen alle Lutheraner wie rasend ins Kloster. Die Brüder bekommen umgehend zu wissen, daß sie verjagt werden sollen, weil sie

1) nicht das heilige Evangelium predigen;

2) alle Bürger es verlangt haben;

3) sie, die Brüder, nicht das Notwendige für ihren Lebensunterhalt haben.

Die Bürger geraten untereinander in Unfrieden. Als ginge es ein wenig zu schnell. Die Ratsherren müssen einräumen, daß die Brüder das heilige Evangelium gepredigt haben. Die Lutheraner beschimpfen die Ratsherren, und der Bürger Søren Jepsen läuft auf den Guardian zu und entreißt ihm die Schlüssel. Die Brüder müssen fortlaufen, einige in den Chor, andere in ihre Schlafsäle, aber die Bürger treiben sie hinaus und bedrohen sie mit Äxten. Den Bruder Søren Jacobsen werfen sie beim Niedersteigen vom Schlafsaal mehrere Male heftig zu Boden. Sie treten ihn und stoßen ihn gegen die Wand im Rundgang und ziehen ihn wie einen Kadaver aus dem Rundgang. Anderen Brüdern widerfährt die gleiche Behandlung. Zwei sterben kurze Zeit nach ihrer Vertreibung. Und der Guardian, Bruder Anders Bertelsen, wird acht Wochen lang gefangengehalten ohne eine Krume Brot. Und die Brüder dürfen keine Nahrung mitnehmen.

Bruder Søren Jacobsen: »Ich nähre aber keinen Haß oder Zorn auf die, die mich so unmenschlich behandelt haben, sondern ich vergebe ihnen gern aus Liebe zu Jesus Christus, der würdig befunden wurde, für mich noch mehr zu erdulden.«

Die Legionäre des Königs, die »mit sehr großem Schmerz, Herzensseufzern und menschlichem Mitleid« zusehen, sagen ohne Umschweife: »Wie grausam und unmenschlich sind doch die Bürger dieser Stadt! Wie unbarmherzig die Menschen doch sind in diesem dänischen Land! Als die Mönche in unserem Vaterland vertrieben wurden, schlug oder mißhandelte man sie doch nicht in dieser Weise; nein, im Gegenteil, man versah sie mit Kleidern, Geld und anderen notwendigen Dingen.«

All dies vom Guardian, dem Vater und Bruder Anders Bertelsen, dem Bruder Rasmus Olsen erzählt, der seine Beschreibung der Begebenheiten in Ystad dem Bruder Jacob Johansen überläßt, so daß dieser, als *socius* des Provinzialministers für Dacia, Bruder Rasmus Clausen Ulf, es in seine Verteidigungsschrift für die seraphischen Brüder am Herrentag 1534 aufnehmen kann – *Cronica seu brevis processus in causa expulsionis fratrum minorum de suis cenobiis provincie Dacie*.

Wir lesen, und nun auf dänisch, daß einmal ein guter, gottesfürchtiger Klosterbruder war, der oft zum Herrn betete, er möge ihm etwas von der großen Freude offenbaren, die im Himmelreich ist. Eines Tages, während des Gebets, hörte der Klosterbruder einen Vogel singen. Er erhob sich und wollte nach dem Vogel greifen, aber der Vogel flog still in einen Wald in der Nähe des Klosters und setzte sich auf einen Baum. Der Klosterbruder folgte ihm und lauschte seinem Gesang, bis der Vogel schließlich aufflog. Er ging zurück und meinte, vielleicht eine Stunde fort gewesen zu sein. Als er zum Kloster kam, war »die Pforte zugemauert, durch welche er zuvor hinausgegangen war«, wie in Christiern Pedersens *Wahrzeichenpostille* steht, bei ihrem Erscheinen im Jahre 1515 das umfangreichste Werk, das je in dänischer Sprache herausgegeben worden war, wiewohl im weit entfernten Paris in einer unbekannten Druckerei gedruckt. Die Postille erzählt weiter, wie der Klosterbruder eine andere Pforte fand, an die er klopfte. Der Pförtner fragte:

»Wo kommt er her?«

Und der Klosterbruder antwortete:

»Ich verließ vor einer kleinen Weile hier das Kloster, und nun komme ich zurück und finde die Pforte zugemauert und daß das Kloster zu einem anderen Gebäude geworden ist.«

Der Pförtner ging zu den alten Brüdern und erzählte von dem Neuankömmling. Die Brüder und ihr Abt gingen zur Pforte und fragten, wer er sei und woher er komme. Der Klosterbruder antwortete: »Ich bin euer Bruder hier aus dem Kloster und ging vor einer kleinen Weile hinaus in den Wald, doch nun, wo ich zurückkomme, kenne ich niemanden, und niemand kennt mich.« Da fragten der Abt und die anderen alten Brüder, wer Abt gewesen sei zu der Zeit, als er das Kloster verließ, und der Klosterbruder nannte dessen Namen. Nun sahen die anderen in ihren Büchern und Chroniken, daß dieser Bruder dreihundertundvierzig Jahre vom Kloster fort gewesen war, obwohl er selbst meinte, nur eine Stunde fort gewesen zu sein. Es war »ein groß wunderbar Ding, daß er so lange Zeit durch des Vogels lieblichen Gesang, der eines Engels Gesang war, weder Hunger noch Durst verspürte, weder Frost oder Kälte, Alter oder Krankheit, noch irgendein anderes Gebrechen des Körpers oder der Natur in diesen vielen Jahren. Wie groß wird da nicht die Freude im Himmel sein, wenn wir dort alle Engel Gottes, die in den neun

Engelschören sind, hören, mit dem allersüßesten und lieblichsten Gesang bis in Ewigkeit.«

Wäre der Bruder Franziskaner gewesen, wäre er von einem Guardian, nicht von einem Abt in Empfang genommen worden, und dem Vogel hätte er zugeflüstert: »Bruder Spatz...«

Zum Himmel hätte er aufgejubelt:

»Bruder Sonne!«

Und auf seiner Wanderung in den Wald, dem Vogel nach, und in der kühlen Brise vom fernen Meer, würde er geflüstert haben:

»Bruder Wind...«

Aber die Postille teilt nichts darüber mit, welchem Orden der Klosterbruder angehörte, und nun ist sie unter den Büchern, die man zum Vorteil der neuen Lehre abzuschaffen wünscht. Und wo ein anderer Mönch auf dem Weg fort von seinem Kloster sich anderen Klöstern nähert oder anklopft, ist niemand da, der ihn in Empfang nimmt, weder Äbte noch Guardiane oder gewöhnliche Brüder. Alle wandern ruhelos in der Provinz Dacia umher, und das einzige, was Bruder Jacob Johansen auf seiner Wanderung von Kloster zu Kloster machen kann, ist, in seiner Chronik aufzuzeichnen, was die heimatlosen Brüder erzählen. Auf dem Heerweg wird er von drei Minoriten überholt, die auf dem Weg nach Süden sind. Auf der Fähre zurück über den Kleinen Belt trifft er ein Dutzend, während ihm, wieder in Kopenhagen, heimliche Treffen in einigen kleinen Räumen in der Lasse Wynnerisstræde genannt werden, auf dem Weg, der hinabführt zum Hysken, dem öffentlichen Bedürfnishaus, das sich mit

Lehmwänden und einem Dach aus Tang an eine kleine Anlegebrücke am Strand klammert. In einer dem Strand zugewandten Dachkammer, mit Aussicht auf das Schloß, das verlassen unter dem abgewandten Gesicht der Schwester Mond daliegt und am Tage durch die ewig wiederkehrenden Wolken von vierzehn Wintertagen vor dem Bruder Sonne verborgen ist, schreibt Bruder Jacob den größten Teil der Vertreibungschronik.

An jedem Ort fast die gleiche Geschichte. Næstved: Mogens Gjøe – nach dem Tod seines Bruders auf dem Dithmarschenzug 1500 der größte Grundbesitzer in Dänemark, Reichsmarschall unter Christian II., nun Graubarts Reichshofmeister – holt lutherische Prediger herein und läßt sie gegen die Graubrüder schreien. Sie werden im Beisein des Provinzialministers Rasmus Clausen Ulf vertrieben, aller Almosen beraubt. Kalundborg: Mogens Gjøe bekommt beim Fest der Errichtung des Heiligen Kreuzes seinen Willen. Flensborg und Randers: Mogens Gjøe und seine Soldaten. Die Bischofsstadt Roskilde: alles ruhig. Ebenso in Helsingør. Aber Aalborg: Axel Gjøe, Sohn des Reichshofmeisters. Jeden Tag bereitet er den Brüdern größere und größere Unannehmlichkeiten. Schließlich entfernt er den Klöppel von der Glocke und zieht mit seinen Dienern und erhobener Prozessionsfahne auf dem Friedhof herum. Und Viborg: der Abgefallene des Johanniterordens vom Kloster Antvortskov, Magister Hans Tausen, beginnt in der Kirche seines Klosters die Ketzerei der lutherischen Partei zu predigen. Eines Tages, als er seine Predigt beendet hat, legt er das Chorhemd ab, das er auf der Kanzel getragen hatte, und geht zusammen mit den Bürgern, die seiner Predigt zugehört haben, von dort fort. Er besucht danach die Sankt-Hans-Kirche in der gleichen Stadt und sammelt mehr und mehr Zuhörer um sich. Die ganze Zeit stachelt er die Bürger an, die Brüder zu vertreiben und beim König um die Erlaubnis anzusuchen, die Pfarrkirchen der Stadt abzureißen, weil ihre Zahl allzu groß ist, nämlich zwölf wie die der Apostel. Die Bürger erhalten die Erlaubnis. Alle zwölf Kirchen fallen in Schutt und Asche, und Hans Tausen nimmt den Brüdern ihre Klosterkirche. Von hier aus, und nur von hier aus, soll die neue Lehre vom Glauben gegen die von den Werken gepredigt werden, ohne Reliquien, Marienbilder und Kalkmalereien, ohne Weihrauch und Meßgesang – das Wort soll unbefleckt zwischen weißen Wänden und unter weißen Gewölben widerhallen.

Und Kopenhagen: Aushungerung, schwere Mißhandlungen...

»Ich«... Oh, spanische Brüder, laßt es mich sagen, wie es war, ohne den Stachel der Anführungszeichen im Fleisch. Ich saß dort in meiner Dachkammer an der Ecke des Strands und einer Straße, die Lasse Wynneris hieß, und sah hinüber zu dem königlosen Königsschloß und ging am Nachmittag hinaus in die Stadt, weil ich nicht mehr schreiben konnte. Ich hörte das Seufzen der Brüder und das Splittern der Altarbilder, wenn sie auf den Boden schlugen. Das harte und rauhe Männerlachen, das Frauengekicher. Ich sah die Kinder vor mir, wie sie davonliefen mit all den Figuren aus den Altarbildern oder sie an Schnüren hinter sich herzogen. Ich konnte kein Wort mehr aufs Papier bringen. *Interpretatio romana* und Kopenhagen anno 1533! Die Welt war versunken, und dennoch war sie da. Die Häuser dieselben. Die Straßen, die Plätze. Die umgebaute Nikolaikirche, dreischiffig wie früher, doch nun mit einem breiten fünfseitigen Chor mit Chorumgängen, umgebaut in *ihrem* Auftrag, Königin Christines, als eine Huldigung an Sie, die Kaiserin des Himmels – eine letzte Prachtoffensive, bevor die Flutwelle einsetzte. Die Klöster mied ich jedoch alle, nicht aus Furcht, ergriffen und von einer Gruppe Studenten oder Buchdruckern aus Malmö, die mit ihren neuesten Streitschriften herübergesegelt waren, verhört zu werden. Nein, nicht aus Furcht ging ich dort in Schmutz und Schlamm mit einem Mantel über der Kutte, einem Hut über der Kapuze und in den zurückgelassenen Stiefeln eines Landsknechts aus einem Bedürfnishaus. Sondern aus Trauer.

Rufe hallten aus jedem zweiten Tor. Die Schimpfworte stiegen zum Himmel, konnten aber nicht durch die schweren Wolken brechen, so daß sie, die Worte, sich bald wie ein Gestank über alles legten, während neue Schilder an den Fassaden aufblühten: hier drukken wir, hier drucken wir die irregeführte Lehre, bald drucken wir sogar in Roskilde und auch in Helsingør, wo die Graubrüder noch standhalten! Jeder Schritt, den ich tat, war mir wie eine Woche, jede Straße, die ich hinter mich brachte, wie ein Monat oder zwei. Und ich, der als Junge mit wenigen Schritten die Stadt durchlaufen hatte, merkte nun, obgleich erst neunundvierzig Jahre alt, wie es war, ein alter Mann jenseits des natürlichen Alters zu sein, zweihundert, dreihundert Jahre alt und mit Augen, die sich an ein wenig Licht in der Ferne klammern, während das Dunkel hereinbricht. Licht, das kein Licht ist, oder Licht, das aus den Spalten der Hölle stammt – so überschlugen sich meine Gedanken auf dieser Wanderung, die dem Umherirren in einer *Fata Morgana* glich, wie sie es in Afrika nennen, wo der Prophet herrscht und in der gleichen Weise auf Rom einschlägt, wie Luther die Stadt Petri von Norden aus angreift. Das Traumbild einer Schicksalsgöttin, aber welcher Göttin? Anti-Fortuna! Anti-Sofia! Und welches Traumbild? Des Dunkels! Ja, so gingen meine Gedanken, während der Anblick Kopenhagens, dessen was einmal Kopenhagen hieß, durch den fallenden Schneeregen wie ein Schmerz auf meinen Augen zitterte, und ich kam zur Heiliggeistkirche. Da war es längst dunkel geworden, und jedes Traumbild der Stadt war verschwunden. Da waren nur Laute, oder richtiger: eine bestimmte Stimme.

Ich ging in die Kirche, ohne daß sich jemand nach mir umwandte. Alle standen und hörten der donnernden Predigt der Stimme zu. Es war Luthers dänischer Bundesgenosse, Magister Tausanus, der sich selbst wiederholte und wiederholte mit wohlgewählten Worten, mit Sinn für den Gebrauch der Augen, selbst der Augenbrauen, mit gewaltiger Schwere im Bart und der Hand auf der Bibel. »Messemeuchler«, dachte ich, als die Stimme bald zu tierischen Höhen anstieg und eine reine, dänische evangelische Kirche unter dem Schutz des Königs und der Obrigkeit verkündete. Und die Stimme fuhr fort: »Oh, ihr papistischen Kreaturen! Was nützen Bußübungen und Beichte zur Zeit und Unzeit? Gibt uns das Erlösungsgewißheit? Half es dem armen Luther, als er als Mönch einen Vorgeschmack von der Höllenqual bekam und von seinen Qualen sagte, daß, wenn sie ihr volles Maß erreichten oder eine halbe Stunde dauerten, ja nur ein Zehntel einer Stunde, der Mensch ganz zugrunde gehen und alle seine Knochen zu Asche werden würden. Da zeigt sich Gott in schrecklichem Zorn, und mit ihm die ganze Schöpfung. Da gibt es keine Flucht, so wie die Kreaturen es glauben, weder innerlich noch äußerlich. Da ist *Anklage* von allen Seiten, und in diesem Augenblick kann die Seele, so sonderbar es klingt, nicht glauben, daß sie je erlöst werden kann, es sei denn, sie fühlt aufrichtig, daß sie noch nicht die volle Strafe erhalten hat, und weiß aufrichtig, daß der Weg zur Erlösung, Bürger von Kopenhagen, arme Leute, darin liegt, das Gehirn zu zermartern und die Bibel zu lesen.«

Ich bewegte mich, den Fuß zur einen Seite, und es verging ein weiteres Jahr, einen viertel Schritt zurück, und es verging noch ein Jahr oder zwei an diesem schwarzen Ewigkeitstag und -abend. Meine letzte schwache Hoffnung erlosch in der Heiliggeistkirche, ich wußte, daß uns nun kein Herrentag helfen würde dadurch, daß beiden Parteien gleiches Gehör geschenkt würde. Durch den Mund des Magisters sprach ein Mächtigerer als Luther, es war der wahre Herrscher der Hölle, der große Strafbemesser, der das Wort führte und die schon Irregeleiteten weiter und weiter von der Wahrheit fortführte. Und trotzdem lauschte ich, vielleicht selbst verführt vom Schein der Flammen, und bei dem Gedanken wurde es schwarz in mir. Wurde ich verführt, wenn auch nicht so schlimm wie Bruder Gabriel in Malmö? Wer in dieser Kirche würde für mich beten, wenn es so war? Wurde ich verführt wie der Magister selbst, der nun einen anderen Ton anschlug und seine Worte all den Irregeleiteten ins Gesicht schleuderte, eines nach dem anderen: »*Nein*, sagen wir, und *nein*, wiederholen wir, und *nein* soll unser letztes Wort sein, und wenn uns in den Kellern des Roskilde-Bischofs bei lebendigem Leib die Haut vom Körper gezogen wird – *nein*, sagen wir zu allem anderen und zu allen anderen außer Christus. Er ist unser einziger Fürsprecher, unser *patrone*, unser Vermittler zwischen uns und Gottvater, und er ist Gott und Mensch, und deshalb sagen wir *ja* nur zum Glauben an Ihn. Wir haben keinen Bedarf an etwas anderem, Bürger und arme Leute.«

Die Arme hoch erhoben, besessen und doch leuchtend klaren Blicks, schwor der Magister aller »äußerlichen Heiligkeit« ab und brachte alle zum Lachen, als er sich über die Kirche lustig machte. Und wieder überkam mich ein Schauder, weil ich jedes Wort von unseren eigenen Gesprächen und Schriften gegen die vergoldeten Messen wiedererkannte. Lachte ich? Nickte ich? Sagte ich zu mir selbst: »Du hast recht, Bruder Hans?« Es wurde eine wahre Komödie, als der Magister die feierlichen Messen und die stillen Messen und die gelesenen Messen und die gesungenen Messen und Messen gegen *pestilentie* und Messen für gutes Gelingen und für Reichtum und für die Überwindung des Feindes und Messen gegen Kopfschmerzen und Zahnschmerzen und Rückenschmerzen und alle Messen im ganzen Land für Kühe und für Pferde und Gänse und Schweine parodierte. Christine, unsere Königinmutter, würde sich auf ihre bekannte Art mit einem Handrükken vor dem Mund vergnügt haben, und Bonaventura würde sich vergnügt haben, und unser geliebter *doctor fantasticus, doctor illuminatus* Ramón Lull, dieser Pilger der Liebe, der aus seiner Einsamkeit und Armut auf dem Berge Randan in seinem und der Troubadouren Katalanisch über den zweiten, schweren Weg zur Erlösung schrieb. Gegenüber den vergoldeten Messen zog er es vor, die Welt von den Ufern des Indus bis zum Baltischen Meer zu durchwandern. Warum dachte ich an Lull? Weil er zuletzt, zu Tode gesteinigt, aus Liebe zu Christus sein Blut vergoß? Plötzlich fühlte ich, daß er vergebens gewandert war, und vergebens war auch Franz' Leben: »Du hast recht, Magister Tausanus!«

Aber tu nicht den Schritt, von dem du nicht weißt, wohin er führt, dachte ich. Brich nicht mit der Kirche. Schände das Abendmahl nicht. Gib die sieben Sakramente nicht auf. Jage Maria nicht fort. Werde selbst ein Exempel wie Johannes, Franz und Ramón Lull. Sei der Mikrokosmos, der den Makrokosmos spiegelt. Geh voran, halte Fürbitte. Deine Zeit auf Erden trägt dazu bei, die Qualen der Menschen im Fegefeuer zu verkürzen. Und gib die Kirche nicht preis, daß jeder irdische König und jede Obrigkeit sie aufgreifen kann wie einen Fehdehandschuh. *Aufgrund der Krone suche das Martyrium.*

»*Libertas ecclesiæ!*« entfuhr es mir plötzlich, und nun wandten sich alle um zu mir, und ich zog mich eiligst zurück. In dieser Nacht konnte ich nicht schlafen. Oder ich schlief, und das Ganze war ein Alptraum vor den leeren Fenstern des Königsschlosses als Zuschauer. Ich stand Angesicht zu Angesicht mit dem Magister. Funken sprühten aus seinem Mund, Gift schoß aus meinem. Seine Augen waren meine, mein Mund war seiner, sein rechtes Ohr war mein linkes und saß deshalb verkehrt herum, während sein Hals weder meiner noch seiner war, sondern ein Schlund so tief wie der Eingang zur Hölle. Rasend zerriß er Raymond Lulles Schriften, auch *Ars Magna*, worin unser Geliebter und Bewunderter in die grundlegenden Prinzipien der mathematischen Logik einführt. In den Schlund hinab verschwanden Lulles und Franz' Schriften und alles, was ich selbst in Malmö geschrieben und übersetzt hatte, unsere ganze Bibliothek. Alles, Brüder.

»Der Mensch ist böse«, zischte der gefallene Johanniter.

»Der Mensch ist gut, weil er Gott zum Bilde erschaffen wurde«, antwortete ich.

Nein, ich antwortete nicht. Auch ich zischte, weil ich vergaß, meine Leidenschaften zu dämpfen.

Magister Tausanus: »*Corpus Christianum!* Die einzige wahre Kirche!«

Ich: »Die einzige wahre Kirche, ja.«

Magister Tausanus: »Wo nur die Glaubensgewißheit gilt. Und deren Haupt der König ist.«

Ich: »Nein, wo nur das gute Werk im Glauben uns von dem Verderben fortführt, und wo die Zahl der Sakramente sieben ist – Taufe, Firmung, Abendmahl, Buße, die Letzte Ölung, Ordination und Ehe. Und deren Haupt der Papst ist.«

Der Magister: »Nur Taufe und Abendmahl.«

Ich: »Falscher Prediger!«

Der Magister: »Hochmütiger, zu glauben, daß du deine Ehe mit dir selbst von Christus hast. Spürst du nicht die Anklage, du sündige Kreatur?«

Ich: »Mögest du umkommen durch die Drohung des zornigen Angesichts des Herrn!«

Und der Schlund verschlang uns beide, und ich fühlte mit Entsetzen das Wahre in Luthers Wort vom *unfreien Willen* ...

Der Herrentag 1534, dem alle Bettelmönche entgegensehen, führt zu nichts. Beim vorigen Herrentag, als Bruder Jacob Johansen nur noch die Kapitel über Trelleborg und Kopenhagen fehlten, hatte der überwiegend katholische Reichsrat nach dem Tod Frederiks I. bestimmt, daß die geschlossenen Klöster vor Ablauf eines Jahres in vollem Umfang wieder eingerichtet werden sollten. Neben Bruder Jacob Johansen beabsichtigt Bruder Peder Olsen, seine Eingabeschrift *Collectanea* vorzulegen, ein Verzeichnis sämtlicher Klöster der Franziskanerprovinz Dacia mit Angaben darüber, wann und von wem sie gestiftet wurden. Aber wer wird der neue König? Christian II. sitzt nach seinen mißlungenen Versuchen, seine Reiche zurückzuerobern, in vornehmer Gefangenschaft. Zuerst strandete er mit einem Söldnerheer an der holsteinischen Grenze, weil er den Sold nicht bezahlen konnte. Erschöpft und mutlos, mit dem Gefühl, daß die Erde wie ein heimatloser Planet durch den Himmelsraum flog, versteckte er sich im Kloster Schweinitz im Sachsen der Mutter und empfing Besuch von Luther und Melanchthon. Und als wolle er wieder aus dem Altarbild in der Graubrüderkirche in Odense springen und seiner eigenen Wege gehen, übersetzte er selbst eine Partie des Alten Testaments und ließ das ganze Neue Testament übersetzen und mit einem Vorwort versehen, das seine Sache verteidigte. Die Bibel für das dänische Volk und die Kirche für ihn persönlich, Luthers Worte, Luthers und Melanchthons Sehweise.

Aber der Schwager, Karl V.! Um sich seine Unterstützung zu sichern, mußte Christian Luther wieder abschwören, um ihn später vielleicht von Norden anzugreifen, während der Schwager ihn von Süden nahm, und aufs neue als Sohn seiner Mutter ging der Vertriebene mit an die dreißig Schiffen und siebentausend Landsknechten in Norwegen an Land. Hielten große Teile Norwegens zu ihm, so waren die Festungen gegen ihn, weil sie mit dänischen Hauptleuten besetzt waren, und bald wurde eine Flotte nach ihm ausgesandt. Der zurückgekehrte König des Nordens bekam freies Geleit, nach Kopenhagen hinunterzusegeln und mit seinem Onkel zu verhandeln, kam jedoch gar nicht dazu, in seiner alten Residenzstadt an Land zu gehen, wo die Glocken auf eine ganz neue Art und Weise läuteten. Ungeduldig zählte er ihre Schläge, in Furcht vor denen, die ausblieben, bis er fortgebracht wurde, um als Gefangener auf Schloß Sønderborg zu enden, mit vier holsteinischen Räten als Garanten der Gefangenschaft. Ohne ihre Einwilligung durfte nicht einmal die Henne selbst ihn besuchen.

Und nun ist Frederik tot, und niemand regiert in Dänemark. Doch Mogens Gjøe, der mächtigste Mann im Reich, tritt für die Wahl Christians III. ein, des Sohns von Frederik und Anna von Brandenburg. Christian Unbekannt geht vorsichtig zu Werke. Er teilt dem Reich mit, daß er zum Herrentag in Kopenhagen erscheinen wird. Aber der Herrentag verschiebt die Königswahl um ein Jahr. Der Reichsrat regiert. Die Lutheraner werden ängstlich. Der Weg scheint plötzlich geebnet für eine katholische Gegenoffensive. Aber aufs neue Mogens Gjøe. Er vereint den lutherisch gesinnten Teil des Adels mit den Bürgern von Kopenhagen und Malmö. Die Bürgermeister Ambrosius Bogbinder und Jørgen Mønter bieten dem Unbekannten erneut die Krone an, man hat nicht vergessen, daß er seine Soldaten zur Nachtzeit die Kleinode aus der Mariakirche in Oslo entfernen ließ. Doch aus Furcht vor dem katholischen Teil des Adels lehnt Christian weiterhin ab, sich krönen zu lassen. Er ist auf ungesetzlichen Wegen. Da greifen die Lübecker, die geschworenen Feinde der Holsteiner, die Herzogtümer an, und Graf Christoffer von Oldenburg landet auf Seeland und droht damit, im Namen Christians II. die Macht zu ergreifen. Aber auch der katholische Adel wünscht alles andere als König Klipping zurück auf den Thron, und Bischof Stygge Krumpen wird nach Holstein gesandt, um – aller guten Dinge sind drei – Christian Unbekannt den Thron anzubieten – vielleicht wird er

Luther später abschwören. Nun greift der Sohn der Henne zu.

Bürgerkrieg in Dänemark. Es heißt alle gegen alle, aber vor allem will ein evangelisch gesinnter König mit Hilfe seiner holsteinischen Söldner die Macht haben, und wie die Karten fallen, wird das Religiöse zweitrangig, wird zu kleinlauten Diskussionen vor den Pforten der letzten Bettelklöster und zu nächtlichen Selbstgesprächen einsamer, heimatloser Mönche in vergessenen Dachkammern. Es heißt: lutherische Soldaten und lutherischer und katholischer Adel gegen aufrührerische Bauern und Schiffer und Kopenhagens evangelische Bürger, die nun den katholischen Christian zurückhaben wollen, weil die letzteren sich bald darüber klarwerden, daß Luthers Rede von den armen Leuten und gleichem Wert vor Gott und einander nichts bedeutet, wenn die Obrigkeit zuschlägt. Die Obrigkeit hat recht, und die Obrigkeit wird immer recht haben, lautet Luthers und Tausens Wort.

Aus Sønderborg sendet der alte Adler Botschaften um Hilfe an alle erdenklichen Katholiken mit dem Ergebnis, daß er auf dem Schloß mit seinem ausgedienten treuen Soldaten Mikkel als einziger Gesellschaft in strengen Arrest gesetzt wird. Von wem wünscht der Gefangene besucht zu werden? Vielleicht trotz allem von Luther und dem abgefallenen Johanniter aus Viborg? Was hat der Adler falsch gemacht? Was kann geradegerückt werden? Wie kann der Gefangene sich verbessern? Allein durch den Glauben? Alle seine bisherigen Taten sinnlos vertan? Der Kaiser ein treuloser und machtloser Papist? Ein donnernder Abschiedsbrief an Karl, mit Hilfe Mikkels hinausgeschmuggelt? Aber so geschmuggelt, daß er leicht von Mogens Gjøe abgefangen werden und sein alter Reichsmarschall sehen kann, daß der wahre König des Landes und das Oberhaupt der Kirche nicht der ist, der das Land nun in den Bürgerkrieg treibt, sondern der Gefangene in Sønderborg, der allein in der Lage ist, alle Dänen gegen Stygge Krumpen und die gräßliche Mönchsherrschaft zu einen.

Oder ein letzter *ehrlicher* Brief an den Kaiser, daß nur er die galoppierende Erde wieder in ihren Himmelshafen zurücknavigieren kann, nun kein Brief, der abgefangen werden, sondern seine ausgestreckten Hände erreichen soll, überbracht von ... wem? Einem von Gottes kleinen Brüdern?

Bruder Jacob Johannis aus Malmö? Wie es heißt, mit den Jahren zu etwas so Erhabenem wie Vizeguardian für Bettlerschalen und verschlissene Sandalen avanciert...

Maria breitet nicht länger ihren himmelblauen Mantel über den Norden aus, und überall sehen die Bettelmönche mit Bangen dem Tag entgegen, an dem der neue König sie ganz aus dem Land jagt. Wohin sollen sie gehen? Die Predigerbrüder denken vielleicht an Dominikus' Spanien, die Graubrüder an Franz' Umbrien, doch um dorthin zu kommen, müssen sie durch das fürchterliche Deutschland wandern. Benediktiner, Zisterzienser, Karmeliter, Prämonstratenser und Augustiner – alle werden sie friedlos. Bald werden die katholischen Bischöfe arrestiert, und aller Kirchenbesitz wird konfisziert.

Aus Furcht vor dem, was geschehen wird, singt niemand in den dänischen Reichen mehr das alte Marienlied des Mönchs Peder Ræff.

Dein Haar ist gelb, deine Wangen rot
wie die Rose in prächtigster Blüte
steht die edle Kaiserin.
Komm uns zu Hilfe in unserer Not
besonders in der Stunde unseres Todes,
laß uns Dein Antlitz sehn.

Von Sønderborg wandert Bruder Jacob Johansen zum Kleinen Belt. Sein Ziel ist Helsingør und danach Nysted, wo viele Franziskaner auf eine Schiffsgelegenheit warten. Den einen Augenblick bittet eine alte Frau oder ein verwundeter Söldner um seinen Segen, den nächsten bewirft man ihn mit Steinen. Dörfer stehen in Flammen, Felder liegen verkohlt, und oft läutet eine Kirchenglocke die Überlebenden zu einer »Flammenstunde des Zorns« zusammen, wie es im Volksdänisch des Magisters heißt. Alles ist Anklage, Gericht und ewige Verdammnis, und der Teufel ist nicht mehr der sichtbare Versucher, sondern alle Trillionen Fliegen des Nordens. Die Fliegenseuche des Satans schwirrt in der Luft, sagen die neuen Priester: schlag eine Fliege tot, und es kommen hundert neue. Das ist »Glaubensgewißheit«, denkt Bruder Jacob: wollte man der Überzeugung des Magisters folgen, müßten alle Dänen verbrannt werden, um dem Teufel beizukommen.

Aber über dem Ganzen die Sonne. Es ist Sommer in Dänemark, wie Bruder Jacob sich keines Sommers erinnert. Die Luft ist schwer von Honig und Hopfen, wo die Felder nicht brennen, und in den Wäldern dampft es über den Tieren, die von Wasserloch zu Wasserloch springen, während die Blumen des Waldbodens sich in langen, breiten Pfaden zwischen all dem Grün entfalten, Pfaden, die zur Erlösung führen. Bruder Spatz und Schwester Reh kennen den Pfad, selbst Bruder Regenwurm und Schwester Marienkäfer, doch jenseits des Waldes brennt wieder alles und die »Glaubensgewißheit« spricht mit den Schreien verwundeter Soldaten und verstümmelter Bauern, während Eimer voll Kalk von Kirche zu Kirche marschieren und von eifrigen Händen ergriffen werden. Ein dänischer Heiliger nach dem anderen verschwindet von den Gewölben der Kirchen, von Knud dem Heiligen und Knud Lavard bis zu Abt Wilhelm von Æbeltoft. Selbst Sankt Jørgen, der Schutzheilige aller Aussätzigen im Norden, Kalk drüber.

Bruder Jacob kommt nach Odense, wo Königin Christine in ihrer franziskanischen Ordenstracht begraben liegt. Steine und Schimpfworte fliegen ihm nach, und nirgendwo kann er sich ausruhen, nicht einmal auf einer der Bänke in der Graubrüderkirche. Alle sind zerschlagen, und vor dem Altarbild liegen die Äxte auf Leitern bereit, und alle Paneele des Bildes sind mit Schlamm und Kuhfladen bedeckt. Bruder Jacob nimmt zwei Leitern und stellt sie schräg gegeneinander, legt einen Klotz dazwischen und bindet sie mit der Schnur seines Mantels zusammen, damit sie nicht unter ihm fortrutschen. Vorsichtig klettert er hinauf, und noch vorsichtiger entfernt er einen Schlammfladen von dem Altarbild, und er sieht Christus: *»Es ist vollbracht.«* Bruder Jacob sucht weiter mit dem Finger und spürt eine Königskrone, bald zwei, es sind die Könige Hans und Christian II. Durch den Schlamm ahnen seine Hände auch einen abgewandten Mönch dicht neben Christus am Kreuz, vielleicht Franz von Assisi, und eine Unruhe fährt durch ihn hindurch. Er steigt von der Leiter. Jemand ist in der Kirche. Er wendet sich um, da ist niemand. Und doch, da ist jemand, er erkennt ein Gesicht, einen alten Mann ohne Zähne und mit Augen, die vom Schmerz tränen. Aber wo ist der Alte genau, und was wünscht er? Und welches Jahr ist es? Hat der Herrentag 1534 stattgefunden? Kommt Bruder Jacob aus Sønderborg oder von einem ganz anderen Ort, vielleicht Nordjütland, während er die Kapitel für seine Chronik sammelte? Bruder Jacob geht in der verwüsteten Kirche umher und sucht nach dem Fremden, aber gleichzeitig geht er irgendwo auf Fünen und hört eine einsame Kirchenglocke mit ungleichen, hingebungsvollen und doch verzweifelten Schlägen über die goldenen Felder hinausläuten. Ist Graubart noch immer König, haben die holsteinischen Soldaten des Christian Unbekannt sich noch nicht zu ihren Plünderungen gesammelt? Da erinnert sich Bruder Jacob deutlich, wie er sich vor ein paar Jahren einer anderen Kirche näherte als der, von der die Glocke ertönte. Er ging hinein, kletterte in den Turm hinauf und ergriff den Glockenstrang und antwortete der fernen Kirche. Wieder ging er hinaus über Felder und Wiesen und begegnete kurz darauf einem alten Mann mit gekrümmten Fingern und zahnlosem Mund und schönen, schmerzerfüllten Augen.

»Särge schreinern, Särge schreinern in Rosmer Meermanns Land«, murmelte der Alte geistesabwesend, als sie sich von Angesicht zu Angesicht gegenüberstanden. Plötzlich blickte der alte Mann verwundert auf seine Finger und fiel auf die Knie und stieß aus:

»Franz!«

Bruder Jacob ist wieder in der verwüsteten Graubrüderkirche, und das Gesicht ist verschwunden. Er greift sich an seine kräftige, gerade Nase und seine schweren Kiefer. Er trocknet sich die breite Stirn, spürt seine vorstehenden Wangenknochen, fühlt zum ersten Mal seit vielen Jahren die scharfen Konturen seines eigenen Gesichts, während er sich daran erinnert, wie er nach der Begegnung mit dem Alten für Stunden seine ganze Kraft verlor, so daß er davonwanken mußte, nachdem er geantwortet hatte, daß er nur ein ganz gewöhnlicher Bruder unter Brüdern sei.

Der geknechtete Wille

Der Bürgerkrieg ist zu Ende. Die lutherische Bürgerschaft in dem belagerten Kopenhagen, die bis zum letzten Augenblick auf die Hilfe durch den katholischen Kaiser und die Rückkehr seines Schwagers Christian gehofft hat, hat sich den Söldnern des Usurpators Luther-Christian und des Adels ergeben, die Luthers Botschaft von den zwei Regimenten mit Blut besiegelten, und fragt der eine oder andere Evangelist in der Stadt: »Ja aber spricht Luther nicht von ›der christlichen Freiheit‹ über der babylonischen Gefangenschaft?«, lautet die Antwort: »*Ja* und *nein*.« Hatte nicht Luther mit Nachdruck gegen die schwäbischen und andere aufrührerischen Bauern geschrieben, daß sie wie tolle Hunde erschlagen werden sollten, weil die Ungerechtigkeit der Gesellschaft und die Armut wie Krankheit notwendige Übel seien, Prüfungen und Strafen Gottes, die die Menschen zur Erlösung führen? Die zwei Regimente, das himmlische und das weltliche, sollen auf ewig getrennt sein, im Gegensatz zur hochmütigen Rede der Papisten von den zwei Schwertern, die beide in der Kirche liegen sollen, und es ist diese neue Botschaft, die die hervorragendsten lutherischen Prediger zusammenführt, zuerst in Odense, dann in Haderslev, um die neue Kirchenordnung zu verfassen. Obwohl auch die katholische Geistlichkeit einberufen wird, endet es mit einer rein evangelischen Verordnung. Nach ihrer Annahme 1537 wird sie zur Durchsicht an Luther in Wittenberg geschickt.

Schon auf dem Herrentag 1526 war bestimmt worden, daß für Bettelei die Todesstrafe eingeführt werden sollte. Nun wird dem hinzugefügt, daß den Bettelbrüdern »durch königliches Verbot untersagt ist, mal an diesem, mal an jenem Ort Lärm zu veranstalten« und so die Gemüter der einfältigen Menschen von der Wahrheit abzubringen. Ja, nirgendwo sollten die Gemeindepriester Mönche oder jene Wanderprediger auf ihre Kanzel lassen. Aber Christian III. ist das nicht genug. Er ändert den Entwurf dahingehend, daß Bettelmönche, die alten, sterbenden und kranken ausgenommen, sich nicht mehr in Dänemark aufhalten dürfen. Einige Minderbrüder entscheiden sich dafür, aktive Lutheraner zu werden, ein Bruder Mathias aus Flensborg, ein Bruder Martinus aus Kolding und die Brüder Jasper aus Halmstad und Rasmus aus Viborg, und dunkle Gestalten wie Bruder Laurentius Johannis aus Køge geben Anlaß zu *multa scandala*. Andere, und weitaus mehr, entschließen sich, in den Untergrund zu gehen, mit dem Segen des Generalkapitels des Franziskanerordens zu Nizza 1535. In einem Brief an das Generalkapitel schildern dänische Brüder, daß nur noch sieben von dreißig Klöstern übrig sind und wie die vertriebenen Brüder Hunger, Nacktheit und anderes Elend ausgehalten haben, und da die übriggebliebenen Klöster sie nicht unterbringen können, bittet man um Erlaubnis, daß sie, vor dem endgültigen Verbot des Ordens durch den König, in den Untergrund gehen können, indem sie ihre Ordenstracht ablegen. Nur dann wagen ihre Verwandten und die Äbte in den Klöstern der anderen Orden draußen im Lande, ihnen zu helfen.

Nachdem das Kapitel darüber beraten hat, erteilt es die Erlaubnis, »wenn nichts anderes zu tun übrigbleibt, was kaum wahrscheinlich ist«. Nur sollen die Brüder versprechen, zum Ordensleben zurückzukehren, wenn dies möglich ist, und es wird die Erlaubnis gegeben, daß die Brüder im Augenblick des Todes *in absentia* die besondere Absolution des Ordens empfangen. Im Gehorsam gegen die Vorschriften des Generalministers sind diese Brüder ohne Ordenstracht in entlegenen Teilen des Landes unterwegs, verborgen bei adligen Familien, die katholisch bleiben, oder bei Bauern, die nur vage von der neuen Lehre gehört haben und die Brüder in Ställen und Kalkgräbern verstecken. Von Versteck zu Versteck wandernd, hoffen sie auf den Tag, der nie kommen wird. Werden sie entdeckt, bedeutet das den Tod.

Mit Peder Palladius' Worten: »Nun sind die Schelme aus dem Land getrieben und einige von ihnen aufgehängt.«

Bruder Jacob Gottorpius, seit 1537 neugewählter Minister für die Franziskanerprovinz Dacia im Exil in Mecklenburg:

»Sind wir aus der Hölle gekommen, Brüder?«

»Ich«... Ich lächelte über meine eigene Frage damals vor bald einem Menschenalter, weil ich glaubte, den Weg von dort fort zu kennen. Und jetzt habe ich keine Ahnung, was ich antworten soll, wenn uns die gleiche Frage hier in Michoacán gestellt wird. Aber was sagt man nicht auf der Lebenswanderung, um nicht den Mut zu verlieren! Sag: »Es tut weh«, und gleich tut es weniger weh, und einige der Brüder in Mecklenburg hatten sogar durch lange Übung eine vollkommene Beherrschung in der Kunst erworben, einen Schmerz nicht nur auszusprechen, sondern ihn in der einen oder anderen Form vor sich zu *sehen*. Ein Bruder Laurids sah oft seine häufig wiederkehrenden Kopfschmerzen in der Form einer Schale, die er aufheben konnte, um den Schmerz auszugießen; ein anderer, Bruder Igvald, der von einer entsetzlichen Kindheitserinnerung gejagt wurde, gab seinem Schmerz die Form eines Balkens, den er langsam aus seinem Körper herauszog und über dem Knie zerbrach. Wir schwelgten geradezu in Beschreibungen all der Demütigungen, denen wir um Christi willen in Dacia ausgesetzt gewesen waren, und einigten uns, unserem Schmerz die Form eines schäbigen Teppichs zu geben, auf den wir gemeinsam lostrampelten, bis wir, glücklicherweise, von Scham und gegen uns selbst gerichtetem Hohngelächter überwältigt wurden und wieder sehen konnten, daß kein Schmerz den Vergleich mit dem Schmerz Christi aushalten kann, dem einzigen und größten in der Welt, der in der Form des Kreuzes für immer in unsere Herzen gelegt ist. Und im Gebet darum, daß wir, Observanten aus Dänemark und Konventualen aus Norwegen, für würdig befunden werden möchten, diesen Schmerz zu sühnen, gaben wir uns anfänglich zufrieden in der Franziskanerprovinz Saxonia Sancti Crucis, unter der Protektion Herzog Albrechts des Schönen von Mecklenburg, der es liebte, von sich selbst als *gubernator* im Namen Christians II. zu sprechen, in der schwachen Hoffnung, daß unser rechtmäßiger König eines Tages aus dem Schloß Sønderborg befreit werden könnte. Wie geistesverwirrt der König auch sein mochte in seinem irdischen Körper, der Schöne Albrecht hoffte, daß der König eines Tages, und in Freiheit, wieder seinen ewigen Körper im Fürstenspiegel erblicken und sich endlich darüber klarwerden könnte, daß Annahme von Schmerzen immer die erste Pflicht des Königs gegenüber Gott und seinen Untertanen ist. Aber Albrecht, der seine Kriegskasse geleert hatte, um den Bürgern Kopenhagens während der Belagerung durch den Usurpator zu Hilfe zu kommen, und den Bürgern der Stadt Religionsfreiheit versprochen hatte, wenn sie ihn dafür als deren Vorkämpfer anerkannten, träumte vergebens, und ebenso der König in seiner Gefangenschaft. Es heißt, daß der König später in ein anderes Schloß gebracht wurde, nach sechzehn Jahren, habe ich einen maurischen Kaufmann sagen hören. Von einem anderen Reisenden aus dem versunkenen Norden habe ich gehört, daß er in den letzten Jahren im Tausch gegen den Verzicht auf seine Rechte die Erlaubnis bekam, innerhalb eines begrenzten Gebietes zu jagen und zu fischen. Doch soll er zum Schluß nicht wiederzuerkennen gewesen sein, mit erloschenem Blick und ungewaschenem Bart im ganzen Gesicht, selbst unter den Augen, und seine Melancholie und sein unmäßiges Trinken versetzten ihn in einen entsetzlichen inneren Zustand. Jetzt ist es sieben Jahre her, daß er starb...

»Du schweifst ab, Fray Jacobo!«

... im gleichen Jahr wie sein Vetter, der Usurpator, der ein Dänemark hinterließ, das ich glücklicherweise nie wiedersehen sollte. Das Land der Trägheit des Herzens, vermute ich, wenn wir mit unserem alten Spiel fortfahren wollen, Brüder, hier in dieser Provinz des Imperiums der Gier die Länder in Europa nach den sieben Todsünden zu benennen. Ja, ich schweife ab. Die unzähligen Irrpfade der Erzählung. Wohin führt dieser Pfad? Wer empfängt uns am Ende dieses Weges? Führt dieses Kapitel geradewegs über den Rand des Abgrunds hinaus?

Also, wir gelangten auf dem Wasserweg nach Mecklenburg, und wie gesagt aus dem ganzen Norden, wenngleich viele schwedische und finnische Konventualbrüder längst in der russischen Tundra verschwunden waren, um vielleicht von byzantinischen Mönchen aufgesammelt zu werden, auch ein Irrweg, aber doch ein Ausweg, der besser war, als zum Bodensatz des verschwundenen Atlantis zu werden. Besonders an zwei finnische Brüder erinnere ich mich. Sie sagten nichts. Ihre Gesichter waren zerfurcht von Hunger. Sie aßen so gut wie nichts, wollten nicht essen. Sie kamen via Estland von den Inseln des Schweigens, Åland heißen sie, und ihr Kloster hieß Kökar. Andere nordische Brüder erzählten darüber, während sie zu den beiden hinüberblickten, als verrieten sie deren Geheimnis. Wie konnte eins unserer Klöster auf diesen kalten Inseln existieren? Wie ich sagen hörte: Die Erde dort besteht aus unfruchtbaren Klippen, die Bevölkerung aus ein paar Dutzend stummen Fischern. Vielleicht haben die Brüder in Kökar zwischen ihren Predigten vor den Stummen in den Herbstmonaten bei der Fischerei geholfen. Doch was taten sie den Rest des Jahres? War das Kloster ein *eremitorium* wie die Klöster in den Bergen um Assisi? Hat man die Seefahrenden beherbergt, die auf der Route zwischen Schweden und Finnland passierten? Ich erinnere mich gut an die Beschreibung des septemberblauen Schärenmeers, in dem die Inseln mit ihren von Teppichen blühenden Heidekrauts gefleckten grauen Klippen lagen. Oft habe ich an das Kloster Kökar gedacht, wenn ich hier am See Pátzcuaro mit seinen vielen Inseln wanderte und Reiher auffliegen und die Enten unter dem Himmel sah und die Musik des Schilfs hörte. Und die Berge um uns her, mit ihren Tannen und den weichen, goldenen Kissen gefallener Nadeln zwischen den Stämmen, und die Holzhäuser der Tarasken … sie könnten in Norwegen stehen. Und der Rauch von den Feuern, die würzige Morgenbrise und die Farben um uns her, lavagrau und herbstbraun …

»Mecklenburg!«

Ja, Albrechts Land. Drei Jahre war ich dort als Provinzialminister nach der dreijährigen Amtszeit eines Bruder Anders Bertelsen, die er bei dem letzten legalen Kapitel unserer Ordensprovinz in der Stadt Roskilde im Jahre 1534 angetreten hatte. Wir wanderten dort umher und um uns selbst herum in diesem grünen, schlammigen Fürstentum, das Albrecht leider nicht allein regierte, sondern zusammen mit seinem lutherischen Bruder Heinrich dem Friedfertigen. In der einen Straße in Schwerin konnten wir betteln, ohne belästigt zu werden, nur um in der nächsten von den Soldaten des Friedfertigen verscheucht zu werden, die oft die Sache in ihre eigenen Hände nahmen, weil sie meinten, ihr Oberkommandierender sei zu vorsichtig in seinem Widerstand gegen die Kirche.

Draußen auf dem Lande war man überwiegend katholisch, aber plötzlich war da ein Bach, der in die entgegengesetzte Richtung floß als die, in die er sollte, und wir konnten im Schlamm versinken, wo kein Schlamm war, und – mögen die Göttin Xaratanga und die Berggötter und der Schlangengott und der Ursprung aller Dinge, die Schöpfergöttin Cuerauaperi, mir glauben! – ein verwelkter Wald konnte in genau der gleichen hügeligen Landschaft einen Sommerwald ablösen, so daß wir nur auf unserer Haut spüren konnten, ob Winter oder Sommer war: ein Schritt zu weit, und wir waren in Doktor Luthers Land, ein Schritt zurück, und wir waren in unserem eigenen Reich, und taten wir nicht nur einen falschen Schritt, sondern zwei oder drei, so daß wir nicht zurückspringen konnten, kam es vor, daß Reiter aus den verwelkten Wäldern kamen und uns zusammenbanden und auf Karren verstauten und uns nach Schwerin zurückfuhren, wo wir wie Schweinekadaver vor der Pforte unseres Klosters abgeworfen wurden. Im Kloster schliefen wir Schulter an Schulter, sogar im Speisesaal. Unsere Bruderschaft war unsere Heimat, und begann an einem Bruder der Zweifel zu nagen, ging er wie ein Kälteschauer durch uns alle hindurch. Ja, mitten in der Nacht konnten drei, vier von uns mit einem Satz aufwachen, und zwar zum gleichen Zeitpunkt, weil wir denselben Traum geträumt hatten, nämlich daß ein Bruder dalag und sich weinend wand und rief: »Mein Gott, mein Gott, warum hast du mich verlassen?« Und ganz richtig – da lag er, weinend wie ein Kind, die Stirn auf den Steinfußboden gesenkt, und betete um Kraft, den Alptraum durchzustehen.

Die ersten Brüder flüchteten, hauptsächlich nach Polen, während Alfred in seinem eigenen Land in immer stärkere Bedrängnis geriet. Andere machten sich in übertriebener Kühnheit auf in der Hoffnung, nach Italien zu kommen, von wo sie eine Stimme hatten rufen hören, daß ein neuer Franz von Assisi geboren sei, noch mächtiger in seiner Demut als der erste und einzige, und nicht nur fähig, mit den Vögeln zu reden, sondern auch mit den Wolken, die ihm versprachen, sich zu einem gewaltigen Himmelsheer von Blitz und Feuer und Hagel zu sammeln, das über den Norden hinziehen und dort bleiben würde bis zu dem Tag, an dem die Dachziegel vom Schloß Sønderborg herabprasselten und unser Christian, vielleicht mit der Flasche in der Hand zwar, aber noch mit seinen fünf Sinnen beisammen, mit seinem treuen Soldaten Mikkel herausklettern und alle Feinde der Kirche niedermachen würde. Und diese dänischen Brüder, Bruder Jens und Bruder Ole und Bruder Niels und Bruder Bertel, meinten, daß sie kühn mit Posaunen vorausgehen und dem Wolkenheer den Weg von Assisi über die Alpen und nach Dacia weisen würden! Ich gab den Davonziehenden die Erlaubnis, sich als arme Bauern verkleiden zu dürfen, keinesfalls als etwas anderes, aber es war schrecklich, mit anzusehen, wie die Hoffnung der verbleibenden Brüder von Tag zu Tag schwand. Täglich blickten wir einander an in der Hoffnung, daß einer von uns die gute Botschaft verkündete, unser Körper und unsere Seele würden bald gesunden und die Schiffe des richtigen Christian lägen nun in Rostock, um uns zurückzubringen. Aber nichts geschah. Keiner wußte sich einen Rat, und es gab Brüder, die meinten, wir sollten lieber verhungern, statt weiterzuwandern und aufgegriffen zu werden. Ich wies darauf hin, daß es eine Sünde des Hochmuts sei, auf diese Weise freiwillig den Tod zu suchen, das Gegenteil dessen, Christi Leiden zu teilen – *passionis Christi compassio*.

Das wilde Fieber der Anarchie war schwer niederzuhalten, oder die böhmische Krankheit, wie Bonaventura es nannte, als er vor denjenigen unserer Brüder aus einem früheren Jahrhundert warnte, die einfach darauf loswanderten, nur geleitet von ihrer Phantasie und Spontaneität, und jede Form von Vernunft und Theologie verneinten. Ja, schrecklich ist es, Zeuge zu werden, wenn der Mensch in Auflösung gerät. Die Natur kann wie hier Lava ausspeien, Stürme können Wälder verwüsten, die Südsee kann sich zu einer gewaltigen Flutwelle auftürmen, doch immer putzt sich die Natur danach wieder heraus, alles wird wieder windstill und angenehm, als sei die Natur eine gewaltige Katze, die alle Unruhe fortschleckt. Die Sonne steigt wieder empor über Kökar und Tzintzuntzan, als wolle sie sagen: »Das war das!« Aber der Mensch! Er kann nicht, wie das Tier, sich zurückziehen und in Frieden sterben, wenn er nicht mehr leben kann, in seinem Körper wohnt ein erbärmliches Ungeheuer, ursprünglich kaum größer als eine Kaulquappe, doch plötzlich wächst die Kaulquappe sich aus und drängt sich auf, wird zu Armen in unseren Armen und Beinen in unseren Beinen und bricht sich Bahn durch unseren entzündeten Mund: »Laßt uns hinaustanzen in die Welt, Brüder, laßt uns alles vergessen, laßt uns an den Blumen schnuppern und wie die Bienen unsere Nahrung aus ihnen ziehen, laßt uns hingehen über die Flüsse und die Sonne umarmen. Laßt uns in Christi Fußspur tanzen, vollkommen wie er!«

So redete einer der Brüder offenkundig in Zungen, und sein Gesicht war grau von Hunger, seine Augen brannten, und mit aufgeblähtem Magen tanzte er eines Nachts in die Stadt Schwerin hinaus, wild singend und nach jedem auf seinem Weg greifend, bis ein Schuß fiel. Andere Brüder gingen glücklicherweise still und gefaßt von uns. Bruder Rasmus gelangte zum Franziskanerkloster in Löwen und lebt dort dem Vernehmen nach heute noch, sechsundsechzig Jahre alt, so alt wie das Jahrhundert. Ich habe gehört, daß er dreimal das Grab Christi besucht hat. Bruder Villads soll nach England gezogen sein und von dort nach Schottland, nur um auf den Kontinent zurückgejagt zu werden, während Bruder Lütke nach Dänemark zurückging, um in Flensburg als Einsiedler zu leben, nachdem ich ihm die Vollmacht gegeben hatte, all unser Eigentum entgegenzunehmen und aufzubewahren, mit Ausnahme eines großen Altarkelchs, den ich als eines der letzten Stücke einem Domherrn in Schwerin übergab, sowie Erasmus' Übersetzung des Neuen Testaments ins Lateinische, die ich mit Widmung einem Bruder Søren aus einer Fischersiedlung in Dacia schenkte, die Hornbæk heißt. Auf dem Fuß des Kelches waren sechs Bilder, und auf seinen Knäufen waren die Buchstaben von Jesu Namen geschrieben. Ich erinnere mich so deutlich daran.

»Aber warum wollte man dich – wie wir haben erzählen hören – *ermorden*, Bruder Jacob? Gerade dich? Du bist ja nicht vom böhmischen Wahnsinn befallen davongetanzt und hast dich an anderen vergriffen?«

Ich hatte gerade an Bruder Lütke geschrieben, »mein liebster Sohn in Christus«, daß er als Gast in der sächsischen Ordensprovinz bleiben solle, »bis ich zurückkomme oder Dich etwas anderes wissen lasse. Du sollst Vollmacht haben, in meinem Namen und als mein Kommissär denen, die aus Dänemark zu Dir kommen, Sündenvergebung zu erteilen. So lebe wohl in Christus.« So lauteten die Worte, geschrieben in Wittenburg – nicht zu verwechseln mit Luthers Wittenberg –, wohin mich meine Schritte geführt hatten in der Hoffnung, zwei Brüdern Trost spenden zu können, die dort krank geworden waren. Aber ich fand sie nicht, und den Brief bei mir tragend, ging ich mit einem Gefühl, daß irgend etwas in der ganzen Provinz Sachsen des Heiligen Kreuzes nicht stimmte, zurück zu Bruder Lütke nach Schwerin. Ich kam an ein Wirtshaus und wollte hineingehen, um um ein wenig Brot und Wasser zu betteln, als ich von Pferden umringt wurde und Heinrichs eigener Bischof und leiblicher Sohn Magnus mir die schlimmsten Beschimpfungen ins Gesicht brüllte. Auch wenn er jetzt ein erwachsener Mann war, sah ich ihn die ganze Zeit als invaliden Jungen vor mir, weil sein Vater ihn schon zum Bischof von

Schwerin hatte bestimmen lassen, als er sieben Jahre alt war. Ein Mensch ohne Kindheit, von Anfang an vergiftet von Luthers Lehre, ein wahres Kindungeheuer saß vor mir auf dem Pferd, mit sonderbar schlaffen und herabhängenden Armen, als könne er das Gewicht seiner schweren Handschuhe aus geflochtenem Eisen nicht tragen.

»Nun, da bist du ja, du Antichrist Dänemarks und Gefängniswächter Babylons!« rief er.

Selbst seine Stimme war wie die eines Kindes, und ich dachte, bevor ich mich verteidigte, daß in diesem Magnus nicht eine Kaulquappe wohnte, sondern ein Knabenembryo mit der Lanzenspitze des Friedfertigen im Magen und sabberndem Mund. Nichts als Haß war in Magnus' Augen, als er auf ein Scheunentor zeigte und rief, daß ich bald dort hängen würde, so daß die in der Nähe Wohnenden mehrere Tage lang kommen und mich vor Angst röcheln hören könnten.

»Die Angst ist bei dir, Magnus!« erwiderte ich, und Feuer fuhr durch meine Finger. Möge der Kriegsgott Curicaueri sich nicht schütteln vor Lachen! Jetzt war ich wieder ein Knabe, wie Knaben sein sollen, genau wie damals, als ich mit meinem ältesten Bruder auf dem Heuboden die Kräfte maß, und in der Nähe wirbelnder Mühlenflügel, vor denen wir die ganze Zeit davonspringen mußten, um nicht von ihnen getroffen zu werden, oder am Strand beim Kopenhagener Schloß und in merkwürdigen Hinterhöfen im Inneren Kopenhagens, wo wir es liebten, unsere Gesichter mit Ruß zu schwärzen, so daß wir wendischen Piraten glichen. Es war, als erwachten jetzt ein Dutzend Piraten in mir und gäben mir Kraft. Ich riß zuerst den einen, dann den anderen Soldaten des Kindbischofs von ihren Pferden, als nächstes jagte ich dem dritten Soldaten einen gewaltigen Schrecken ein, indem ich um sein Pferd herumlief, so daß es sich aufbäumte und mit seinem Reiter, der mit dem Fuß im Steigbügel hing, davongaloppierte. Die Ausgeburt blickte sich ängstlich um und wollte zu Pferde die Flucht ergreifen, als eine junge blonde Frau vom Dach des Wirtshauses auf ihn hinuntersprang und ihn zu Boden riß. Die Frau war breitschultrig, ihr Haar hing tief auf den Rücken hinab, und sie war gekleidet wie eine Mischung aus einem Söldner und einem Pagen. Sie wandte sich mir zu, während sie ihre Beute zwischen den Knien festhielt. Selten habe ich so blaue Augen gesehen.

»Ihm Zunge schneiden, ihm Augen stechen, Bruder?« fragte sie in gebrochenem Deutsch und hielt ihr Messer an sein Gesicht. Ich vermutete, daß sie Polin sein müsse, und einen Augenblick war ich im Zweifel, ob sie eine Frau war oder ein Mann. Sie lachte laut vor Siegesfreude. Ich sprang auf die beiden zu, schubste die Frau weg und packte die Kehle des Bischofs der Mißgunst und der Bosheit und richtete ihn auf. Und schlug ihn. Und wollte wieder zuschlagen, als ich merkte, wie mein Gesicht überwachsen wurde von altem, ungewaschenem Bart voller Flöhe und Bierschaum und wie meine Augen wild zu fernen, flammenden Horizonten blickten. Beschämt ließ ich die Fehlgeburt laufen und versuchte, die Frau zu vergessen, ging in das Wirtshaus und suchte eine Ecke, wo ich für mich allein sein und um Vergebung beten konnte in der Hoffnung, daß Gott mir nie wieder das Gefühl geben würde, daß alter, struppiger Bart mir aus dem Gesicht wuchs, und nie wieder zulassen würde, daß meine Augen vom Horizont der Schrecken angesogen wurden. Die Frau kam mir nach und setzte sich in eine Ecke. Sie fiel mir um den Hals und bat um Vergebung, weil sie sich von dem Bösen hatte verführen lassen, Worte auszuspucken, die sie noch nie zuvor benutzt hatte. Ich vergab ihr, wie ich selbst Vergebung spürte, und riet ihr, die Gesellschaft der Claraschwestern zu suchen, wohl wissend, daß es ein Rat ohne Hoffnung war, denn es war nur eine Frage der Zeit, wann ganz Mecklenburg den Ketzern gehören würde. Ich schrieb noch einen Brief an Bruder Lütke, datierte auch diesen mit Wittenburg, den 19. April. »Es ist das beste, daß ich fortziehe«, lauteten die Worte diesmal, »da ich aufgrund meiner Amtspflichten nicht bei Dir bleiben kann.« Ich schloß mit einem »Lebe wohl, und bete für mich«.

»Prinz Ludwig, er lebt... Prinz Ludwig, er lebt«, sagte die Dienstmagd weinend.

Dann ging sie, mit geradem Rücken und der vorsichtigen Frühjahrssonne im Haar, als komme ihr plötzlich ein Dorf oder eine Familie irgendwo in Polen in den Sinn. Polen, das nie gebrochen werden kann, solange es Frauen gibt wie sie.

Einmal, in ebendiesen norddeutschen Landen, Brüder, lebte ein Fürstensohn, der einer der Unseren wurde. Er war der Sohn eines Fürsten Adolf von Anhalt und hieß Wilhelm. Vor fast einhundert Jahren trat er in das Franziskanerkloster in Halle ein und nannte sich Ludwig nach Ludwig dem Heiligen von Frankreich. Viele Jahre lang war unser Bruder Ludwig von Anhalt, wie er sich nannte, Guardian des Klosters in Halle, wo er sich mit Feuereifer dafür einsetzte, die Reform der Observanten durchzuführen, und als ganz junger Mann hat Luther diesen Fürstensohn sicher barfuß und mit der Bettlerschale durch Magdeburgs Straßen wandern sehen. Ohne Zweifel hat dieser verdrehte Doktor frühzeitig eingesehen, daß er Bruder Ludwigs Glaubensstärke nie erreichen würde. Als säßen die Augen zu tief in Luthers Kopf, außerstande, in Dankbarkeit zu sehen, als seien die Hände des Doktor Martin von Anbeginn an zu Fäusten geballt, wo Bruder Ludwigs dazu geschaffen waren, gefaltet zu werden. Auch mein eigener leiblicher Bruder wurde plötzlich zornig auf Ludwig, aus Gründen, die ich damals nicht begreifen konnte – wir waren nur Knaben. Es geschah nämlich, daß Bruder Ludwig einen Besuch in Dänemark machte, wo er zur Freude unserer Mutter die Observantenbewegung unterstützte und zweifelnden Brüdern Charakter eingab, die fühlten, daß die Flutwelle bald kommen würde, weil Rom ...

»Rom, Bruder Jacob?«

... nicht hörte, sondern ...

»Sondern?«

... *vergaß*, wie wir alle täglich vergessen. In unserer Sünde bauen wir ein verhextes Labyrinth. Hier belegen wir einen Weg mit Gold, dort werden wir von fernem Diamantenschimmer auf einen anderen Weg gelockt, und die Wege drehen sich und spalten sich auf in eine Unzahl von Sackgassen mit Namen wie Liederlichkeit, Eifersucht oder die anderen Todsünden, nennt sie in der Reihenfolge, wie ihr selbst es wollt. Wie Besessene wandern wir fort von dem irdischen Jerusalem, als sei das ein Bauwerk, das wir errichten wollen in der Hoffnung, es könne eines Tages eins werden mit der *Stadt Gottes*. Wie leicht wäre es für unsere Kirche gewesen, rechtzeitig innezuhalten. So einfach, den Ausgangspunkt in Erinnerung zu behalten, so wie Kinder es selbst in ihren wildesten Spielen tun. Die meisten Kinder, denn leider hatte mein Bruder diese Erinnerung verjagt.

Wir liebten es besonders, die Mühlen herauszufordern, mein Bruder und ich. Jeder von uns ergriff seinen Flügel an zwei Mühlen, die gleich nebeneinanderstanden in der Nähe von Odense, wo unsere Mutter sich häufig aufhielt. Wir ließen uns ins Unbekannte hinaufwirbeln, und drehten wir uns nicht ganz herum, so daß der Boden unter unseren Köpfen auf uns zugeflogen kam und wir im Fluge Grasbüschel aus der Erde reißen konnten, hielten wir mit Hilfe von Bauernjungen aus dem Umland die Flügelräder an, wenn der Wind schwach war. Dann hingen wir direkt unter dem Himmel und riefen einander übermütig zu. Das Land war unseres, so weit wir sehen konnten, und streckten wir eine Hand in die Höhe, konnten wir beinah die Wolken streicheln. Ganz bis nach Odense hinein konnten wir sehen, und die, die an uns vorüberkamen, einfache Leute, Bauern oder Soldaten, hatten sich mit der Zeit an unser Spiel gewöhnt und ängstigten sich nicht um uns und nannten uns »die Bezwinger der Zwillingsmühlen«.

Doch eines Tages, als der Wind besonders stark war, so daß wir keine Möglichkeit hatten, die Flügel mit unseren Tauen anzuhalten, stellte mein Bruder drei volle Getreidesäcke gerade ein Stück entfernt von dem Punkt auf, wo die Flügel beinah den Boden berührten. Ich wußte nicht, warum er das tat, und warnte meinen Bruder davor, in einen der Flügel hinaufzuklettern, weil ich keine Möglichkeit haben würde, ihm zu helfen, wenn die Geschwindigkeit zu groß würde. Aber mein Bruder lachte nur über mich, sah zum Himmel auf und wählte einen Flügel aus und wirbelte herum wie nie zuvor. Ich konnte sehen, wie der Wind in seinem Mund seine Backen aufblähte wie kleine Hohlsegel, und er lachte wie ein Besessener, jetzt oben, jetzt unten. An einem bestimmten Punkt ließ er seinen Flügel mit Händen und Füßen los und ließ sich direkt auf einen der Säcke fallen und rief: »Feind, du sollst sterben!« Er durchbohrte den Sack mit seinem Dolch, blickte zum Himmel auf, wartete auf den richtigen Flügel, wirbelte aufs neue davon, auf, nieder, auf, nieder, und sprang dann auf den zweiten Sack und durchbohrte diesen. Ein neuer Feind war tot. Wieder hinauf in den Flügel, rund und rund. Plötzlich war er über dem dritten Sack mit dem Kriegsruf: »Ludwig, da hab' ich dich erwischt!« Er sah mich mit einem Ausdruck tiefer Befriedigung an, schob das Messer in die Scheide, strich sich Erde von den Handflächen und ging davon, während ich lange stehenblieb und das Sausen der Windmühlenflügel hörte und tiefe Trauer spürte, weil ich wußte, daß mein Bruder wußte, daß ich nach meiner Mutter niemanden so sehr liebte wie Bruder Ludwig von Anhalt.

Es war, als ob an diesem Tag alles zwischen meinem Bruder und mir zerbrach. Unser Spiel hatte ein plötzliches Ende gefunden, und kein anderes Spiel trat an seine Stelle. Wie dieser Sinneswandel meines Bruders zustande kam, weiß ich nicht. Es war auf einmal, als seien wir nie Brüder gewesen, hätten uns nie geliebt, nie zusammen gespielt, und in den folgenden Jahren glitten wir ganz auseinander, weil mein Bruder von einem Buchbinder in Kopenhagen aufgezogen wurde, während ich bei meiner Mutter blieb oder mit meinem Vater reiste und nach einer schweren Krankheit davon träumte, nach Paris zu kommen, um in einem unserer Klöster an der Seine mein Noviziat anzutreten. Als ich mich erholte, war Bruder Ludwig in Dacia, um als Kommissär des Generalvikars am Observantenkapitel in Odense teilzunehmen. Ich folgte ihm nach Odense, um ihn zu treffen, und es waren Tage, die ich nie vergessen habe. Bruder Ludwig war es, der den letzten Zweifel in mir vertrieb, so daß ich danach streben konnte, das Schweigegelübde abzulegen und für diese Welt abzusterben. Wenn wir zusammen in Odense oder draußen auf dem Lande bei jedem Wetter lange Spaziergänge machten – »Jedes Wetter ist gutes Wetter!« liebte Bruder Ludwig zu sagen –, wußte ich, daß ich den richtigen Weg eingeschlagen hatte, obwohl ich fragen mußte, warum Gott seinen eigenen Sohn kreuzigen ließ, damit Er unsere Sünden sühnen konnte. Warum schuf Gott uns nicht so, daß wir nie den Ausgangspunkt vergessen, die Sonne, die uns das Leben gibt, das Gute?

»Dann würde er uns als Götter geschaffen haben«, antwortete Bruder Ludwig.

»Aber warum griff er in Golgatha nicht ein?«

»Weil die Kreuzigung das Werk des Menschen ist. Hätte er eingegriffen, würde diese Welt nicht *umbra Dei* sein – Gott würde für immer seinen eigenen Schatten verbannt haben. Und damit seine Schöpfung zurückgezogen haben.«

»Und wir gehen im Schatten?«

»Im Schatten, ja. Während wir uns an die Schöpfersonne erinnern sollen.«

»Die wir eines Tages aufs neue sehen werden?« fragte ich kleinlaut. Tausend Fragen drängten sich meinem jungen Gemüt auf.

»Wenn wir offen sind für unseren Schöpfer. Ja. Wenn wir gehorchen. Ja. Gehorchen aus eigenem freien Willen, dieser Eigenschaft, die das erste Zeichen dessen ist, daß wir zu Gottes Ebenbild geschaffen sind. Die Wahl ist an uns. Entweder treten wir ruhig heraus aus dem Schatten in der Zeit, die es dazu braucht, oder wir glauben, daß der Schatten die einzige, wahre Welt sei. Und gehen im Kreis, verfallen der Finsternis, kreuzigen und sind verloren.«

»Und wir Brüder sollen allen voran der Erlösersonne entgegengehen, und angekommen sollen wir Fürbitte einlegen für die der Finsternis Verfallenen?«

»Ja, und deshalb sollst du absterben für diese Welt, angehender seraphischer Bruder.«

Die Art, wie er das sagte, wie beiläufig hingeworfen.

Sein liebevoller Blick. Er machte eine lange Pause. Dann suchte er nach ganz anderen Worten, senkte die Stimme und erzählte eine Anekdote, die er jedoch nicht vollendete, und ging plötzlich mit sich selbst ins Gericht, weil er meinte, er habe einen Fehler gemacht, als er den Namen Ludwig von Anhalt annahm. Hätte er sich nur Bruder Ludwig genannt. Nun wußten alle, wer er war, und die Zuhörer seiner Predigten lauschten seinen Worten vielleicht mit besonderer Andacht, weil sie wußten, daß er ein Fürstensohn war? War das denkbar? Am liebsten würde er diesen Fehler wiedergutmachen, und er dachte daran, in ein anderes Kloster weiter östlich oder nördlich zu gehen, vielleicht Kökar auf den Ålandinseln. Er starb aber nur wenige Jahre nach dem Beginn unseres Jahrhunderts. Nun dachte ich wieder an Bruder Ludwig, an diesen 19. April 1539, auf meiner letzten Wanderung nach Schwerin, nachdem die polnische Dienstmagd seinen Namen geschluchzt hatte. Ich spürte es, sie hatte recht darin, daß er immer noch lebte, als ginge er direkt neben mir mit seiner leeren Bettlerschale und sandte neugierige Blicke herüber auf die zwei Briefe an Bruder Lütke, die ich zusammengerollt hatte und wie einen Stab in der einen Hand hielt. Doch vor Schwerin drehte Bruder Ludwig ab, als wartete dort ein Anblick, den er nicht ertragen konnte. Wie ich fürchtete, war es der Anblick der lutherischen Bürger Schwerins und der Soldaten des Bischofs Magnus, die vor unserem Kloster zusammengeströmt waren. Alle sangen laut ein Lied von Luther:

Eine feste Burg ist unser Gott,
eine gute Wehr und Waffen.

Ein neuer Gott hielt seinen Einzug in Schwerin, nicht Gott als Schöpfersonne und Ursprung, sondern ein Gott, der das gleiche war wie *Burg* und *Waffen*. Wo war es so dunkel wie in einer Burg? Dies waren die letzten Tage der Saxonia vom Heiligen Kreuz, und in der Menge fiel mein Blick auf Magnus, und ich wußte, daß es das beste war, wenn ich unsere sinkende Ordensprovinz verließ, bevor er mich sah. Später habe ich gehört, daß die Brüder den Chor noch eine Zeitlang behalten durften, doch das Kirchenschiff wurde sogleich für lutherisch-evangelischen Gottesdienst benutzt. Ich übergab meine beiden Briefe an Bruder Lütke einem alten Brennholzweib in der Nähe des Klosters. Sie kannte uns alle und fühlte wie eine Mutter für uns.

»Maria wird deine Schritte ins Ungewisse lenken«, flüsterte sie und steckte die Briefrolle zwischen ein paar Stücke Brennholz. Es schrie geradezu vor Schmerz in mir, als die alte Frau mir ein löchriges Kleidungsstück gab, unter dem ich mich verbergen konnte – Schmerz über diesen unwürdigen Abschied von meinen dänischen Brüdern. Bruder Igvald, Bruder Birger, Bruder Jens, Bruder Lütke – vergebt mir.

Ich war allein in Luthers Land. Hagel im Mai. Es kamen Tage mit Wärme wie im Juli, dann konnte es im Laufe einer Stunde umschlagen, zurück in den Januar und vorwärts in den späten September, oder lag es daran, daß die Zeit in Auflösung war? Die Menschen verbargen sich, nichts wollte wachsen, und meine Augen sahen Erscheinung auf Erscheinung wie im Fieberwahn. Die ersten vier Wochen aß ich kaum anderes als Gras und junge Blätter, und es gab Augenblicke, in denen ich nahe daran war, aufzugeben, in einen tiefen Wald zu gehen, zwischen den Blättern einen Alkoven zu graben und zu Maria um Vergebung zu beten dafür, daß ich dergestalt freiwillig, oder weil mein Wille wie ein Schilfgras im Wind war, beabsichtigte, Abschied von dieser Welt zu nehmen. Ein junger Mann war ich ja nicht mit meinen sechsundfünfzig Jahren. Eher ein sehr alter Mann in den Breiten, wo die Jungen jünger und stärker sind als an irgendeinem anderen Ort in der Welt, Muskeln, klare Augen, Haarpracht, weiße Zähne, die einem Tier das Genick durchbeißen können. Zehn Jahre dauert die Jugend im Norden. Dann werden die besten Jahre des Mannes und der Frau übersprungen, und alle beginnen, inwendig zu sinken, weil die Knochen porös werden. Die Zähne fallen aus. Die Muskeln schwinden. Vielleicht war die alte Frau in Schwerin nur dreißig oder höchstens vierzig Jahre? Aber ich! Ich hatte noch immer die meisten meiner Zähne, und ich hatte mit Magnus' Männern gekämpft und sie besiegt. Und dann wollte ich mich zum Sterben legen in diesem Land, das immerhin das Land des Kaisers war, weil ich hochmütiger und schwacher, nein schlimmer, ich *geiziger* Bruder Jacob der Däne zu fein war, auf meiner Wanderung meiner selbst zu entsagen, jetzt in Fürbitte für die alten Jungen, die von Luthers *Waffen* zerschmettert, vom Antichrist zur Verzweiflung getrieben, mit schwarzem Staub in den Augen und zersplitterten Knochen in der Mitte des Schattens Gottes niedersanken. Rasend über mich selbst schlug ich dreimal die Stirn gegen einen Baum und sagte so laut, daß es im Wind schwang:

»Gott, zeige mir, daß ich Deiner und meiner Wanderung würdig bin.«

Ich fügte hinzu:

»Hilf mir, Bruder Ludwig, daß ich leben und sterben kann wie du, der mich alles gelehrt hat.«

Und dort lag die Burg in der Ferne. Doch zuerst das Dorf mit toten Schweinen zwischen den strohgedeckten Häusern, Gestank aus den offenen Fenstern und furchtsamen weißen Kindern, die alle Türen aufrissen und nach ihren schwer verletzten Müttern riefen. Ich fiel im Schlamm auf die Knie und betete im glücklichen Französisch meiner Jugend:

»*Cœur, âme, forces, esprit.*«

Als ich mich aufrichtete, stand der Landsknecht vor mir.

»Wagst du mitzugehen?« fragte er.

»Wohin?«

»Bruder, nicht wahr? Hinter deiner Tracht...«

»Ja.« Mußte ich ja sagen.

»Bonaventura oder Aquin?«

»Entweder – oder.«

»Es ist leicht genug, Bruder Entweder.«

»Was ist leicht genug?«

»Erlöst zu werden. Wagst du es, mitzukommen?«

»Wohin? Habe ich doch gefragt!«

»Durch das Dunkel zum Dunkel! Geh mit, Gottes kleiner Armer.«

Er führte mich durch das Dorf, und ich dachte auf einmal, daß ich am Ende meiner achten Siebenjahresperiode war. Der Mensch sollte eigentlich sein Leben nach der Siebenzahl zählen und nicht das eine kurze Jahr auf das nächste legen, das ist ja, als wolle man ein Gebäude aus klitzekleinen Steinen bauen. Sieben sind die Todsünden, aber sieben ist auch die Zahl der Sakramente und der Stufen Divis Bonaventuras zur Läuterung. Von unserem ersten bis siebten Jahr durchleben wir nicht sieben kurze Jahre, sondern sieben Ewigkeiten, die in unserer ersten Siebenzahl enthalten sind. Zwischen sieben und vierzehn werden wir langsam, langsam erwachsene Kinder. Von vierzehn bis einundzwanzig brechen die Wasser durch die Dämme, Pferde bäumen sich vor uns auf, unsere Arme werden zu Waffen, so daß selbst unsere Eltern über uns erschrecken. Wir werden Menschen mit der Fähigkeit zu wählen, ahnen den Tod weit entfernt am Horizont und verzweifeln den einen Tag, um den nächsten zu jubeln, in dem Gefühl, unüberwindlich zu sein. Mit Malen von Schlägen am Körper, wilden Haaren und heiseren Stimmen werden wir in die nächste Siebenjahresperiode geworfen, und nun ist es die Ewigkeit des Verliebtseins. Blumen, die wir früher gedankenlos niedergetreten haben, pflücken wir nun oder lassen sie stehen und sprechen zu ihnen, wir erlernen die Kunst der Höflichkeit, und die Tage vergehen mit Träumen und die Nächte in Sehnsucht. Bis wir plötzlich achtundzwanzig Jahre alt sind. Nun kommt das Jahrsieben des Willens und der Handlung. Wir wollen ans Ziel kommen und am liebsten so schnell wie möglich. Der Tod steht ja dort am Horizont und verfolgt jeden unserer Schritte. Können wir ihn überlisten? Eine Burg gegen ihn bauen? Von fünfunddreißig an folgt das Jahrsiebt der Zerstörung, gelenkt von Mars. Das bevorzugte Jahrsiebt der Todsünden. Der Mensch zweifelt, und den Zweifel betäubt er damit, zu essen und zu trinken und zu huren und anderen Hilfe zu verweigern und totzuschlagen. Eine Ewigkeit von Krieg. Gegen Ende wälzen sich die Wasser wieder durch die Eindämmung, aber jetzt mit zehnfacher Stärke, und viele werden mit- und über den Abgrund hinausgerissen.

Endlich bricht die siebente Siebenjahresperiode an. Der Mensch ist zweiundvierzig, weder mehr noch weniger. Denkt über euer Leben nach, Brüder, und sagt, ob nicht auch ihr es sehen könnt als eine Siebenzahl, die in eine andere Siebenzahl greift, die in eine andere Siebenzahl greift, Ebbe und Flut, Ebbe und Flut, von Ewigkeit zu Ewigkeit. Wir Brüder hier im Klostergarten in Tzintzuntzan können unseren Schöpfer preisen, daß wir nicht zerschmettert wurden unter dem Gewicht der Welt und nach dem Jahrsiebt der Zerstörung zweiundvierzig wurden und in die Siebenjahresperiode eintraten, in der wiederaufgebaut werden soll, was niedergerissen wurde, wenn auch das Resultat in der Null der Sarazenen endet und wir für immer ins Exil gehen müssen. Allein unser Glaube und unsere Anstrengungen retten uns, und wir werden neunundvierzig. Der Mensch tritt nun in seine achte Siebenjahresperiode ein. Er kann aufs neue lächeln, doch nicht wie er lächelte, als er jung und verliebt war oder später eine Burg unter dem Wimpel des Sieges baute. An jedem Tag muß Rechenschaft gegeben werden, es ist das Jahrsiebt der Erfahrung, und wir alle wissen, daß vor dem neunten Jahrsiebt, das uns die Heiterkeit und die Innerlichkeit in einer seltsamen Mischung zurückgibt, wir irgendwann durch das schwarze Tor müssen. Keiner kann sich entziehen. Plötzlich ist das Tor da, es öffnet sich von selbst, und aus dem Dunkel vor uns hören wir Schreie. Wir wollen alles dafür geben, umkehren zu können. Kriegsherren werfen ihre Waffen fort, Könige ihre Kronen, Brüder ihr Kreuz. Was wir bisher an Schlimmem erlebt haben, ist nichts gegen dieses unerwartete Dunkel, aber ich dachte, daß so wie unser Herz im oberen Teil des Körpers sitzt, so sollte unser Denken und Wollen immer auf *la gloire d'en haut* gerichtet sein.

Der Landsknecht schloß die Tür hinter mir, und die ersten Schreie aus dem Inneren der Burg klangen mir entgegen. Ich meditierte über den Wunsch unseres heiligen Antonius von Padua, für Christus getötet zu werden, als er von dem Martyrium der ersten franziskanischen Missionare in Marokko gehört hatte. *Là ou est ton trésor, là doit être aussi ton cœur*, wie sein Portugiesisch im Französischen lautete, an das ich mich plötzlich auf meiner Wanderung durch Deutschland zu klammern begonnen hatte. Da gab mir der Landsknecht einen Stoß in den Rücken, daß ich fast in den Rittersaal hineinfiel, in dem ein Dutzend verwundete Soldaten zwischen unzähligen Toten auf dem Fußboden lagen. In der Mitte des Fußbodens brannte ein Feuer, und darüber kochten zwei Kessel.

»Hier siehst du das Kloster ›Der geknechtete Wille‹, Bruder Entweder-Oder«, sagte der Landsknecht und befahl, einen der Toten zu zerteilen und in den Kessel zu werfen. Ich wollte mich umwenden, doch der Landsknecht stieß mich weiter vorwärts, während ein Soldat aus seiner Stellung im Liegen mir ein Bein zu stellen versuchte und mir einen Knochen an die Schläfe schleuderte. Es stank wie nach abgebranntem Pferdestall, Husten ertönte, wie ich noch nie zuvor husten gehört hatte, und die ganze Zeit sauste ein gequälter Junge zwischen den sterbenden Soldaten umher und gab ihnen Klumpen aus dem Kessel, die sie mit leeren, schielenden Augen hinunterschlangen, während Blut aus ihren Wunden rann. Der Junge sah aus, als seien alte Tränen auf seinen Wangen zu schmutzigem Eis gefroren, und als er mich erblickte, fiel er flach auf den Steinfußboden und machte in einer Blutlache das Kreuzzeichen. Die Soldaten brüllten ihn an, sofort war er wieder auf den Beinen und rührte mit einem zersplitterten Gewehr in einem der Kessel, und es kam mir vor – nachdem der Landsknecht mir einen weiteren Stoß versetzt hatte –, als könnte ich zwischen den schlammigen Blasen, die alle wie kleine Granaten zerplatzten und Dampfspritzer weit in den Raum sandten, einen Menschenkopf sehen.

»Wir sind *wir*, wir *zwölf* sind übrig, und die Erlösung wohnt in dieser Burg«, sagte der Landsknecht und berichtete von einer Schlacht, bei der keiner wußte, wer gegen wen kämpfte. Der Landsknecht begann, Dänisch mit norwegischem Akzent zu sprechen, und es zeigte sich, daß er einer von Christians treuen Soldaten bei der mißlungenen Landung in Norwegen gewesen war. »Der König mit den zwei Köpfen«, wie er ihn nannte, weil Christian am Morgen katholisch war, aber lutherisch am Abend, wenn er sich vollgesoffen hatte und verlangte, den Kopf des Papstes auf einer Platte gereicht zu bekommen. Bei Gesprächen mit dem König, die wohl am ehesten den Charakter von Blutstürzen gehabt haben dürften, war der Landsknecht zu seiner ganz eigenen Theologie inspiriert worden, die er gerne mit mir »erörtern« wollte. In der Hoffnung, die letzten Überlebenden in der Burg zu bekehren, bekam ich Lust, mit ihm zu diskutieren, doch wurde mir rasch klar, daß der Landsknecht ein toller Mensch war, der nicht wußte, welche Worte ihm aus dem Munde kamen. Etwas Melanchthon. Etwas Luther aus des Doktors *Tischreden*. Aber hauptsächlich war er Theologe nach seinem eigenen Kopf, und seine Offenbarung lautete: das Dunkel herrscht, und das Licht ist der Feind, weil es ins Fleisch des Dunkels »schneidet«. Deshalb ist jeder Widerstand gegen das Dunkel eine Sünde, ein Totschlag an dem ewigen Schlaf. Sieht man mit unseren Augen in das Dunkel hinein, ist das eine Sünde. Zu hören ist auch eine Sünde, weil es das gleiche ist wie Spione des Sehens zu sein, die sich an die Atemzüge des Dunkels heranlauschen wollen, wo die Augen aufgeben mußten. Selbst unser Atem stört das Dunkel, von unseren Schritten hier auf Erden gar nicht zu reden. Wie die Heerschar des Lichts trampeln wir auf dem Dunkel herum, und benutzen wir Pferde, ist das eine direkte Kriegserklärung an das Dunkel. Deshalb ist es das beste, wenn der Mensch sich das Leben nimmt. Dann wird er zur Belohnung die Erlaubnis bekommen, ins Dunkel zurückzufallen und eins mit ihm zu werden, und durch Beten in der richtigen Weise, gemeinsam mit einem der abgefallenen Brüder des Lichts, der neunmal hintereinander das Kreuz verhöhnen soll, wird der Tote im Augenblick seines Ablebens von jedem Schmerz befreit sein. Das höchste Glück, das jemandem widerfahren kann.

Deshalb hatten die noch lebenden Soldaten beschlossen, von eigener Hand zu sterben. Das Gift war gemischt. Es fehlte nur ein Bruder, der sich vor den Augen der Welt vom Herrn des Lichts zu dem des Dunkels bekehrte, und ich war von der Vorsehung dazu ausersehen, derjenige zu sein, der dem Glauben abschwören sollte, während die Soldaten die Flasche mit Gift herumgehen ließen. Als letzter wollte der Landsknecht selbst trinken, nachdem er zuvor das Gift in den Mund des Jungen geträufelt hatte, der glücklicherweise nicht verstand, was dieser wahnsinnige Norweger, besessen von der Erinnerung an seinen doppelköpfigen König, daherfabelte.

Die zwölf Apostel des Dunkels rückten näher zusammen, setzten sich in die Hocke, ihren Anführer in ihrer Mitte.

»Heute nacht sollt ihr mit mir im Paradies sein.« Er lachte und zog die Giftflasche hervor. »Aber zuerst sollst du, Bruder Wildschwein aus den dänischen Wäldern, die Flasche segnen.«

Als ich ablehnte, erhob er sich, und ich wußte, daß

ich mich eher erschlagen lassen mußte. Nun würde Maria mir vergeben. Hier war also das Ende meines Wegs, hoch oben in der Burg des geknechteten Willens am Rhein. Der Landsknecht zog sein Schwert und hielt es an meinen Hals. Ich wich keinen einzigen Schritt zurück. Da fiel mein Auge auf den Jungen. All meine Kraft kehrte zurück, und ich fragte den Landsknecht, ob er nicht wisse, daß es eine Sünde wider den Fürsten des Dunkels sei, durch Gift zu sterben. Nur mit dem Schwert im eigenen Fleisch würde die Erlösung des Dunkels sicher sein, ja, vielleicht würde sich Walhalla schon vorher dem Landsknecht und seinen zwölf Jüngern öffnen. Sagte ich.

»Woher weißt du das, Kreatur?« fragte der Landsknecht.

»Von unserem Studium der Schriften der heimlichen Mächte«, sagte ich.

»Du redest wie Klipping«, sagte er.

»Selbstverständlich rede ich wie der König. Ich habe ihn ja selbst eingeweiht.« Ich lachte.

Ich griff nach einem Kopf in einem der Kessel, hielt ihn vor mich und starrte direkt in seine gelblichweißen Augen, während ich erzählte, wie die Wikinger tagelang dasitzen und den abgeschlagenen Kopf eines Feindes anstarren konnten, um all seine Kraft in sich aufzunehmen. Kurz danach begann ich, die Finger der einen Hand in die langen, klebrigen Haare des Kopfes verflochten, im Rittersaal umherzutanzen. Ich schwenkte den Kopf während dieser schwarzen Messe und besprengte die zwölf Jünger mit dem Wasser, das von ihm abtropfte. Ich rief: »Kommt her, wenn ihr es wagt, nehmt euch selbst einen Kopf, wenn ihr es wagt, oder nur ein Bein oder einen Arm, und ihr werdet von Kraft und Mut erfüllt, gegeneinander zu kämpfen und für das Recht zu sterben, in Walhalla eingelassen zu werden.« Ich wiederholte den Namen Walhalla, am Schluß so laut, daß er durch den Rittersaal hallte.

»Walhalla, Fray Jacobo?«

...das Tlalocan der Wikinger, regiert von Odin und wohin alle, die im Kampf sterben, kommen, um mit Met und Frauen belohnt zu werden, bis der Untergang, »Ragnarök«, eintritt, selbst die Götter sterben, und alles wird verwandelt zu dem Ort, wo immer Nacht ist, *la région del ayre tenebroso*. Warum Walhalla überspringen, bevor das Dunkel sich herabsenkt? Warum sich hundert, vielleicht zehn mal hundert Leben nach diesem ersten erbärmlichen und schmerzerfüllten Stadium, wo wir als Kinder sterben, versagen? Das hielt ich den Soldaten und ihrem norwegischen Verrückten von Anführer vor, und besonders zu ihm sprach ich in einem Kommandoton, der eines Königs würdig war, während ich mit wahnsinnigen Schritten wie ein versoffener Dunkelmönch um ihn herumtanzte.

»Ich sehe es: Du schwörst Christus ab! Du *bist* der Bruder, auf den wir gewartet haben!« sagte der Landsknecht mit leiser Stimme und sah mich gaffend an.

»Ja, ihr Apostel des Dunkels, ich bin der, auf den ihr gewartet habt! Im Kampf, im Kampf sollen wir sterben. Hingerissen vom Gedanken an den kalten Stahl, der uns spaltet – und uns die Wahrheit zeigt:

daß wir nur Eingeweide voller Kot sind, weiße Knochen und Herzen schwarz von geronnener Galle –, sollen wir hinsinken und aus uns selbst herauswachsen und mit neuem, aufrechtem Rücken aus diesem stinkenden Schlachthaus nach Walhalla wandern, um erst nach neunhundertneunundneunzig Umdrehungen des Lebensrades in Frieden ins Dunkel zurückzusinken.«

Die ersten Soldaten richteten sich auf und schwankten zu den Kesseln auf der Jagd nach einem Kopf. Ich warf meinen dem Landsknecht zu, der danach griff und ihn fallen ließ, so daß er mit zwei Soldaten in einen Kampf darum geriet, und binnen kürzester Zeit lief es, wie ich gehofft hatte, so daß ich den Jungen retten konnte. Alle kämpften gegen alle, um Eingang in Walhalla zu finden, am liebsten mit einem Kopf in der Hand, und während ich zu dem Jungen hinübersah, der sich in eine Ecke verkrochen hatte, begann ich wie in Trance zu röcheln:

»*Senoi, Sansenoi, Sanmangelof*...«

Es klang wahrhaft schauerlich, und die ersten Soldaten hauchten ihr Leben aus, während sie mich dankbar ansahen. Keiner von ihnen wußte natürlich, daß ich die hebräischen Namen der drei heilenden Engel genannt hatte, die die Juden in einem Kreis auf ihre Haustüren schreiben, um Krankheit und Unheil fernzuhalten. Ich fühlte, daß Gott mein Handeln billigte und daß er im Gedanken an Senoi, Sansenoi und Sanmangelof seine Gnade auf die Soldaten scheinen lassen würde, die auf dem Altar des geknechteten Willens geopfert worden waren. Der letzte, der starb, war der Anführer der Landsknechte. Er bekam einen Schlag über die eine Schulter, dicht am Hals, aber er war nicht tief genug. Er hieß mich, zum Fürsten des Dunkels zu beten, während er sich den Dolch ins Herz stieß.

Ich kniete vor ihm nieder und erteilte ihm Absolution im Namen Jesu Christi.

Wochen ging ich mit dem Jungen an meiner Seite, ohne daß wir etwas sagten. Wir gingen durch Gegenden, wo die lutherischen Fürsten wenige Jahre zuvor die aufrührerischen, anabaptistischen Bauern und Handwerker hingeschlachtet hatten, die, vom Haß auf unsere Kirche entflammt, ihr eigenes Paradies auf Erden errichten wollten – Kommunen, Wohngemeinschaften, Bruderschaften hier und jetzt. Der Weg zur Unsterblichkeit, sagten ihre Anführer mit ich weiß nicht welchen neuen Schriften in der Hand. Manche wollten wissen, daß vielleicht hunderttausend so hingeschlachtet worden waren, und ringsumher in der gewaltigen Landschaft, wo die Perspektive unmerklich verschwinden konnte aus Scham, gab es »verfluchte Felder«, wohin niemand zu gehen wagte, weil Tausende hier Hals über Kopf begraben worden waren und ohne Absolution. Vielleicht war der Vater des Jungen solch ein aufrührerischer Bauer gewesen, und ich fragte mich selbst: »Wo waren wir nur, seraphische Brüder, als dies geschah?« Alle diese unglücklichen, aufrichtigen, armen, aber irregeleiteten Bauern. Hunderttausend – während Luther unbeteiligt eine seiner Tischreden hielt. Kann man Leichen überhaupt zählen? Warum nicht eine halbe Million, Doktor Luther?

Warum nicht eine Million? Warum nicht ganz Europa von Kökar bis zu unserem geliebten Salamanca? *Ubi eras Jhesu bone, ubi eras, quare non affuisti, ut sanares vulnera mea?* wie auf einem gewaltigen Altarbild stand, das ich einige Wochen später sehen sollte? Wo warst du, guter Jesus, wo warst du? Und warum kamst du nicht und verbandest meine Wunden? Aber Christus vermochte nicht zu antworten, weil der Erlöser selbst einer der geschlachteten Bauern war, ein Christus so furchterregend, wie ich ihn nie zuvor gesehen hatte, weil auch er, festgehalten von der sicheren Hand eines toll gewordenen Meistermalers, mit Dornen oder Pfeilspitzen überall in seinem Fleisch – und ich sage *überall*, so angebracht, als sei der Maler auch ein Folterexperte gewesen – einsieht, daß der Wille nichts ausrichten kann. Christi Mund – als wolle er sich immer noch erbrechen unter dem Eindruck all der im Schlamm der Markgrafen hingeschlachteten Bauern. Die Nägel in den Händen des Erlösers. Der gewaltige, durch seine grünen Füße gestoßene Nagel. Das Blut, das vom Kreuz herab in den Schlamm des Vergessens sickerte.

Doch vor dem Anblick dieses Christus gingen alle meine Gedanken zu dem Jungen und seiner dritten Siebenjahresperiode, der von vierzehn bis einundzwanzig, die ihm aus dem Körper gerissen war nach zweimal sieben Jahren, die Armut gefolgt von Elend gewesen waren, doch mit einer Mutter, einem Vater, die vom Feld heimkehrten, einer Schwester, ein wenig Licht. Aber nie war er auf einen Mühlenflügel aufgesprungen, um sich in einem Rausch von Luft und Glück herumwirbeln zu lassen. Hatte er jemals in einem Bach gefischt oder sich zusammen mit anderen Jungen eine Laubhütte gebaut? Verdunkelten Sinnes ging er neben mir, die Arme mit den viel zu großen Händen schlapp schlenkernd, und stieß Laute aus wie ein Geistesschwacher. Wenn er sabberte, wischte er sich nicht den Mund ab, und wenn er seine Notdurft verrichten mußte, ließ er es in seine zerlumpten Hosen gehen. Legte ich meine Hand auf seinen Kopf, brummte er zuerst vor Zorn, doch wie die Tage vergingen und es Spätsommer wurde, wagte er, zu mir aufzuschielen, und erwachte er morgens vor mir, in einem Dickicht oder an einem abseits gelegenen Grabenrand, ging er um mich herum, als beginne er zu ahnen, daß ich nur sein Bestes wollte.

Als wir den Rhein entlang weiter nach Süden in die Weinregionen gewandert waren und zu dem Antoniterkloster im Elsaß kamen, waren seine Augen klarer geworden, und kaum waren wir in die Klosterkirche gelangt, als er schon zum Altar eilte und auf dem Altarbild ein menschliches Wesen erblickte, das mit himmelwärts gerichtetem Gesicht und Beulen und Ausschlag über dem ganzen Körper dalag. Ein Dämon? Nein, ein Mensch, der um Heilung fleht. Des Kaltbrands Hosianna! Der Junge schloß die Altarflügel, doch es kamen nur neue Bilder zum Vorschein. Er schloß auch diese, und da war der Christus des Grauens am Kreuz, flankiert von Divus Antonius und Divus Sebastian. Über eine Stunde lang schaute der Junge auf Christus, und auch ich schaute, während ich fühlte, daß ebenso entsetzt, wie ich über das Bild unseres Erlösers mit Dornen und Stacheln im ganzen Körper war, ebenso ruhig war der Junge, als erkenne er plötzlich all das wieder, das ihm die vielen letzten Jahre geschehen war. Jeder Dorn war ein Dorn in seinem eigenen Fleisch, und plötzlich wandte er sich mir zu, und die Tränen liefen über seine Wangen, und er öffnete den Mund ganz weit, so daß ich sehen konnte, daß seine Zunge ganz unten an der Wurzel herausgerissen war. Ich brach in Tränen aus, fiel vor Christus auf die Knie und betete zu ihm, daß er aus seiner Auferstehung über den Jungen wachen wolle. Nun fiel auch der Junge auf die Knie, dabei streckte er vorsichtig die Hand zum Altar auf, als wolle er liebevoll seinen Erlöser berühren.

Wir blieben einige Tage zusammen bei den Antonitern, und ich überredete sie, sich des Jungen nach meinem Fortgehen anzunehmen. Etwas war geschehen mit diesem Menschenkind, dessen Namen ich nie hören sollte. Als sei er um einen Kopf gewachsen. Als habe er Lust bekommen, langsam in sein neues Jahrsiebt einzutreten, um Mann zu werden.

Thomas Morus »begnadigt« zu einer Enthauptung in London, Erasmus tot in Basel im Haus »Zur Luft«, vielleicht mit dem Gedanken an das Lutherwort aus *Von der Freiheit eines Christenmenschen*, das er mit Leichtigkeit gegen den Doktor selbst gewendet haben könnte: »Nein, lieber Mensch, nicht also! Es wäre wohl also, wenn du allein ein innerlicher Mensch wärest und ganz geistlich und innerlich geworden, welches nicht geschieht bis am Jüngsten Tag. Es ist und bleibt auf Erden nur ein Anheben und Zunehmen, welches wird in jener Welt vollbracht.« Ein gewaltiger Aufbruch war abgebrochen, und die Kirche war mehr denn je in Gefahr, zur Karikatur ihrer selbst zu werden, so daß alle und jeder in sie hineinstürmen, ein Wachslicht oder eine Schrift ergreifen und wieder neue Variationen der Ketzerei verkünden konnten. So dachte ich, als ich in einer kleinen Wirtsstube saß, nachdem ich das Antoniterkloster verlassen hatte. Auf wen sollte man nun hören in den Hauptstädten Europas?

Um Kräfte zu sammeln, suchte ich nach Zitaten in den Testamenten, bei Franz, Ramón Lull, Bonaventura, Duns Scotus, Pico, Platon, Antonius von Padua, dem hingerichteten *Lord High Chancellor* von London und dem Buchberg Erasmus von Rotterdam. Mein Kopf war meine Bibliothek, und meine Erinnerung flatterte wie ein ruheloses Gespenst zwischen den Regalen mit den vielen Folianten umher: »Beseele mich!« Hätte ich Tinte und Papier gehabt, hätte ich vielleicht selbst ein Buch begonnen. Ein Wanderbuch, worin ich alles mögliche erzählen wollte, und in unserem gemeinsamen Latein, das, wie Erasmus wußte, den Gedanken klar hält und uns um die Zusammenbrüche im Kopf herumführt, die Luther für »Inspiration« hielt. Eines Tages würde sich »Ragnarök« vielleicht als Kampf aller gegen alle offenbaren, mit Schlamm und Schmutz als Waffen. Kein Dialog würde möglich sein. Dänen würden ihren Kot den Schweden an den Kopf werfen, Niederländer den ihren an den Kopf der Friesen und Sachsen, und selbst die Römer würden angesteckt werden und die Sprache in Kot verwandeln. Und der Kot würde sich schließlich über uns allen schließen, weil sich niemand mehr an *»Im Anfang war das Wort«* in jenem Latein erinnern kann, das die Kunde vom Anfang von allem aus dem Griechischen und Hebräischen verbreitet hat.

Ja, so übte ich mich selbst, aber ließ auch meine Gedanken verzweifeln nach diesem Kapitel, bei dem ich kein Ende absehen konnte, obgleich ich jetzt im Begriff war, Luthers Land hinter mir zu lassen, als sich ein Mann neben mich setzte und sich als ein Freund des Raphael Hythlodeus vorstellte, des »brennenden Phantasten«, der Thomas Morus zu seiner Erzählung über das merkwürdige westindische Reich Utopia angeregt hatte, wo alle gleich sind und Frieden herrscht. Schon als junger Mann in Paris und später in Dacia hatte ich von diesem »wahrhaft goldenen Büchlein« gehört, aber ein Exemplar gelangte nie zu uns, oder vielleicht wurde es erst abgesandt, als alles zu spät war und der Norden sank. Nun stieg die neue Welt der Utopier an einem späten Nachmittag in Lothringen vor meinen Augen auf, während der Neuankömmling – ein Steuermann aus Flandern – berichtete. Ich sollte später entdecken, daß er eine Menge hinzudichtete. Er hatte Thomas Morus wahrlich nicht gelesen, aber glücklicherweise war ich nicht übergenau und ließ alle Zitate, erinnerte oder eingebildete, die unter meiner Schädeldecke kollidierten, fallen – ließ sie fallen zugunsten der Phantasie. Und als der Seemann von den ersten zwölf Minderbrüdern erzählte, die in der Neuen Welt ankamen, nachdem sie über das Nordmeer gesegelt und barfuß durch Urwälder und Wüsten gewandert waren, wallte die Maria-Sehnsucht in mir auf. Eine ganz neue *republica christiana?* Der Anfang *meines* neuen Jahrsiebts? Ich alter Mann?

»Aber warum nahmst du den Namen Gottorpius an, als du in Mecklenburg warst, Bruder Jacob?«

... Ein anderes Kapitel, an einem anderen Tag. »Ich« ...

Ich gab meinem Schmerz die Form eines Stabs und machte mich auf nach Nirgendwo.

Das Labyrinth von Notre-Dame de Chartres

Das Jahrhundert ist jung, und Jacob, gegen Ende seines vierten Jahrsiebts, steht vor der Kirche Notre-Dame de Chartres, in deren Innerem das Labyrinth in den Fußboden eingelassen ist. Führt das Labyrinth hinter dem Eingang nach links, will er sich eines Tages Bruder Jacob Johansen nennen, führt es nach rechts, will er sich Bruder Jacob Jonassen oder Jonsen oder Jensen nennen. Oder Hansen. Bruder Jacobus Johannis wird er jedenfalls auf lateinisch heißen. Das Labyrinth hat drei verschiedene Namen, »Daedalus« nach dem Architekten, der das Labyrinth in Knossos auf Kreta baute, »Die Meile«, weil manche meinen, daß es genau eine Stunde dauert, darin bis zum Mittelpunkt zu wandern, und »Der Weg nach Jerusalem« als symbolische Bezeichnung für eine Pilgerreise in die Heilige Stadt, aber auch als Erinnerung an den Weg Christi von der Urteilsverkündung im Prätorium bis nach Golgatha. Anders als das Labyrinth des Daedalus ist das Labyrinth in Chartres nicht mit einer Unzahl von Sackgassen versehen, man kann sich nicht in ihm verlieren. Aber man kann versucht sein, auf halbem Weg stehenzubleiben, umzukehren und sich dabei zu verlieren, den Ausgangspunkt wiederzufinden, an den der Mensch sich nur erinnern soll, und zwar die ganze

Zeit. Von der Geburt zum Tode und zur Auferstehung in dem Himmlischen Jerusalem geht der Weg, nicht von der irdischen Geburt zu neuer irdischer Geburt. Man kann sich jedoch frei entscheiden, um das Labyrinth herumzugehen und sich damit zu begnügen, es in seinen Gedanken zu haben, und dann wird Gott den, der ausgewichen ist, nicht strafen, wie er denjenigen bestraft, der sich für das Labyrinth entscheidet und es, nachdem er der Welt entsagt hat, betritt, um dann umzukehren.

Jacob beschließt, den ganzen Weg durch das Labyrinth auf Knien zurückzulegen, weil er ahnt, daß es sonst keine Stunde dauern wird, ans Ziel zu gelangen. Geht er zu Fuß, wird er in einem Viertel der Zeit angekommen sein, wie er leicht sehen kann, und der zweite Name des Labyrinths würde keinen Sinn ergeben, denn eine Stunde ist die Zeit, die ein Mensch braucht, um eine französische Meile zu gehen. Aber ein genau ausgemessener Teil einer Meile! Stolz darüber, entdeckt zu haben, daß der heimliche Name des Labyrinths »Kniemeile« sein muß, erhebt sich Jacob genau eine Stunde, nachdem er niedergekniet ist und sich auf den langen, gewundenen Weg auf dem Kirchenfußboden begeben hat.

Das Labyrinth führte gleich hinter dem Eingang nach links, und Jacob weiß nun, wie er sich nennen wird an dem Tag, an dem er in Paris sein Schweigegelübde ablegt und für die Welt außerhalb des Labyrinths abstirbt. Doch zuerst soll er seine erste große Europareise fortsetzen, die ihn bisher durch Friesland und die Niederlande nach Mont-Saint-Michel in

Frankreich geführt hat. Von diesem Himmelsschloß, das wechselweise, je nach den Gezeiten, an Land oder im Wasser steht, ging die Reise durch die Bretagne der Druiden zu einem Aufenthalt bei den Minderbrüdern in Fontenay-le-Comte, wo sich alle über die Greuelmärchen belustigten, die ein achtzehnjähriger Novize namens François Rabelais bei allen Mahlzeiten zum besten gab. Von dem Kloster in La Vendée wollte Jacob nach Paris, doch in Chartres beschließt er, sich Paris für die Heimreise aufzuheben, und lenkt seine Schritte, nachdem er aus dem Labyrinth herausgekommen ist, nach Basel, von wo er weiterwill nach Assisi, dem Ziel seiner tiefsten Sehnsucht – auch wenn seine Gedanken in noch größere Ferne wandern, in das Heilige Land und jene ganze Welt, wo man, umgeben von Arabisch, aufs Leben bedroht von Türkisch, sowohl Hebräisch als auch Griechisch spricht. Überall in Europa hat man angefangen, Griechisch zu lehren, und ist man besonders gelehrt, spricht man gern Griechisch, Lateinisch und Hebräisch. Bereits 1508 stiftete der Franziskaner Francisco Ximenes von Cisneros die Universität in Alcalá, wo man es sich zu einer Hauptaufgabe machte, die heiligen Schriften in den drei klassischen Grundsprachen herauszugeben, und das erste Resultat soll eine *Biblia Polyglotta* sein, die, so hofft man, bald mit der Genehmigung des Papstes herauskommen kann. In Löwen hörte Jacob von den Plänen, dort mit der Unterstützung des Kaisers ein »Collegium Trilinguum« einzurichten. Und auch ihn erreichte das Gerücht, daß man im England Thomas Morus', von dem zu Gast weilenden Erasmus inspiriert, ein »Corpus Christi College« errichten wolle, um den Unterricht in Griechisch und später in Hebräisch wahrzunehmen. Sogar in Rostock soll ein gewisser Marschall Thurius begonnen haben, Griechisch zu unterrichten. Den Lehrer will Jacob besuchen, wenn er sich in einigen Jahren nach Dänemark einschifft. Gemeinsam können die beiden vielleicht Griechisch in Dänemark einführen.

Königin Christine zur Ehre. Dem ganzen Norden zum Nutzen.

Ein neues Goldenes Zeitalter? Davon ist Erasmus dem Vernehmen nach überzeugt. Durch die griechische Sprache steigt überall in Europa eine versunkene Welt herauf, als sei es das wahrhaftige Atlantis. Griechische Gelehrte auf der Flucht vor den Türken haben schon lange Asyl in Italien erhalten, und die Begeisterung für den wiedergefundenen Aristoteles und die vergessene Perspektive reicht bis über die Alpen, wenngleich viele Klöster und Universitäten, wie die Sorbonne in Paris, dagegen sind, daß man ohne lange Vorankündigung anfängt, die Evangelien in der Originalsprache zu lesen, mit frischen Augen und als könne man die Evangelisten Jesu Worte beinah flüstern hören, in Freude oder in Trauer, während die Feder sacht kratzend über das Pergament oder die Häute gleitet. Die Sprache Satans, sagen einige Theologen über das Griechische, auch die älteren Mönche in Fontenay-le-Comte, wo der Novize Rabelais seine brennende Lust, es von Grund auf zu lernen, unterdrücken mußte. »Gottes kleine arme Brüder haben Angst vor dem armen Bruder eines anderen Gottes« war der wiederholte Kommentar des Novizen zu der Verärgerung über Sokrates, und Jacob schämte sich dafür, daß man sich in seinem Orden so verhielt. Es gab Tage in Fontenay-le-Comte, da ärgerte sich Jacob grenzenlos darüber, daß selbst Minderbrüder die Besinnung verlieren und in zahnlosem Zorn gegen die neue Zeit zetern können.

Aber das Grinsen des Novizen in die Gesichter der Alten brachte Jacob die gute Stimmung wieder zurück, und mehr als irgendein anderer war es dieser Rabelais mit seinen dunklen, wie abgeschnittenen Zähnen unter zuviel sichtbarem Zahnfleisch, der Jacobs Gedanken auf jenen merkwürdigen Sokrates lenkte, dessen Namen auch nur zu nennen die alten Minderbrüder verboten. Vielleicht war Sokrates ein Heide, na und? Er konnte gut ein christliches Gemüt sein, ohne es zu wissen, gottesfürchtig wie er war. Ging er nicht für seinen Glauben in den Tod, nachdem er Wahrheitsliebe und Zutrauen zum Nächsten gepredigt hatte, wenn nur der Nächste das Zutrauen zu seiner »inneren Stimme« wiederfand? War nicht der Adler des Hieronymus auch in Sokrates gelandet und hatte sich bei ihm eingenistet? Diese Fragen beschäftigen Jacob, so daß er fiebrig wird vor Spannung. In wenigen Jahren ist die Welt eine andere geworden, und hinter Sokrates stehen vielleicht noch ein zweiter oder dritter von seiner Sorte? Glücklicherweise stellt Jacob fest, daß man in anderen Franziskanerklöstern, die er auf seinem Weg besucht, entweder höflich neugierig oder geradezu mit Freude von dem Steinmetz aus Athen spricht und einräumt, daß man einem nichtchristlichen, heiligen Mann nicht näherkommen konnte als er, den großen Propheten Israels vergleichbar, dazu noch im Besitz von *synderesis*, dem Gewissen, das nicht einmal in Kains Herz erlosch, als dieser von dem Ackerboden vertrieben wurde.

Während Jacob auf Basel zugeht, schwingt er zuweilen seinen Sack mit Schriften von Erasmus von Rotterdam in die Luft. Zuunterst liegt das *Handbuch des christlichen Streiters*, irgendwo zwischen den Wechselkleidern liegt die Sammlung mit Sprichworten aus der Antike, und zuoberst, so daß Jacob es leicht greifen kann, liegt das *Lob der Torheit* mit der Widmung an Thomas Morus, unersetzliche Seiten, worin der eine Meister sich gegenüber dem anderen lustig macht über Kaiser und Kardinäle und Votivbilder und all jene, die glauben, sie könnten nicht sterben an einem Tag, nur weil sie einen ausgeschnittenen oder gemalten Polyphemus Christophorus betrachtet haben, oder sie würden unversehrt aus der Schlacht heimkehren, wenn sie mit bestimmten Redewendungen eine Statue der Barbara grüßen. Und was sagt Erasmus nicht über jene, die sich der süßen Ruhe einer eingebildeten Vergebung ihrer Verbrechen hingeben und auf den Uhrschlag genau die Zeiten des Fegefeuers berechnen, Jahrhunderte, Jahre, Monate, Tage und Stunden, als handle es sich um eine mathematische Formel, die jeden Irrtum ausschließt. Sokrates hätte das Buch schreiben können. Christus selbst.

Oh, schreiben zu können! Wissen und Phantasie zu kombinieren und mittels des ruhigen Rhythmus der Hand sowohl von dieser Welt als auch vom Weg zur

Erlösung zu erzählen. Jacob weiß, daß er träumt, und so laut, daß andere es ihm ansehen können, besonders wenn seine rechte Hand Schreibübungen in der Luft macht oder auf einer Tischplatte, nachdem er die Suppe und das Brot beiseite geschoben hat. Er betet um zuviel. Schon zu lesen ist in Jacobs Augen ein Wunder. Sich in einen Graben werfen, das *Encomion Moriae* hervorholen, aufschlagen, hineinsehen, die Wörter finden, sich in ihnen verlieren und wieder aufblicken, das Buch schließen, es in den Sack zurücklegen und mit einer ganz neuen Energie davongehen, weil die Wörter den Leser dazu bringen, sich einen Ruck zu geben und frischer zu sehen als vorher, besser als irgendein Bild, das Jacob gesehen hat, es vermag. Da ist ein Wald, und jeder einzelne Baum tritt scharf hervor. Da ist ein See, und es ist, als zeige der Finger des Erasmus auf jedes einzelne Detail, und sei es auch das kleinste Häuschen am Horizont auf der anderen Seite des zitternden Wassers mit Enten, die zur Landung ansetzen. *Das verzaubernde Spiel der Vernunft*, wenn der Mensch durch das gedruckte Wort erwacht und die Vernunft der Natur entdeckt? denkt Jacob, nun wieder in gutem Gehrhythmus, und plötzlich bricht er in lautes Lachen aus über die Zeilen, wo Erasmus fragt: Aber, Leser, hast du jemals unter all denen, die Votivtafeln anbeten, Menschen gesehen, die etwas anderes verlangen als lauter Torheit? Hast du unter den Votivtafeln, die die Wände der Kirchen, ja zuweilen sogar die Gewölbe füllen, auch nur eine einzige gesehen, daß ein Mann von Torheit befreit oder eine Spur weiser wurde?

Jacob wird sich klar darüber, daß die Bücher immer sein Leben bestimmen werden und am liebsten die, die bei Erasmus' Buchdruckern gedruckt sind, bei denen der Meister zu Pferde anzukommen liebt, mit seinen Manuskripten in speziell genähten Satteltaschen. Nach dem, was Jacob in Löwen hörte, wünscht Erasmus weiterhin in Basel gedruckt zu werden, bei Frobenius mit dem in ganz Europa berühmten Signet: zwei Schlangen, die sich um einen Stab winden, der von zwei Händen mit wolkigen Puffärmeln gehalten wird. Die Schlangen haben Kronen auf dem Kopf, und zwischen ihnen, ohne Furcht, ist die Friedenstaube zu sehen, beschützt von dem Größten neben dem Gebet: dem *Wissen*.

Mit Erasmus' Worten: »Das Gebet ruft an, das Wissen erzählt dem Geist, worum es anrufen soll.«

Aber manchmal wird das Gebet zu einem Schrei.

Die verkommenen Pensionatskammern in dem hohen, schmalen Haus in Basel starren vor Dreck. Zerbrochene Scheiben, Regen, der durch die Decke tropft, pfeifende Ratten auf den Fluren, Gebrüll von betrunkenen Wirtshausgästen, die nach Hause kommen, Schlägereien im Treppenhaus. Und unter den Raufbolden ist immer der gefallene italienische Minderbruder, der von dem Augenblick an, als Jacob ankommt, ihn zu seinem Lieblingsopfer auserkoren hat. Der Abgefallene läßt das Haar wieder wachsen, seine Kutte ist in Fetzen, das Holzkreuz, das an seiner Gürtelschnur hängt, ist zerbrochen, und an den Resten ist ein kleines Tier gekreuzigt, ein sonderbarer Bastard zwischen einem Marder und einem Hermelin, der einen Gestank von Verwesung ausströmt. Als er hört, daß Jacob auf dem Weg nach Assisi ist, ist das erste, was er in einer Mischung aus Deutsch, Französisch und Italienisch brüllt:

»Bruder Piepvogel auf dem Weg zum Segen des großen Bruders Sonne?«

Und Assisi ertrinkt in einem Schwefelregen von Verfluchungen in des Italieners eigenem Umbrisch oder Römisch. Hier hatte der Abgefallene, mit Schultern wie ein Deutscher, Augen wie ein Wende, mit der Nase eines Habichts und einem Mund, der den größten Teil der unteren Gesichtshälfte ausfüllt, endlich gehofft, daß ihm der Anblick weiterer Graubrüder oder Aspiranten des fürchterlichen Bettelordens erspart bliebe, wo man bei den Mahlzeiten am liebsten etwas Asche auf das Essen streut, wenn es zu gut schmeckt, wie Franz von Assisi es tat, und da taucht ein neuer junger Mann auf in Gestalt eines wandernden Dänen, der mit vierschrötigem Gesicht mit festem Fleisch auf den Backen und unverdorbenen Blicks davon träumt, die Aschenmänner von Umbrien zu besuchen, um später in ihren Orden einzutreten und ein jammernder Seelenkrüppel zu werden. Erregt schubst der Italiener Jacob in sein Zimmer, während er ihm das Kreuz mit dem toten Tier vor die Nase hält. Unermüdlich, wobei er sich mit Wein vollaufen läßt, warnt er die ganze Nacht hindurch Jacob davor, weiterzuziehen, über die schicksalsschwangeren Alpen. Doch das ist nur der Anfang.

Nach dieser Nacht folgen Tage, an denen Jacob dem Abgefallenen zuhören muß, als sei er im Besitz der Antworten auf all die Fragen, die im Kopf des in immer wildere Raserei geratenden, aber auch von schwarzer Verzweiflung heimgesuchten Minderbruders auf der Flucht vor seinem Gelübde rumoren. Gott? Existiert nicht, antwortet der Abgefallene sich selbst, als Jacob stumm bleibt. Dies ist die erste Erkenntnis. Der Ausgangspunkt. Jesus? Ein Jude. Das Schlimmste. Maria? Eine arabische Hexenmutter, die verlangte, daß alle Männer ins Kloster gehen sollten, weil sie keine anderen Frauen in dieser Welt ertrug. Das Gewissen? Wenn das Bewußtsein von dieser teuflischen Erfindung ausgeht, geht es zugrunde. Aus dem Menschen tritt dann ein zweiter Mensch heraus und betrachtet den ersten mit Abscheu, und der erste Mensch wird wahnsinnig und versinkt in Dunkel und Schwefel, während der zweite Mensch, der sich der himmlischen Erlösung sicher glaubt, davonfliegt auf der Suche nach etwas, das es nicht gibt, und mit Millionen anderer »Gewissen« zusammenstößt, die in den Giftdämpfen der Wolken aus Angst über ihre Unsicherheit schreien, *ex conscientia suae infirmatis*. Erasmus, bist du in Basel? denkt Jacob, während der Abgefallene fortfährt, auf der Treppe, in Jacobs Pensionatskammer oder in seiner eigenen direkt daneben, wo er so laut brüllt, daß andere Gäste kommen, um sich zu beschweren, aber sogleich von dem Ungeheuer niedergeschlagen werden.

Doch dann weint der Abgefallene. Spricht er, so winselt er. Nun straft er sich selbst. Voller Abscheu wirft er das Kreuz mit dem stinkenden Tier von sich.

Er küßt die Bodenbretter, ißt den Staub, leckt den Schimmel von den Wänden, setzt sich ans Fenster und blickt weinend zum Himmel, von wo der Regen unaufhörlich auf die Dächer der Stadt herabströmt. Müde hofft Jacob, daß er in einem der Augenblicke, wo er alles entschuldigt, mit dem Abgefallenen in Kontakt kommen kann. Wenn nun der Abgefallene die Flasche fortstellte? fragt Jacob. Wenn er ausschliefe, sich wüsche, wenn er ausgeruht wäre, sein Zimmer aufräumte und sich ein neues Kreuz beschaffte und in die Gürtelschnur bände und über die Alpen zurück in sein Kloster wanderte? Aber das ist das Schlimmste, was Jacob sagen kann. Der Abgefallene springt plötzlich auf in seinem Bretterbett und hebt die Kutte hoch, und zu seinem Entsetzen sieht Jacob, daß er eine gewaltige Narbe hat, wo seine Geschlechtsteile sein sollten. Der Traum des Italieners ist es, nach Norden zu kommen, ganz hoch hinauf, wo Antichrist und sein Mondvolk hausen. Nur dort kann er seine Mannheit zurückbekommen. Und der Abgefallene brüllt sämtliche Verwünschungen, die er kennt, gegen die Kräfte, die ihn eines Nachts, als er für diese Welt ganz absterben wollte, dazu überredeten, sich selbst mit glühenden Brennholzscheiten im Schritt zu verbrennen.

»Das ist der Preis für deine Wahl, fremder, nordischer Jüngling«, weint der Abgefallene, bevor er im Bett umfällt und in einen tiefen Schlaf sinkt, aber in einen von Alpträumen heimgesuchten Schlaf, denn schon bald beginnt er mit Armen und Beinen zu zukken, und Speichel läuft aus seinem kolossalen Mund.

Ist Erasmus bei Frobenius mit den zwei Schlangen

und der unbekümmerten Friedenstaube? Ist er zu Pferd unterwegs in Italien? Oder vielleicht in England bei Morus und zählt Folianten in einer Bibliothek in Oxford? Jacob hört auf zu fragen. Nach diesen Tagen und Nächten in Basel hilft ihm kein Wissensdurst, und er übernimmt alle Alpträume des Abgefallenen, während dieser selbst ruhiger wird und eines Morgens Jacob ausfragt, was er »mit ihm gemacht« habe, da er ein Stückchen seines alten Ichs wiedergefunden habe. Jacob versteht nichts und graut sich vor den kommenden Nächten. Höchstens zwei oder drei Stunden schläft er, so daß es vorkommt, daß er im Laufe des Tages im Stehen schlafen muß, meistens in einem Toreingang. Aber sogleich wird er aufs neue von der nächtlichen Vision seiner selbst, Asche essend, heimgesucht. Am Beginn seines stehenden Schlafs weiß Jacob vage, daß er schläft und daß er nur ein Bild sieht, doch wenig später verliert er das Bewußtsein seiner selbst und fühlt, wie sein Mund sich mit Asche füllt, und in der Asche ist Glut, die ihm die Zunge aus dem Mund brennen will. Aber die Zunge will nicht brennen. Die Glut legt sich wie ein sonderbares Kitzeln ganz hinten in seinen Rachen, und plötzlich ist die Zunge los, und er nimmt sie aus dem Mund und betrachtet sie voll Grauen und wirft sie weit von sich. Und die Zunge tanzt davon, hinaus in die Landschaft, die sich in einen Schlafsaal eines Klosters weit im Süden verwandelt. Überall hängen Votivtafeln als Dank von all den Minderbrüdern, die den Mut hatten, sich selbst zu verstümmeln. Die Minderbrüder kriechen auf dem Steinfußboden umher, alle auf der Jagd nach mehr Asche, die sie in ihre leeren Münder stopfen können. Am Ende des Saals wird Jungfrau Maria lebendig. Langsam tritt sie den Mönchen entgegen, und sie hat das Gesicht der Königin Christine von Dänemark. Jacob erwacht und eilt fort aus dem Toreingang durch Gassen und über Plätze in der Hoffnung, ein freundliches Gesicht zu sehen, vielleicht einen Wandersmann aus einem der Klöster, die er besucht hat, oder einen dänischen Studenten oder Handwerker. Aber sei es durch Zufall, sei es, weil der Teufel in dieser Stadt regiert, kommt ihm jedesmal der Abgefallene entgegen, um ihm etwas zu erzählen, und Jacob ist sich darüber im klaren, daß er noch immer nicht wach ist, sondern noch in einem Zustand zwischen Schlaf und Bewußtheit.

Endlich eines Tages, und jetzt weiß Jacob, daß er wach ist, als er aus einem Toreingang heraustritt, kommt der Abgefallene ganz zu ihm hin. Es regnet nicht mehr über Basel. Der Abgefallene erzählt, daß er sich wie ein neugeborener Mensch fühlt, der im Traum davor gewarnt worden ist, nach Norden zu ziehen, weil der Antichrist nun aus seinem Eishimmel herabgestiegen ist und sein ganzes treues Mondvolk ertränkt, indem er weiße Flutwellen über es hinschickt. Nicht nur Burgen, Bauernhöfe und die Wälder sinken dahin und werden weggespült, sondern ganze Städte mitsamt der Heiligtümer zur Ehre Antichrists. Wegspülen, wegspülen. Solche Träume hat der Abgefallene früher nie gehabt. Es war, als sei er jetzt im Norden.

»Hüte dich davor, heimzukehren!« sagt der Abgefallene leise und fährt fort, während seine Augen geradewegs durch Jacob hindurchsehen: »Der Statthalter

Antichrists auf Erden, des Nordens König Johannes ist auch tot, und seine Königin ist in tiefer Trauer. Der Antichrist schont sie noch einige Zeit vor der Flutwelle, doch nur, um sich an ihrer Trauer und Angst zu ergötzen.«

Und der Abgefallene ging seines Wegs. Zufällig kommt Jacob später an Frobenius' Buchdruckerei vorüber, aber er hat jede Lust verloren, nach Erasmus zu fragen. Seine Gedanken wenden sich nach Dänemark und zu dem neuen König. Der Abgefallene ist gleich danach aus dem Pensionat ausgezogen. Einige sagen, er habe flötend seine Kammer aufgeräumt, sich gewaschen, sein Haar geschnitten und sich mit einem verklärten Glanz in den Augen auf die lange Wanderung zurück nach Italien gemacht. Jacob wird nie erfahren, woher der Abgefallene die Nachricht vom Tod des Königs hatte, und tagelang geht er durch Basel und hofft, dänische Handwerker oder Studenten zu treffen, die ihm mehr erzählen können. Langsam lassen seine nächtlichen Alpträume nach, je weiter der Abgefallene sich von Basel entfernt, aber in seinem Körper schmerzt es Tag und Nacht, und er ist außerstande, mehr als das Notdürftigste zu essen, ein wenig Brot, etwas Knoblauch.

Die wiederholten Alpträume haben einen tiefen Zweifel in seinem Sinn hinterlassen, und der Zweifel macht ihm weiche Knie und lastet schwer auf seinen Schultern, als trüge er an einem Gewicht, dem er keinen Namen geben kann. Er bekommt Lust, Wein zu trinken, und es geschieht, daß er einige Glas zuviel trinkt, meistens von Wirtshausgästen, die ihn einladen, weil in der Stadt darüber geredet wird, daß er das italienische Ungeheuer in einer Weise beruhigt hat, die großen Respekt verlangt. Dann eines Abends erzählt ihm ein schwedischer Handwerker, es stimme, daß des Nordens König Hans tot ist und daß alles nach Krieg zwischen den nordischen Ländern aussieht, weil der neue König Schweden zu seinem persönlichen Eigentum machen will, die Vorratskammer, aus der er, mit Armen und Beinen und Tritten auf alle losgehend, die ihm zu nahe kommen, sich und seine Heere bedienen kann in seinen wilden Plänen, ganz Nordeuropa zu erobern. Selbst Königin Christina soll bei der Krönung gegenüber dem sächsischen Gesandten Besorgnis über ihren Sohn zum Ausdruck gebracht haben, und es heißt, sie habe sich nach Odense zurückgezogen, wo sie sich in ihrer Trauer damit tröste, die Arbeit an einem gewaltigen Altarbild zu verfolgen, das sie bei einem Bildschnitzer aus Lübeck in Auftrag gegeben habe. Es soll das größte im Norden werden.

Aber wußte Jacob denn nicht, daß der König tot war? Es ist bald zwei Jahre her, kann der Schwede bestätigen. Er soll in einer schrecklichen Kälte gestorben sein, manche sagen, in einem Keller, andere in einem Schlammloch, aber es war eine Kälte, daß der Wein in den Fässern unter dem Stroh zu Eis gefror und die Wölfe die Stimme verloren, ihr Gebiß erstarrte und Eisschollen ganze Dörfer zu Boden drückten.

Jacob fühlt das Gewicht auf den Schultern so stark, daß er kaum imstande ist, sich zu erheben. Nie hat er sich so sehr nach Assisi gesehnt.

»Das letzte Hemd wird ohne Taschen genäht«, lautet ein Sprichwort in Italien, und vielleicht war das der Grund, warum Francesco ausbrach, bevor er bekehrt wurde, als sei *le prise d'habit*, wie Rabelais seine Ordenstracht mit einem erschrockenen Lächeln umschrieb, ein erster, allzu früher Schritt ins Todesreich. Jacob verspürt Lust, sich aufzurichten im Labyrinth, das sich immer noch vor ihm abzeichnet, in immer größerer Ausdehnung, mit immer neuen, verschlungenen, schmalen Wegen, während er noch einhundert oder zweihundert Meilen von Notre-Dame de Chartres fortwandert. Die Alpen waren nicht so strapaziös, wie er gefürchtet hatte, Refugien, von denen die Minderbrüder ihm schon in Dänemark erzählt hatten, empfingen ihn mit Käse, Brot, Schneewasser und warmen Decken, und nun ist er in Italien. Aufrecht will er in Subiaco in den Sabinerbergen, nachdem er die Einsiedlerhöhle des Sankt Benedikt und das Kloster des heiligen Scolasticus besucht hat, über das Tal blicken, wo der Fluß Anio silbersprühend zwischen den blaugrauen Felsen dahinschäumt. Dort liegt die Welt in ihrer heidnischen Schönheit, die Gegend, wo »Der Franzose« aufwuchs, bevor das Labyrinth oder der Weg nach Jerusalem ihn riefen. Als Junge ist Francesco auf dem Fluß gefahren, und war eine Mühle in der Nähe, ist er zu seiner eigenen und seiner Spielkameraden unsäglichen Freude auf einen ihrer Flügel aufgesprungen, und er hat seinen Flügel oben unter dem Himmel angehalten, und laut hat er den anderen zugerufen, daß die Welt ihnen gehört und immer gehört hat. Aber kaum ist Francesco in seiner zweiten Siebenjahresperiode, wird er von den älteren Jungen zur Unanständigkeit verführt, das Natürlichste von allem, sagen sie. Das Christentum ist nur ein Name und nicht einmal das. Sich in einem Labyrinth die Knie blutig zu kriechen ist ein Zeichen, daß man aller Narren Narr sein muß. Bruder und Schwester treiben es miteinander. Assisis Kleiderhändler und Kaufleute und Goldschmiede verkehren regelmäßig in Häusern, wo die Armen ihre Kinder verkaufen, und wenn die Kinder Wein trinken wollen, dürfen sie trinken, bis sie in den Ecken liegen und sich erbrechen und vergebens nach ihren Eltern rufen. Alle wollen schlimmer scheinen als sie sind, und Jungenbanden treiben sich in den Straßen herum und spüren den Schauder im Magen angesichts der grenzenlosen Freiheit, alles zu tun, wozu sie Lust haben.

»Wagst du?«

»Wage was?«

»Deinen Nächsten zu betrügen?«

»Ja.«

»Wagst du?«

»Was?

»Seine Ehefrau zu begehren. Seine Tochter. Seine alte Mutter, wenn es sein muß.«

»Ja, die Begier ist meine, das ist meine Seligkeit. Die Begier ist das wahre Leben.«

»Wagst du, Francesco?«

»Was?«

»Zu stehlen?«

»Ja. Und totzuschlagen, wenn nötig. Ich *wage*, ich *bin*.«

»Wollen wir Tu-was-du-wagst spielen, Francesco?«

»Ja, laß uns spielen.«

Und die Jungen quälen die Ratte in der Felshöhle. Sie ist in eine Ecke gedrängt. Ihre Augen flehen um Gnade, aber das Wort kennen die Jungen nicht, und sie beginnen, Steine nach ihr zu werfen. Es blutet aus dem Hinterteil der Ratte, und bald kann sie ihre Hinterbeine nicht mehr bewegen. Die Jungen machen eine Pause und studieren die Ratte aus der Nähe. Sie stechen sie mit Strohhalmen in die Augen, schlagen ihr die Beine unter dem Körper weg und hängen sie dann am Schwanz auf, um mit selbstgemachten Pfeilen und Bogen auf sie zu schießen. Über eine Stunde vergeht, bevor die Ratte stirbt, und Jacob ist mit unter den Jungen, und er trifft die Ratte an der Nase, so daß sie ihr letztes Schmerzenspiepen ausstößt. Plötzlich wird die Ratte zu einem Pferd, und der Anführer der Gruppe ist nicht mehr der hübscheste Junge in Assisi, sondern Jacobs eigener großer Bruder, und der Ort, wo sie das Pferd quälen, ist ein halb verfallener Stall, der zum Kopenhagener Schloß gehört. Alle wollen ihren Mut zeigen beim Tu-was-du-wagst-Spiel und stechen mit Lanzen in die Seite des Pferdes. Doch das Pferd weigert sich stolz zu sterben, zu Jacobs wachsendem Entsetzen und zur wutschnaubenden Irritation seines Bruders. Seine Augen treten aus dem Kopf hervor, Schaum tritt aus seinem Maul, aber es schlägt nicht nach hinten aus und gibt keinen Ton von sich. Es weiß, daß nichts nützt und daß der Tod eine Erleichterung sein wird. Aber Jacobs großer Bruder erfindet bald noch schlimmere Qualen, mit denen das Pferd bestraft werden muß, weil er keine Macht über das Tier bekommen kann, und er blickt von dem einen Jungen zum anderen, ob jemand Zeichen von Reue zeigt. Tun sie es, sind sie nicht länger seine Verschworenen, sondern Verräter, die selbst gequält werden müssen wie das Pferd, das nun endlich zusammenbricht, in sein eigenes Blut im Stroh, stumm vor Schmerz.

Das Labyrinth ruft den zerknirschten Jacob zurück. Er weiß nicht, warum diese Erinnerung wiedergekommen ist, nur weil er sich in Gedanken den Jungen Francesco in dem grausamen Assisi vorstellte, ein Opfer unter anderen Jungenopfern. Aber wenig später vergißt er das alles, die Ratte und das Pferd, so schön ist die Gegend, so würzig ist der frühe Morgen, sein erster in Umbrien. Alle seine Sinne erwachen wie zum ersten Mal, und er wird durchströmt von Verliebtheit in das Leben und fühlt sich zu der Gesellschaft des jungen Francesco von gleichaltrigen Jünglingen irgendwo in der Ferne hingezogen – weit fort von dem Labyrinth mit seiner Forderung nach Reinheit und Armut. Nun braucht niemand mehr seinen Mut zu beweisen, indem er das Unsagbare wagt und mit dem Entsetzlichen die Kräfte mißt. Die Zeit der Jungenstreiche ist vorüber, es gilt, in feinste Seide gekleidet zu sein und die elegantesten Manieren der provenzalischen Liebeshöfe unter Beweis zu stellen. In ganz Umbrien gegen Ende des zwölften Jahrhunderts, mit den gleichen blaugrauen Felsen wie jetzt, den gleichen kleinen Hütten und der gleichen silbernen Gischt auf dem Anio, sind Frankreichs Troubadoure von Pierre Vidal bis Bernhard de Ventadour zu Besuch, und alle lauschen ihren Liedern über König Artus und die Ritter der Tafelrunde. Es ist Francescos größter Wunsch, selbst einen *corti*, einen Liebeshof, zu stiften, *la gaya scienza* geweiht. Er ist der schönste junge Mann der Stadt, ihr führender Verführer, Geld zu verdienen fällt ihm leicht, so leicht, daß er der Reichste wird im Umkreis von Meilen, aber noch leichter fällt es ihm, Geld auszugeben – wozu ist es sonst gut? Selbst aus dem fernen Gubbio kommen die Jungen zu ihm, und mit Francesco, der es liebt, als *rex* den Stab zu führen, als strahlendem Mittelpunkt wandelt sich Assisi zur Heimatstadt der Höflichkeit. Sogar der goldene Wein schmeckt besser, nach Honig, und er wird in reichlichem Maß getrunken, während »Der Franzose« sich ein zweifarbiges Jongleurkostüm nähen läßt.

»Man sollte glauben, du seist eines Edelmanns und nicht eines einfachen Kaufmanns Sohn«, sagt der Vater zu ihm, besorgt, die Großzügigkeit des Sohnes könne die ganze Familie mit in den Abgrund ziehen. Sogar auf die armen Leute erstreckt sich Francescos Verschwendung. Muß er sich verteidigen, weil er Almosen verteilt? »Wenn ich großzügig, ja verschwenderisch bin gegenüber meinen Freunden, die mir Dank sagen und meine Einladung mit einer Gegeneinladung vergelten, wieviel mehr Grund habe ich da, Almosen zu geben, die Gott hundertfach zu vergelten versprach?« Nicht einmal ein Glas kaltes Wasser, von ihm oder einem seiner Jünger einem Armen gereicht, wird unbelohnt bleiben von Christus, fühlt Francesco, und eines Tages geht es ihm besonders nahe, einen Bettler in dem Kleiderladen abgewiesen zu haben mit der Entschuldigung, er sei zu beschäftigt mit der Bedienung der wohlhabenden Familien, die alle zu ihm aufsehen, weil er ihre Stadt verzaubert hat, sogar mit einer neuen Art und Weise, »Guten Tag« und »Auf Wiedersehen« zu sagen. Einige sagen, daß Francesco alles vergaß und dem Bettler nachlief, und von diesem Tag an beschließt er, allen etwas zu geben, die kommen und in Gottes Namen um etwas bitten – *per l'amor di Dio*. Ist Francesco nicht der wahre christliche Jüngling? Im Pakt mit einem neuen Zeitalter, das in der Provence seiner Mutter seinen Ausgang nahm, ist er ein Liebhaber Gottes und der Welt, ein Vorbild für die jungen Verliebten, die es wagen, von Gefühlen zu sprechen, über die früher, als alle einander darin übertreffen wollten, schlimmer zu sein, als sie waren, gelacht worden war. Aber er ist auch ein Exempel in den Augen der Kirche, vielleicht gesegnet von dem sonderbaren, heiligen Mann, der Bonaventura zufolge durch Assisi zu wandern pflegte und jedesmal, wenn er den jungen Kleiderhändler traf, seinen Mantel abnahm, ihn vor Francescos Füßen ausbreitete und ihn mit den Worten *»Pax et bonum!«* bat, darüber zu gehen. Wenn nun alle in Assisi wie Francesco wären, könnten die Bewohner sowohl in vollen Zügen mit Wein und Becherklang das Leben genießen als auch der Erlösung sicher sein. Warum ruft das Labyrinth gerade ihn? Warum müssen den höfischen, von Nächstenliebe erfüllten Jongleur mit dem Weinglas in der Hand, der Geld um sich streut, diese Worte treffen?

Die Worte: »Ich will deinen Weg mit Dornen bestreuen.«

Franz war Anfang Zwanzig, als die Krankheit ihn traf, genau wie sie dreihundert Jahre später, fast auf den Punkt, Jacob traf, als auch er in das Jahrsiebt der Verliebtheit eingetreten war und wie Franz von allen geliebt wurde, wohin er auch kam. Wie ein zweiter Franz feierte Jacob Feste bis zum frühen Morgen, ließ Frauen aus den drei Königreichen zu sich kommen und – wenn der Bruder nicht in der Nähe war, um ihn zu bremsen – Geldtransporte zu den Klöstern der Minderbrüder ringsumher schicken, damit sie, ohne zu wissen, wer der Absender war, Geld an die Armen verteilen konnten. Doch dann meldete die Krankheit sich. Fast Stunde um Stunde, doch ohne es damals zu wissen, durchlitt Jacob Franz' Krankheit und schwere Rekonvaleszenz. Vielleicht war die eigentliche Krankheit eine andere. Jacobs begann mit geschwollenem Hals, treibenden Nebeln hinter den Augen, Beinen, die ihn nicht mehr tragen konnten, voller Beulen von den Schenkeln bis hinunter zu den Schienbeinen, und einem aufgeblähten Magen, als würde er die ganze Zeit bis zum Bersten mit fauligem Wasser gefüllt. Ihre Zeit unmittelbar nach der Krankheit war jedoch fast die gleiche, angefangen bei dem Licht, das sie beide schließlich eines Tages erblickten. Aber es war nicht das Lichtgewölbe der Freude, in das sie blickten, geschweige das der Auferstehung. Das Licht war so weiß, daß der Raum, in dem Jacob lag, wie Franz' Raum keinen einzigen Schatten aufweisen konnte. Der Lärm von Kopenhagen oder Assisi kam weder von den Lebenden noch von den Toten, sondern von den Sterbenden. Hunde heulten, als wollten sie lieber sich selbst zerfleischen, statt zu leben, eine gehäutete Katze wurde an Jacobs Fenster geworfen – sah Franz sie auch? –, und der Himmel war nicht blau und die Felder nicht junigrün, sondern von verwelkten Farben, als sei eine dicke Staubschicht über sie geworfen. Wie das Herz Franz' schlug auch Jacobs wie das eines alten Mannes, und jetzt, wo Jacob vor Assisi steht, kann er Schritt für Schritt fühlen, wie es Franz ging, als er nach seiner Krankheit durch das Stadttor hinausging auf den Weg, der am Monte Subiaco entlang nach Foligno führt. Die Weinberge, die Olivenhaine, die Höfe, kleine braune Häuser, die Sonne, die träge den Dunst aus den Ebenen aufsog, die Vögel, es war alles wie vor Franz' Krankheit, aber die Welt war doch eine andere, und er fühlte, daß sein Herz nie wieder aus Freude schlagen würde über einen neuen Tag, den der Schöpfer ihm sandte. Er war allein. Und allein war Jacob dreihundert Jahre später. Für beide war alles Eitelkeit und Vergänglichkeit, und während sich Jacob einige Tage nach seinem Erwachen in dem weißen Raum dem flachen Amager mit schmutzigen Wegen und verstreuten Höfen und dem Vogelleben näherte, das ihn früher überwältigt hatte, dachte er, daß irgendwo auf dieser Insel der Niedergang ins Totenreich sein müsse. Vielleicht war er schon tot, und alles war Staub.

Wie es Francesco vorgekommen war.

Tagelang lief Jacob umher, vorbei an den schweigenden Vögeln und einsamen, stummen Bauern und einzelnen wilden Pferden, die aussahen, als bluteten sie aus den Flanken. Das Leben mied ihn, selbst das Gras bog sich von ihm fort, bis ein Aschenbruder ihm über eine Wiese entgegenkam und ihn ansprach und behauptete, er sei nach ihm geschickt worden. Die erste Hoffnung entzündete sich in Jacob, als er den Namen des Bruders hörte – Ludwig von Anhalt. Seit er Junge war, hatte Jacob von diesem norddeutschen Franziskaner gehört, der die Fürstenkrone ablegte und das Kreuz aufnahm, und rasch begann er ihn zu lieben, um all des Guten willen, das seine Mutter von ihm erzählte. Gemeinsam gingen sie nun kreuz und quer über das Land zurück nach Kopenhagen, aber jede Tageswanderung durfte nur eine Stunde dauern, so daß es sieben Tage dauern würde, bevor Jacob von Bruder Ludwig den ganzen Weg nach Hause geleitet worden war. Sieben Tage, die jeweils einer von Bonaventuras sieben Stufen zur Läuterung geweiht sein sollten, gingen sie somit jeden Morgen direkt nach Sonnenaufgang eine Stunde. Den Rest des Tages richteten sie sich ein, wo sie konnten, während Bruder Ludwig hier und da mit seiner Bettlerschale verschwand und mit Brot und Käse und im besten Fall mit einem gekochten Hähnchen wiederkam. Im Lauf dieser Woche erzählte Bruder Ludwig alles über die Krankheit des jungen, schönen Kleiderhändlers und seine Verwandlung in *Fratello e Poverello* Franz von Assisi, der den Vögeln predigte, und Jacob träumte mehr als einmal, daß Franz ein Engel hinter Bruder Ludwigs Schultern sei. Unterdessen kehrte das Leben langsam zurück.

In Kopenhagen trennten sie sich, da Bruder Ludwig als Delegat für den Generalvikar der Graubrüder zum Observantenkapitel nach Odense mußte, doch einige Tage später zog Jacob ihm nach. Zum ersten Mal in seinem Leben ging er, nur unterbrochen durch die Fährfahrt über den Großen Belt, eine so lange Strecke zu Fuß, während er über alles nachdachte, was Bruder Ludwig ihm erzählt hatte über Bruder Sonne und Bruder Wind und Schwester Tod, die ihn verschont hatte, weil sie, dessen war Bruder Ludwig sich sicher, ihn erst in vielen Jahren bei der Hand nehmen und ihn aus *umbra Dei* heraus und zu dem Himmlischen Jerusalem hinführen würde.

Schwester Tod.

Besonders an sie dachte Jacob. Stets hatte er den Tod als einen geharnischten Reiter betrachtet, der mit der Sense durch Länder und Reiche zieht und blind zum Schlag ausholt, und der Reiter lacht laut mit seinem Totenkopfgebiß und spuckt verächtlich hinter allen her, die glauben, sie könnten ihm entgehen, indem sie in Panik die Siebenmeilenstiefel anziehen und über den Horizont davonlaufen. So sieht auch Jacobs großer Bruder den Tod, und vielleicht waren es seine wiederholten Erzählungen über den grausamen Reiter aus ihren Knabenjahren, die bewirkten, daß Jacob sich den Tod unmöglich anders vorstellen konnte. Aber Schwester Tod. Sie ist liebevoll. An ihrer Hand gibt es nichts zu fürchten. Vielleicht ist das der Grund, warum alte Tiere immer spurlos verschwinden, wenn sie sterben sollen, als wüßten sie, daß Schwester Tod sie erwartet, um behutsam einen Mantel aus verwelkten Blättern über sie auszubreiten?

Aber all die Tiere, die geschlachtet, verstümmelt, gierig verschlungen werden?

Was mit all den Menschen, die eines gewaltsamen

Todes sterben? Die als Kind Gestorbenen? Die unheilbar Kranken? Die Armen und Verzweifelten? Die ohne Arme und Beine? Die Aussätzigen, die nicht in Frieden von dannen gehen können?

Warum Christus am Kreuz: »Mein Gott, mein Gott, warum hast du mich verlassen?«

Wo im Universum verbirgt sich Schwester Gewissen?

Fragen, auf die Jacob keine Antworten finden kann ohne die Hilfe Ludwigs von Anhalt.

Nun geht Jacob auf dem Weg zu der Felsenhöhle, wo Francesco bekehrt wurde, und jeder Grashalm und jeder Felsvorsprung ist, wie Bruder Ludwig sie beschrieb. Jacob spürt, daß er die Höhle finden kann, ohne nach dem Weg zu fragen. Ein wenig nach links, sagt Bruder Ludwig, drei Schritte den Abhang hinauf, ein schneller Blick auf Bruder Sonne und seinen Schatten an dem frühen Vormittag, und niemand kann den Weg verfehlen. Doch vor der Bekehrung bekommt Francesco einen letzten, gewaltigen Drang, sich in der Welt außerhalb des Labyrinths Ehre zu erwerben. Wieder feiert er in wilder Ausgelassenheit mit seinen alten Zechkumpanen. Sie trinken wie nie zuvor, und das Ritterleben erscheint Franz als das Höchste von allem. In ganz Italien erheben sich die Jungen gegen die verhaßte deutsche Herrschaft, und sie singen mit Pierre Vidal, daß sie keine »Edelleute in Friesland« sein wollen, »wo die Sprache einem Bellen gleicht und keiner menschlichen Rede«. In Apulien fügt Graf Walter von Brienne den Deutschen eine Niederlage nach der anderen zu, und Franz träumt davon, sich ihm anzuschließen und auf dem Schlachtfeld zum Ritter geschlagen zu werden. Das Reisefieber packt Francesco in einem solchen Grad, daß er fast durch die Straßen von Assisi läuft und ruft: »Jetzt weiß ich, daß ich ein großer Fürst werde!« Seine Kleider sind auffällig und kostbar, und eines Morgens rüstet er sich zum Aufbruch, um nach Apulien zu reiten, über Foligno und Spoleto, von wo die Via Flaminia nach Rom und Süditalien führt.

Doch in Spoleto wird er wieder krank. Eine Stimme ruft ihn zurück nach Assisi. Wieder feiert er unter seinesgleichen, aber etwas ist mit ihm geschehen. Es ist Christus, der nach ihm ruft, und plötzlich, eines Tages, befindet er sich in der Felsenhöhle, auf Knien, und spricht: »Herr, zeige mir Deine Wege und lehre mich zur Vollkommenheit Deine Pfade.« Und Jacob wiederholt das Gebet und wird von Liebe zu Franz von Assisi und Christus durchströmt, und wie Franz weiß er, daß nichts eitler ist als der Wunsch, ein großer Fürst zu werden.

Jacob zweifelt nicht mehr, er vergißt langsam den zerknirschten Aschenbruder in Basel und seine Alpträume. Es ist ein goldenes Leuchten in der Höhle, so ganz verschieden von dem Licht, das in Jacobs eigenem Raum war, als er aus seiner Krankheit erwachte, und nachdem er eine Stunde gebetet hat, eilt er hinunter nach Assisi, wo die Minderbrüder ihn bald mit ihrem *»Pax et bonum!«* grüßen werden.

Ein Brief hat in der Stadt lange auf ihn gewartet. Er

ist von seiner Mutter. Sie schreibt von der Trauer in Dänemark nach dem Tod des Königs, aber fügt hinzu, daß er sich keine Sorgen machen soll und daß nichts sie mehr freuen wird, als wenn er eine Zeichnung von sich machen läßt, am liebsten in der Ordenstracht der Franziskaner und während er Christus am Kreuz betrachtet.

Jacob findet einen Künstler in der Stadt, und drei Tage muß er ihm in einer von Assisis Weinstuben Modell sitzen. Der Künstler weigert sich, ihm die Zeichnung zu zeigen, bevor sie fertig ist, und es ist, als ob Jacob in der Ordenstracht langsam eins wird mit dem ersten der seraphischen Brüder. Als jubelte er mit *seiner* Brust vor Entzücken über Gottes Schöpferwerk, und als weinte er mit *seinen* Tränen aus Trauer über den Menschen, der alles niedertrampelt und Christus ans Kreuz schlägt. Jacob bebt vor Gebet und Bewegung, während der Zeichner mit der Kohle auf dem Zeichenbrett kratzt, und plötzlich fällt ihm der Aussätzige ein, der an ihm vorüberging, als er die Felsenhöhle des heiligen Francesco verließ. Er weiß, daß der Kranke sein Ebenbürtiger ist, den er vielleicht einholen kann, wenn er ihm schnell genug nachläuft.

Mein Nächster. Mein Bruder. Ich küsse deine Füße.

Dann ist die Zeichnung fertig. Jacob erschrickt darüber, wie wenig er mit seinem vierschrötigen Kopf mit den schweren Kiefern und der breiten Stirn den bekannten Portraits Franz von Assisis gleicht, der abgemagert von der Bekehrung in der Felsenhöhle zurückkehrte. Aber die Zeichnung ist so, wie seine Mutter sie haben will, und er bezahlt den Künstler und rollt sie zusammen und gibt sie einem nordnorwegischen Minderbruder, der sich zu der langen Wanderung nach Christians II. Kopenhagen rüstet.

In Paris scharen sich dänische Mönche und Gelehrte, und sie teilen sich in mehrere Parteien als Unterabteilungen der französischen. Alles in Paris ist *Partei*. Die Sorbonne ist die Festung der Sophisten, und jeder einzelne Theologe oder *beau diseur* ist seine eigene kleine Festung mit unterirdischen Gängen, wo er mitten in einer Diskussion verschwinden kann, um plötzlich hinter dem Rücken seines Widerparts wieder aufzutauchen. Eine Festung mit Türmen, von wo er aus nichtigem Anlaß mit kochendem Pech um sich wirft, und mit einem Burggraben mit Zugbrücke, die er herabläßt, um sie sogleich wieder hochzuziehen, wenn er weit draußen am Horizont das geringste Argument erblikken sollte, das seine und seiner Partei letzte Behauptung in Zweifel ziehen kann, wie zum Beispiel die, die monatelang in der Stadt zirkuliert, nachdem Jacob angekommen ist, um sein Noviziat abzuleisten: daß Adam einen schrecklichen Fehler beging, als er nicht Birnen statt Äpfel aß.

Griechisch wird noch immer als eine gefährlich verführerische Sprache betrachtet, Erasmus hat in Paris schlimmere Widersacher als andernorts in Europa, die Dominikaner bewachen die Benediktiner, und den Benediktinern fällt es schwer, die »unwissenden« Franziskaner zu tolerieren. Der Nomadenkönig, der eben gekrönte Franz, träumt zwar von seinem eigenen

»Collège«, wo seine eigenen Gelehrten ein Wort gegen die Kohorten von Sophisten und Scholastikern vorbringen können. Aber selten ist der König in Paris, die meiste Zeit zieht er mit seinen zwölftausend Pferden und dreitausend Dienern und Leibgardisten, seinen Geliebten in vornehmen Sätteln und seinen Händlern und Köchen mit ihren speziell eingerichteten Wagen mit dem besten Wein, dem besten Fleisch und dampfenden Bäckereien in Frankreich umher. Zugwagen mit einer Unzahl von Tischen und brodierten Decken und Zelten beschließen den gigantischen rollenden und reitenden Hof von robusten und rotwangigen französischen Großbauern, die alle glauben, von italienischen Adelsgeschlechtern abzustammen, und gern die Priester ärgern, indem sie aus Pico della Mirandola oder Erasmus von Rotterdam, *le nordique paisible*, vorlesen. Doch der König möchte gern eines Tages seinen eigenen Erasmus in seinem kommenden »Collège« haben, aber die Sorbonne herrscht uneingeschränkt, und wenn Jacob hinter den tauben Mauern der Universität eine Vorlesung hört, sind dort jedesmal Hunderte von Zuhörern. Es schaudert ihn beim Anblick dieser Altersgenossen, die mit der Dauer der Vorlesung älter und älter werden, als werde alles Leben aus ihnen herausgesaugt, so daß sie wie exakt gleich aussehende numerierte Figuren nach der Lektion in »Wahrheit« ihre Papiere unter den Arm nehmen und mit brennenden Augen nach Hause in ihre kleinen Kammern unter den Dächern der Stadt wandern können.«

»Und ich sage: Augustin hatte recht!«

»Und ich sage: Aquin hatte recht!«

»Beweise es, beweise es!«

Und die Studenten spalten sich bei dem geringsten Anlaß in Parteien, die Front gegeneinander machen. Alles wird mit dem Gehirn seziert, mit der Gier von Geiern. Plötzlich meinen einige, Gott habe nur die nördliche Halbkugel geschaffen, während er die südliche als Reservat liegengelassen habe, wo der hoch entwickelte Nordmensch die niedrig entwickelten Südmenschen studieren kann und sich entsetzt über die Welt, die von dem Gott Nichts beherrscht ist. Hiergegen zitieren andere den Dominikaner Albert den Großen, der, kaum größer als ein gutgewachsener Zwerg, bereits im dreizehnten Jahrhundert imstande war, so weit zu blicken, daß er konstatieren konnte, daß der Süden dem Norden entsprach und daß es einen dem Nordpol entsprechenden Südpol mit Eis geben mußte.

Doch selbst Alberts vernünftige Argumente und sogar die Auffassung des seraphischen Lehrmeisters Bonaventura von *rationes seminales*, den aktiven Kräften in der Materie, die Gott zusammen mit den materiellen Formen als Möglichkeit angelegt hat, auch auf der südlichen Halbkugel, werden zu trockenen und sinnlosen Beweisen für absolut nichts – *de lana caprina*. Wie ein verwirrter irischer Benediktiner Jacob mit einem Kichern zuflüstert: »Es gibt Menschen – und dann gibt es Franzosen. Kikeriki, und Äpfel werden zu Birnen.«

Dennoch ist Paris die Stadt, die Erasmus' *Encomion Moriae* gedruckt hat, denkt Jacob, das vielleicht auch »Lob des Morus« bedeuten kann, und die Großstadt, deren Straßen und heftiges Leben Jacob sofort ansprechen, ist glücklicherweise etwas anderes als die Sorbonne und das lateinische Land auf dem linken Ufer. Und so gequält, wie die Diskussionen der Gelehrten klingen, ebenso unbekümmert um die Formen ist die üppige Alltagssprache des Volkes, besonders im Quartier Marais auf dem rechten Ufer, das so anders ist als alles, was Jacob bisher an Vierteln in anderen Städten gesehen hat. Hier auf dem rechten Ufer, nicht weit von Notre-Dame de Paris, ist Jacob zur gleichen Zeit in Arabien, im Judenland, und im Herzen des christlichen Europa. Hier wandert er am liebsten umher mit der Bettlerschale nach seiner *prise d' habit*. Das Marais ist auch der von den dänischen Gelehrten bevorzugte Teil von Paris, mit kleinen Wirtshäusern, wo dänische Studenten bei flackernden Talglichtern den ganzen Tag lang Korrektur von Saxos *Gesta Danorum* lesen, die bei Jodocus Badius Ascensius drucken zu lassen der neue dänische König dem führenden dänischen Gelehrten in Paris, Christiern Pedersen, erlaubt hat, nachdem Erzbischof Gunnersen in Lund »aus Liebe zur Ehre Dänemarks« die erforderliche Handschrift beschafft hat. Von Mitte März 1514 an kommt das stattliche Werk aus der Druckerei, dessen Titelblatt mit dem von den Wilden gehaltenen dänischen Reichswappen und einem Bild Christians II. vor seinem Heer geschmückt ist. Ein ganz anderer, milderer Christian, als Jacob sich seit Basel den neuen König vorgestellt hat, als sei er unerwartet zu seiner Aufgabe gereift, christlich in seiner Seele, aber mit fester Hand um das Schwert, ein Kreuzfahrer. Jacob ist erleichtert für die Königinwitwe und für Dänemark.

Ein erstes Exemplar der Chronik, vielleicht das allererste, wurde mit Eilboten an Erasmus nach England gesandt, und er soll Saxo mit einem einzigen Wort gelobt haben: »*Stil.*«

Für Jacob ist Christiern Pedersen der dänische Erasmus, der außer dem Lateinischen auch die dänische Volkssprache meistert. Eine Welt ohne Latein, und niemand würde über die Grenzen hinweg miteinander sprechen können, die *res publica christiana* würde auseinanderfallen. Aber eine Welt ohne die vielen verschiedenen Sprachen, und die Seelen würden in stummer Verzweiflung umherflattern. Und kaum ist Saxo fertiggedruckt, da macht sich Christiern Pedersen bei einer anderen Druckerei im Marais mit der unermüdlichen Hilfe seiner dänischen Studenten an den Druck seines großen dänischen Werks *Jærtegnspostil* – Wahrzeichenpostille. Wenn er nicht zum Unterricht der Graubrüder in seinem Kloster an der Seine weilt, hilft Jacob, das Werk in den speziellen französisch-gotischen Typen zu setzen, die der summende, ängstliche, aber die ganze Zeit übermenschlich energische Christiern Pedersen selbst ausgewählt hat. Der frühere Domherr in Lund ist nur vier Jahre älter als Jacob. Längst hat er die Periode der Verliebtheit hinter sich gelassen und ist als Fünfunddreißigjähriger auf dem Schaffenshöhepunkt seines ersten Mannesalters und mit seinem Magistergrad in *artes liberales* einer der meistbewunderten Gelehrten in der »germanischen Nation« in Paris.

Hinter sich hat er, außer Saxo, zu dem er sogar selbst die Holzschnitte machte, das Gebetbuch *Vor Frue Tider* und das dänisch-lateinische Lexikon *Vocabularium ad usum Dacorum*, und nun stapeln sich die Manuskripte seiner Postille in der Druckerei, die einem alten marokkanischen Juden gehört. Mit dem Fortschreiten des Werks beginnt der Jude, nach gedruckten Bogen, die er ganz dicht vor die Augen hält, hingerissen Dänisch zu reden, während Christiern Pedersen, stolz auf seine Muttersprache, ein wenig gekränkt dessen Aussprache korrigiert. Ein Jude. Aus Marokko. Der ein Buch druckt. Auf dänisch. Während er mit seinen Gesellen französisch redet. Und mit Magister Pedersen auf lateinisch diskutiert. Nur in Paris kann das möglich sein, denkt Jacob, der sich nicht aufdrängen möchte und aus ehrfürchtigem Abstand die Tätigkeiten des Meisters verfolgt. Mit besonderer Freude hilft Jacob beim Druck der Seiten über den gottesfürchtigen Klosterbruder, der sein Kloster verläßt, um einem kleinen Vogel zu folgen, den Gott ihm offenbart hat. Und zum Kloster zurückkommt und sieht, daß die Pforte, durch die er hinausging, nun zugemauert ist, weil er dreihundertvierzig Jahre fort war.

Bei den Graubrüdern fühlt Jacob, daß er selbst es ist, der so lange von Dänemark fort gewesen ist. Aber er leistet sein strenges Noviziat nach der Regel ab, die Franz selbst geschrieben hat. Er wird in der Geschichte der Franziskaner unterrichtet und stellt sich ohne die Schlange des Zweifels in der Brust darauf ein, daß sein zukünftiges Leben darin bestehen wird, Stundengebete und Messen zu halten und zu predigen und in Klosterkirchen jedem, der sie aufsucht, um das Sakrament der Buße zu empfangen, ohne Ansehen dessen, aus welchem Kirchspiel und aus welchem Land der Besucher kommt, die Beichte abzunehmen. Nichts darf Jacob besitzen, und regelmäßig soll er als Gastprediger in die Landdistrikte hinausziehen, um Seelsorge anzubieten, wo Bedarf daran ist, besonders an fernen Fischerorten oder anderen entlegenen Stellen soll er beitragen zum Bau fester Stationen in Form von Kapellen oder einfachen Häusern. In Franz' Fußspuren zu wandern lautet die Aufgabe, und nie darf das Armutsideal verraten werden, wie es früher gewissen Franziskanern geschah, die sich daranmachten, »reiche und mächtige« Klöster zu bauen und sich durch die Verpachtung von Landgütern Einkünfte verschafften. Aber keiner wußte den Orden so scharf zu kritisieren wie der Orden selbst, und nach eindringlicher Kritik wuchs die Observantenbewegung heran. Den Observanten gehört Jacobs Herz, und es freut ihn zu hören, daß sie in Dänemark ernstlich auf dem Vormarsch sind, besonders auf den Inseln, während die Klöster in Schweden und Finnland konventual zu bleiben scheinen. Vielleicht weil die harschen Lebensbedingungen im nördlichsten Norden die Brüder vor den schlimmsten Versuchungen Europas verschont haben.

Aus Löwen kommt ein Buch in Paris an.

In wie vielen Exemplaren? Hundert? Vielleicht nur zehn? Es ist unmöglich, ein Exemplar aufzutreiben, aber bald reden alle Gelehrten davon. Manche sind sehr verstimmt, ohne auch nur eine Seite gelesen zu haben. Andere, die das Buch auch nicht gelesen haben, können dagegen keine Worte finden für ihre Begeisterung für etwas, das als ein Dialog zwischen gelehrten Männern in England beginnt. Doch plötzlich mischt sich ein portugiesischer Seemann in das Gespräch und setzt die Seiten des Buchs in Brand. Der Seemann ist mit Amerigo Vespucci in viele unbekannte Länder in der Neuen Welt gereist, und jetzt, wo er zurück ist in der Alten, ist er entsetzt über das, was er sieht, besonders in England, wo alles in Auflösung ist und die Menschen ziellos umhertreiben, betteln, stehlen, plündern und für einen Sack Graupen töten. Werden sie gefangen, fallen sie den strengsten Strafen anheim und werden gefoltert und gehenkt, ohne daß irgend jemand fragt: Ja, aber warum stehlen die Armen? Warum morden sie? Könnte der Grund nicht sein, daß sie Opfer der Sünde sind, arme Menschen zu sein? Sind nicht vielleicht die wahren Schuldigen die Grundbesitzer, die ihre Ackerböden in Weiden für riesige Schafherden umwandeln? Um an der Wolle zu verdienen, verjagen die großen Grundbesitzer die Kleinbauern, die bis dahin ihre Pächter waren. Ganze Dörfer verschwinden, und die heimatlosen Bauern ziehen als hungrige Banden durch die grünen Täler Englands, wo die Schafe Menschen fressen, die Richter Schafsköpfe haben und die Henker von Kopf bis Fuß in Schafspelz stecken.

Aber gleich danach beschreibt der Seemann die entgegengesetzte Gesellschaft, die er in der Neuen Welt antraf, *eu-topos*, ein »guter Ort«, wo alle, Männer und Frauen, eine vernünftige Arbeit mit gleichem Einkommen haben. Und nur sechs Stunden am Tag arbeiten. Und häufig umziehen zwischen den vierundfünfzig

Städten des Inselreichs. Und sich weder für Gold noch Silber oder Edelsteine interessieren, weil Freundlichkeit und Menschenwert der Maßstab für alles sind. Alle Sekten und Religionen werden toleriert. Sinnlose Diskussionen wie die der Sorbonnarden sind verboten oder in entlegene Ebenen verwiesen, die Wissenschaft soll dem Fortschritt dienen, und daher ist die ärztliche Wissenschaft wichtiger als irgendeine andere. Papierherstellung und Buchdruckerkunst haben einen hohen Rang. Und alle im Reich nähren eine tiefe Ehrfurcht vor dem Schöpfer der Natur, dem Ursprung von Allem. Aber vielleicht ist der portugiesische Seemann ein Lügenbold, ein »Phantast«, wie sein Name Hythlodeus andeutet, und das Inselreich ist nicht *eu-topos*, sondern *ou-topos*, ein Ort, den es gar nicht gibt. Utopia.

Es ist Jacob unmöglich, ein Exemplar in die Hand zu bekommen, aber von Kloster zu Kloster, von Buchdruckerei zu Buchdruckerei geht die Rede über Thomas Morus und sein Werk. Wer ist eigentlich dieser ferne Engländer? Erasmus, können die Schüler des Meisters berichten, beschreibt ihn als den führenden Gelehrten der Nebelinsel, nicht groß, aber auch nicht auffallend klein, mit so wohlproportionierten Gliedmaßen, daß nichts fehlt, von heller Gesichtsfarbe mit einer gleichmäßigen, ganz leichten, hellen Rötung. Sein Bart ist dünn, seine Haare schwarz mit einem schwachen braunen Schimmer, die Augen blaugrau mit – soll Erasmus auch beobachtet haben – »einer gewissen Zeichnung«, Augen, die in England als Zeichen eines »glücklichen Naturells« angesehen werden. Sein Gesicht entspricht seiner Natur, die von einnehmender, liebenswürdiger Heiterkeit, die leicht ins Spöttische umschlägt, geprägt sein soll. Seine Gesundheit ist gut. Weder Bier noch Wein trinkt er, aber viel Wasser, und er liebt es, einfach gekleidet zu gehen und trägt weder Seide noch Purpur und nur ungern goldene Ketten. Nicht einmal an den Hof Heinrichs VIII. läßt er sich ziehen, obwohl man mit Erasmus' Worten »sich keinen zuvorkommenderen und anspruchsloseren Fürsten wünschen kann«. Und er ist zur Freundschaft geboren.

Und nun bringt er das Marais zum Tanzen. Irgendein Buchdruckergeselle hat den Einfall, man sollte einen Karneval veranstalten, wo alle sich so kleiden sollen, wie ihrer Meinung nach die Utopier in Westindien aussehen. Einige verkleiden sich als riesige Hähne, andere stecken in Stativen, die mit Büchern behängt sind, wieder andere meinen, daß die Utopier unbedingt wandernden Bäumen gleichen müssen, gesund wie sie sind, und beteiligen sich als Olivenbäume, Pinien und Platanen am Tanz in den kleinen Gassen. Eine Gruppe Studenten ist davon überzeugt, daß die Utopier in gleiche, graue Kutten mit je einem Buchstaben des griechischen Alphabets, in höllenroter Farbe auf den Rücken gemalt, gekleidet sind, und sie tanzen ihren eigenen Kettentanz, während die »germanische Nation« mit Christiern Pedersen an der Spitze sich die Utopier nur als wendische Seeräuber vorstellen kann, die christianisiert worden sind: Der Magister selbst erscheint als der Gott Svantevit, der ehrerbietig und über seine Niederlage im klaren Abzüge von Saxos Werk in der einen und ein Modell einer Domkirche in der anderen Hand hält, während alle dänischen Studenten mit gelben, doppelten Gesichtern in der Menge auftauchen, die Umhängemäntel beklebt mit verworfenen Korrekturfahnen vom dänisch-lateinischen Wörterbuch des Meisters.

Jacob macht sich auch seine Gedanken über die Bewohner von Utopia, aber er will sich nicht verkleiden, um seine Ordenstracht nicht zu verdecken. Es ist zu hoffen, daß die singenden und tanzenden Utopier Minderbrüder unter sich tolerieren werden. So angetan Jacob auch ist von »dem guten Ort«, es bedrückt ihn doch, daß Gott in der Erzählung des Seemanns nur der Ursprung von allem ist, als sei dort kein Platz für Christus, das größte aller Mysterien: als Gott Mensch wurde. Aber eben nicht Utopier. Utopia ein Land ohne Erbsünde?

So sieht ein lachender junger Mann in der Menge offenbar den Ort, da er ihn mit frei erfundenen Zauberformeln anruft, die ihm begeistert von den Lippen sprudeln. Jacob erkennt in ihm den jungen »Griechen« François Rabelais aus Fontenay-le-Comte. Der ehemalige Novize hat seine Ordenstracht abgelegt und taucht mal hier, mal da auf. Er trägt ganz gewöhnliche, fast ärmliche Kleider, aber er hat den Karneval in seiner Seele und ermuntert die Tanzenden weiterzumachen. Ist Jacob auch traurig darüber, daß sie beide gewählt haben, ihren eigenen Weg zu gehen, so fühlt er sich doch im Lauf der Karnevalsnacht mitgerissen von Begeisterung über all das Neue, das geschieht.

Der gute Nicht-Ort wird das Europa von morgen werden, und er will das Seine dazu tun, daß auch Dänemark ein Teil dieses Orts wird, wenn auch das Labyrinth von Notre-Dame de Chartres sich immer mehr ausweitet mark ein Teil dieses Orts wird, wenn auch das Labyrinth von und Bruder Jacobus Johannis den ganzen Weg nach Hause kriechen muß.

Der Weg nach Santiago de Compostela

In grausamen Stunden hier in Michoacán, wann, kann ich mich nicht erinnern, habe ich, um nicht den Verstand zu verlieren, Bruder Juan de San Miguel von dem Europa meiner Jugend erzählt. Glücklicher Jacob der Däne, oh, seines Wegs so sicher. Vielleicht mit heimlichen Träumen von einem Werk, das ihn in die Reihe der großen Bibelgelehrten des Nordens einreihen würde. Wer waren wir eigentlich damals? Sind unsere gelbbraunen, zerfurchten Zehennägel an den Wurzeln noch immer die gleichen? Atmen wir mit der gleichen Brust? Hatten wir damals eine Ahnung davon, daß unsere flaumigen Augenbrauen wachsen würden wie Kakteen? Und unsere Seelen? Unser Geist? Und was geschah mit denen, die wir in Europa zurückließen, als wir fortsegelten? Ist der Junge, den ich in dem Antoniterkloster im Elsaß verließ, heute ein Gärtner in seinem besten Alter, wie ich innig hoffe, oder starb er bei neuen Greueln?

Nun war ich zurück in Paris, fünfundzwanzig Jahre nach meinem ersten Besuch. Siebenzahl auf Siebenzahl hatte ich hinter mich gebracht, und hätten junge Leute in der Seinestadt mir übermütig zugerufen: »Geh fort und stirb eines natürlichen Todes, du närrischer alter Mann!«, hätte ich es ganz in Ordnung gefunden. Doch ansonsten fand ich nicht viel in Ordnung, als ich Paris wiedersah. Frankreich blieb, wie wir wissen, katholisch, doch auf eine Art, Brüder, auf die wir stolz sein können? Der erste, an den ich dachte, als ich wieder französische Luft atmete, war unser Mitbruder François Lambert aus Avignon, von dem ich bereits in der Ordensprovinz Saxonia vom Heiligen Kreuz gehört hatte, der sich in aller Heimlichkeit Luthers Schriften beschaffte und so von ihnen gefesselt war, daß er sich auf eine Pilgerreise begab, die ihn über die Schweiz nach Wittenberg führte, und seine Kutte gänzlich abwarf – *de jeter son froc aux orties*, wie sie sagten. Ich habe oft an diesen François gedacht, der von evangelischem Feuer entflammt einfach seines Weges ging, dem meinen genau entgegengesetzt, und – vergebt ihr mir, Brüder? – mein neckischer Gedanke hat ihn bis ganz hinauf in den Norden geführt. Wäre er nicht in Marburg gestorben, hätte er als Hofprediger der dänischen Könige Christian III. und Frederik II. enden und die zweite Hälfte seines Lebens damit verbringen können, aufs Wasser hinauszublicken und sich unbeschreiblich zu langweilen.

»War es Paris, wo du zum ersten Mal Bruder Juan de Gaona begegnetest?« fragt ihr, und ich muß leider antworten ja. Es gab Augenblicke während meines zweiten Aufenthalts in Paris, wo ich darüber spekulierte, ob der Geist aus Furcht davor, zu Eis zu gefrieren, buchstäblich die Sorbonnarden und ihre Schüler in dem schönen Land verlassen habe, dem wohl von der Natur am besten ausgestatteten in Europa, wo die Nebel des Nordens unmerklich vom Salz des Südens aufgelöst werden und das Bier zu Burgunder und die Buche zur Zypresse wird. Die Frage hatte mich während meines ersten Besuchs gestreift. Vergebt mir, wenn ich verallgemeinere, aber der Gierige kann oft unter seiner Gier leiden, der Liederliche kann sich plötzlich erbrechen über sich selbst, der Geizige kann an bestimmten Tagen einen heftigen Drang verspüren, alles Gold von sich zu werfen aus Furcht davor, wie König Midas zu werden, aber der Hochmütige? Er glaubt in dem Maße an seinen eigenen *discours*, daß er nicht eine Sekunde der eigenen Argumente müde wird. Vielleicht war es Innerlichkeit, die Bruder Lambert suchte, und da hat er sich in seiner Not davon überzeugt, daß er sie nur bei Luther finden könne, tief in jenem Deutschland, wo es Augenblicke gibt, in denen tatsächlich alles Gefühl wird und man in den unendlich dunklen Wäldern mit ihren Säulen von Sonne Lust bekommt, wie ein Tier zu brüllen vor Innerlichkeit und Stärke. Aber Innerlichkeit und Fray Juan de Gaona, auch wenn er in Burgos geboren war? Nein, er war sorbonnischer als die Sorbonne. Ein richtiger *sorbonnagre* oder *sorbonicole*, wie Rabelais sagt. Er war bereits in unsere sogenannte Neue Welt gereist, als ich 1540 nach Paris zurückkam, aber sein Geist war dort überall, und vielleicht lag es daran, daß die Seine zufror. Ich erinnere mich deutlich, wie Bruder Juan während meines ersten Besuchs die Sorbonne zum Kochen brachte, als er seine Theorien über »das pyramidable Schweigen des Buchstabens A« darlegte. Als junger Mann hielt ich es für unmöglich, daß Theologen etwas Derartiges diskutieren könnten, und ich ertappte mich dabei, daß ich lächelte auf meinem Zuhörerplatz in der ersten Reihe, was Bruder Juan mir nie verzieh, so daß er mich eines Abends in unserem

Kloster überfiel und ich drei Tage ins Klostergefängnis mußte, das jahrelang nicht benutzt worden war.

»Sagtest du des Buchstabens...«

...A...

»Pyrami...«

...dable, ja, p-y-r-a-m-i-d-a-b-l-e-s Schweigen!

»Und was wollte Bruder Juan damit beweisen?«

...Bruder Juan wollte beweisen, daß das Alphabet dem Mysterium des Schweigens entspringt und daß dieses Schweigen das gleiche war wie jenes, das Moses in den Pyramiden Ägyptens erlebte. Aber was ich auch in unserem Kloster gegen Bruder Juans linguistische Theorien einwandte, unter anderem daß er vielleicht ganz von Hebräisch absah, das Gottes erste Sprache war, wurde abgetan von meinem später so eminenten Widersacher mit den schwarzen, flackernden Augen und seiner Mittelhöhe, die ihn sich die ganze Zeit auf den Zehen größer wippen ließ, wobei er – jedesmal, wenn er besonders irritiert war – die eine Schulter unter das Kinn schob und damit die stets drei Tage alten Bartstoppeln kratzte. Ich betrachtete Bruder Juan als ein unvermeidbares Unglück, das mir auf meiner ersten Parisreise widerfahren war, kaum eines Gedankens wert, sobald er außer Sichtweite ist, doch leider in der Lage, überall gleichzeitig zu sein und den größten Respekt der Sorbonne zu erlangen. Selbstverständlich war er auch bei der mächtigen Partei zu finden, die meinte, die Erde sei in zwei unterschiedliche Hälften geteilt, und die Südleute seien keine Menschen, jedenfalls nicht Menschen, die würdig seien, das Sakrament der Priesterweihe zu empfangen. Fünfundzwanzig Jahre lang hatte ich ihn vollkommen vergessen, doch nun war es, als begegnete ich ihm wieder, aber mit tausend Köpfen. Seine unzähligen Doppelgänger kamen mir in den späten Nachtstunden an der Seine entgegen oder sprangen aus Toreingängen und riefen mir nach, daß ganz Paris ihm nun recht gebe darin, daß nicht einmal der frommste Minderbruder das pyramidable Schweigen des Buchstabens A würde deuten können. War es vielleicht Bruder Juan, der mit seiner Redegabe selbst dem König den Kopf verdreht hatte, so daß es nun so weit gekommen war, daß er die schlimmsten Pedanten im Widerstand gegen jeden Versuch, die Kirche von innen heraus zu reformieren, stützte?

Aber es war doch der gleiche König Franz, der toleriert hatte, daß Buchdrucker, Priester und zahlreiche unserer Mitbrüder, auch Brüder anderer Orden, das unverfälschte Evangelium verbreiteten, und zwar in einem solchen Ausmaß, daß alle, ausgenommen die verbohrtesten Lutheraner, hofften, Frankreich würde das Land sein, das Europa zwischen Scylla und Charybdis hindurch zur Erlösung segeln werde, mit Marguerite d'Angoulême, des Königs Schwester, als Schutzengel. Mehr als irgend jemand sonst war die Gräfin von Alençon, Prinzessin von Frankreich und Königin von Navarra, die Königin der Bibelreformisten. Ich bewunderte ihr Gedichtbuch *le Miroir de l'âme pècheresse* und tröstete mich schon in Kopenhagen damit, als ich zu keinerlei Nutzen meine sicher inzwischen ganz verschwundene Chronik der Vertreibung der Graubrüder aus Dacia schrieb. Das Exemplar hatte einer französischen Claraschwester gehört, und jede Zeile des Gedichts zeugte von Marguerites tiefem Mitgefühl für den leidenden Menschen und ihrer Gewißheit der reinen Erlösung durch Jesus Christus. Ein wahrhaft evangelisches Gedicht, doch auch mit dem Glauben an Maria und unsere sieben Sakramente, wie auf den beim Volk beliebten Malereien und Holzschnitzereien in den Marktbuden, wo Jesus auf der Weinpresse zerdrückt wird, so daß sein Blut für die Erlösung der Menschen fließen und von den Aposteln wie Trauben geerntet und gepreßt werden kann, die den Wein danach der Kirche geben, die ihn in Fässer füllt und an die Gläubigen austeilt. Marguerite war es auch, die dafür sorgte, daß neue, freundliche Doktoren an den Universitäten in Südfrankreich, die sie beschützte, angestellt wurden, und sie liebte Bücher und besuchte gerne deren treue Drucker und munterte sie auf. Es war die Prinzessin-Königin, die die Worte, man solle den evangelisch gesinnten Predigern lauschen, die über dem Eingang der Klosterhospitäler in unserem Utopia stehen könnten, ausgesprochen hatte:

»Ouïr les concions des prescheurs évangéliques.«

Rabelais muß sie gelesen haben, wie auch sie *Gargantua* gelesen haben und laut gelacht haben muß.

Und dann plötzlich, fast gleichzeitig mit meiner zweiten Ankunft in Paris, dieser unerwartete Umschlag, die tägliche Jagd auf sogenannte anabaptistische Ketzer und Buchdrucker, genau die gleichen, die in Deutschland gejagt wurden, aber von anderen Bluthunden. Es war, als stünde an jeder Straßenecke ein Bruder Juan de Gaona mit der Schulter unter der unrasierten Backe und warte beim Scheiterhaufen auf neue Wagenladungen von Büchern, deren Titel noch immer in meinem Kopf auftauchen und die letzten Funken der Neugier hervorrufen, mit der der Herr mich sowohl bestraft als auch beschenkt hat – *De vera et falsa religione* von Zwingli, das mystische *Livre de vraye et parfaicte oraison*, von wem, weiß ich nicht, das eine Menge Luther-Phrasen enthalten sollte, und Calvins *Institution de la religion chrestienne*. Vielleicht wurde das letzte erst verbrannt, als ich Paris wieder verließ, aber verbrannt wurde es und gern mit einem Buchdrucker als zusätzlicher Nahrung für das Feuer, das in den schwarzen Augen aller Doppelgänger des Bruders Juan loderte, und während vom König ständig neue Gesetze gegen die Reformierten unterschrieben wurden.

Wurde Frankreich wirklich von dem Franz regiert, der an einer Straßenecke in Paris eine zerstörte Statue von Maria behutsam durch eine neue aus reinstem Silber ersetzt hatte? War das Herz seiner Jugend zu Flintstein geworden? Oder war es das immer gewesen, auch als er als Beschützer Marias auftrat? Hatte er, wie bekannt, nicht gezögert, Erasmus zu wählen vor Luther, als es darauf ankam? Wünschte er vielleicht von Anfang an, ein Luther mit umgekehrtem Vorzeichen zu sein, der Tyrann der gallischen Kirche? Schweife ich ab, meiner Gewohnheit treu? Aber ist es das, was man *Politik* nennt? Der König verlor ja auch bei einer anderen Gelegenheit die Fassung, oder eher den Glauben, nämlich als er sich bereit zeigte, mit den Türken gegen unseren geliebten, schmerzlich vermißten Kaiser zu paktieren. Ich frage dich, Bruder Juan de Gaona, was sollen wir mit Politik, wenn sie Zweck wird und nicht Mittel. Hätte es der Sache des Königs genützt, würden die Türken und die lutherischen Ketzer sicher sogar in Paris eingerückt sein und heute Hand in Hand auf den Herzogssesseln der Intelligenz in der Sorbonne und in des Königs eigenem »Collège« sitzen...

Mohammed und Luther... im übrigen nicht ohne gewisse Übereinstimmung, wenn wir nachdenken... Moses' zwei Stiefkinder... *die Stimme* als Waffe... die Energie... sich aufrichten zu können, gerade wenn alles verloren scheint... der Mut mitten im Irrtum...

»Und Rabelais?« fragt ihr.

Verschwunden, antworte ich. Wie vom Erdboden verschluckt. Natürlich fragte ich nach ihm, aber schon zwei Jahre vor meiner Ankunft war er fort. Wieder ins Kloster gegangen? Durch ein Unglück ums Leben gekommen? Gift im Wein? Verbrannt? In den Jahren, als ich fern von Paris gewesen war, hatte er im Streit gelegen mit den Sorbonnarden, doch ohne es selbst zu wollen, wohl nur, weil er sich erlaubte, Lärm zu machen und das pyramidable Schweigen des Buchstabens A zu brechen. Dann antwortete er auf die Anklagen, indem er einen ganzen Karneval veranstaltete, wo all die anderen Buchstaben juchzend und schreiend um das vornehme, selbstbezogene und, wie ich es sehe, tief gekränkte A herumtanzten, das höchstens ein B oder C auf derselben Seite zuließ und beim Anblick der Buchstaben F, G und K die Nase zu rümpfen begann, um schließlich vor Verachtung für die unfeinen Buchstaben von P bis zu den zuletzt Angekommenen mit den Beinen zu zucken. Ich sehe immer noch Rabelais vor mir, gejagt von seinem Schuldgefühl darüber, Apostat zu sein, aber für mich nur des Humors schuldig und weiterhin ein Mitbruder – ich sehe sein Lächeln, seine schwarzen Zähne, sein helles Zahnfleisch, und ich höre sein Kichern, während er in einer Ecke in seinem bevorzugten Wirtshaus sich in einen gewissen Alcofribas Nasier verwandelt, das Anagramm der Anagramme.

Ich höre ihn über das Papier flüstern, während die Riesen in seiner Vorstellung Gestalt annehmen: »Komm doch, Bruder Juan de Gaona, Alcofribas wird dir von den ehrwürdigen venerischen Krankheiten erzählen, von Trinkkumpanen und Festen und Pisse und Kotze und Rülpsen und den dummen und schmuddeligen und gierigen Theologen, die es schaudert bei dem Gedanken, in den Evangelien zu lesen. Alcofribas wird dir von dem Land Nirgendwo und dem Riesen Gargantua erzählen und seinem Vater Grandgosier und seinem Sohn Pantagruel, »dem immer und ewig Durstigen«, der einen Diener namens Panurg hat, der auf deutsch, italienisch, schottisch, baskisch, holländisch, spanisch, französisch, griechisch, lateinisch, in zwei erfundenen Sprachen und wahrhaftig auch in meinem eigenen Dänisch sagt: »Ich bin hundehungrig!« Alcofribas wird dir erzählen, wie Pantagruel sich zum Herrn über die Dipsodier macht, die das Land Utopia seines Vaters Gargantua verwüsten, und er wird dir von dem guten Mönch Hannes erzählen, der Erlaubnis erhält, in Thelema sein eigenes Kloster als einen Palast von der größten Schönheit einzurichten, wo junge Männer und Frauen zusammenleben nach der Regel: »Tu, was du willst!«, aber wo nichts Furchtbares geschieht und wo keine der Todsünden einen Fuß in die Tür bekommt, weil alle zu Gesundheit und Harmonie des Körpers und der Seele erzogen sind, so daß sie nur gute Gedanken und tugendhafte Gelüste nähren. Alcofribas, lieber Bruder Juan, wird dir schließlich von dem Orakel der Göttlichen Flasche erzählen, deren Antwort immer nur aus dem einen Wort besteht: »Trink!«

Und ich trank, Brüder, wie nie zuvor. Vielleicht trank ich täglich drei oder vier Kannen Wein in den Wochen, die ich brauchte, nach Lyon, der Stadt der Buchdrucker, zunächst zu gehen, dann zu schwanken, von Paris aus, das ich nicht schnell genug verlassen konnte und wo wieder einer von Bruder Juans unzähligen Doppelgängern hinter den Riegeln des Klostergefängnisses hauste, wo mein tüchtiger Widersacher als junger Mann gesessen hatte. Keinen Tropfen Wein hatte ich angerührt, seit ich mein Ordensgelübde abgelegt hatte, aber nun fühlte ich, daß die Zeit gekommen war, das Versäumte nachzuholen, und mit mir gingen Raphael Hythlodeus und Alcofribas Nasier, die besten Wander- und Trinkgenossen, die ich in Europa gehabt habe. Bruder Bojac nannten sie mich, da sie fanden, daß mein Anagramm wie der Name eines guten Weins klang, und bald hatten wir die Regierung von Utopia unter uns aufgeteilt, so daß ich mich um den Glauben und den Unterricht in Hebräisch, Griechisch und Latein kümmern sollte, Raphael Hythlodeus um den Außenhandel mit Frankreich und England (unsere Gewürze und Kakao gegen Wein und Wolle – nicht die der Gutsherren, sondern die der englischen Pachtbauern) und Alcofribas Nasier um die inneren Angelegenheiten unseres Inselreichs. Es kam vor, daß wir uneinig waren, besonders als Raphael Hythlodeus nicht meinte, daß die Einwohner so enorm sein sollten, wie Nasier sie haben wollte, und wir hatten auch ein paar Dispute über die Kriegsgefangenen, die wir zu unseren Sklaven gemacht hatten, und ob es wirklich so klug war, alle Einwohner des Landes zwischen vierundfünfzig Städten zirkulieren zu lassen. Herrgott, wenn nun eine Familie ihr Haus an einem schönen Kanal liebte, warum sollte sie dann weggeschickt werden? Vielleicht, weil ich mich selbst immer »weggeschickt« fühlte, setzte ich mich für das Recht ein, wohnen bleiben zu dürfen, und auf jeden Fall Alcofribas stimmte mir zu. So schlenderten wir von Wirtshaus zu Wirtshaus auf dem schönen Weg durch das Herz Frankreichs, während die Soldaten des Königs an uns vorüberritten und uns beneideten, weil wir uns so herrlich amüsierten, Nonnen sich erschrocken hinter Straßenbäumen versteckten und die Kinder aus den Dörfern uns eine halbe Tageswanderung begleiteten, um alle unsere unglaublichen Geschichten zu hören.

Was heißt es, zu *lachen*, Brüder? Tun wir es oft genug? Nur der Blick auf seine eigenen Füße brachte euren geehrten Bruder Bojac zum Lachen, als er am Wegrand lag und sich mit *Pantagruel* und *Gargantua* unterhielt. Fast sechzig Jahre lang hatten meine Füße mich Tausende von Meilen getragen, allein meine Wanderungen in Dacia machten wohl zehn Pilgerreisen in das Heilige Land aus, und während ich dalag mit meinem Wein und meine Zehen in der Luft wippen sah, brach ich in Lachen aus. Jeder Zeh war mir ein sanftmütiger Freund, der jetzt den Wein als ein Wohlgefühl im Fleisch zittern spüren sollte. Haps, und Bruder Linker Großer Zeh bekam seinen Becher. Prosit, Bruder Rechter Kleiner Zeh, und jetzt eine Runde auf Kosten des Besitzers für die ganze Bande. Wenn nicht Raphael Hythlodeus oder Alcofribas Nasier bezahlten, mußte natürlich ich zahlen von der kleinen Summe, die ich im Kloster in Paris bekommen hatte. »Bruder Wein«, wie Bonaventura mit einem Seufzer der Erleichterung ausstieß, wenn er sich von der Arbeit erhob. Manche können täglich einen Krug oder zwei trinken, andere wie ich sind versucht, ganze Fässer in sich hineinzuschütten, vielleicht der Grund dafür, daß ich mich mit Wasser und ausgepreßten Früchten begnüge. Ich kann mich ja nicht täglich um Sinn und Verstand lachen. Aber damals, an den Straßenrändern zwischen Paris und Lyon, gab das Lachen mir den Überschuß, der notwendig war, damit ich weiterwandern konnte.

Einfach alles, was ich erlebt hatte, brachte mich zum Lachen. Ich sah meinen Vater mit Schlamm in seinen Schmachtlocken, als sei er gerade vom Pferd gefallen. Und ich lachte. Ich sah die bösartigen Augen meines Bruders, wie er rot wurde hinter den Ohren, wenn jemand ihm widersprach, und ich lachte. Die dänischen Lutheraner, die rasend zu unserem Kloster wanderten, sah ich mit Heringen hinter den Ohren, Heringsgräten, die in ihren Bärten klebten, und mit geröteten Augen von allzuviel Lesen ohne Verstand, und ich schlug mir auf die Schenkel vor Lachen. Ich sah mich selbst in der Klosterpforte stehen, all meine Argumente gegen sie parat, durchdacht, überzeugend, durch die

Wahrheit belegt, und ich, Bruder Bojac, lachte über den guten, nüchternen Bruder Jacob und seinen festen Blick und seine Zehen, die in den Sandalen vor Kampfeseifer wippten. Was für Köpfe wir doch haben! Welch merkwürdiges Erinnerungsvermögen wir besitzen! Es ist doch zum Lachen, Menschen dastehen und nach tausend Worten im Hinterkopf greifen und sie durch den Mund einander an den Kopf werfen zu sehen, während die Natur um sie her unendlich gleichgültig ist, die Katze ihre Milch schleckt und das Reh durch den Wald springt. Warum *stehen* wir aufrecht? Könnten wir uns nicht ebensogut hinhocken und still durchs Leben *hüpfen*? Schließlich wälzte ich mich am Straßenrand vor Lachen über Bruder Juan de Gaona, und alle meine Zehen lachten mit, während Alcofribas Nasier und Raphael Hythlodeus erschrocken von mir zurückwichen. Sie glaubten sicherlich, daß mir etwas zugestoßen sei, daß ich allzuviel getrunken hätte, denn plötzlich hatten sie sich zwei Pferde geschnappt und sprengten in vollem Galopp zurück nach Paris. Ich erhob mich. Es war dunkel. Dann fiel ich der Länge nach hin und erwachte erst früh am nächsten Morgen, als ein Dominikanerbruder mir einen Tritt in den Hintern gab.

»Haben wir die böhmische Krankheit, franziskanischer Bruder?« fragte er. Dank seiner Hilfe kam ich nach Lyon, wo ich hörte, daß François Rabelais wieder aufgetaucht war, aber im entfernten Turin und nun als Arzt. Schon bevor er verschwand, habe er, hieß es, in Lyon einen Gehängten seziert, nachdem er in Montpellier den Doktorgrad in der ärztlichen Wissenschaft erworben hatte. Ich hatte immer noch Magenschmerzen nach all den Lachanfällen, die er mir bereitet hatte, und ich dachte, es sei das beste, wenn ich mich an Erasmus als Lektüre hielte, der den Leser zwar zum Schmunzeln bringt, aber ihn nie dahin treibt, wo Lachen und Wein einen so aus der Fassung bringen, daß man am Ende keine zwei zusammenhängenden Worte mehr herausbringt, weil man fühlt, daß es einfach keinen »Zusammenhang« gibt. Man könnte ebensogut eine Waldameise sein oder ein Riese, der über die Dächer der Sorbonne sein platschendes Wasser läßt.

Ich begriff, daß Rabelais in Turin selbst eine Pause vom Lachen machen mußte. Es hieß, er sei mit Botanik und alten Schriften beschäftigt und mache sich in der ärztlichen Wissenschaft kundig, genau der Wissenschaft, die in dem guten Land Nirgendwo am höchsten eingestuft wird.

Kann es eine Wissenschaft sein, mit einem Felsen zu reden? Kaum! Aber jenseits von Lyon meldete sich ein ganz anderer Gemütszustand. Doch, das Lachen und der Wein und der Tritt des Dominikaners hatten mir geholfen, nach Lyon zu kommen, aber nun näherte ich mich Le Puy, der Stadt, von wo einer der vier Wege nach Santiago de Compostela führt, und ich wußte nicht, ob ich bereit war zu der langen Pilgerreise in das Land des heiligen Jacob. Ich war leer. Um mich her war nichts, das mich mitriß, und ich fühlte, daß ich gar nicht existierte, sondern schon längst hingesunken war und daß es nur mein Gespenst war, das verwirrt weiterwankte in der Hoffnung, das Himmlische Jerusalem zu erblicken. Ich kam an einen Felsen, ich hatte nichts gegessen, und ich setzte mich nieder und fing an, mit dem Felsen zu reden, der in drei verworrenen Formationen direkt aus der Erde aufragte. Keinen Laut gab er von sich, selbstverständlich nicht, aber in meiner Leere hoffte ich, daß er mir die Antwort auf mein Rätsel geben könnte. Wie die Stunden vergingen, überkam mich in der Mittagshitze ein sonderbares Glücksgefühl über das beharrliche Schweigen des Felsens, und ich begann langsam, mit kleinen suchenden Schritten, aus meinem Körper herauszutreten, wenn ich denn überhaupt einen hatte. Ich ging siebenmal um den Felsen herum, während ich ein paarmal nahe daran war, wieder zurückzufallen ins Lachen darüber, mich selbst dort mit gefalteten Händen sitzen zu sehen, als sei ich eine robuste Salzsäule geworden. Mein Kopf war vierkantiger als je, der Bart weiß und struppig, und meine Augen starrten direkt in den Felsen hinein. Welch frommer Zustand! Man könnte glauben, ich wünschte, Franz zu übertreffen, indem ich den Steinen predigte.

Während ich um den Felsen und mich selbst herum und herum ging, meditierte ich, wie so oft zuvor, über Bonaventuras *Dritten Weg*, nun über das Stück von der »Ruhe des Friedens«. Die Scham zuerst. Die lernen wir nur, indem wir die Sünde in ihren vier Aspekten repetieren: ihre Größe, ihre Vielfältigkeit, ihre Schändlichkeit und ihre Undankbarkeit. Als nächstes die *Furcht* in ihren vier Aspekten: die Furcht vor der Störung unserer Aktivität, vor der Verblendung der

Vernunft, vor der Verhärtung des Willens und vor der letzten Verdammnis. Als ich das dritte Mal um den Felsen ging, meditierte ich über den *Schmerz* in seinen vier Aspekten: den Schmerz beim Verlust der göttlichen Zuneigung, bei Verlust der Unschuld, bei der Verstümmelung von Natur und bei Vergeudung gelebten Lebens. Die *Anrufung* auf meiner vierten Rundwanderung galt Gottvater, Christus dem Erlöser, Jungfrau Maria und der triumphierenden Kirche, während ich beim fünften Mal in Gedanken die *Strenge* gegen Unfruchtbarkeit, die Mangel an Hingebung ist, richtete, Perversität, die Bosheit ist, Wollust, die Begier, und Eitelkeit, die Hoffart ist. Beim sechsten Mal spürte ich die *Leidenschaft* im Wunsch nach dem Martyrium, die sich ausdrücken soll in Vergebung für die, die uns gekränkt haben, in der Reinigung der Makel, die uns beigebracht werden, in Zufriedenheit mit Schmerz und Heiligmachung durch die Gnade. Endlich fühlte ich, daß ich zur *Ruhe* im Schatten Christi gelangte, dort, wo wir einhalten sollen, um von Flügeln beschützt zu werden, so daß wir weder aus Leidenschaft der Begier noch aus Furcht vor der Züchtigung verbrennen. Aber noch immer stand ich außerhalb meiner selbst, und ich mußte einen Schrei ausstoßen, um meinen Körper zu wecken und eins mit mir selbst zu werden.

Waren sieben Tage vergangen und nicht sieben Stunden, als ich mich in meinem versteinerten Körper erhob? Waren meine Hände und meine Füße noch immer die meinen? Der Bart, war er meiner? Ich sah auf den Felsen, und es war, als wimmelte er nun von Vierbeinern, während die Zikaden vor Sehnsucht nach dem okzitanischen Himmel sangen, dem Himmel von Francescos Mutter, die dem *Fratello e Poverello* den Jubel über alles Lebende gegeben hatte und die Fähigkeit, ihn in Gedichten auszudrücken, die in unseren Ohren selbst Augustinus zum Verstummen bringen. Da klang es hinter mir und auf dänisch:

»Bruder J-A-A-A-COB!«

Es war kein anderer als Bruder Igvald, dem ich mich in Malmö immer verbunden gefühlt hatte, seit er eines Wintertags zerschlagen zu unserem Kloster gekommen war und um Aufnahme in unsere Bruderschaft gebeten hatte. Ich unterrichtete ihn persönlich während seines Noviziats, ich ging betteln mit ihm, sang mit ihm, betete mit ihm, und nun war es, als empfinge ich eine unerwartete Belohnung, als ich ihn am Wegrand stehen und winken sah. Bald waren wir festen Schritts auf unserem Weg nach Le Puy, und Bruder Igvald erzählte frisch drauflos über seine Wanderung von Rostock, nachdem endlich Schluß war mit unserer exilierten Ordensprovinz und die Brüder in alle Winde zerstreut wurden. Bruder Igvald war durch das östliche Europa gegangen, hatte sich dann aber nach rechts zur Schweiz gewandt, wo er beinah von Calvinisten gesteinigt worden wäre. Als Vagabund verkleidet war er nach Frankreich gekommen und wünschte nur, einen der beiden südlichsten Wege nach Santiago de Compostela einzuschlagen, nicht zuletzt weil er meinte, daß das Land des heiligen Jacob der Ort sein müsse, wo wir zwei uns wieder begegnen würden. Aber etwas war mit Bruder Igvald geschehen. Seine Worte überschlugen sich. Den einen Augenblick pries er mich als den, der ihn davor gerettet habe, in der Stadt Trelleborg als Abschaum zu sterben, ein Lob, auf das ich gern verzichtete, den nächsten Augenblick goß er seinen Zorn über mich aus, weil ich seine Hoffnung nicht eingelöst hatte, ich würde des Nordens neuer Bruder Ludwig von Anhalt werden, der Fürstensohn, der in Bruder Igvalds Phantasie Könige zum Verhandeln und Heere zum Stillstand und zum Niederlegen der Waffen bringen konnte. Aber ich hatte gelogen, meinte er. Und deshalb war ich geflohen, zuerst von den Herrentagen in Dänemark, wo ich meinen lutherischen Widersachern nicht zu begegnen wagte, dann von der Saxonia vom Heiligen Kreuz, weil ich meinen Aufgaben als Provinzialminister nicht gewachsen war. Kurz gesagt war ich eine Schande.

Da standen wir vor dem schwierigsten der vier Wege nach Santiago, dem, der dem Wegweiser zufolge durch enge Täler und über steile Berge führt, eine zerrissene vulkanische Landschaft, ein wenig wie hier in Michoacán, manche sagten, »eine düstere und unheimliche Gegend«. Doch statt seine Seele vorzubereiten und die Kirchen Saint-Michel d'Anguilhe und Notre-Dame in Le Puy mit dem »Fieberstein« und einer der rätselhaften schwarzen Madonnen zu besuchen, fuhr Bruder Igvald fort, mich anzuklagen, sein Leben zerstört zu haben. Er hätte statt dessen Schreiber werden sollen. Dann würde er noch immer in Dänemark sein, vielleicht glücklich verheiratet, umgeben von Kindern und Schafen.

»Nun, dann geh zurück, Bruder Igvald«, sagte ich und ließ ihn verstehen, daß er mein vollstes Verständnis habe und daß ich für seine Vergebung beten würde. Aber genau das hätte ich nicht sagen dürfen. Nun war plötzlich alles verkehrt an Dänemark, und was bildete ich mir ein, ihn in den Vorhof der Hölle zurückzuschicken? Wenn jemand, so war Bruder Igvald der Verteidiger des rechten Glaubens, aber man durfte ja wohl zwischendurch einmal seinen Zweifel haben. Und er umarmte mich, wobei er am ganzen Körper zitterte.

»Ich wußte es«, sagte er.

»Was?« fragte ich.

»Daß ich Bruder Jacob auf dem zweiten Einfallweg zu des heiligen Jacobs Grab treffen würde. Nun gehen wir zusammen in dein Land.«

»In Jacobsland ist nur *ein* Jacob«, sagte ich ruhig.

»Nein, *du* bist meine Erlösung«, erwiderte Bruder Igvald.

Da mußte ich Bruder Igvald, dessen Augen nicht von mir wichen, wieder eine Vorlesung halten. Es ging auf gewundenen Wegen nach Aubrac, während ich von dem Apostel Jacob erzählte, wie wir ihn einerseits als Jacob Major, den Bruder des Johannes, den einen der zwei Donnersöhne des Zebedäus antreffen, andererseits als Jacob Minor, Jesu eigenen Vetter, der ein asketisches Leben führte und so lange im Gebet kniete, daß seine Knie hart wurden wie die eines Kamels und er den Namen der Gerechte bekam, bis die Juden so erzürnt über ihn waren, daß sie ihn zur Osterzeit auf die Zinne des Tempels führten und ihn hinabstürzten. Als er noch immer lebte, versuchte die Menge, wie wir wissen, ihn zu steinigen, doch erst, als einer ihn mit einer Walkkeule auf den Kopf schlug, erlitt er den Märtyrertod. »Könnte dies Bruder Igvalds Gedanken nicht auf den rechten Weg lenken?« dachte ich, froh darüber, daß meine Erzählung von Jacob mit den zwei, vielleicht drei oder vier Gesichtern in Schwung kam und uns unsere schwere Wanderung erleichterte. Überall, wohin wir kamen, flammte der Ginster an den Hängen, während hoch oben in den kegelförmigen Bergen Schneeschauer tobten, dabei war es doch Mai. Ich erinnere mich daran, daß ich dachte: »Hier nähern wir uns dem Land des heiligen Jacob, während der Norden noch immer über uns schwebt, als sollten wir nie vergessen, daß selbst in Kökar auf den kalten Ålandinseln Brüder wohnen.«

O doch, ich erzählte, so gut ich konnte, mit einem Gefühl, als sei Bruder Igvald noch immer der geschlagene achtzehnjährige Lümmel, der in unser Kloster kam, und es gab auch Augenblicke, in denen er hingerissen war von meiner Nacherzählung von Jacobus de Voragines *Legenda aurea* über die »Schiffsreise« und den »Stein«, wie die Jünger Jacobs Leiche nahmen und sie an Bord eines Schiffes brachten und das Begräbnis der Weisheit Gottes anvertrauten. Und wie die Jünger an Bord blieben und sahen, wie ein Engel des Herrn das Schiff nach Galizien führte, wo es das Reich der Königin Lupa, der Wölfin, anlief. Und wie die Jünger die Leiche vom Schiff trugen und sie auf einen großen Stein legten, der weich wie Wachs wurde und sich zu einem Sarkophag formte, den die Jünger nach vielen Gefahren und Verfolgungen in das Schloß der Königin stellen durften. Und wie die Königin schließlich bekehrt wurde und ihr Schloß zur Kirche des heiligen Jacob machte.

Ich fühlte, daß es mir endlich gelungen war, Bruder Igvald zu beruhigen. Wir waren wieder oben in den Bergen, und im Schnee standen kleine wilde Narzissen. Wir näherten uns dem Hospiz der Augustiner, großen, nackten und grauen Gebäuden, die mitten in der Einöde liegen. Wir rasteten bei einer Sankt-Rochus-Quelle unter großen Kiefern, als sich Bruder Igvald plötzlich erhob und der Tanz ihn packte. Während er wild zuckte, rief er zum Himmel, daß er nicht mehr könne, wenn er nur einen Mönch oder eine Mönchsquelle oder ein Mönchhospiz sähe, ginge weißes Feuer durch seinen Kopf. Da empfand ich Mitgefühl mit Bruder Igvald wie nie zuvor. Ich wußte, daß es ihm weder helfen würde, über die *Scham* oder die *Furcht* zu meditieren, noch sich der *Anrufung* Gottes hinzugeben, ihm die *Strenge* und die *Leidenschaft* zurückzugeben, so daß er die *Ruhe* an der Seite Christi fühlen konnte. Seit jener Zeit, als er sich angewöhnt hatte, seinem Schmerz die Form eines Balkens zu geben, den er aus seinem Körper zog, hatte er es geschafft, sich zu beherrschen, aber nun war es, als würde ein unsichtbarer Balken nach dem anderen in seinen schmächtigen Körper gehämmert, der nur noch aus Sehnen und Knochen bestand. Er griff nach den Balken und wollte sie aus seinem Körper ziehen, aber es war nichts zu machen. Seine Augen kehrten das Weiße hervor, und schließlich warf der Krampf ihn zu Boden. Ich begrub ihn in der geweihten Erde der Augustiner, nachdem ich ihm die Absolution gegeben hatte. Hatte Igvald recht? Hatte ich die Verantwortung für seine jahrelange Verzweiflung? Was tun wir, Brüder, wenn ein junger Mann zu uns kommt und darum bittet, gegen die Bosheit der Welt beschützt zu werden? Schicken wir ihn zurück zu den Wölfen, wenn wir nur den kleinsten Verdacht haben, daß er nicht in der Lage sein wird, für die Welt abzusterben? Wie konnte ich mit Vergebung rechnen für meinen vielleicht fürchterlichsten Irrtum?

»Du quälst dich selbst, Bruder Jacob.«

Tu' ich das? Jeden Augenblick auf meinem weiteren Weg nach Jacobsland betete ich. In Espalion und Estaing hätte ich mich an den herrlichen Brücken freuen sollen, aber ich konnte es nicht. Ich kam in ein Seitental und wanderte nach Conques mit den Reliquien der heiligen Fides, und ich fühlte, daß ich selbst einer der diebischen Mönche war, die die Reliquien der kleinen Heiligen, die bei Christenverfolgungen getötet worden war, aus der Stadt Agen stahlen, ohne daß sie damals wissen konnten, daß mit den Reliquien die Wunder florieren würden, so daß der Pilgerstrom wuchs und das Kloster bald von einflußreichen Äbten geleitet wurde. Ich spürte selbst den magischen Einfluß der heiligen Fides in Conques, und ich wurde geschüttelt vom Weinen darüber, daß es mir nicht gelungen war, Bruder Igvald, dessen Leben ich gestohlen hatte, bis zu ihrer Statue zu führen, die auch ihr Reliquienschrein war. Frankreich wurde mir zu Staub, wenngleich ich zu einem anderen abseits gelegenen Tal ging, Rocamadour, wo der Einsiedler Sankt Amadour gelebt hatte, nachdem er zusammen mit Maria Magdalena und Lazarus dort angekommen war. Aber weder Amadours Höhle noch später der schöne, kühle Klostergarten in

Moissac mit dem Kirchenportal, das den Herrn in seiner Herrlichkeit darstellt, in seinem Himmel thronend und wie in der *Offenbarung des Johannes* von den vier geflügelten Wesen, zwei Seraphen und den vierundzwanzig Ältesten umgeben, vermochte mir zu helfen gegen den fortbestehenden Anblick Bruder Igvalds, als der Krampf ihn zu Boden warf.

Mit seinem Tod starb mein Leben im Norden zum dritten Mal. An keine Stunde konnte ich mit Freude zurückdenken, als sei alles von Anfang an verkehrt gewesen, oder jedenfalls von dem Augenblick an, da ich als Bruder Jacobus Johannis von meinem Noviziat in Paris nach Hause kam und entflammt von Eifer damit rechnete, daß eine neue Zeit anbrechen werde. Brach sie nicht an, war das nun ausschließlich meine Schuld. War die Königinwitwe aus Trauer über ihren Sohn, den König, aber vielleicht besonders darüber, daß ihr Passionsbild in Odense nicht vermochte, die Flutwelle fernzuhalten, gestorben, war es meine Schuld. War niemand da, der Widerstand leistete, als der gefallene Johanniter Hans Tausen alias Magister Tausanus, die zwölf Kirchen in der Stadt Viborg abriß, war es meine Schuld. Meine Schuld, daß die Eimer mit Kalk über das dänische Land wanderten, und meine Schuld, daß den Bildschnitzern die Finger gebrochen und unsere Bücher verbrannt wurden. Meine Schuld, weil ich in Dacia selbst ein Flüchtling gewesen war. »Kryptensüchtig«, wie sie mir in Kopenhagen nachgerufen hatten? Krank vor Sehnsucht zu erlösen, nur um selbst erlöst zu werden? War das die Anklage, die in Bruder Igvalds Worten lag?

Wie ein Flüchtling vor mir selbst näherte ich mich durch eine grüne und wogende Landschaft den Pyrenäen. Ich kam nach Lectoure, hoch auf einem Hügel, mit sonderbaren Votivgaben an einen keltischen Stiergott, dem ich nur schwer in die Augen sehen konnte, vielleicht weil ich spürte, daß er mich anklagen wollte, ihm Bruder Igvald genommen und ihm statt dessen christlichen Liebesbrei gegeben zu haben. Immer noch Frankreich, so weit das Auge sehen konnte, aber nun ganz ohne Alcofribas Nasiers Lachen, das über das Gras der Bergtäler hätte hinwegfegen können. Als ein spanischer Augustiner hörte, daß ich aus Dänemark kam, warnte er mich davor, weiterzugehen, weil zwischen Dänemark und dem Kaiser ein Krieg ausgebrochen sein soll. Der dänische König Christian III. soll Söldnertruppen in die Niederlande gesandt haben, und jeder dänische Pilger, sei er Mönch oder Handwerker, freiwilliger oder büßender Pilger aus den kleinen dänischen Kolonien rundumher in Europa, die noch immer darauf warteten, daß das Wunder geschehen und der Glaube nach Dänemark zurückkehren werde, täte gut daran, auf dem Weg nach Santiago de Compostela seine Herkunft zu verbergen, um nicht als Spion ergriffen zu werden. Ich lachte trocken, als der Augustiner mir vom mächtigen Reich Dänemark erzählte, das, davon war er überzeugt, ganz Norddeutschland und Teile von Rußland erobert hatte und sich jetzt anschickte, Völkerwanderungen in Bewegung zu setzen, so daß sie sich wie die Goten der Vorzeit durch Europa herabwälzten, allen voran Luther höchstpersönlich, auf einem gigantischen Pferd reitend, dessen Mähne starr war von Eis.

Wieder sollte ich von mir selbst verwiesen werden. Sollte ich Flame werden? Wieder wuchs mein Bart. Bekam ich die Krätze? Und die Schuld blieb bestehen.

Brüder aus dem Norden, wo seid ihr geendet?

Kann man in Freude singen und in Dankbarkeit beten, wenn alle, die man geliebt hat, fort sind?

Ich war auf dem Paß Roncesvalles in den Pyrenäen, wegen des schlechten Rufs der Basken der gefürchtetere der zwei, die nach Spanien führen. Ich erinnere mich, wie üppig auf der französischen Seite des Passes die Berge waren, mit Bächen überall und Forellen in blitzenden Sprüngen zum Licht und mit Buchen und Kastanien, die unter dem fruchtbaren Nebelregen vom Atlantik bis hinauf auf die Paßhöhe wuchsen. Der Wind wehte, und der Weißdorn blühte. Römer, Vandalen und Westgoten waren hier durchgezogen, und hier hatte Roland seinen letzten Kampf gekämpft, nachdem das Heer Karls des Großen mit Hacken und Äxten nach Frankreich entkommen war. Wie alle vor mir stellte ich ein Kreuz auf und kniete nieder, dem Land Jacobs des Heiligen zugewandt. Es war, als könne man noch immer die Sarazenen heranschwärmen hören. Auf der anderen Seite lag Puente la Reina, von wo der große *Camino francés* die siebenhundert Kilometer nach Compostela führt. Wo vorher alles grüner, europäischer Frühling war, wurde nun alles steinig und trocken, ein unerwarteter Vorgeschmack auf Afrika. Schon als junger Mann hatte ich die Namen aller Stationen auswendig gelernt, zur Freude eines sterbenden

Bruders, der einen großen Teil des vorigen Jahrhunderts durchlebt hatte und hinter den Gaumen stets von dieser Pilgerreise als dem Größten in seinem Leben murmelte, wie sie auch das Größte im Leben seines Vaters gewesen war, irgendwann gegen Ende von dessen vierzehntem Jahrhundert. War sein Vater als ganz junger Handwerker losgewandert, so hatte sein Sohn sich in seinen mittleren Jahren auf den Weg gemacht, und er war überzeugt, daß die Stationen seinem eigenen und dem Leben seines Vaters eine Unzahl von Jahren hinzugefügt hatten. Was ihn selbst betraf, fühlte er, daß er von Estella drei Jahre geschenkt bekommen hatte, fünf Jahre von Logroño, vielleicht zehn von Nájera und Santo Domingo de la Calzada, keines von Burgos (Fray Juan de Gaona! dachte ich), aber zehn Jahre von Carrión und zusammen rund ein Dutzend von Sahagún, Léon, Astorga, Villafranca, Portomarín und Lugo.

Ich kam wieder ein wenig zu Kräften, als ich mich an diese Namen und den alten Bruder erinnerte, der wie sein Vater fünfzig Jahre hinzubekommen hatte. Gradweise zwang ich mich dazu, wieder zu sehen. Aber die Freude blieb aus. Ich wurde mein eigener strenger Lehrer, und bei jeder Station, zu der ich kam, tadelte ich mich selbst, weil ich als junger Mann auf eine Weise über sie phantasiert hatte, die nichts mit der Wirklichkeit zu tun hatte. Hätte ich Dichter werden sollen? Oh, ich kann Rabelais flüstern hören, während er bescheiden fortsieht: »Viele sind berufen, wenige sind auserwählt. Bleib du in deinem Orden, Bruder.« Ich wußte also nun, daß es in Puente la

Reina keine Paläste mit Springbrunnen gab, wie ich geglaubt hatte, sondern so enge Straßen, daß ein bepacktes Maultier kaum hindurchkam, und so dicht zusammengebaute gelbbraune Häuser, daß sie zusammenfallen würden, wenn man eines von ihnen anstieß. Und daß dort nur eine einzelne Jacob-Statue stand und den Angekommenen grüßte. Ich hatte mir in meiner Begeisterung eine gewaltige Kirche mit den vier oder fünf verschiedenen Jacobs auf Gemälden kastilianischer Meister zusammenphantasiert und in Reliefs der größten Bildhauer um das ganze Schiff herum und mit einem Altarbild zur Ehre von Jacob Major und Jacob Minor. Logroño und Nájera hatte ich mir als Sammelplätze der Kreuzritter vorgestellt, mit unzähligen Ställen und einer Menge Wappen und Kirchen, die mit Reliquien aus dem Heiligen Land gefüllt waren. Nun sah ich nur einen Fluß, ein paar Kirchen und ein Kloster, das in einen Felsen hineingebaut war, und kleine dreieckige Plätze, wo man an durchziehende Mönche so gewöhnt war, daß man sich bei ihrem Anblick sichtlich langweilte und die Jungen sich nur nach Liebesnächten und »fröhlicher Wissenschaft« sehnten. Hunde, die sich blutig kratzten, um ihre Flöhe loszuwerden, Katzen ohne Fleisch am Körper unter den struppigen Pelzen. Burgos? Nun ja, eine imponierende Kirche besaß die Stadt. Sie wurde vom Schulmeister notiert. Zwei Kirchen in Léon. Notiert. Ich fühlte, daß ich da ging und jeden zweiten Augenblick dem jungen, begeisterten Bruder Jacob einen Hieb auf die Finger geben mußte. Na, das also hast du geglaubt, Jacob. Daß die Welt voller Wunder ist und ganz besonders da, wo der Weg nach Santiago de Compostela führt und so viele Tausend Pilger Ib-Muscheln gesammelt haben.

»*Ib*-Muscheln, Bruder Jacob?«

... Ib-Ib-Ib-, unmöglich auf spanisch zu sagen, aber so heißt Jacob auf dänisch, wie ein Schluckauf oder ein Japsen nach Luft. Und da ging der ältere, saure Bruder Ib und erzog den jungen Bruder Jacob dazu, absolut an nichts anderes in dieser Welt zu glauben als an Steine, Sand, einen Fluß, ein paar Brücken, eine Grotte – und das alles nur, um den unglücklichen Bruder Igvald zu vergessen, der zwischen uns beide gekommen war. Stand nicht auch in dem alten Pilgerführer: »Preise, was dir gefällt, schmähe, was du nicht leiden kannst!« Ich schmähte, und besonders, als ich mich in Burgos befand und dem jungen Bruder Jacob erzählen konnte, daß er von hier kam, der Erfinder des pyramidablen A. Aber das wußte er ja sehr wohl. Um ihm ganz die Stimmung zu verderben, erzählte ich ihm statt dessen von dem bösen Spitalmeister, der dem deutschen Lied zufolge hier hingerichtet wurde, weil er dreieinhalbhundert Pilger vergiftet hatte. Und Bruder Jacobs Stimmung sank noch ein paar Ellen. Das Kloster Las Huelgas vor der Stadt, die großartige Kirche in Burgos selbst. Preise, sagte der Pilgerführer, und ich schmähte. Und stumm war ich während der Mahlzeiten bei unseren Mitbrüdern, von denen es seit den Pyrenäen überall zu wimmeln schien, als seien alle vertriebenen Minderbrüder aus dem Norden hier versammelt. Aber nicht einer sprach Dänisch oder Schwedisch, Norwegisch oder Isländisch, geschweige denn das asiatische Finnisch, und ich mußte mir selbst die

Warnung des Augustiners in Erinnerung rufen, meine Herkunft nicht zu verraten. Sauer war ich, Brüder, sauer, verknotet, erstarrt, gekränkt, lebensüberdrüssig. Nicht einen Augenblick des Jubels hatte ich dem jungen Bruder Jacob gegönnt. »Ich will auch den Abstecher nach Oviedo machen, hinauf ans Meer«, sagte er voller Neugier. »Nein«, erwiderte ich. »Dann will ich statt dessen ein Stück nach Süden, nach Soria. Ich habe so oft von dieser schönen Stadt auf einer Anhöhe an einem Fluß mit vielen Pappeln geträumt.« Und Bruder Ib erwiderte: »Pappeln sind überall gleich, und ein Fluß ist ein Fluß.«

Nun waren wir in der Gegend von Carrión de los Condos, das dem fast hundertjährigen Bruder aus Malmö ganze zehn Jahre geschenkt hatte, und der junge Bruder Jacob wollte mit eigenen Augen das Land des Rodrigo Diaz alias *El Campeador* alias *El Cid* einnehmen. Er kannte schon die Geschichte von dem Vasallen König Alfonsos, der bei seinem Herrn verleumdet wurde und in Ungnade fliehen mußte, nachdem er seine Frau und seine Töchter unter den Schutz des Klosters gestellt und bei den Juden eine Kiste schwer von Sand, nicht von Gold verpfändet hatte. Ich erwiderte, daß all dies Vorzeit sei, vielleicht die reine Phantasie, ein »Gedicht«, um die Zeit zu vertreiben und mit dem sich alle gescheiterten Existenzen trösten könnten, weil es ja nur zu gut damit endete, daß *El Cid* nach Hause zurückkehrte und alles zurückgewann. Was kein Mensch tut. Nach Hause zurückkehren und alles zurückgewinnen. Kein König, kein Schuhmacher. Was glaubte Bruder Jacob, was er gewönne? Und nun verstummte er, während wir weitergingen und uns abwechselten beim Notieren. Juan de la Ortega und Santo Domingo de la Calzada, Gräber zweier Heiliger, der erste ein Einsiedler, der Pilgern half, der zweite ein bekannter Straßenbauer. Wir hakten ab. Léon, die Heimatstadt der siebten römischen Legion. Die alte römische Brücke war noch immer da. Nun wußten wir das. Die Straße der sieben Straßenbauer hinauf in die Irago-Berge, wo der Widerstand gegen die Mauren am stärksten war. Wieder hinunter ins Tal des Sil, vorbei an der Tempelherrenburg Ponferrada. Eine ganz andere Welt. Früchte. Wein.

»Ein Krug, Bruder Ib?«

»Wasser, Bruder Jacob. Wasser!«

Die Jacobskirche in Villafranca, wo die kranken Pilger sich erholen dürfen. Da uns nichts fehlte, gingen wir weiter nach Lugo in Galizien.

»Die Brücke über den Miño, Bruder Ib. Von der muß ich dir erzählen.«

»Warum? Weiter!«

Galizien. Die Heimat der Pilgerführer. Bruder Jacob zitierte aus dem *Liber Jacobi*: »Wie freundlich es hier ist. Hier ist es wie zu Hause.«

Bruder Ib: »Sagte er *freundlich*? Sagte er *zu Hause*?«

Bruder Jacob Johansen. Bruder Jacobus Johannis. Bruder Jacobus Gottorpius. Der trunkene, schallend lachende Bruder Bojac. Mein versteinerter Körper südlich von Lyon, während »ich« um den Felsen herum und herum ging. Der alte, saure Bruder Ib. Und jetzt, vor Santiago de Compostela, Bruder Jacob der Flame, fürchtend, von des Kaisers Männern als Luther-Christians Spion gefangen zu werden. In all meinen sichtbaren und unsichtbaren Erscheinungen und mit einer schwachen Hoffnung, Bruder Ib zu vergessen, suchte ich überall in Santiago nach dem milden Apostel Jacob, der, in Sandalen und mit Wanderstab, den Wandernden half. Aber ich merkte schnell, daß in dieser Stadt nicht der Bruder des Johannes, geschweige denn der Vetter Christi herrschte, sondern *Matamoros*, der Maurentöter, der in der Schlacht bei Clavijo König Ramiro in einem Traum erschien und versprach, ihm zu helfen. Am nächsten Morgen zeigte er sich auch ganz richtig auf einem weißen Pferd und mit einer weißen Fahne, und nicht weniger als dreieinhalbtausend Sarazenen wurden getötet. Hatte Bruder Igvald mich so gesehen, als den Streiter, der in der entscheidenden Schlacht auf einem weißen Pferd gegen den Feind reitet?

Jacob konnte Jacob nicht leiden, und außerhalb meiner selbst streifte ich in Santiago de Compostela umher und suchte nach Jacob als des Zebedäus Sohn, Bruder des Johannes, dem Jacob, den ich mir am leichtesten vorstellen konnte. Fischer und Donnersohn. Erschlagen mit dem Schwert, wie es ausdrücklich in der *Apostelgeschichte*, Kapitel 12, steht: »Um diese Zeit ließ Herodes einige aus der Gemeinde ergreifen und mißhandeln. Er tötete aber Jacobus, den Bruder des Johannes, mit dem Schwert.«

Kein Theologe oder Bibelkundiger kann meiner Meinung nach Jacob als Jesu Vetter mit Jacob als Johannes' Bruder verwechseln, da der erste nach dem zweiten lebte. So lautete Bruder Ibs standhaftes Argument gegen den jungen Bruder Jacob, der gerne sah, daß es die Leiche des Vetters Jesu war, die mit dem Schiff in das Galizien der Königin Lupa gebracht worden war. Bruder Ib und Bruder Jacob waren sich jedoch darin einig, daß wer auch immer der heilige Jacob war, ihn in der Gestalt eines seiner eigenen Pilger darzustellen, mit einem kurzen Kittel und Hosen und einem weiten Mantel mit Kragen, der Unwetter aushalten kann. Auf dem Kopf ein breitrandiger Hut. Über der Schulter ein Ranzen für Brot, und an seinem Wanderstab befestigt eine Kürbisflasche. Und die Muschelschale, sein eigenes Zeichen, an der Tasche oder an der hochgeklappten Hutkrempe befestigt. Ein Heiliger in der gleichen Gestalt wie seine Verehrer. Haben wir nicht Bilder von Christus selbst auf dem Weg nach Emmaus als Pilger mit Stab und Muschelschale auf der Tasche gesehen, Brüder?

Jacobs zweites Zeichen, das Schwert, mit dem er hingerichtet wurde. Jacob als jemand, der Menschen in Not hilft. Ein Apostel. Aber nun plötzlich ein Kriegsmann, das Schwert des Herodes über die Mauren schwingend, zu sehen überall in Santiago de Compostela, so daß selbst Jacob Major in seinem Pilgergewand, versteckt in der Vorhalle der Kirche an der Seite Christi, ängstlich aussah. Eine Kirche, sagte ich? Eher ein großes Bauwirrwarr. Ein Tempel im Umbau zur Ehre ich weiß nicht welcher Götter. Mit jeder Stunde niedergeschlagener über die Abwesenheit Jacobs in Jacobs eigener Stadt, setzte ich mich an einem Platz auf eine Bank unter einem Baum an einem Springbrunnen unter der Sonne und schlug wütend nach Bruder Ib, der recht gehabt hatte damit, daß *nichts ist*. Dann stieß der junge Bruder Jacob auf Widerstand in Form eines Lachens, und das Lachen kam von Bruder Bojac, der, hätte er eine Münze übrig gehabt, Wein dafür gekauft hätte. Die Sonne stach, und wenig später kam eine Prozession vorüber. Ich erhob mich. Nein, *wir* erhoben uns und mischten uns unter die Prozession zur Ehre Jacobs des Maurentöters.

Bruder Bojac war am schwersten zu bändigen. Er hüpfte und tanzte neben der Statue von *Matamoros*, die vorangetragen wurde, und mit Bruder Ibs Ohren hörte ich ihn deutlich auf Latein rufen, daß Gargantua und Pantagruel bald nach ihm kommen und ihn und sein weißes Pferd in einen Schwefelpfuhl tauchen würden, in dem die Dipsodier, die das Nirgendwo der Amauroten erobern wollten, trieben. Auweh, wie ängstlich Bruder Ib war, daß Bruder Bojac einen Skandal weckte! Bruder Ib stolperte ihm nach und zog ihn auf die Seite und flüsterte ihm rasend zu, »so etwas« tue man nicht in Santiago de Compostela. »Haha«, rief Bruder Jacob Bruder Ib nach, der nun gezwungen war, eine Figur wie Jacob Maurentöter zu verteidigen, direkt aus der Phantasie heraus, die er nicht vertragen konnte. Einen Augenblick verbündete Bruder Jacob sich mit Bruder Bojac, aber da der letzte absolut etwas zu trinken haben wollte, eilte Bruder Jacob zurück zu der Bank zu dem alternden Bruder Jacob der Flame, der sich erschöpft wieder gesetzt hatte und dem versteinerten Bruder Jacob vor dem Felsen kurz vor Le Puy glich. Die Prozession dauerte unendlich lang, mit Mönchen aus allen Orden und Priestern mit Weihrauchgefäßen und Bischöfen mit Ringen an ihren dikken Fingern und Flagellanten, die ihr eigenes Kreuz schleppten, und weinenden alten Frauen und bellenden Hunden. Endlich, gegen Schluß der Prozession, wurde Jacob Maurentöter zu Jacob Major, dem Donnersohn, dem Fischer, dem Pilger, und ein halbes Hundert folgten ihm, eine Erleichterung. Da saßen wir Jacobs wieder nebeneinander und fühlten einen Moment lang, daß wir zu ein und demselben Bruder wurden. Dann wurde Jacob Major zu Jacob Minor, doch nicht zu dem Vetter Christi, wie der junge Bruder Jacob sich ihn vorgestellt hatte, sondern zu einer dunklen und feindlichen Figur, die aus dem Inneren der Erde hätte geholt sein können, und als die Sonne schlimmer wurde, liefen wir alle auseinander. Bruder Bojac zu einem Wirtshaus. Bruder Ib zu einem Kloster. Der junge Bruder Jacob zu einer Kirche. Und Bruder Flame direkt in die Arme der Männer des Kaisers. Wer von uns am lautesten rief, kann ich mich nicht erinnern. Aber gerufen wurde von uns:

»Christus, wo BIST du?«

»Ich«... Ich erwachte in einem Klostergefängnis, und es ging mir schlechter als in der Burg »Der geknechtete Wille« in Deutschland. In Luthers Land konnte ich den Feind sehen und bekämpfen, wenn auch ohne eine Hoffnung auf Sieg. Aber hier, unter meinen Eigenen, konnte ich den Feind nirgendwo anders ausmachen als in unserer Mitte, Brüder, und während ich von weit her, vielleicht direkt über mir, den

Meßgesang der Brüder hörte, fühlte ich meinen Willen geknechtet wie nie zuvor. Was nützte es, daß ich aus der Bibliothek meines Inneren das *Lob der Torheit* hervorzog und Seite auf Seite Erasmus zitierte, insbesondere das Stück: »In dem Ritter Georg haben sie einen Herkules entdeckt – so gut sie einen zweiten Hippolytus haben –; sein Roß behängen sie in gar frommer Verehrung mit Zierat aller Art – sie beten es nächstens noch an –, und jeden Augenblick warten sie mit einem neuen Geschenklein auf; ein Eid bei dem ehernen Helm des Heiligen gilt als ein Königswort.« In Jacobsland war alles in meinen Augen und Ohren das reine Heidentum, nein schlimmer, Heidentum als Christentum verkleidet. Christus und Maria reduziert *in absurdum*, die Sehnsucht nach der Stadt Gottes verwandelt zu Rufen und Schreien und Auf-die-Knie-Fallen vor Votivtafeln und schwankenden Statuen, sei es des einen, sei es des anderen, sei es des dritten heiligen Jacob, der in das fieberheiße, abergläubische Reich der Wölfin gesegelt kam, wo Steine zu Wachs werden. Wie es mir widerstrebte – Bruder Ib recht zu geben. Er saß dort in der Ecke der Zelle, grunzte vor Verachtung, während Bruder Bojac längst seine Kutte abgeworfen hatte und schon zurück nach Frankreich flüchtete. Hätte der Maurentöter gesagt: »Betet einen Stein an!«, würden alle in Galizien einen Stein suchen und glauben, daß er Gottes Geheimnis enthielte. So lag ich auf der Bank in der Zelle und begann tatsächlich, zu einem schimmeligen Stein zu sprechen, der aus der Mauer gefallen war:

»Lieber Stein, der du da auf der Erde liegst, geheiligt

werde dein Name, dein Steinbruch komme, dein Wille geschehe im Berge wie im Schotter ...«

Ich fühlte zum ersten Mal in meinem Leben, was die Gedanken des Zwangs mit einem tun können, und ich wurde so von ihnen angesteckt, daß ich dachte, wenn ich mich ein wenig nach links bewegte, würden alle Steine im Kloster mich unter sich begraben, und der Steingott würde mich auf ewig strafen mit Schotter im Mund und zerschmetterten Kniescheiben, aber wenn ich mich ein wenig nach rechts bewegte, würde die Ratte in der Zelle wachsen und zu einem Ungeheuer aus der Offenbarung werden. Deshalb lag ich ganz still, von Entsetzen gepackt über meinen eigenen Atem. Ich hörte die Ratte näher kommen. Dann dachte ich: »Komm!« Und die Ratte kam und setzte sich still auf meine Brust. Sie brachte mich sicher durch die Nacht. Mit ihr kehrte das Leben zurück in meinen inneren Steinbruch. Bruder Ib, der junge Bruder Jacob, Bruder Flame, Bruder Bojac und wer »ich« sonst noch war – alle flüsterten wir der Ratte zu:

»Wir fürchten dich nicht. Komm näher, schönes Tier.«

Und der erste Sonnenstrahl fiel durch das Gitter. Der Riegel wurde geöffnet, man half mir hinaus, und ich sah direkt in seine, Bruder Pedro von Alcantaras tiefe, dunkle Augen.

Er aß nichts anderes als Kräuter und nur jeden dritten Tag. Er schlief sitzend, und das bis zu seinem Tod vor wenigen Jahren, sagt man. Eines Tages wird er selig-

und später heiliggesprochen werden, vielleicht innerhalb der nächsten hundert Jahre, wenn sein Fall im Vatikan geprüft worden ist und die Wunder in seinem Namen weiterhin eintreffen. Geboren als Pedro Garavito und, wie wir wissen, Sohn eines Adligen, der die Stadt Alcantara in Estremadura verwaltete, begann sein Ruhm sich im zweiten und dritten Jahrzehnt unseres Jahrhunderts zu verbreiten. Schon in Lyon sprach man von ihm als der geheimen Waffe Iberiens, dem Meister und Erneuerer, und auf dem ganzen *Camino frances* wurde er in allen Klöstern und Hospitälern voll Ehrfurcht genannt, zu Bruder Ibs steigender Verwunderung. Doch nun, wo Bruder Ib selbst eine Phantasiefigur geworden war, konnte ich spüren, wie die Heilung von Bruder Pedro von Alcantara auszuströmen begann. Ich konnte ihm sogleich ansehen, daß für ihn das Leben Gebet vom Morgen bis zum Abend war, und er vibrierte von Liebe auf die gleiche Art und Weise wie Bruder Ludwig von Anhalt aus meiner fernen Jugend.

»Willst du weiter?« fragte er, und zusammen verließen wir das Kloster in Santiago, während ich an all das dachte, was ich über meinen neuen Weggefährten wußte, seit er als der sechzehnjährige Pedro Garavito von den Minderbrüdern in die Kustodie vom »Heiligen Evangelium« aufgenommen wurde und rasch alle Brüder mit seiner Fähigkeit zum Auswendiglernen beeindruckte. Hatte er einen Text erst gelesen, konnte er ihn vom Anfang bis zum Ende auswendig, und seine Lieblingsdisziplinen waren Grammatik und Philosophie. Bald komponierte er sein eigenes Florilegium mit heigen Texten, die er besonders liebte, und er fiel in seine erste, göttliche Ekstase. Ich wußte darüber hinaus von dem, was ich auf meinem Weg gehört hatte, daß er zur gleichen Zeit, als ich zum Provinzialminister für Dacia im Exil in der Provinz Saxonia vom Heiligen Kreuz gewählt wurde, zum Minister in Albuquerque gewählt wurde. Überall, wohin er kam, inspirierte er die Observanz und gründete Klöster und schrieb, wenn auch nicht soviel, wie wir wünschen könnten, wenn wir an seinen *Traktat des Gebets und der Meditation* denken, wohl eins unserer Lieblingsbücher hier im Kloster in Tzintzuntzan, so wunderbar geeignet, auf der Steinbank zwischen den Olivenbäumen gelesen zu werden, die ich selbst mit gepflanzt habe und die uns eines Tages hoch über den Kopf wachsen und von uns erzählen werden, die wir nicht zuletzt durch Bruder Pedro von Alcantara den Glauben wiederfanden in Zeiten, als alles verloren schien. Nichts war bekanntermaßen unserem Pedro mehr zuwider als die Niedergeschlagenheit der Langeweile, »die babylonische Krankheit«, die er ständig in Wort und Schrift angriff. Und durch sein Beispiel.

Bruder Pedro meinte ganz klar, daß er, der auch davon geträumt hatte, Arzt zu werden, die babylonische Krankheit bei mir, Fray Jacobo, wie er mich nannte, diagnostizieren zu können, ohne den geringsten Wunsch, aus meinem Mund zu hören, aus welchem Land ich kam und welche Geschichte ich hatte. Ich konnte Schotte oder Pole sein, es war ihm gleichgültig. Ich war der Neuangekommene Fray Jacobo, und er war gekommen, diesen Bruder aus dem Gefängnis des Klosters in Santiago de Compostela zu holen, wo nicht alle

Brüder seinen Erwartungen in bezug auf Selbstzucht und Weitsicht entsprachen. Ich dachte, daß er von anderen über mich gehört haben müsse, weil er auf den Tag genau angeben konnte, wann ich den Paß von Roncesvalles verlassen hatte und nach Navarra hineingegangen war. Ich hatte sogar ein Gefühl, als müsse er von spanischen Ausgesandten nach Dacia von meiner Vergangenheit gehört haben. Aber:

»Willst du *weiter*, Fray Jacobo?«

Bruder Pedro führte mich nach Padrón, genau dorthin, wo die Jünger mit dem Körper des Apostels gelandet waren. Fjord und Meer, Fischerboote, kleine, niedliche Häuser mit Schwatzbänken davor, vom Sturm verwüstete Kapellen ganz draußen am Meer und ein öder Friedhof. Das harsche, metallartige Gras zeugte davon, daß das Wetter hier wechselte wie in Dänemark. Die Wellen schlugen gegen die Felsen, und die Gischt sprühte hoch auf, die Pinien schwankten im Wind. Auf dem ganzen Weg hatte Pedro kein Wort gesprochen, und es stimmte, wie man sagte, daß er nichts anderes aß als hin und wieder ein paar Kräuter. Und doch war er nicht nur Haut und Knochen, sondern ziemlich rund. Manchmal sah er mich an, und ich fühlte, wie meine Seele zurückkehrte und meinen Körper ausfüllte. Ich atmete tief und warf mich im Gebet in den Sand, als wir das Meer erreichten. Überall lagen Muschelschalen. Ich suchte die aus, die mir am schönsten schien, und barg sie in der Hand, als hätte ich den kostbarsten Schatz gefunden. Hinter mir spürte ich den Segen von Bruder Pedro auf mich überströmen, und vor mir erhob sich der unermeßliche Atlantik wie eine Mauer hinter der anderen. Ich wandte mich um und sah zum zweiten Mal in Bruder Pedros Augen.

»Muy, muy interior!« rief er in den Sturm und verschwand den Strand entlang.

Ich wußte sogleich, was er meinte, und mit seinen teuren Worten und meiner Jacobsmuschel als einzigem Gepäck nahm ich Kurs auf Salamanca.

Aus der Asche zur Sonne

Knapp zwei Jahre lang, bis zum Sommer 1542, gehen in Spanien Gerüchte um über »den neugierigen Fray Jacobo«. Anfänglich weigert er sich zu sagen, woher er kommt, doch nach und nach wird außerhalb der Klöster geflüstert, daß er gewiß aus Dänemark komme, dessen König, in Allianz mit Franz I. von Frankreich und vielleicht sogar mit den Türken, darüber nachdenke, Söldner in die Niederlande zu schicken, und da ein oder zwei Minderbrüder etwas verraten haben müssen, sieht Bruder Jacob schließlich keinen Grund mehr, seine Herkunft zu verbergen. Doch niemand hält ihn deswegen für einen dänisch-französisch-türkischen Spion, dazu ist er zu desinteressiert an allem, das mit Militär zu tun hat. Ihn interessieren ausschließlich theologische Dispute, und in Salamanca sitzt er oft im Auditorium der Universität auf Bänken, die nur abgehobelte Baumstämme sind, und widerspricht den Lehrern. Die Jungen lachen ein wenig über ihn und sprechen von ihm als dem wunderlichen ewigen Studenten mit dem struppigen Vollbart, in dem die Vögel Nester bauen können, vielleicht eine Dichterseele von der Art, wie sie oft unter den hungrigen Bettelmönchen anzutreffen ist. Am schlimmsten zeigt sich sein Widerspruchsdrang bei den strengen Thomisten, und er kann von seinem Platz aus plötzlich laut zu dem Vortragenden sagen:

»Nein, so nicht. Sondern – wie auch Duns Scotus unterstreicht – *so*!«

Salamanca hält Bruder Jacob Tag und Nacht wach, und im Graubrüderkloster fragt man sich, wann er überhaupt schläft. Manche meinen, er verlasse jeden Tag die Stadt und ruhe sich in einem Hain aus, aber wann, kann niemand genau sagen. Die ganze Zeit führt er Dispute. Und über alles. Und er will alles über Spanien wissen, besonders über den Kaiser und über Erasmus und über die Aufnahme des *Elogio de la Locura* und über Francisco Ximenes von Cisneros, der die Universität in Alcalá stiftete und, nachdem er der Beichtvater der Königin und Provinzialminister der Franziskaner gewesen war, Bischof von Toledo wurde, der Primas von Spanien, Großinquisitor und zweimal Regent, bevor er acht Tage, nachdem Luther in Wittenberg seine 95 Thesen veröffentlicht hatte, starb. Aber Alcalá, bekommt Bruder Jacob zu wissen, ist günstiger, wenn er etwas über Cisneros erfahren will, und eines frühen Morgens, nachdem er über des Kaisers Tun und Lassen informiert und gleich danach »gegeninformiert« worden ist und enttäuscht darüber zu hören, daß Erasmus mit den Worten *»non placet Hispana«* es abgelehnt hat, seine Füße südlich der Pyrenäen zu setzen, macht Bruder Jacob sich auf den Weg nach Alcalá, wo Cisneros' Schriftgelehrte hinter der *Biblia Polyglotta* in vier Bänden standen. Angekommen, überrascht er sogleich alle durch seine große Kenntnis des Griechischen und Hebräischen, wenn er auch das Kaldäische nicht meistert, das auch in der schon längst berühmten Ausgabe von 1520 abgedruckt ist. Aber die

Sprache will er studieren, sagt er. Wenn er Zeit hat. Er muß zuerst noch so vieles schaffen.

»Was?« wird er gefragt.

Und er antwortet nicht.

Bruder Jacob hat eine Karte bei sich, auf der alle franziskanischen Klöster in Spanien eingezeichnet sind, von denen mit unter zwanzig Bewohnern bis zu denen mit über hundert. In jedem Kloster, wo er übernachtet, hinterläßt er zahlreiche Geschichten. Viele handeln von seinem Bart, der wächst und wächst, so daß manche Graubrüder mittlerweile erzählen können, er reiche ihm bis tief auf die Brust, während er in den Klöstern Montforte und Orense auf seinem Weg von Padrón nach Salamanca nur bis ein Stückchen unters Kinn ging. In Zamora wuchs er plötzlich um eine Fingerlänge. Dann soll er ihn verärgert ganz kurz geschnitten haben, aber in Salamanca sproß er wieder, um nun auf seinem Zickzackkurs zwischen den Klöstern auf dem Weg nach Alcalá unweit Madrids um eine weitere Handlänge zu wachsen, gleichzeitig damit, daß Bruder Jacob sich auf einen Versuch einläßt, den Disput über das *comma johanneum* wiederzubeleben, einen Disput, der seine Wellen bis hinauf in die Provinz Dacia gesandt hatte. Der Vers von den drei Zeugen im Himmel – dem Vater, dem Wort und dem Heiligen Geist – soll in den ältesten lateinischen und griechischen Manuskripten, die die *Biblia Polyglotta* getreu wiedergibt, ganz fehlen. Aber ist »verschwunden« das richtige Wort? Vielleicht hat der Vers nie existiert? Und was will dessen leerer Platz letzten Endes besagen? Daß die Lehre von der Dreieinigkeit ganz aufgegeben werden muß, eine Meiung, der sich auch Erasmus in seiner *philosophia Christi* nähert?

Aber der Disput interessiert niemanden mehr. Die *via media* der Bibelreformisten sei in eine Sackgasse geraten, lautet die Botschaft. Johannes muß den Vers aus Zerstreutheit vergessen haben, mehr ist über die Sache nicht zu sagen. Und Erasmus? Wo er bis vor wenigen Jahren das Licht selbst war, des Kaisers geistlicher Ebenbürtiger, die Hoffnung aus den Niederlanden, ein neuer Boëthius, der Trost durch Philosophie verbreitete, klagt die Inquisition nun alle seine Anhänger an. Bruder Jacob lernt bald, daß er in einem Land ist, wo auf jedes »Ja« sogleich ein dröhnendes »Nein, nein und nochmals nein« folgt. »Die allzu vernünftige Vernunft der Vernunft hat bei uns keinen Platz«, wird er belehrt in jenem Alcalá, das doch jahrelang parallel mit Erasmus und sogar diesem voraus daran arbeitete, die heiligen Schriften in ihrer ursprünglichen Sprache vorzulegen, und fragt er zuviel auf seiner weiteren rastlosen Bettelwanderung durch Spanien, schweigt man. Oder blickt streng auf den Greis, der nun beginnt, in den Knien einzusinken, so daß er sich auf besonders anstrengenden Strecken auf zwei Stöcke stützen muß. Wenn man nicht geradezu flüstert, daß er von der ketzerischen Pest angesteckt sein müsse. Dieser Bart. Der verbirgt sein wahres Gesicht.

Sind es Bruder Jacobs eigene Ordensbrüder, die sich gegen ihn wenden, wie in Segovia, wie in Alcazar, verschließt er sich, mahlt mit den Kiefern, daß es in seinem Schädel knackt – und läßt den Bart noch eine Handlänge wachsen, so daß er ihm bald bis hinunter über die Schnur mit den drei Knoten reicht. Consuegra, Belmonte, das kleine und das große Kloster in Ocaña.

In allen drei Städten fehlt nicht viel, daß man die Klosterpforten vor ihm verschließt. Er ist etwas noch Schlimmeres als ein Militärspion, und in einer vierten, namenlosen Stadt, ebenfalls mit zwei Klöstern, wird schließlich die Anklage gegen ihn ausgesprochen, mit der durch Erasmus und seinen heimlichen Waffenbruder Luther personifizierten Ketzerei im Bunde zu sein, sowie seine *limpieza de sangre* nicht vier Generationen zurück nachweisen zu können.

»Ich, Bruder Jacobus Johannis aus dem Königreich Dänemark, sollte – soviel mein Land auch mit eurem im Krieg liegen mag – von *unreinem* Blut sein?« fragt Bruder Jacob, der angefangen hat, das Spanisch zu verstehen, in das die Mönche ausbrechen, wenn der Zorn sie packt und sie das höfliche Latein an den Nagel hängen.

Und sein Lachen hallt wider zwischen den zwei Klöstern in Fatamorgana mitten auf der kastilianischen Hochebene.

Der Nachweis des reinen Bluts – *limpieza de sangre*. Bruder Jacob der Neugierige fragt, was dieses Spektakel bedeuten soll, während er beteuert, daß er mit Fassung die Ankunft der Inquisition abwarten will. Laß sie kommen, zehn Mann hoch, hundert, mit ihrem Banner mit dem handrückenbreiten Kreuz, dem Schwert und dem Olivenzweig, EXURGE DOMINEM ET JUDICA CAUSAM TUAM. Doch Bruder Jacob hat die Worte verstanden, aber sie lassen ihn gleichgültig, und er setzt sein eigenes, verbissenes Verhör fort, während er sich Stückchen für Stückchen aufrichtet, die Stöcke von sich wirft und die Kampflust aus Malmö zurückkehren fühlt. Will man ihm in dem einen der Klöster nicht antworten, eilt er hinüber zu dem anderen, wo man notgedrungen den Mund aufmacht, um dann plötzlich zu verstummen, so daß er in Windeseile wieder zurück ist in dem ersten, größeren Kloster und mit seinen Wissensbrocken direkt auf den Guardian losgeht. Als Mitbruder aus dem allerdings versunkenen Dacia hat er das Recht, in alles einbezogen zu sein, was den Orden angeht, belehrt er den hochgewachsenen, schlaksigen Guardian, der bei sämtlichen Mahlzeiten von Mönch zu Mönch geht und Asche auf ihr Essen streut, das nur aus vier, fünf Löffeln eines unbestimmbaren Breis besteht.

Die Asche hat der Guardian in einer Urne aus Marmor, aber er streut sie nicht symbolisch aus, als eine kleine Prise faden Geschmacks für jeden: Die Asche ist das Hauptgericht, zubereitet mit der gleichen grimmigen Sorgfalt wie jener, die vor vielen Jahren einen Bruder dazu brachte, ein glühendes Holzstück aus dem Aschenhaufen zu nehmen und es sich in den Schritt zu jagen, um später als wahnsinniger Flüchtling in Basel aufzutauchen. Über Jahre hinweg hat Bruder Jacob diesen Bruder vergessen, aber nun sieht er ihn wieder vor sich, und während er verlangt zu erfahren, warum er beweisen soll, daß er vier Generationen reinen Bluts in seinen Adern hat, hebt der Guardian die Urne vor den Mund und pustet vor Wut hinein, so daß Bruder Jacob schwarz wird im Gesicht und einen Hustenanfall bekommt. Rundherum im Speisesaal sitzen die übrigen Brüder und ducken sich vor Furcht. Kein Gesicht spricht Bruder Jacob an. Alle verwandeln sie sich in Karikaturen, und es schaudert ihn, als er fühlt, daß es Karikaturen aus den ärgsten lutherischen Fehdeschriften in Malmö und Kopenhagen sind. Hier ein gerupfter Bruder Truthahn, der in seine Holzschale mit Brei schielt, dort ein Bruder Fisch, aus dessen Augen Eiter läuft, da zwei zahnlose Alte, die aussehen wie Zwillingskadaver, beide mit schmuddeligem Hals, voller Angst, aufzublicken. Und so geht es um den ganzen langen Tisch herum. *Die Brüder des edlen Bluts*. Franziskaner der Observanz. Bruder Jacobs eigener Orden.

Als die Wochen vergehen und Bruder Jacob dem Guardian nach und nach eine zusammenhängende Erklärung abzwingt, fühlt er sich wirklich alt. Es kommt ihm vor, als wachse er auch innerlich mit Bart zu. Er hat sich bei den Mahlzeiten einen Platz zwischen den anderen erzwungen. Er schläft zwischen ihnen im Schlafsaal, aber jedes Husten, das die Brüder ausstoßen, irritiert ihn, jedes einzelne ihrer stillen Gebete empfindet er als einen Hohn auf den Franz, der nicht im Traum daran dachte, zwischen Umbriern und Juden zu unterscheiden, und nur hoffte, daß die letzteren sich zu Christus von ihrem eigenen Blut bekehren würden. Ja, nicht einmal gegen die Juden, die die Bekehrung ablehnten, würde Franz ein böses Wort gesagt haben. Doch für den Guardian in dem größeren Kloster sind die Juden das Schlimmste, was es gibt, und Nacht für Nacht muß Bruder Jacob mit den Verwünschungen des Bohnenstangenmenschen in den Ohren einschlafen. Die Juden sind *generatio perversa, infideles filii, maledictum semen* und *diaboli filii.* In Spanien hat man das immer gewußt, aber erst als die katholischen Könige vor nicht allzu langer Zeit gegen die Juden zu Feld zogen und den Mauren Granada entrissen, wagte man die Wahrheit zu sagen, nämlich daß Tausende und Abertausende christlicher Kinder am Karfreitag von den Juden gegessen wurden. Deshalb mußte das Zertifikat der *limpieza de sangre* eingeführt werden, auch für die Franziskaner, ja von den Franziskanern gefordert werden, die stets dem Volk am nächsten gewesen sind, seine Leiden kennen, seine Armut teilen, eine Armut, die von den Juden und ihren Zinsen hervorgerufen ist. Doch mußten die Franziskaner gegen die verräterischen Hieronymiten kämpfen, Judenliebhaber, die sie noch immer sind, *conversos*, nach außen Neuchristen mit zum Himmel erhobenen gefalteten Händen, innerlich hebräische Satanisten, wie ihr Schreiberling und General Alonso de Oropesa deutlich zwischen den Zeilen in seinem *Lumen ad revelationem gentium* zeigte, wo er fälschlich die ungetreuen Juden denen gegenüberstellt, die der hebräisch-christlichen Rezitation treu sind. Aber kein Jude kann treu sein, auch nicht, wenn er unter Cisneros an der polyglotten Bibel mitgearbeitet haben sollte. Ein Jude ist geboren als Jude, es ist das Blut, das diktiert, wie es der »leuchtende Lichtbringer« der Franziskaner, »der Meister des Wortes« Bruder Alonso de Espinas, in seiner Schrift *Fortalitium Fidei* gezeigt hat.

Bruder Jacob will fort. Aber wohin kann er gehen? Überall in den Klöstern seines Ordens ist es genauso.

Er fürchtet, daß er hier in Fatamorgana auf der kastilianischen Hochebene seine Tage beenden wird, und er beschließt, nichts zu sagen, während er auf die Ankunft der Inquisition wartet. Er ist inzwischen außerstande, sich von seiner Pritsche zu erheben, und er wird von Zweifeln ergriffen wie nie zuvor, nicht an diesem und jenem, sondern an allem. Murmelnd und tuschelnd schlurfen seine Mitbrüder im Kloster umher, alle der Macht des Guardians unterworfen, und nicht an einen von ihnen kann Bruder Jacob sich wenden. Sie bringen ihm ein wenig Brei mit Asche darauf. Einen Krug Wasser, doch nur, wenn sein Rachen geschwollen ist vor Durst. Der Zweifel nagelt ihn an die Pritsche, wenn er nur eine Schulter etwas bewegt, jagen stechende Schmerzen durch seinen Körper. Dann erinnert er sich an die Grotte bei Assisi und an Franz' lange Krankheit, bevor er das Licht in Christus erblickte, und er erinnert sich daran, was ein alter, schwer mißhandelter Bruder in Malmö während der Vertreibung immer sagte: »Zähle deine Segnungen!« Und sogleich fallen Bruder Jacob alle die besten Stunden in seinem Leben ein, von der Zeit, da er als Junge auf die Flügel der Zwillingsmühlen aufsprang, bis zu dem Utopier-Karneval in Paris und der Heimkehr nach Dänemark, der Jahre voller Begeisterung folgten. Und er erinnert sich an all die Male, wo er sich den Kranken an die Seite legte und alle Kraft seinen Körper verließ und in den der Kranken überging, so daß sie am nächsten Morgen aufstehen und seinen Segen empfangen konnten. Nein, es sind nur die spanischen Minderbrüder, die einen fürchterlichen Irrweg eingeschlagen haben und einer ganz neuen, geistlichen Wegweisung bedürfen. Und eines späten Nachts erhebt sich Bruder Jacob von der Pritsche im Schlafsaal, weil er ahnt, daß bald die Stunde kommen wird, wo die Inquisition erscheint, um ihn auszufragen. Er hat alle Antworten parat, wenngleich er nie irgend etwas zu seinem eigenen Vorteil wird beweisen können. Er sieht sich im Schlafsaal nach etwas Scharfem um, womit er den lächerlichen Bart abschneiden kann. Er fühlt gleichsam mit den verlorenen Brüdern unter ihren rauhen Dekken. Das Dunkel hat sie alle geholt.

Doch schon vor Sonnenaufgang kehrt sein Widerwille gegen das Kloster zurück. Es ist einer jener Tage, wo die Brüder sich in besonderem Grad selbst quälen müssen, nach Regeln, die nichts mit Franz zu tun haben, wo sie nur Asche mit ein paar Kräutern zu essen bekommen, und zwischen den Mahlzeiten müssen sie sich vor der sonnenheißen Mauer des größeren Klosters aufstellen und um Sündenvergebung beten, bis sie umfallen. Wieder und wieder müssen sie um Kraft beten, auch dem kleinsten bißchen Freude am Leben außerhalb des Klosters zu entsagen. Auf ihren Bettelwanderungen unter den Bewohnern der Dörfer sollen sie ärmer bleiben als die Ärmsten, und ihr Gebet soll ertönen, bis sie mit einem Schrei auf den Lippen zu Boden sinken. Der Guardian geht von einem zum anderen und wacht darüber, daß alles richtig zugeht, und im Verlauf des Vormittags sinken die ersten zu Boden. Vor Mittag sind die letzten umgesunken, so daß die Brüder bald entlang der Mauer daliegen wie nach einem Angriff der Sarazenen.

»So vertreiben wir den Juden aus unserem Körper, so reinigen wir unser Blut und nähern uns dem Himmlischen Jerusalem um eine Stufe«, sagt der Guardian, als Bruder Jacob zu ihm kommt, um einen Disput darüber zu beginnen, ob dies wirklich der Anblick des wahren Christentums sei. Der Guardian ist überrascht darüber, daß Bruder Jacob seine Kräfte zurückgewonnen hat und nun zwischen den ohnmächtigen Brüdern umhergeht, um sie mit Fußtritten ein wenig lebendig zu machen. Als dies nichts nützt, schickt Bruder Jacob sich an, das Kloster für immer zu verlassen, doch der Guardian ist mißtrauisch und hält ihm vor, daß der Inquisition *niemand* davonläuft. Unter der weißen Sonne Spaniens stehen die zwei Männer einander Angesicht zu Angesicht gegenüber und starren sich haßerfüllt an, der Vierschrötige und der Schlaksige, blaue Augen gegen graue, beide haben Schaum vor dem Mund vor Hunger und Durst. Keine Gnade gibt es zwischen ihnen, vergessen sind die Kutten, die sie beide tragen, das Gelübde des *Pax et bonum*.

»Jacob ist *Jude*«, sagt Bruder Jacob auf einmal in gebrochenem Spanisch.

»Das wußte ich!« ist des Guardians Hieb von einer Antwort.

»Ich denke an den heiligen Jacob von Santiago de Compostela.«

»Der heilige Jacob ist *spanisch*. Ein böses Wort über den Maurentöter, und Fray Jacobo ist des sicheren Todes.«

»Dann laß mich sterben.«

Ratten und schwarzgefleckte Schweine nähern sich,

die begeisterten Zuschauer der Natur, die zwei Tiere, die dem Menschen an Intelligenz am nächsten kommen, vielleicht Menschen sind. Eins der Schweine sieht direkt Bruder Jacob an, ein wahrer Menschenblick, eisblaue Augen hinter bleichen Brauen, der durchdringende Blick seines eigenen Bruders, wenn die Bosheit ihn überkam. Bruder Jacob tritt einen Schritt zurück. Dann wirft er sich über eine Feuerstelle, bohrt den Kopf in die kalte Asche hinein und füllt den Mund damit. Mit schwarzem Kopf spuckt er schwarz auf den Guardian. Und schwarz ist Bruder Jacobs Erbrochenes, das vor den schmalen Füßen des Guardians landet, deren Zehennägel so spitz wie Ahlen sind, gerade passend, um das letzte bißchen Leben aus jedem liegenden Widersacher zu treten. Bruder Jacob ist erleichtert. Er wendet sich um und will gehen, als sich Reiter den Klöstern nähern und kurz darauf zwischen sie reiten. Der Guardian ist sichtlich enttäuscht, daß es nicht die Inquisition ist, sondern des Kaisers eigene Soldaten, die, wie sie sagen, gekommen sind, um Fray Jacobo Daciano mitzunehmen zum Verhör beim Kaiser persönlich, der gerade wohlbehalten von seinem mißglückten Feldzug in Algier zurückgekehrt ist.

Bruder Jacob ist verschwunden. Wie, weiß keiner, aber irgendwann war er den Soldaten abhanden gekommen, die verärgert waren, weil er es ablehnte, sich auf ein Pferd zu setzen, nicht einmal auf einem Esel wollte er reiten. Aber verfolgt man seine Spur, wird man sehen, daß es eher die Soldaten waren, die ihm abhanden kamen. Bruder Jacob geht weder nach rechts noch nach links oder zurück, er geht lange Zeit geradeaus und kommt zu einem Flecken und erbettelt eine Mahlzeit in einem Gasthaus. Er denkt an die Hieronymiter, und als wolle Gott seine wiedererweckte Neugier belohnen, ertönt es kurz darauf hinter ihm:

»Sind wir in *midbar*, Bruder Widersacher?«

»Midbar?« fragt Bruder Jacob den fremden Mönch, der nun zum Vorschein kommt und sich ihm gegenübersetzt.

»Die Wüste auf hebräisch, Bruder Widersacher.«

»Sind wir Widersacher, Hieronymus' Bruder?« fragt Bruder Jacob.

»Bist du mein Widersacher, bin ich deiner, bist du mein Bruder in Christus, bin ich deiner in Ihm.«

Bruder Jacob fühlt sich glücklich, etwas ganz anderes und viel Erbaulicheres zu hören als die Geschichten von den Juden als der Brut des Teufels und den Feinden der *Vulgo*. Er hört: »Und die Apostel kamen bei Jesus zusammen und verkündeten ihm alles, was sie getan und gelehrt hatten. Und er sprach zu ihnen: Geht ihr allein an eine einsame Stätte und ruhet ein wenig. Denn ihrer waren viele, die ab und zu gingen; und sie hatten nicht Zeit genug zu essen. Und sie fuhren in einem Schiff an eine einsame Stätte für sich allein.«

»Markus 6, Vers 30 bis 33.« Bruder Jacob nickt.

Weiter hört er aus dem Mund des Hieronymiten vom *Talmud* und wie man durch dessen Studium das Wort Gottes besser verstehen kann. Er hört, daß der erste Teil des Talmuds *Mishna* heißt, ein Wort, das

»Studien, Unterricht, Portion« bedeutet und von dem Verb *shana* kommt, das »studieren, unterrichten, teilen« bedeutet. Er hört, daß es dem Juden nicht darauf ankommt, nur zu studieren, um in eine Elite aufgenommen zu werden. Jeden Tag soll der Mensch, hoch und niedrig, lernen, *wie weit er von Gott entfernt ist* und wie sehr er Seiner bedarf, um ein wahrer Zeuge der Großen Versöhnung zu werden, die eines Tages kommen wird. Das Neue Testament wohnt im Alten, aber der Hieronymit fürchtet, daß der Tag vielleicht nicht mehr so fern ist, an dem man in Spanien das Alte Testament ganz überspringen und Christus zum Spanier machen wird. Der Hieronymit lächelt ironisch. Er hat einen gut gepflegten grauen Bart, Stoppeln eher, die den größten Teil seiner unteren Gesichtshälfte bedekken. Seine Augen brennen vor Neugier zu erfahren, wer Bruder Jacob ist, vielleicht hat er ein wenig Angst, bereits zuviel gesagt zu haben. Aber als Jacob sagt, daß er aus einer Ordensprovinz kommt, wo man Hebräisch ebenso ehrte wie Griechisch und Latein, wird der Hieronymit ganz ruhig, während Jacob das Bedürfnis verspürt, sich zu waschen, den Bart abzuschneiden und sich ganz auf das Hebräische einzustellen, das er immer besonders gemocht hat, weil dessen sonderbar flämische Kehllaute ihm direkt erzählen, wie Christus sprach. Das Wort *Tora*, hört er mit Freude, kommt von der Wurzel *HaRaH*, die »zeugen, hervorbringen, begreifen, verstehen« bedeutet, und nirgendwo »versteht« der Mensch besser als gerade in *midbar*, dem öden Ort, der Wüste, wo Gott *mëdaber*, wo Gott spricht. Nur wenig von dem, was Bruder Jacob hier in diesem Flecken, zwischen hinfälligen Tischen, verstaubter Keramik und Wäsche, die aus allen Fenstern hängt, hört, überrascht ihn im Grunde. Es könnten alles Gedanken sein, die er sich selbst machte, wenn auch nicht so klar formulierte, in Malmö, wenn er betteln ging, oder auf seiner Wanderung herab durch die Wüste Europa. Nun ist Bruder Jacob an der Reihe zu fragen:

»Warum dieser Haß auf *midbar*, auf Nirgendwo? Wann begann er?«

»Uh, deine Kutte, Bruder«, sagt der Hieronymit. »Die macht mir angst. Aber du sagtest *Nirgendwo*. Eine begabte Deutung!«

»Warum, Bruder? Was geschah?«

Und Bruder Jacob hört. Lernt.

Es geschah, daß die Juden sich auf der Iberischen Halbinsel niederließen, vielleicht kamen sie zusammen mit den Phöniziern. Und lange vor Christi Geburt gründeten sie mehrere Städte, Toledo zum Beispiel, das Toledoth, Stadt der Geschlechter, bedeutet. Zur Zeit Christi kamen jüdische Pilger nach Jerusalem, und sie wurden Sephardim genannt nach der biblischen Bezeichnung für Spanien, Sepharad. Später kamen weit mehr Juden nach Sepharad, und sie schrieben die Chronik ihrer Vertreibung. Somit waren die Juden in Spanien gewesen, lange bevor die Westgoten, die Vandalen und all die anderen aus dem Norden sich über die Pyrenäen herabwälzten. Die Chronik erzählt, wie die Juden ebenso wie die Christen in den arabischen Königreichen in Sepharad die Freiheit des

Glaubens und des Lebens nach ihren eigenen Gesetzen hatten, bis ihre Verfolgung einsetzte. Das erste Mal unter dem westgotischen König Sisibut. Er verlangte, daß die Juden isoliert werden sollten, und da es üblich war, daß Christen zum Judentum konvertierten, führte er die Todesstrafe ein für Juden, die einen Christen bekehrten. Das absolut Schlimmste, das denkbar war.

»Gab es viele, die ... den ... umgekehrten Weg gingen?« fragt Bruder Jacob leise.

»Frag Gott in der Wüste«, erwidert der Hieronymit.

»Und er wird nicht antworten.«

»Nein. Er wird nicht antworten. Aber viele waren es.«

Das zweite Mal. Das dritte. Vierte. Plötzlich gab es drei Päpste, wie Bruder Jacob vielleicht weiß, fährt der Hieronymit fort. Der Gegenpapst Pedro de Luna befiehlt mit Billigung des aragonischen Königs den jüdischen Gemeinden, Gelehrte nach Tortosa zu senden. Sie sollen mit dem getauften Juden Geronimo de Santa Fe diskutieren. Als die Juden sich mit großer Redegewandtheit verteidigen, beginnen Mönche statt dessen, überall in Aragon Juden zwangszutaufen. Doch damit nicht genug. Die Juden sollen ihre Eigenen öffentlich verhöhnen. Und die ganze Zeit. Und es kommt das fünfte Mal. Sechste und siebte. Im Jahre 1478 fällt das jüdische *Pessah* in die christliche Osterwoche. Als die Juden ihre erste Festmahlzeit feiern, schleicht sich ein junger spanischer Adliger in das jüdische Viertel Juderia in Sevilla zu einem Stelldichein mit einer schönen Jüdin. Er kommt in einen Saal, wo Juden und Marraner feiern.

»Marraner?« fragt Bruder Jacob und fährt sich mit der Hand ungeduldig durch den Bart. Er will alles wissen, und die Zeit ist knapp, denn der Hieronymit schaut ab und zu zur Sonne, um zu sehen, wie spät es ist.

»Die Neuchristen, die heimlich die jüdischen Bräuche praktizieren. *Verdammte* oder *Schweine*, die beiden Bedeutungen des Wortes auf spanisch«, antwortet der Hieronymit und erzählt, wie der spanische Adlige zurückkommt und allen berichtet, was er gesehen hat. Dieses *Pessah* ist ein Hohn auf den christlichen Glauben! Nun kann man ernstlich zur Anklage gegen die Juden und die gefährlichsten von allen, die *Schweine*, schreiten. Will Bruder Jacob wissen, wie man überall in Spanien die Verdammten ausfindig machte? Oh, das war sehr leicht. Die Christen bemerkten zwei Dinge. Die Schweine rochen, weil sie ihre jüdischen Eßgewohnheiten mit Zwiebeln und Knoblauch beibehielten. Und sie brieten ihr Fleisch in Öl! Nichts hatte sich geändert! Ein Jude wird immer wie ein Jude riechen, und es war dieser Geruch, dem die Inquisition nachging, als ihre Polizeimönche sich durch alle Städte Spaniens schnüffelten. Mit der Nase tief in den Mündern der Verdächtigen oder hoch unter ihren Armhöhlen wurde die Inquisition ihrer Sache sicher, und überall in Spanien, während Massen von Holz für die Scheiterhaufen gesammelt wurde, erklang ihre donnernde Anklage: »*Judaizante*!« Will Bruder Jacob mehr hören? Will er hören, wie seine eigenen Minderbrüder unter Berufung auf Alonso de Espinas...

»*Fortalitium Fidei*...«, flüstert Bruder Jacob. Immer verbitterter.

... vorgingen und zusammen mit den Dominikanern mit all ihren logischen Argumenten aus tausend Schriften das Jahr 1492 vorbereiteten ...

»*Das Jahr*«, sagt der Hieronymit. Der noch immer seinen Namen nicht nennen will.

1537 ist ansonsten *das Jahr*, von dem Bruder Jacob weiß, daß *er* es nie vergessen wird – als er und die meisten dänischen Brüder über das Meer nach Rostock segelten. Ein letztes Mal blickte er zurück, dann legte der Nebel sich über die Ostsee, die Seehunde tauchten unter, und Dänemark verschwand. Vielleicht wurden einige der zurückgebliebenen Minderbrüder glücklich damit, daß sie zu den Lutheranern übertraten. In diesem Augenblick, denkt Bruder Jacob, sitzen vielleicht Bruder Søren und Bruder Anton irgendwo in Dänemark in neuen Trachten als evangelische Pastoren und erzählen mit einem ironischen Lächeln, wie sie und ihre früheren Glaubensgenossen aus ihren Klöstern in Malmö und Trelleborg herausgeprügelt wurden. Aber sehnen sie sich nicht trotzdem nach ihrem früheren Leben zurück wie der Hieronymit, der deutlich seine Sehnsucht nach der fernen Vorzeit verbirgt, als er und seine Leute sich frei zwischen Mauren und Christen bewegen konnten und Spaniens Kirche noch nicht zum Eigentum Spaniens geworden war, fern von Rom?

»Ist da Sehnsucht hinter deinem Lächeln, Bruder?« fragt Bruder Jacob.

»Sehnsucht kann sich heute keiner leisten«, lautet die Antwort.

»Aber der KAISER?« fragt Bruder Jacob erregt und bittet den Hieronymiten, noch eine Weile zu bleiben.

»Der Kaiser kann Spaniens Juden nicht zurückholen, selbst wenn er gerne möchte. Jetzt ist es längst zu spät, und er kann nicht getadelt werden für das, wozu die katholischen Könige vor ihm sich überreden ließen. Und wozu sie selbst überredeten. Ist es übrigens wahr, Bruder aus dem Norden, daß die evangelischen Protestanten ihren Kindern gern jüdische Namen geben? Samuel, Elias...«

»Solche Namen wählen wir auch. Mein Name ist Jacob.«

»Während Colombo, die Taube, den Vornamen Christophorus hat, der Träger Christi...«

»Du meinst?«

Und Bruder Jacob hört, daß die Juden nun ganz aus Spanien vertrieben werden sollten. Diejenigen, die bei den Freitagswaschungen ergriffen wurden, wurden umgehend vor Gericht gestellt. Bevor das Verhör begann, wurden die Opfer stundenlang gefoltert, und die selige Königin Elisabeth stellte ihre eigene »Christus-Miliz« auf, die sich auch *Santa Hermandad* nannte und deren Dorftrottel und Vagabunden und Schläger und Trunkenbolde alle schwarze Uniformen trugen. Das Korps wurde in den Dienst der Inquisition gestellt, und bald verdächtigten alle in Spanien einander, während die Inquisition wütete, auch auf den Friedhöfen, den jüdischen wie den christlichen. Die Knochen der Großeltern wurden ausgegraben und auf den Scheiterhaufen zusammen mit ihren lebenden Enkeln verbrannt. »Brüder *in Christo*«, so redeten die Henker ihre gefolterten Opfer an...

»Du *lügst*!« ruft Bruder Jacob und schüttet eine weitere Kanne Wasser hinunter. Er entschuldigt sich. Er will nicht mehr hören. Doch fragt er weiter, was der Hieronymit mit seiner kryptischen Anspielung auf Columbus gemeint hat, und in vorsichtigen Wendungen wird ihm erzählt, wie der ewig Heimatlose, *El Almirante*, in vertraulichen Briefen an seinen Sohn Diego das marranische Zeichen für *Beth Hei*, »Vergiß nicht, woher du kommst«, neben dem christlichen Kreuz gezeichnet haben soll. Columbus auf der Flucht vor der Inquisition? fragt der Hieronymit sich selbst und genießt es, daß auch Bruder Jacob sich mit der Frage herumschlägt, bevor er, gerade als der Hieronymit aufsteht und bezahlt für das, was sie beide verzehrt haben, die letzte Frage stellt. Columbus auf der Flucht, nun gut. Aber vielleicht mehr als das? Vielleicht segelte er los, unterstützt von den Juden in Spanien und Portugal, um die zehn verlorenen jüdischen Stämme wiederzufinden, bevor es zu spät war? Und vielleicht fand er sie in den indischen Ländern? Aber da war es zu spät, dies den Seinen mitzuteilen, weil 1492 auch *das Jahr* war, in dem die Juden so brutal aus Spanien vertrieben wurden, daß kein Chronist bisher die Ruhe des Gemüts gefunden hat, darüber zu berichten...

»Aber warum fährst du nicht selbst in die Neue Welt, jüdischer Bruder?« fragt Bruder Jacob, während er fühlt, wie der Zusammenbruch sich nähert. Keine Fragen mehr, keine Antworten mehr. Weiche von mir. Das Gehirn verbrannt. Der fürchterliche Preis der Neugier. Kein Himmel, keine Erde. Nur Asche.

»Die Inquisition, mein Lieber. Nur Brüder, die die *limpieza de sangre* vorweisen können, haben das Recht davonzusegeln, um verlorene Stämme und Völker zu christianisieren. Vor allem ihr, Graubrüder, Schwarzbrüder...«

Der Adler des Hieronymus ist fortgeflogen, und Bruder Jacob beschließt, den ganzen Weg nach Fatamorgana und Ocaña zurückzugehen und von dort schnurgerade nach Norden auf die Pyrenäen zuzugehen. Schnell über die Berge und den Paß in Roncevalles wird er durch Frankreich eilen, vorbei an dem Christus der Schrecken im Elsaß wird er laufen, so schnell er kann, in den Niederlanden wird er ein wenig langsamer werden, um dann in Deutschland wirklich die Siebenmeilenstiefel anzuziehen. Er weiß auf einmal, daß der Kaiser in Gottorf mit der guten Nachricht auf ihn wartet, daß der Usurpator gefangengenommen, Christian II. wiedereingesetzt ist als katholischer König auf dem Thron und daß die Franziskaner alle ihre Klöster zurückbekommen haben. Im Schloß Gottorf wird er sich ausruhen, ausruhen, bevor er von Kloster zu Kloster in Dacia gehen wird, um die Chronik der Vertreibung Kapitel für Kapitel zu annullieren. Sie war eine grausige Phantasie, und überall in Europa, kann er seinen Mitbrüdern erzählen, hat er nur *devotio moderna* angetroffen, nun wo der Kaiser alle seine Kriege gegen die Ungläubigen gewonnen hat, sowohl die Lutheraner als auch die Türken und die von Barbarossa angeführten afrikanischen Piraten. Von Holstein bis zum Südmeer auf der anderen Seite der Erde herrscht er, der Einiger und Versöhner, dessen Conquistadoren im Begriff sind, die zehn verlorenen jüdischen Stämme wiederzufinden und sie für das Neue Testament in den Ausgaben von Erasmus und Alcalá zu gewinnen.

Gehen. Gehen. Geradeaus sehen. Sich abfinden mit den scharfen Steinen, die in die Fußsohlen schneiden. Die Asche zu Feuer werden lassen und das Feuer zu Brennholz und das Brennholz zu einem Wald mit Schatten und Seen und dicken herabgefallenen Ästen, die mit Moos bewachsen sind, und Kräutern und Anemonen und einem Tierleben, wie es das nur im Norden gibt. Aussicht auf Felder. Die Mühlen in der Ferne, und ihre Flügel drehen und drehen sich. Aber es sind keine Mühlen im Norden, und ihre Flügel drehen sich nicht, weil sich kein Lufthauch rührt. Und da ist kein Wald und gar keine Vögel. Da ist nur die Hochebene. Eine Stunde später, vielleicht zwei, taucht Fatamorgana aus dem Sonnenflimmern auf, und bald sitzt Bruder Jacob auf einem dreieckigen Platz, auf einer hinfälligen Bank vor einem Springbrunnen ohne Wasser. Ist es Schwester Tod, die auf ihn zukommt, sie ist nicht, wie er sie sich lange vorgestellt hat, als Sanftheit in Süße gehüllt: sie ist das Gegenteil, und hat sie einen Namen, so heißt sie *Nada*, und sie quält den Stier, der nun, von einer johlenden Menge verfolgt, auf den Platz kommt. Alle stechen mit Heugabeln auf den Stier ein. Sein Schwanz ist abgeschlagen, bald fallen seine Ohren unter scharfen Messern, so daß er vorn und hinten blutet. Die Verzückung der Menge kennt keine Grenzen, aber für Bruder Jacob ist es Zeus, der langsam zu Tode gequält wird, und niemand weiß es, und er ist außerstande, es warnend zu rufen – Zeus, der sich in einen

Stier verwandelt hat, um Europa, die Tochter des Königs Agenor, überraschen zu können und sie zu überreden, sich auf seinen Rücken zu setzen, so daß er mit ihr nach Kreta im Westen schwimmen und sie mit König Asterion verheiraten kann. *Nada* hat Europa längst erbeutet, und bald wird sie den Stier bekommen.

Bruder Jacob verbirgt seine Augen hinter seinem mächtigen Bart. Er hat keine Kräfte mehr, und er fällt von der Bank, während es wie ein letzter Seufzer aus ihm tönt:

»Bringt mich nach U-to-pi-a... bringt mich nach U-to-pi-a...«

Die Jungen werfen mit Steinen nach ihm. Der Stier sinkt wenige Meter von ihm entfernt zu Boden. Da ertönt überall in Fatamorgana der Ruf:

»Die Männer des Kaisers!«

Der Führer der Christenheit, der Herzog der Niederlande und Kaiser des Heiligen Römischen Reichs Deutscher Nation, vergißt oft, daß er auch König von Spanien ist. Oft ist er von den Mächtigsten des Reichs unter Führung der verstorbenen Kaiserin aufgefordert worden, dem wüsten Treiben der Piraten im Mittelmeer ein Ende zu machen, und eine Expedition direkt nach Algier, dem Nest der Piraten, erscheint ihm als eine leichte Sache. Rasch sammelt Kaiser Karl in La Spezia in Italien eine Flotte, und er bemannt sie mit Landsknechten aus Deutschland, italienischen Soldaten und spanischen *tercios* von der italienischen Halbinsel. Spanien trägt mit Schiffen, Proviant und Munition bei, die Kirche mit ihrem Segen. Außer den zwanzigtausend Soldaten segeln Freiwillige mit, Handwerker, Arbeiter, Bibelreformisten (die damit beweisen wollen, daß der Pazifismus des Erasmus in Krisenzeiten in eine Parenthese gehört) und Adlige.

Unter den letzteren ist Hernán Cortés, von den Dominikanern und Franziskanern als der Neue Moses betrachtet, der ihnen den Weg in das Gelobte Land in Neuspanien wies, nun wo der ganze Norden unwiderruflich für die Sache Antichrists gewonnen zu sein scheint, nachdem der Kaiser seine Verhandlungen mit den lutherischen Fürsten beim Reichstag in Regensburg verloren hat, wo man indessen über einen so heiklen Punkt wie die Priesterehe Einigung erzielte. Doch als es zu der Frage von Christi Leib und Blut kam, brachen die Verhandlungen zusammen, und Kaiser Karl verließ Regensburg in der Überzeugung, daß den Protestanten von nun an allein mit Waffen entgegengetreten werden mußte. Aber nur Kastilien konnte ihm das Geld und die Waffen geben, die er brauchte. Und um die Hochebene auf seine Seite zu bekommen, beschließt er im Herbst 1541, die Piraten aus Algier zu verjagen, »dem neuen Ort«, wie der Chronist Sandoval es nennt, eine Stadt mit einem Unmaß an eroberten Schätzen und verrückten Propheten, die davon träumen, ganz Afrika zu einem Eroberungszug tief ins Herz Europas zu sammeln, um sich dort mit den Türken Sulimans zu vereinigen. Glücklicherweise gibt es nur eine kleine Verteidigungsmacht in »dem neuen Ort«, vornehmlich entkommene Mauren aus Spanien, können die Spione berichten.

Das kaiserliche Heer geht östlich von Algier an Land. Rasch erobert es einen Hügel, von dem aus man die Stadt überblicken kann. Doch der Abstand zwischen den Landtruppen und der Flotte vergrößert sich bedrohlich, und die Flotte ist leicht zu treffen. Und der Sturm setzt ein und zerstört viele Schiffe, selbst die, die ihre Anker ausgebracht hatten, als wünsche Gott nicht, daß dieser Feldzug gelingen soll, oder schlimmer – als sei es der Böse selbst, der zu den Piraten hielt. Schiff auf Schiff sinkt, und mit ihnen der Nachschub für das Heer, und nun setzt auch der Regen ein und hindert die Soldaten daran, ihr Pulver und ihre Kugeln zu gebrauchen, während die Feinde unverdrossen mit ihren Armbrüsten drauflosschießen. Und während die Flotte gezwungen ist, nach Osten zu segeln in der Hoffnung, hinter Kap Matifu Schutz zu finden, ist Karl selbst genötigt, sich an Land zurückzuziehen. Nun ist er, der Belagerer, selbst der Belagerte, aber es gelingt ihm, den Ring der Algerier um sein Lager zu durchbrechen. Der Kaiser beruft einen Kriegsrat ein. Alle seine Kapitäne empfehlen eins – sofortigen, bedingungslosen Rückzug aus Afrika.

Doch von einem, der dem Kriegsrat nicht angehört, verlautet eine abweichende Meinung. Vielleicht kann die Situation mit der *noche triste* in Mexiko-Tenochtitlán verglichen werden, als die Spanier plötzlich Montezumas Gefangene wurden. Doch was geschah? Eine Woche später errangen die Spanier ihren großen Sieg bei Otumba, und das ganze riesige, grausame, heidnische Aztekenreich mit all seinen blutdürstigen Göttern und geflügelten Schlangen und heulenden Priestern und von Menschenblut besudelten Sonnen- und Mondtempeln fiel in die Hände des christlichen Messias-Kaisers. Vielleicht sollte man nur eine Woche warten, wiederholt der, der mit seinen wenigen, müden Männern das Aztekenreich eroberte. Aber keiner hört auf Hernán Cortés, und das kaiserliche Heer segelt fast intakt zurück nach Europa, nachdem man alle Pferde geopfert und die Artillerie an den Stränden Afrikas zurückgelassen hat. Doch um seine Macht zu beweisen, treibt der Sturm die Flotte im Mittelmeer auseinander, aber der Kaiser selbst kann glücklicherweise nach Westen segeln, um in Cartagena wieder den Fuß auf spanischen Boden zu setzen.

Die Worte des alten Schreibers seines Vaters, der ihm sagt: »Nichts aufs Spiel gesetzt, nichts verloren«, sind ihm ein geringer Trost, und Karl ist niedergeschlagen, als er nach Ocaña aufbricht, um dort seine Kinder Philipp, Maria und Juan zu treffen. Vielleicht hätte er nicht selbst mit nach Algier ziehen sollen, vielleicht war es ein gigantischer Irrtum. Er war ja auch nicht mit Hernán Cortés nach Tenochtitlán gefahren, wohl ein Grund dafür, daß Montezuma fürchtete, er könne jeden Augenblick als der Weiße Gott mit einem gewaltigen Heer auftauchen. Hätte er in La Spezia oder Cartagena gewartet, würde das Heer ohne Furcht für sein Leben gekämpft haben. Es würde vielleicht sogar die Hälfte seiner Männer mit den braven deutschen Landsknechten, die den Tod besonders verachteten, geopfert haben. Doch weit schlimmere Gedanken kommen ihm im Kreis der Familie. Vielleicht war das Ganze eine Strafe der Vorsehung, weil die Spanier in den indischen Ländern so grausam vorgehen, die der wortgewandte, stets präzise Dominikaner Fray Bartolomé de Las Casas, der Fürsprecher einer *conquista evangélica sin soldados*, verurteilt, wenn er beschreibt, wie die Indianer als Leichen im Meer zwischen Cuba und Española treiben, über Bord geworfen wie tote Hunde oder weil sie sich das Leben genommen haben als Protest dagegen, tagein, tagaus nach Perlen zu tauchen, ohne Recht auf mehr als etwas Essen, das hin und wieder zu ihnen heruntergelassen wird. Das Meer ist rot von ihrem Blut, und an manchen Stellen treiben ihre Körper so dicht, daß man darüber hingehen kann wie über eine Brücke. Und an Land ihre abgeschlagenen Köpfe und Beine, ihre vergewaltigten Frauen und ihre verstümmelten Kinder. Nur wenige Jahre zuvor hatte der Kaiser, mit allem anderen als mit seiner Neuen Welt beschäftigt, gerufen:

»Laßt diese Priester schweigen!«

Nun hört er sie wieder, sogar im Schlaf. Sie kommen zu ihm, die Dominikaner zuerst, dann die Franziskaner und die Augustiner, und im Chor rufen sie ihm zu, daß es seine erste Pflicht sei, sich nach dem Papst zu richten, der in der Bulle *Sublimis Deus* verboten hat, den christlichen Glauben mit Waffengewalt zu verbreiten. Bartolomé de Las Casas, zurückgekehrt aus den indischen Ländern, hat sich über ein Jahr lang in Valladolid aufgehalten, wo man der Inquisition trotzt und mit Begeisterung daran festhält, Erasmus und sein Andenken zu ehren.

»Warum kommt der Kaiser nicht?« fragt Las Casas die ganze Zeit mit seinem zugleich durchdringenden und nach innen gewandten Blick, vorbereitet wie nie zuvor, seine Pläne für die Reform der gesamten überseeischen Kirche vorzulegen und aus seiner *Relación* vorzulesen, seiner Chronik der Massaker an den Indianern, die, wenn sie nicht aufhören, Gottes Zorn in einem solchen Grad wecken werden, daß Er die Menschheit, und die Spanier zuerst, ein für allemal in den Abgrund der Hölle spülen wird. Ort auf Ort, wo die Verbrechen stattfinden, führt Bartolomé de Las Casas an, und er nennt alle Henker beim Namen, auch unter den Männern der Kirche. Was die Greuel auf Española und Cuba betrifft, ist er selbst Augenzeuge gewesen. Was das »geschlossene Land« südlich von Santa Marta und Venezuela, »Klein Venedig«, angeht, stützt er sich auf die erschütternde Zeugenaussage des Franziskaners Francisco de San Roman. In Guatemala hat er mit eigenen Augen gesehen, wie die indianischen Sklaven gebrandmarkt wurden, und aus Yucatan und Peru kann er andere, glaubwürdige *probanzas* über das Vorgehen des weißen Manns vorlegen.

Doch mit Enthüllungen ist es nicht getan, meint Bartolomé de Las Casas. Es muß eingegriffen und reformiert werden, und in den Bibliotheken in zwei von Valladolids Klöstern findet er ein Arsenal von theologischen und juristischen Argumenten, die ihn in die Lage versetzen, seine *Sechzehn Verhaltensregeln* zu redigieren, von denen *Octavo remedio* die wichtigste ist: Karl muß verkünden und bei seinem Glauben schwören, daß er alle Indianer als freie Vasallen betrachtet. Das heißt die Mission verraten, die der Heilige Stuhl schon den katholischen Königen aufgegeben hat, die Bewohner der Neuen Welt den spanischen Grundbesitzern in *encomienda* zu überantworten. Dieses System ist in Las Casas' Augen abscheulich und schicksalsschwanger, da die Indianer am Ende sowohl Gott als auch den Kaiser hassen werden und vielleicht eines Tages, wenn sie so glücklich sind, in der Überzahl zu sein, die Spanier ins Meer treiben. Las Casas weiß, daß die Abgesandten der mächtigen *encomenderos* große Einwände gegen ihn haben, obgleich sie nicht wagen, es offen auszusprechen. Sie flüstern es, sie »lassen durchblicken« – daß, sollte es Las Casas gelingen, den Kaiser zu überreden, die Indianer zu seinen eigenen, persönlichen Untertanen zu machen, werden sie, die Grundbesitzer von Peru bis Neuspanien, von Yucatan bis Florida, sich vielleicht vom Mutterland losreißen und ihre eigenen Könige ernennen, sogar mit einem Kaiser als oberster Instanz mit Sitz in Española, von wo er das gesamte Imperium überschauen kann. Aber Las Casas greift den Mächtigen in seiner *Octavo remedio* vor, worin er empfiehlt, daß die indianischen Könige und Häuptlinge die lokalen Regenten bleiben sollen, doch mit dem Kaiser als universellem Herrn. »Wenn die Indianer wissen, daß sie Eurer Majestät angehören, werden sie von den Bergen herab- und aus den Wäldern herauskommen und sich auf den Ebenen und im offenen Gelände niederlassen und dort ihre Dörfer bauen ... Es bedarf keiner großen Überredung, um sie dazu zu bewegen, die Wälder zu verlassen, wo sie zerstreut und dermaßen verschreckt leben, daß sie es vorziehen, von Tigern zerrissen und gefressen zu werden, als der Gegenwart der Christen ausgesetzt zu sein«, lauten die Worte des Dominikaners.

Aber warum läßt der Kaiser auf sich warten?

Weil er vielleicht immer noch nicht überzeugt ist, daß es seine Mission ist, sich in die überseeischen Angelegenheiten des abseits liegenden, zurückgebliebenen Spaniens einzumischen. Er hat einen Krieg mit Frankreich zu führen, jenem Frankreich, daß sich schamlos sowohl mit Türken als auch mit Protestanten zusammentun wird, wenn es seinen Interessen dient. Überall in Europa soll er zur gleichen Zeit sein, um die zerrissene Christenheit zu retten, selbst gegen den Papst und die italienischen Fürsten ist er in Opposition. Und dann besinnt er sich und leiht, noch immer in Schwarz gekleidet in Trauer über den Tod der Kaiserin vor zwei Jahren, dem Ruf aus den indischen Ländern nach Christentum und Gerechtigkeit sein Ohr. Zweiundvierzig Jahre alt ist er, als sein Glaube mit einem Mal inniger wird, als habe er die Bibel mit ganz neuen Augen gelesen, besonders vielleicht die Offenbarung des Johannes, und er beschließt, die Cortes, den Reichstag Kastiliens, nach Valladolid einzuberufen. Im Januar 1542 ist er in dieser Hauptstadt, wo der französische Franziskaner Fray Jacobo de Testera, der zusammen mit seinen spanischen Mitbrüdern die Mayaindianer in Yucatan verteidigt hat, ihn empfängt und ihn Bartolomé de Las Casas vorstellt, den Karl seit 1519 nicht gesehen hat, als der Dominikaner ein ganz gewöhnlicher Geistlicher an seinem Hof war.

Nun ist Bartolomé de Las Casas siebenundfünfzig, nobel, fast elegant in seiner Ordenstracht, natürlich kahlköpfig, mit scharfem Profil. Als der Kaiser nach dem Indianerrat fragt, *Consejo Real y Supremo de las*

Indias, bekommt er von dem Dominikaner zu wissen, daß deren weise Männer immer dagegen gewesen seien, die Indianer als Menschen zu behandeln. Die Ratsmitglieder haben nicht nur besudelte Hände, sondern auch besudelte Seelen, ist Las Casas' unverhohlene Meinung. Der Kaiser reagiert umgehend und nimmt persönlich eine Inspektion dieses Staatsorgans vor, an das er vor einem Jahr, während der Belagerung Algiers, keinen Gedanken verschwendete. Als er entdeckt, daß Las Casas mehr als recht hat und alles Korruption ist, verurteilt er die hochmütigen Herren zu Geldstrafen von zwölf- bis siebzehntausend Dukaten und feuert Bischof de Lugo, was Bartolomé de Las Casas für die Indianer freut. Im April 1542 werden die Cortes in Valladolid eröffnet, nachdem sich die Bittsteller zunächst vor dem Kloster San Pablo versammelt haben. Las Casas liest stundenlang aus seiner *Relación* vor. Daraufhin fordern die Cortes eine neue Gesetzgebung.

Einige Wochen später zieht der Kaiser weiter nach Monzon, wo sich die Cortes von Aragonien versammeln. Die Reformkommission begleitet ihn, ebenso Las Casas, der damit fortfährt, nicht nur für Veränderungen zu plädieren, sondern Vorschläge für eine radikale Erneuerung jeder Theorie und Praxis in den indischen Ländern vorzulegen. Alle Conquistadoren sollen die Hälfte dessen, was sie sich durch Raub angeeignet haben, an den Kaiser abliefern, der für diese gigantische Summe neue, würdige *pobladores* aussenden soll. Ein großer Teil des Geldes soll jedoch direkt den Indianern zufließen, besonders den Kindern der Häuptlinge, die allen Besitzes beraubt und danach erschlagen wurden.

Der Vizekönig von Neuspanien, Antonio de Mendoza, von den Indianern geliebt, soll nach Peru geschickt werden, um dort die grausamsten Conquistadoren festzunehmen und sie nach Spanien zurückzuschicken. Jeder Kontrakt zwischen dem Kaiser und den Conquistadoren sei zu annullieren, da der Kaiser von den »Tyrannen« hinters Licht geführt worden sei.

Las Casas ist unermüdlich. Er verfaßt eine neue Schrift, *Memorial de remedios*, worin er empfiehlt, daß die einzigen Spanier, die von nun an in die Neue Welt kommen dürfen, Bauern sein sollen, die schnell und kraft kaiserlicher Subsidien neue, friedliche Dörfer mit bis zu einhundertzwanzig Bewohnern bauen. Das wichtigste aber ist, daß die Sklaverei umgehend abgeschafft wird, und Las Casas fordert die Majestät auf, von den Stufen zur Kathedrale in Sevilla Gott und der Welt mitzuteilen, daß von nun an die Indianer seine Untertanen sind und nicht der persönliche Besitz der Grundbesitzer. Selbst das Wort *conquista* will Bartolomé de Las Casas verboten haben, weil es, schreibt er, »tyrannisch, mohammedanisch, ungesetzlich, infernalisch« klingt. Was schließlich die Entdeckung neuer Länder angeht, schlägt Las Casas vor, sie solle sechs erfahrenen Mönchen sowie einem Kapitän und dreiundzwanzig sorgfältig ausgewählten Seefahrern überlassen werden. Nur die Mönche haben das Recht zu entscheiden, ob es ratsam ist, an Land zu gehen. Falls ja, sollen die Seefahrer in Karls Namen den Eingeborenen Geschenke geben, um sie zu zähmen. Danach sollen sie sich umgehend zurückziehen und die Indianer den »Aposteln Gottes« überlassen.

Karl lauscht allem mit tiefem Verständnis, ja mehr, mit Begeisterung, und er drängt, damit in seinen überseeischen Reichen bald *Leyes nuevas* eingeführt werden können.

Viele wundern sich über den plötzlichen Sinneswandel des Kaisers. Einige fürchten, er könne sogar daran denken, Europa ganz aufzugeben und mit Bartolomé de Las Casas über das Nordmeer zu fahren, andere flüstern, daß nur seine christliche Seele geweckt worden sei, so daß er von nun an der Vorsehung gehorchen wird und eines Tages in Sinnesfrieden von Holstein bis zum Südmeer jenseits des mexikanischen Hochlandes in Neu Spanien regieren kann. Schließlich gibt es einige, die wissen wollen, daß er durch die Begegnung mit einem sonderbaren dänischen Mönch davon überzeugt worden sein soll, daß er nur in Christus Frieden finden könne und daß Christus sogar verlangen könne, daß er seinem Thron ganz entsagen solle, um Seiner Sache zu dienen. Karl solle in Wahrheit nach der Begegnung mit Fray Jacobo Daciano verändert gewesen sein, der weit mehr als ein Jahr lang kreuz und quer durch Spanien gewandert sei und am Ende von Bart überwachsen nicht weit von Ocaña gesessen habe, wohin der Kaiser nach seiner Landung in Cartagena kam. Der alte Mönch solle in Verwirrung mit sich selbst in hebräisch, griechisch, latein, französisch, spanisch und einer sonderbaren Sprache geredet haben, die durchaus Dänisch sein konnte und nicht wenig an Flämisch erinnerte.

Wie die zwei sich begegneten, darüber wird gerätselt. Soviel ist bekannt, daß der Kaiser, als er von dem neugierigen Greis hörte, der behauptete, aus einer verschwundenen Franziskanerprovinz zu kommen, sogleich seine Soldaten in sämtliche Klöster aussandte, um ihn zu suchen. Mit diesem fremden Bruder soll der Kaiser sich mehrere Tage, vielleicht Wochen unterhalten haben, und sie sollen viel über Thomas Morus und *Utopia* gesprochen haben. Dann soll Bruder Jacob nach Valladolid gegangen sein, um Bartolomé de Las Casas zu treffen, und niemand zweifelt daran, daß er zusammen mit seinen Franziskanern mit Fray Jacobo de Testera aus Yucatan an der Spitze genau den Berichten von der Debatte in den Cortes lauschte, nachdem Las Casas aus seiner *Relación* gelesen hatte. Gleich nach Las Casas' Dominikanern sind die Franziskaner in Valladolid diejenigen, die die stärkste Hoffnung nähren, daß das Christentum in den indischen Ländern wiedergeboren werden kann, wenn nur der Kaiser zu ihnen hält und den Conquistadoren verbietet, sich wie tollwütige Hunde aufzuführen. Die Franziskaner in Valladolid, immer noch Erasmus treu, wenden sich auch gegen die fanatischen Hypnotiker, diejenigen unter ihren Mitbrüdern, die Pedro von Alcantaras Predigten in den falschen Hals bekommen haben und glauben, das Tausendjährige Reich werde kommen, wenn nur alle im Orden anfangen, Asche zu essen und sich in einer Reihe unter der Sonne aufstellen, um zu beten, bis sie umfallen. Nein, das Tausendjährige Reich wird sich, wie Johannes es erahnte, in der Neuen Welt einstellen, nun wo Europa von Sünde verdorben ist.

Verdorben von Sünde ist in den Augen der Franziskaner auch die überseeische Kirche, die es übernahm, die Karibischen Inseln zu christianisieren, mit dem Ergebnis, daß die Indianer in schreckenerregender Anzahl starben. Das Kreuz als Schwert. Der Neue Moses, Hernán Cortés, sah diesen Fehler ein, genug, ihm auf ewig die Absolution zu erteilen, wie viele Sünden er als Krieger auch beging. Er verlangte, daß nur Bettelmönche nach Neuspanien kommen sollten, und für die Franziskaner wird nun das Goldene Zeitalter anbrechen, nachdem sie allein im Jahre 1540 sechs Millionen Indianer taufen konnten, die größte Anzahl in der Geschichte der Kirche seit der Frühzeit, als das apostolische Christentum das heidnische Römerreich von der Erdoberfläche hinwegfegte. Gemeinsam werden die Minderbrüder und die Indianer die neue Kirche zur Erlösung der Welt bauen, eine Kirche im Geist der ersten Väter. Es spricht die Herzen der Franziskaner an, daß die Indianer fast nichts besitzen. Die Hütte, in der sie wohnen, ein paar Decken, Tonkrüge, geflochtene Schemel, Fischnetze und andere einfache Geräte, das ist alles. Wenn jemand, dann sind sie in Wahrheit *genus angelicum*, und unter den Minderbrüdern entstehen bald Theorien darüber, daß Gott die Indianer mit Willen von der Verderbnis des Mammons verschont hat, so daß sie als seine vergessene »Reserve« zusammen mit den Brüdern das Dritte Zeitalter erschaffen können, wo die Kirche des Geistes der feste Ankerplatz sein wird. Überall unter den Indianern Neu Spaniens begegnen die Minderbrüder – in ihren eigenen Worten – nur »Freundlichkeit, Reinheit des Herzens, Demut

Gehorsam, Geduld und Freude an Armut«. Instinktiv praktizieren die Eingeborenen die Ideale Christi.

So berichten die Minderbrüder in Valladolid, zur Unterstützung von Las Casas. Ein Minderbruder mit einer Vorliebe für, wie er es nennt, »die wesentlichen Details des Alltags«, kann erzählen, daß die Nahrung der Indianer, die zumeist aus *tortillas, Kräutern und Chili* besteht, die Mexikaner und Tarasken davor bewahrt, Opfer der sieben Todsünden zu werden, aber kaum beginnen sie, immer noch demselben Bruder zufolge, zu essen wie die Europäer, insbesondere Fleisch, werden sie von Sünde heimgesucht. Es gilt daher um jeden Preis, die Indianer gegen die Weißen zu schützen. Die zwei sich mischen zu lassen, wird zu neuen Katastrophen führen: der Hund muß vom Löwen getrennt werden, die Sardine braucht anderes Wasser als der Wal. Und als Beschützer der Indianer hat Gott die Minderbrüder der Observanz ausersehen, die am besten dazu geeignet sind, draußen unter den Indianern zu leben, während Las Casas' Dominikaner die wahre Theologie verteidigen und mit allen Argumenten des Las Casas aus den Klosterbibliotheken in Valladolid die Conquistadoren und Grundbesitzer auf Abstand halten sollen, unter Androhung dessen, daß sie in die erstickende Umarmung des Mammons, in das sinkende Europa zurückgeschickt werden, wenn sie nicht tun, was Gott will.

Andere Minderbrüder, vor allem unter den meist Belesenen, gehen noch weiter und sehen in den Indianern nicht nur Gottes Reserve von vergessenen, unschuldigen Menschenkindern, sondern unverdorbene

Nachkommen von Adam und Eva. Für diese Franziskaner sind die indischen Länder ein natürlicher Teil des Kosmos, in der gleichen Weise, wie es die Alte Welt ist. Die zwei Welten sind nicht trennbar, als handelte es sich um verschiedene Planeten, und der wahre Garten Eden muß aller Wahrscheinlichkeit nach in dem wiedergefundenen Atlantis gelegen haben. Belege für ihre Behauptung finden diese Minderbrüder in überlieferten Äußerungen von Columbus aufgezeichnet von alten Brüdern, die den Admiral kannten und denen er sich besonders verbunden fühlte. Franziskaner, der er in seinem Herzen war. Dies sagten viele. Während einige wenige etwas ganz anderes und sehr viel Gefährlicheres flüsterten und immer noch flüstern. Doch Franziskaner oder nicht, der Mann aus dem Dunkel kam auf seiner dritten Reise in die indischen Länder zu der Überzeugung, daß die Mündung des Orinoco einer der vier Flüsse sei, die im Garten Eden entspringen.

In der Nähe dieses verlorenen Paradieses werden die Minderbrüder ihr Tausendjähriges Reich errichten, und sie sind davon überzeugt, daß es nur eine Frage der Zeit ist, bevor Rom nachfolgt. Wie in der Offenbarung geschrieben steht: »Und ich sah einen Engel vom Himmel fahren, der hatte den Schlüssel zum Abgrund und eine große Kette in seiner Hand. Und ergriff den Drachen, die alte Schlange, welche ist der Teufel und der Satan, und band ihn für tausend Jahre und warf ihn in den Abgrund und verschloß ihn und versiegelte ihn, daß er nicht mehr verführen sollte die Heiden, bis daß vollendet wurden tausend Jahre.« Doch nicht alle Brüder, die sich melden, werden für die anstrengende

Reise und das neue Leben ausgewählt. Es werden strenge Forderungen an die Frömmigkeit des einzelnen, seine Kenntnisse und sein Sprachohr gestellt, und besonders die Hypnotiker meidet man, weil sie mit ihrem übertriebenen Gebet und ihrer ekstatisch strengen Lebensweise zerstört haben, was menschlich ist, eine gute Gesundheit und einen verständigen Kopf. Die Missionsbrüder dürfen auch nicht zu alt sein, und deshalb wundert man sich in der »Casa de Contratación« in Sevilla, der Kompanie, die den gesamten Handel und die Seefahrt mit der Neuen Welt betreibt, darüber, daß der sonderbare dänische Mönch, über den man in Spanien so lange gemunkelt hat, umgehend die Reiseerlaubnis erhält und ohne seinen Namen anzugeben, bloß als *El provincial de Dacia*.

Doch dafür verbeugt man sich vor seiner Gelehrsamkeit, er ist ein wahrer *vir trilinguus*, und die Gerüchte über seinen wild wachsenden Bart müssen gelinde gesagt übertrieben sein. Glattrasiert, in einer ganz neuen Ordenstracht, findet er sich eines frühen Morgens in Sevilla ein. Ein paar Tage geht er in dem geschäftigen Hafen umher, als wolle er der Alten Welt, die er vielleicht nie wiedersehen wird, ein letztes Lebewohl sagen. Er unterhält sich besonders mit Fray Jacobo de Testera, der ihm von Valladolid hierher gefolgt ist und ihm von den vielen verschiedenen Methoden erzählt, die Indianer zu bekehren. Der französische Jacob rät dem dänischen Jacob, sich am Anfang der Bildersprache zu bedienen, Zeichnungen im Sand, Christus und Maria auf die Felsen gemalt, und wenn die Hölle geschildert werden soll, ist ein kleiner schneller Brand nicht zu verachten, wenn es auch eines Franziskaners nicht würdig ist, kleinere Tiere in das Feuer zu werfen, wie ein besonders eifriger Minderbruder es sich vorübergehend angewöhnt hatte.

Dann schreibt sich Bruder Jacob zusammen mit neun anderen Franziskanern in die Rechenschaftsbücher der »Casa de Contratación« ein, und im Frühsommer 1542 stechen sie mit dem Schiff *La Trinidad* unter der Führung von Kapitän Francisco Sanchez in See.

Einer der Brüder nähert sich Bruder Jacob und fragt:

»Ist es wahr, daß der Kaiser dich geschickt hat?«

Ein anderer fragt:

»Warst du mit ihm zusammen?«

Ein dritter:

»Wie *war* er?«

Worauf Bruder Jacob antwortet:

»Ein anderes Mal, Brüder, kann ich vielleicht erzählen. Doch erst in vielen Jahren.«

Sie nähern sich den Kanarischen Inseln. Eines Nachts, als ein Sturm aufkommt, wachen sie alle auf und sammeln sich an Deck und singen *Ave maris stella*. Zwei Tage hält der Sturm an, dann flaut er ab, und die seekranken Mönche kommen langsam wieder zu sich. Achtundfünfzig Jahre alt, am Beginn seines neunten Jahrsiebtens, hat Bruder Jacob nichts gemerkt, doch schlafen konnte er nicht, während *La Trinidad* in alle Richtungen hin und her geworfen wurde. Dann wird es windstill. Es ist früher Morgen. Die Sonne geht auf. Bruder Jacob steht am Heck des Schiffs und denkt mit einem Geschmack von Asche im Mund an das Land Sepharad, das hinter dem Horizont verschwunden ist. Vor ihm liegt Atlantis, und er wird von Mariensehnsucht ergriffen. Ihm ist, als hätte er sie jahrelang vergessen oder als hätte sie ihn vergessen. Nun fühlt er, daß sie das Meer selbst ist. Die Sonne ist aufgegangen, der letzte Geschmack von Asche verschwindet, und Bruder Jacob geht zu den anderen Brüdern hinüber, die sich im Vorschiff sammeln. Sie stehen mit dem Rücken zum Bug, und bald darauf sprechen sie im Chor den *Sonnengesang* des Franz von Assisi:

Höchster, allmächtiger, gütiger Herr,
Dein sind der Lobpreis, die Herrlichkeit, die Ehre und
jegliche Segnung.
Dir allein, Höchster, gebühren sie,
und kein Mensch ist würdig, Deinen Namen zu
nennen.
Gelobt seist Du, Herr, mit allen Deinen Geschöpfen,
besonders dem Herrn Bruder Sonne,
welcher der Tag ist und durch den Du uns leuchtest.
Und er ist schön und strahlend mit großem Glanze,
von Dir, Höchster, trägt er den Sinn.
Gelobt seist Du, Herr, für Schwester Mond und die
Sterne.
Du hast sie im Himmel gebildet, hell, köstlich und
schön.
Gelobt seist Du, Herr, für Bruder Wind
und für Luft und Wolke und Himmelsblau und
jedwedes Wetter,
wodurch Du Deine Geschöpfe erhältst.

Gelobt seist Du, Herr, für Schwester Wasser,
gar nützlich ist sie und demütig und köstlich und
keusch.
Gelobt seist Du, Herr, für Bruder Feuer,
durch den Du die Nacht erleuchtest,
und schön ist er und rüstig und köstlich und keusch.
Gelobt seist Du, Herr, für unsere Schwester, die Mutter
Erde,
die uns erhält und uns leitet
und mancherlei Früchte hervorbringt nebst bunten
Blumen und Kräutern.
Lobet und preiset den Herrn und saget Ihm Dank
und dient Ihm in großer Ergebung.

Dritter Teil

SIEBEN FRAGEN IN UTOPIA

Auprès de la folie de la croix tout
autre est bien timide.
Et cette folie-là
n'aime pas le bruit.
Jacques Maritain

Mexiko-Tenochtitlán oder wo Norden Osten ist

Es existiert eine ewige und unveränderliche Form, die weder im Raum enthalten ist noch sich in ihm ausbreitet, mit der Zeit weder verlängert noch variiert wird, aber die Ursache dessen ist, daß alle Dinge ihre Form finden und die Proportionen ausfüllen und vollenden können, die für den Raum und die Zeit gelten, meint Augustin, und wenn ein Klostergarten in Übereinstimmung mit der ewigen und unveränderlichen Form seine Form gefunden und seine Proportionen vollendet hat, ist es der Klostergarten in Tzintzuntzan in Michoacán, wo die seraphischen Brüder 1566 versammelt sind, um Bruder Jacob zu pflegen, den Guardian des Klosterhospitals in Tarecuato hoch oben in den Bergen. Zweiundachtzig Jahre alt, ist er von den Tarasken-Indianern hierhergebracht worden, die zwischen den staubiggrünen Olivenbäumen dafür beten, daß er wieder gesund wird; die Bäume sehen aus, als lauschten sie auch, einige etwas vornübergebeugt, andere wie mit einer Hand am Ohr, krumm wie sie sind, wenngleich jünger als die Brüder, die sämtlich alte Männer sind, der älteste geht auf die Hundert zu. Die Brüder fürchten, daß Bruder Jacob bald sterben wird, und hoffen für jeden neuen Tag, daß er ihnen von seinem Leben erzählen wird, sowohl von der Zeit bevor, als auch nachdem er, als Minister der Exilprovinz Dacia, vor bald fünfundzwanzig Jahren nach Neuspanien kam.

Aber fragen sie ihn zuviel, endet es häufig damit, daß er ihnen statt dessen eine der sieben Fragen stellt, die ihn in den letzten Jahren beschäftigt haben. Wie nun diese:

»Haben sie recht damit, daß unsere Kutten Leichenkleider sind, Brüder?«

Was können sie antworten?

Zuerst waren es drei, und sie kamen aus dem schlammigen, nebligen Flandern, und es waren eher persönliche Wünsche als Teile eines ordenspolitischen Plans, die ihre Schritte zur »Casa de Contratación« in Sevilla lenkten. Und dann eines Tages waren die drei Minderbrüder mit Pedro de Gante an der Spitze in Neu Spanien, wo Texcoco ihr Hauptquartier wurde. Hier lernten sie rasch das Nahuatl der Azteken. Hier begannen sie zu unterrichten, während sie beobachteten, genau untersuchten und sich Gedanken darüber machten, wie die Götzenverehrung am besten bekämpft werden könnte. Später kamen zwölf, und es war kein Zufall, der ihre Schritte lenkte, ausgewählt wie sie waren, um unter der Führung des gelehrten, visionären und heiligen Bruders Martin de Valencia aus der Provinz Sankt Gabriel in Spanien das Evangelium in den indischen Ländern zu verbreiten. Auch sie waren Minderbrüder, und wenn ihre Anzahl zwölf war, war das nicht nur als ein Gruß an Christus und seine zwölf Jünger zu verstehen, sondern auch an Franz von Assisi, der im Frühjahr 1209 zusammen mit elf anderen Brüdern nach Rom wanderte. Und die zwölf kamen 1524 in San Juan de Ulúa an, einige von ihnen krank vom Meer, andere von dem schlechten Trinkwasser, doch ohne Zögern begannen sie die lange Wanderung zu Fuß und ohne Schuhwerk, auf die sich später so viele ihrer Mitbrüder, *la segunda barcada* oder »die zweite Schiffsladung«, begeben sollten, die Wanderung hinauf zu der einst so silberglänzenden Stadt Tenochtitlán, von den Spaniern in Mexiko-Tenochtitlán oder einfach nur Mexiko-Stadt umgetauft, ein Weg von mehr als einem Monat. Insekten, Schlangen, Kriechtiere. Feuchte Hitze. Plötzlich eisige Nachtkälte. Und die ersten Begegnungen mit den Eingeborenen, die ihnen *motolinia, motolinia* nachriefen.

Einer der Brüder fragte, was dieses Wort bedeutete, und erfuhr, daß es arm bedeutete.

»Dann heiße ich nicht mehr Toribio de Benavente, sondern Toribio Motolinia!« antwortete der Neugierige. Die Minderbrüder und die Azteken standen sich zum ersten Mal von Angesicht zu Angesicht gegenüber, um tagelange theologische Dispute zu führen. Die Chronik will wissen, daß es wenige Tage nach der Ankunft der zwölf war, und es waren Mönche, die Mönchen begegneten bei diesen *coloquios* in Mexiko-Tenochtitlán mit den zerstörten Tempeln, weil auch die Priester der Azteken im Zölibat lebten, von den niedrigsten, die den kleinen Tempeln der einfachen Viertel vorstanden, bis hinauf zu den zwei Oberstenpriestern, den federbekleideten Schlangen, die dem Kult des Sonnengottes Uitzilopochtli und des Gottes von Regen und Wasser, Tlaloc, vorstanden. Die beiden federbekleideten Schlangen trugen ihren Namen nach Quetzalcoatl, der federbekleideten Schlange selbst, dem Gott des Morgensterns und des Abendsterns, dem Erfinder der Schrift, des Kalenders und aller Kunstarten, dem Gott des Todes, aber auch der Wiederauferstehung, der von Tezcatlipoche aus dem Tempel in Tula verjagt worden war, dem Nachtwind, der, selbst unsichtbar, alles sah und ebenso wie die anderen Götter Menschenopfer an die Sonne verlangte, je nach dem Stand des Kalenders.

Die seraphischen Brüder kamen an einen gewaltigen See mit einer Hafenstadt mit ebenso vielen Einwohnern wie die größten Städte in Europa und einem silbrigen Flimmern in der Luft, wo das Leuchten des Himmels und der Widerschein von den unzähligen Kanälen sich trafen und alles einer Spiegelung gleichen ließen, von Uitzilopochtli selbst in vier große Viertel geteilt, das Haus der Reiher nach Westen, Wo Die Blumen Sprießen nach Norden, der Ort der Mücken nach Süden und das Viertel der Tempel nach Osten. Letzteres war das Viertel, in dem die Begegnungen zwischen den Brüdern und den Priestern der Azteken stattfanden. Aber bevor die zwölf die Priester trafen, mußten sie mit den Würdenträgern Mexikos, die nun den Männern Karls V. untergeben waren, lange Dispute führen.

»*Vornehme Männer in Mexiko, Mexica tenochca tetecutin tlatoque*...«, begannen sie, und es kam ihnen zugute, daß sie gerade so viel Nahuatl gelernt hatten, daß sie ihre Reden, die ansonsten die Dolmetscher und die flämischen Minderbrüder übertrugen, mit Sätzen in der Sprache der Eingeborenen würzen konnten. Sie erzählten von dem wahren Gott, dem Herrn des Universums, der kein Lügner ist und der nicht versucht, irgendeinen Menschen zu betrügen, und der weder Haß noch Verachtung für jemanden nährt, sondern das Böse verachtet, weil es *die Abwesenheit des Guten* ist, und es verhindert und verbietet, weil er selbst vollkommene Güte ist. Als das strahlendste Beispiel seiner Liebe ließ Gott sich hier auf der Erde gebären, demütig und *motolinia*, und um des Menschen willen starb der Gott-Mensch – »um uns von den Dämonen zu befreien, die ihr, Mexikoer, Tlaxcalteker und viele andere, Hohe und Niedrige, Reiche und Arme, Weltliche und Priester, als Götter annehmt. Ihr betet sie an und opfert ihnen, aber es ist *aqualli ayectli*, es ist nicht gut, es ist nicht richtig.« Und die Brüder erzählten von Jesus und seinen zwei Königreichen, dem hier auf der Erde und dem im Himmel, und daß das Königtum hier auf Erden wie ein mit himmlischen Reichtümern gefülltes Haus ist. Und nach einigen Tagen schickten sie die Würdenträger nach Hause, damit sie sich ausruhen und über das, was sie gehört hatten, nachdenken konnten.

Am nächsten Tag kamen die Würdenträger zurück. Einer von ihnen trat vor und sagte: »Herren, seid willkommen. Wir freuen uns über eure Ankunft in unserer Stadt. Wir sind alle eure Diener, und wir bieten euch an, was wir haben. Wir wissen, daß ihr aus den Wolken des Himmels gekommen seid, und wir bedauern, daß ihr nicht früher gekommen seid, so daß unsere Könige, die nicht mehr da sind, eure schöne Rede hätten hören können, die mit einer Truhe voller Edelsteine verglichen werden kann, die ihr öffnet und aus der ihr uns beschenkt. Aber ihr sollt wissen, daß wir Priester haben, die besser als wir imstande sind, euch zu antworten, Priester, die bei Tage und in der Nacht in den Tempeln dienen. Diese Priester zählen die Jahre, Monate und Tage für uns und halten an zwanzig Tagen, denen zwanzig Tage folgen, die Feste für die Götter ab. Es ist am besten, wenn diese euch antworten, und deshalb wollen wir unseren Priestern erzählen, was ihr uns gesagt habt.«

Die Würdenträger beratschlagten mit ihren Priestern, die über das, was sie hörten, von Verblüffung und Traurigkeit ergriffen wurden, und zwar so sehr, daß sie sprachlos wurden. Dann ermannten sie sich und beschlossen, die zwölf am Morgen des folgenden Tags aufzusuchen. Die Priester sagten: »Bedeutende hohe Herren, seid willkommen auf unserer Erde. Wir sind so gering, daß wir nicht würdig sind, unsere Augen zu euch zu erheben. Aber wir wollen nichtsdestoweniger wagen, euch zu antworten und sogar zu widersprechen, wenn es auch unseren Untergang mit sich bringt. Aber wenn wir sterben sollen, so laßt uns sterben, wenn wir von der Erdoberfläche verschwinden sollen, so laßt uns verschwinden. Was ihr sagt, erscheint uns wie empörende Rede. Unsere Eltern haben uns nie gesagt, daß unsere Götter keine Götter sind. Ihr seid gegen unsere Eltern und deren Eltern und deren Eltern, die alle die Götter angebetet haben, die uns Mais, Bohnen, Tausendschön und Salbei geben. Unsere Götter sind sehr reich und sehr großzügig, und sie bewohnen das von Tlaloc regierte Tlalocan unweit des Meeres, und dort haben sie alles, was sie sich wünschen, und werden nie krank. Niemand weiß, wann wir anfingen, diese Götter zu verehren, weil wir in der Vorzeit nicht die Gewohnheit hatten, Tage, Monate und Jahre zu zählen, bevor Quetzalcoatl uns dies lehrte, und wir wissen auch nicht, wann die Wunder zum ersten Mal an unseren heiligen Orten geschahen. Wir sind in den Glauben an unsere Götter hineingeboren, und wir, die Priester, sind weder zufrieden mit noch überzeugt von dem, was ihr erzählt habt. Ihr fügt uns Schmerzen zu. Wir haben bereits das Recht verloren, unser Land zu regieren. Das muß mehr als genug sein. Unsere Götter behalten wir, und lieber sterben wir, als sie aufzugeben. Tut, was ihr wollt. Wir haben in unserer Antwort an euch genug gesagt, wir haben nichts hinzuzufügen, ehrwürdige Herren.«

Die seraphischen Brüder antworteten ihnen, so gut sie konnten und sehr ausführlich. Sie erzählten von der Heiligen Schrift und vom Papst, der in der Stadt Rom wohnt, und warum der eine, wahre Gott immer gegenwärtig, Ipalnemoani ist, Der Weiß Wer Alles Lebt. Sie erzählten, wie die Engel geschaffen wurden und wie einer dieser Engel, der schöner und klüger war als andere, die Abwesenheit des Guten wünschte. Dieser Prinz der Prinzen hieß Luzifer, und er hatte die Absicht, seinen Thron neben dem einen, wahren Gott zu errichten, und unter den anderen Prinzen waren viele, die ihm folgten, aber die guten Engel siegten über die bösen mit Gottes Hilfe, und die bösen wurden in *la región del ayre tenebroso* oder auf Nahuatl: Dort Wo Immer Nacht Ist eingesperrt. Und die Brüder erzählten, wie die bösen Engel zu fürchterlichen Teufeln wurden, unbeschreiblich häßlich und schmutzig und grausam und mißgünstig und jähzornig, genau wie die eigenen Tzitzimimen der Azteken, die am Weltende aus dem Dunkelreich auftauchen, um alle Lebenden zu fressen, und sie erzählten mehr über Luzifer und seine Kurtisanen. Sie verglichen ihn mit Tzontemoc, Der Dessen Haar Abfällt, dem Gott des Todes aus der Tiefe der Hölle. Und über die sieben Todsünden, vor denen alle Menschen sich hüten sollen. Und über Adam und Eva und wie Gott dem Menschen seinen Geist einhauchte, indem er ihm eine Seele gab, aus nichts geschaffen... *centetl teyolitica itoca* anima *ic yol*...

Die Priester der Azteken sagten nichts. Nach einigen Tagen baten die Brüder die Würdenträger, mit ihren Kindern zu kommen, und die Priester, ihre Götzen mitzubringen, so daß die Kinder getauft werden und die Priester sehen könnten, daß die Götzen nicht vermochten einzugreifen, um es zu verhindern. Und einige Brüder schrieben später das Ganze nieder, so daß diese Kolloquien der Nachwelt erhalten bleiben sollten. Dachten die Brüder vorübergehend, daß der Vatikan sie vergessen hatte, als Clemens VII. auf Adrian VI. folgte und niemand in Rom sich für die Neue Welt interessierte, dann nur, um sich um so mehr in ihrer Mission bestärkt zu sehen, als Clemens' Nachfolger, Paul III., im Jahre 1537 – im selben Jahr, in dem die Kirchenordinanz in Dänemark den Franziskanerorden verbot – in seinen zwei Bullen *Veritas ipsa* und *Sublimis Deus* feierlich bekräftigte, daß die Einwohner in Westindien Vernunftwesen und geeignet seien, zu Christus bekehrt zu werden, und daß sie in keiner Weise zu Sklaven gemacht werden dürften, weder auf den Feldern noch in den Minen, wie die spanischen *encomenderos* es brennend wünschten. Oft kam es zu direkten Zusammenstößen zwischen Grund- und Minenbesitzern und den Minderbrüdern, die davon überzeugt waren, daß die Indianer – Gottes Reserve – wie die Gefangenen in Platons Höhle waren, die glaubten, in dem Schattenspiel an den Wänden der Höhle die Wahrheit zu sehen, und nur umgekehrt werden mußten.

Bekehrt werden.

Aber wenn sie sich in ihren Zellen daransetzten, Nacht auf Nacht und Seite auf Seite, die Geschichte und die Legenden der Azteken niederzuschreiben, geschah es mehr als einmal, daß die Brüder in ihrer Arbeit innehielten und durch den Schein der Kerzen hinaus ins nächtliche Dunkel blickten und fühlten, daß jemand sie ansah und verlangte, als etwas anderes beschrieben zu werden denn als Schatten. Es war, als ob die Brüder in solchen Augenblicken schrieben, ohne zu wissen, wer ihre Hand führte, bis zum ersten Morgengrauen, wenn die Welt wieder sichtbar wurde, die Kerzen gelöscht werden konnten und die letzten Schattenspiele an den Wänden der Zellen sich verflüchtigten.

Bald nach seiner Ankunft in Mexiko-Tenochtitlán im Herbst 1542 bemerkt Fray Jacobus de Dacia, oder Jacobus Dacianus oder Danus, wie er vorzieht, genannt zu werden, wenn er nicht einfach Bruder Jacob heißen darf, daß es einen Franziskaner gibt, der schreibt und schreibt, manchmal vom Morgen bis zum Abend. Und schreibt Bernardino de Sahagún nicht selbst, redigiert er die Aufzeichnungen, die die Eingeborenen ihm überlassen. Geduldig hat Bruder Bernardino das Nahuatl gelernt. Es ist die Sprache, in der er zum Ärger vieler Spanier schreibt – ist er ein Verräter, vielleicht sogar *judaizante*? Über zehn Jahre lang, in Schulen, die er selbst mit aufgebaut hat, hat er seine Schüler, junge, aufgeweckte aztekische Adlige, darin unterrichtet, ihre Bildersprache in europäische Buchstaben und die Lautwerte der spanischen Schriftsprache zu übertragen. Die Anzahl spanischer Wörter in Bruder Bernardinos Texten ist gering, und viele seiner Schüler haben noch immer Schwierigkeiten, Spanisch zu lesen, vielleicht weil er selbst so begierig ist, ihre Sprache zu verstehen. Sie fragen gern, was »anima« ist, wenn die Mönche in seiner Erzählung in den magischen, bildlosen Sätzen auftauchen wie zu dem Kolloquium der zwölf, und sagen, daß Gott (selbst Er ist auf dem Papier nicht zu erblicken) dem Menschen eine Seele gab, die aus nichts geschaffen ist. Aber nur selten wird Bruder Bernardinos Entwurf zu einer Erzählung, die eines Tages, so hofft er, zu seiner gigantischen *Historia general de las cosas de Nueva España* in zwölf Büchern werden wird, mit den Augen der Mönche gesehen. Es sind die Azteken selbst, die erzählen dürfen, und als Bruder

Jacob im »Colegio de Santa Cruz« in Tlatelolco, der früheren Nachbarstadt von Tenochtitlán, wo Bruder Bernardino sein Hauptquartier hat, ankommt, fühlt er sich angesichts der Energie seines Mitbruders nicht mehr krank. Es rumort nicht mehr in seinem Magen. Es sticht nicht mehr in seinen Knien, so daß er kaum imstande ist, ein paar Schritte zu gehen, ohne sich gegen einen Baum zu stützen, und es ätzt nicht mehr in seinen Augen von dem Schweiß, der von seiner Stirn tropft.

Im Kolleg, einem einfachen Gebäude aus Stein, ist Bruder Bernardino *primus inter pares*, ein Lehrvater, der am liebsten in dem Latein, das zu unterrichten seine vornehmlichste Aufgabe ist, aufspringen und niederfallen möchte. Als könne er zur gleichen Zeit zuhören und sprechen – und alle sagen, daß es genau das ist, wozu er auf übernatürliche Weise in der Lage ist, der magere Mensch mit der gewaltigen Hakennase, den großen Augen und Ohren und dem vorgeschobenen Unterkiefer –, eilt er mit Manuskripten unter dem Arm oder in den Händen von Raum zu Raum. Tlatelolco ist sein Viertel, und das erste, was Bruder Jacob über den Stadtteil hört, ist, daß er die Heimstätte der Dichter, Sterndeuter und Kalenderschreiber der Azteken war, während alles, was mit Krieg zu tun hatte, im Herzen des grausamen Tenochtitlán entschieden wurde, dessen Menschenopfer von den jetzt zerstörten Tempeln einer unglückseligen Vorzeit angehören. In Tlatelolco überlebte der Schöpfergeist, davon ist Bruder Jacob überzeugt. Hier war dem Kainsvolk offenbar der Zutritt verwehrt, und als Bruder Bernardinos Kolleg sechs Jahre vor Bruder Jacobs Ankunft eingeweiht wurde, geschah dies unter größter Festlichkeit und Frömmigkeit, weil alle – sagen die Brüder –, und nicht zuletzt die bekehrten Indianer, fühlten, daß von hier aus die Neue Welt christianisiert werden würde, so daß eines Tages ein neues Rom aus den Ruinen der Tempel des Bösen emporragen wird, verbunden mit dem Garten Eden. Selbst die alte, verlorene Welt wird die Botschaft aufs neue hören, bis hoch in den Norden hinauf. Bis Malmö? Bis Kökar? denkt Bruder Jacob und fühlt, daß jetzt vielleicht endlich die Belohnung für seine lange Wanderung kommt. Und als der Älteste unter den Neuangekommenen fühlt er sich sofort gleichaltrig mit den Jüngsten, auf jeden Fall mit Bruder Bernardino, der kurz vor der Jahrhundertwende, zwei Jahrsiebene vor Bruder Jacob geboren sein soll.

Zur Einweihung des Kollegs kamen der Vizekönig von Mexiko, Don Antonio de Mendoza, und Mexikos Bischof, Juan de Zumárraga, an der Spitze einer Prozession, die im Kloster des heiligen Franz in Mexiko begann. Und alle aus der Stadt folgten ihr, zu Hunderttausenden, eine Zahl, die Bruder Jacob Schwindel verursacht. Und es wurden drei Gottesdienste gehalten, von denen immer noch gesprochen wird, so daß Bruder Jacob spürt, wie seine letzten Schmerzen nach der Reise von Veracruz verschwinden, einer Reise, die er, wie er zu seiner Schande gestehen muß, ebenso wie die anderen Brüder auf dem Rücken eines Esels vornehmen mußte, so krank waren sie alle. Selbst der Kapitän mußte an Land getragen werden, um auf eigenen Wunsch in einem Wirtshaus mit Frauen und Alkohol gepflegt zu werden – »*alles*, nur keine Mönchspflege!« brüllte er und schlug im Hafen wild um sich. Auf der letzten Tagesreise nach Mexiko kamen neue Krankheiten hinzu und befielen auch die Esel, so daß zwei von ihnen getötet werden mußten. An einer Stelle blieb Bruder Jacob zwischen zwei Ästen hängen, die ihm unter die Arme gegriffen hatten und ihn bewußtlos baumeln ließen, bis die anderen Brüder sich umwandten und entdeckten, daß sein Esel herrenlos war. Doch nun wartet die Schulbank auf ihn, und er wartet mit offenen Sinnen auf sie, doch ein wenig unsicher, ob Tlatelolco sein Hauptquartier wird, da er Gerüchte gehört hat, er sei dazu ausersehen, sich bei den Minderbrüdern in dem fernen vulkanischen Königreich Michoacán zu melden. Von den höchsten Bergspitzen dort soll man das verlassene Paradies in der Ferne erahnen können, und an bestimmten Tagen liegt in den Dörfern der Bergindianer ein würziger Duft von Apfelgarten in der Luft.

»Ich höre, du bist Däne?» ist das erste, was Bruder Bernardino de Sahagún Bruder Jacob fragt.

»Ja, Bruder. Ich bin aus dem Norden. Wäre ich bloß Flame, so würde ich eure Muttersprache vielleicht besser verstehen ...«

»O ja, der Norden. Erasmus. Aber leider auch der Doktor aus Wittenberg. Las man Erasmus in eurem Land? *Die Unterweisung des christlichen Fürsten*?«

»Zu spät. Jetzt gar nicht.«

»Nichts ist zu spät – hier. Willkommen, Bruder Jacob der Däne. Komm und sieh, was ich dir zeigen will.«

Nachdem er anderen spanischen und portugiesischen Minderbrüdern und jungen aztekischen Adligen vorgestellt worden ist, die hier alles erzählen dürfen, an das sie sich erinnern können, winkt Bruder Bernardino aufgeregt Bruder Jacob, ihm zu folgen, hinaus in den Hofgarten des Kollegs. Eine Fülle von Vögeln, die Bruder Jacob noch nie zuvor gesehen hat, zwitschert in Käfigen aus geflochtenem Rohr und Pflanzenstengeln, Blumen in grellen Farben springen ihm entgegen, ein kleiner Brunnen lenkt seine Gedanken zu der *Arabia felix* der Reisenden, während das ferne Eselsgeschrei aus einem Stall ihn dazu bringt, in seinem Inneren ein Gebet der Dankbarkeit nach Bethlehem zu senden. Bruder Bernardino wendet sich um, als Bruder Jacob für einen Moment still stehenbleiben und die Schönheit genießen möchte. Sofort tanzt er wie ein Wirbelwind um ihn herum und schubst ihn freundschaftlich weiter, hinüber zu einem kleinen Nebenhaus und in einen kalten Raum mit einem Geruch von Schimmel und feuchten Steinen und Pergamenten und Papieren überall auf den Tischen. Bruder Bernardino bückt sich nach einigen Rollen und breitet sie aus.

»Von dort kommst du, Bruder.« Er lächelt.

»Nein«, erwidert Bruder Jacob. »Ich sagte doch, daß ich aus dem Norden komme.«

»Sieh gut hin. Dies ist der Kalender der Azteken, ihr Zyklus von zweiundfünfzig Jahren, wo Norden Osten und Süden Westen ist. Du bist in der Neuen Welt, wo alles anders ist, selbst der Brunnen, den du im Kolleghof gesehen hast. Vielleicht Wasser oder vielleicht etwas, das nur wie Wasser schmeckt, aber glücklicherweise den Durst genauso löscht. Und die Vögel und die Farben – erkennst du überhaupt irgend etwas wieder aus deinem Norden?«

Bruder Bernardino ist entschwunden. Man ruft ihn aus dem Kolleggarten. Neugierig und voller Zärtlichkeit blättert Bruder Jacob in den Pergamenten mit Zeichnungen von Xochiquetzal, der Göttin der Blumen und der Liebe, gekleidet in ein knöchellanges Kleid, mit etwas, das einem mächtigen Schnurrbart gleicht, das sich auf beiden Seiten der Nase nach oben windet, und zwei grünen Federbüschen auf dem Kopf. Was hat sie in den Händen? Unangezündete Fackeln? Bemalte Maiskolben? Getrocknete Blumen, die mit Schilfgras verflochten sind? Auf anderen Zeichnungen sind zwei Indianer, die mit kleinen Bällen auf einem Teppich spielen, und der Gott Quetzalcoatl mit Schlangen mit Köpfen an beiden Enden. Aber aus dem Stapel tauchen auch Zeichnungen des Templo Major in Tenochtitlán auf, mit Regalen voller Schädel der dort lebend Geopferten. Bruder Jacob zählt ein wenig beruhigt. Drei, sechs, nur neun Schädel. Nein, es handelt sich nicht um Regale, es sind Stangen, die quer durch die Schädel gesteckt sind, so daß sie hängen, ohne Unterkiefer. Elf Reihen mit jeweils neun Schädeln. Aber die Schädel nehmen genausoviel Platz ein wie der große Tempel, dessen Treppenstufen ohne Proportionen sind, und der Tempel selbst gleicht am ehesten einem Puppenhaus. Jacob zählt zwei und zwei zusammen und wird sich erschaudernd darüber klar, daß die Anzahl der Schädel symbolisch ist. In Wirklichkeit geht es um Tausende von Schädeln, eine Mauer von so entsetzlicher Bosheit, daß nicht einmal die Sarazenen etwas Vergleichbares aufweisen konnten. Und auf einer weiteren Zeichnung: vier Indianer halten einen fünften über das Feuer vor dem Tempel, dessen Treppe von Blut überströmt ist, während der Oberpriester ganz oben sitzt und unberührt scheint. Hier sind es nur vier Treppenstufen bis zur Spitze des Tempels, und plötzlich geht es Bruder Jacob auf, warum das Böse in Tenochtitlán ein solches Ausmaß annehmen konnte, daß die Indianer auf der Zeichnung, ohne individuelle Züge, überhaupt nicht wissen, was sie tun, ja nahezu aussehen, als handelten sie in Unschuld: *hier fehlt die Perspektive*. Menschen sind so groß wie Berge, Schlangen größer als die Tempel kriechen in ihre enormen Löcher unter der Erde, und die guten, heilenden Pflanzen sind so groß wie Bäume. So sieht die Welt aus, wenn das Gute nicht da ist und Perspektive schafft, denkt Bruder Jacob, und einen Augenblick lang hat er das Gefühl, daß auch er zweidimensional wird, wie aus einer dünnen Holzplatte ausgeschnitten oder aus Metall herausgehämmert ist er in einer Welt, wo alles flach und ohne Proportionen ist. Fällt er, wird man ihn oben auf den Stapel mit Zeichnungen legen. Wenn Norden Osten werden kann, muß auch das Empfinden für Zeit und Vorzeit verschwinden. Es gibt kein Gestern und deshalb kein Morgen, immer wieder aufs neue müssen die Menschen das gleiche Ritual der Sünde wiederholen, und ohne Gedanken an das Leiden, wie flache Figuren mit leblosen Augen, einander das Herz aus dem Leib reißen, weil keine Tiefe in der Geschichte ist und deshalb keine mahnende Erinnerung an Kain.

»Kommt dir grausam vor, was du siehst?« hört er hinter sich.

»Mehr als grausam. Ich kann keine Worte dafür finden.«

»Das heißt *tzompantli*«, sagt Bruder Bernardino.

»*Was* heißt tzomp...«

»Die Folterbank oder das Stativ mit den Schädeln. Und doch war es so schön in Montezumas Hauptstadt. Willst du hören, was ich heute vormittag aufgeschrieben habe?«

Bruder Jacob wundert sich mehr und mehr über Bruder Bernardino, während sie zurückgehen und sich auf eine Bank im Schatten eines Baums setzen. Als habe er vollständig vergessen, woher er selbst stammt, nennt Bruder Bernardino die Spanier die ganze Zeit *sie*. Bevor *sie* kamen, gab es zum ersten Mal ein Vorzeichen am Himmel, übersetzt er aus seinem eigenen aztekischen Text, und in seinen grauschwarzen Augen ist Zorn, während er nervös sein eines Ohrläppchen zwischen den Fingern reibt, als wolle er mit aller Gewalt das Ohr noch länger machen, als es schon ist. Mit den bloßen Füßen mit breiten, kurzgekappten Zehennägeln stampft er jedesmal auf den Boden, wenn er *sie* nennt. Ja, es war zehn Jahre, bevor *sie* kamen, daß sich zum ersten Mal ein Vorzeichen am Himmel zeigte, das wie eine Feuerzunge, wie eine Flamme war. Wenn das Vorzeichen sich zeigte, sah es aus, als breche die Morgenröte an, es sah aus, »als füge es dem Himmel eine blutende Wunde zu«.

»Schön, nicht wahr?« sagt Bruder Bernardino und erzählt weiter von dem Vorzeichen, das unten breit, oben spitz war. Zur Mitte des Himmels, zu seinem Herzen reichte es, zum *Zenit* reichte es... und als es zehn Jahre, bevor *sie* kamen, erschienen war, erhob es sich jede Nacht... ein ganzes Jahr lang... und es war im Jahr Das Zwölfte Haus, als es begann...

»Langweile ich dich, Bruder Jacob? Wiederhole ich mich zu oft? Aber ich versuche zu schreiben, genau wie die Azteken mir ihre unendliche Chronik erzählen, die ich vielleicht eines Tages bis ganz an ihren Ursprung zurückverfolgen kann, viele Jahrhunderte vor dem Beginn der christlichen Zeitrechnung, ganz zurück bis zum... *Apfel*. Du bist ja selbst ein Chronikschreiber, habe ich mir erzählen lassen von einem, der es von einem anderen gehört hat, der es von einem dritten gehört hat.«

»Ich habe wohl ein paar Seiten geschrieben«, erwidert Bruder Jacob und hat das Gefühl, daß Bruder Bernardino viel mehr von ihm weiß.

»Eine Chronik, die mit dem Anfang anfing?« fragt Bruder Bernardino.

»Was meinst du?«

»Anfing, weit bevor wir in die kalten Länder kamen, selbstverständlich.«

Plötzlich dieses *wir*. Als sei Bruder Bernardino auf einmal alle Brüder zu allen Zeiten. Er sagt: »Und wie hießen die Götter im Norden, als wir dorthin kamen? Man erinnerte sich wohl noch an sie. Wir haben wohl ihre Namen und Taten aufgeschrieben?«

»Das haben wir«, antwortet Bruder Jacob ein wenig trocken, als ginge das Ganze ein bißchen zu schnell. »Doch nicht ich. Ich war zu sehr mit unseren letzten

Tagen beschäftigt in meiner kleinen Verteidigungsschrift, die längst verlorengegangen ist.«

»Oh, Bruder, unsere Schriften haben es an sich, an den sonderbarsten Stellen aufzutauchen. Wie hießen die Götter im Osten... im Norden, meine ich. Sag es mir!«

Und Bruder Jacob erzählt von Odin und Thor und von »Ragnarök« und den Riesen, die größer und stärker sind als die Götter und deren Herkunft niemand kennt und die nicht gut sind, auch nicht böse, aber auf sonderbare Weise ohne irgendeine Form von Gefühl, und die deshalb alle Ideen durchführen können, die sie sich in den Kopf gesetzt haben. Das letzte gefällt Bruder Bernardino nicht. Von denen kann man ja nicht *erzählen*, schnaubt er und will mehr über Odin und Thor hören. Froh darüber, sich ein wenig Gehör verschafft zu haben, erzählt Bruder Jacob von der Midgardschlange, die sich in eine Katze verwandelte, die Thor nicht vom Boden aufzuheben vermochte, und von dem alten Weib, mit dem er um die Wette lief und verlor.

»Er verlor? Dein Thor *verlor*, sagst du?« Bruder Bernardino ist verblüfft. »Gegen ein altes Weib? Unmöglich!«

»Aber sie hatte einen bestimmten Namen, Bruder Bernardino.«

»Kein Name kann einen Menschen im Kampf mit den Göttern unüberwindlich machen. Versuch nicht, mir das weiszumachen. Und doch... wie hieß sie? Sag es leise.«

Bruder Bernardino beugt sich vor, so daß Bruder Jacob direkt in sein Ohr flüstern kann:

»Alter.«

»Uh, es kitzelt in meinem empfindlichen Gehörgang. Ich gebe mich geschlagen. Vielleicht war sie es auch, die Quetzalcoatl, den Schöpfergott hier in Mexiko, umgebracht hat.«

»Was meinst du?«

»Die hoch verehrte Federbekleidete Schlange bekam von einem Dämon einen Spiegel gereicht. Und Quetzalcoatl sah hinein und entdeckte, daß er das Gesicht hatte, das er gar nicht zu haben glaubte. Und ging zugrunde. Vielleicht war es Alter, die ihm den Spiegel reichte, gerade als er glaubte, er habe sie überholt, und daran können wir sehen, daß ... *pah*, nun geht meine Phantasie mit mir durch. Methode, sage ich immer, Methode. Aber an deiner Art zu erzählen kann ich hören, daß du den offenen Sinn hast. Du bist wahrlich der rechte Mann am rechten Ort, wenngleich wir uns bald trennen müssen, wenn du weiter mußt in das Land der Kolibris.«

»Wann, Bruder?«

»So schnell, daß du dich hier bei uns nicht einleben kannst. Du bist ja kein Novize, und nach ein paar Wegbiegungen wirst du von dem teuflischen alten Weib überholt.«

Im Kolleg unterrichten die besten Brüder aus der Franziskanerprovinz Santo Evangelio, doch nur die wenigsten wagen es, sich so sehr für die Geschichte der Azteken zu interessieren wie Bernardino de Sahagún, der Bruder Jacob sich selbst und den anderen Brüdern überläßt, von denen Juan de Gaona in Rhetorik, Logik und Philosophie unterrichtet, während die übrigen sich des Lateinischen, Spanischen, der Musik – und indianischer Medizin annehmen.

Im Lauf der nächsten Wochen hört Bruder Jacob, wenn auch auf Umwegen, daß ursprünglich beabsichtigt war, die Indianer zu unterrichten, die Priester zu werden wünschten, insbesondere die jungen *principales*, Söhne von Häuptlingen oder heidnischen Priestern. Die letzteren erwiesen sich als die gelehrigsten und nahmen Augustin und Bonaventura auf, obwohl sie am liebsten etwas über den heiligen Franz und die Grotte hören wollten, in der Gott zu ihm sprach, so daß er als ein Neugeborener hinaustreten konnte ins Licht und mit der Zunge des Spatzes sprechen, mit den Ohren der Eule hören und mit den Augen des Falken sehen konnte. Aber rasch wuchs der Widerstand gegen das Kolleg, viele Spanier waren der festen Überzeugung, daß hier gefährliche Dinge geschahen, man konnte ja nicht wissen, ob die Indianer es ernst meinten mit ihrer Bekehrung, und taten sie es, konnte man nicht wissen, ob sie nicht die ganze Kirche übernehmen würden. Das Ergebnis würde der Untergang der europäischen Kultur sein, die Rache Montezumas, wie bestellt in einem Wunschtraum von Europas eigenem Antichrist, Doktor Luther, in seinem gelben Neid darauf, daß die Brüder hier in der Neuen Welt zehnfach zurückbekamen, was er ihnen im Norden geraubt hatte. Das Gerücht will sogar wissen, daß nichts den Doktor so erregen kann, wie wenn während eines seiner sogenannten Tischgespräche die Rede auf Hernán

Cortés kommt. Und noch immer spricht man in Mexiko-Stadt und Tlatelolco mit Schaudern von Don Carlos von Texcoco, jenem »lutherischen« Häuptlingssohn, der am Tag Christ war und sämtliche Kreuze anbetete, sich bei Nacht aber in einen Götzenanbeter verwandelte, mit Feuer in den Augen und mit vom Blut von Menschenherzen triefendem Mund, im Pakt mit dem Teufel und entbrannt von der großen Hoffnung, eines Tages alle Missionare in die tiefste all der geheimen Kammern im Sonnentempel der Totenstadt Teotihuacán einzusperren, wo er diejenigen seiner Götzen und ihrer heiligen Schriften verborgen hielt, derer die Brüder nicht hatten habhaft werden können, um sie zu verbrennen. Am Ende mußte Bischof Zumárraga mit Trauer im Herzen als Richter der Kirche auftreten und ihn 1539 zum Scheiterhaufen verurteilen. Im gleichen Jahr beschloß eine aus sämtlichen Bischöfen Neu Spaniens bestehende *junta eclesiástica*, daß die Indianer nur die vier untersten Rangstufen der heiligen Weihe bekleiden und weder Subdiakone, Diakone noch Priester werden durften.

»Kann man von einem Indianer das Zölibat verlangen? Doch wohl nicht, Bruder?« sagt Bruder Juan de Gaona mit einem stillen Lachen und sieht Bruder Jacob an, als wolle er andeuten, daß die geistige Stärke, für die Welt abzusterben, den Auserwählten zugehöre, denen mit der Tradition von Jahrhunderten im Rücken. Bruder Jacob weiß nicht, was er auf diese Frage antworten soll, die sein Mitbruder ihm so schnell aus dem Mund nahm. Sie gehen an einem frühen Morgen durch Tlatelolco. Über ihnen zieht ein Entenschwarm, von den fernen Bergen dröhnt Donner, und die Wolken sehen aus, als wanderten sie im Kreis über dem alten Reich der Azteken und wollten jeden Augenblick auf die Erde herunterplumpsen, als könnten sie unmöglich aufsteigen und sich unter der Sonne entfalten. Bruder Jacob denkt, daß sie schwer sind von Trauer über alles, das sie gesehen haben, besonders im Jahr 1488, vier Jahre nach seiner Geburt, als dem Sonnengott Uitzilopochtli sechzigtausend Indianer geopfert wurden, eine *gladiatorio*, die Nero auf die Knie hätte fallen und um Christi Gnade beten lassen. Einer nach dem anderen wurden die Indianer auf einen konvexen Steinaltar gelegt. Vier Priester hielten sie an Armen und Beinen. Ein fünfter öffnete mit einem Steinmesser ihre Brust, griff mit beiden Händen hinein und holte in einem senkrecht aufsteigenden Strahl von Blut das Herz heraus. Im Laufe eines einzigen Tages wurden sechzigtausend Herzen der Sonne dargereicht. Ein geringer Trost, daß die Gefangenen die Erlaubnis bekamen, für eine Weile, an einen Stein gebunden, mit Waffen aus Holz gegen mehrere der normal bewaffneten, eigenen Krieger des Sonnengottes zu kämpfen.

Bruder Jacob versucht, an etwas anderes zu denken, und auf einem kleinen Platz, wo alle Häuser spanisch sind und gleichsam ein kühler Hauch von Europa weht, entfährt es ihm beim Anblick von Bruder Juan, der eine Schulter unter die Wange hochzieht, jedesmal, wenn er von den schrecklichsten Greueln erzählt:

»Sag einmal, *kennen* wir uns nicht?«

»Nun, wo du es sagst. Dein vierschrötiges Gesicht, deine starken blauen Augen, deine breiten Schultern.«

»Paris!« sagt Bruder Jacob.

Plötzlich lachten beide, weil sie sich an damals erinnern, als sie sich über alles stritten und am Ende handgreiflich wurden, so daß alle Brüder des Klosters an der Seine herbeiliefen, um ihre Gemüter zu besänftigen.

»Du hattest angefangen, Bruder Jacob.«

»Mit Argumenten begegnete ich dir. Nicht ich kam ins Klostergefängnis.«

Bruder Juan schlägt sich vor die Stirn und schüttelt den Kopf, zornig auf sich selbst über sein Betragen in der Jugend. In Bruder Jacobs Augen ist er sichtlich ein ganz anderer, abgesehen von seiner Gewohnheit, die Schulter unter die Wange zu schieben. Er hat keine drei Tage alten Bartstoppeln mehr, seine Augen haben einen weicheren Ausdruck bekommen, er ist nicht mehr so bleich wie damals, als man glaubte, hinter seinen Wangen die Knochen durchscheinen zu sehen, und während er darüber nachdenkt, was Erinnerung ist, bemerkt Bruder Jacob auch, daß Bruder Juan nicht mehr auf den Zehen wippt, wenn er eifrig wird und etwas beweisen will.

»Der Buchstabe A...«, sagt Bruder Jacob mit einem Lächeln.

»Du erwartest, daß ich nun sagen soll...«

»Ich sage nicht mehr.«

»Wir verändern uns wohl alle, Bruder. Glauben an andere Texte.«

»Wie?«

Und Juan de Gaona erzählt mit der Hand auf dem Herzen, wie Erasmus, an vielen Orten in Spanien so schlecht angesehen, seine Seele für den wahren Evangelismus entzündete, der sich nichts aus sinnlosen Theorien und inhaltslosen Bildern und Votivtafeln macht. O doch, kann Bruder Juan beteuern, die Sorbonne ist zu einem Luftschloß geworden, eine schwache Erinnerung an das vernunftwidrige Laboratorium der allzu vielen Gehirne. Weiter erzählt Bruder Juan, wie Erasmus und die Vernunft für ihn jetzt der einzig wahre Weg sind, gerade hier in Mexiko-Stadt, wo die Mexikoer schlimmer als irgendein anderes heidnisches Volk unter dem Glauben an leere Formeln und Götzenbilder leiden. Es ist, als beginne Bruder Juan in Bruder Jacobs Augen wieder auf den Zehen zu wippen, als er sich begeistert über die gerade Straße der Vernunft ausläßt, auf der alle Indianer in Neuspanien bald wandern werden, wenn die Brüder den letzten abscheuerregenden Aberglauben ausgerottet und die letzten Götzenbilder verbrannt, die letzten Tempel zertrümmert und alle Eingänge zu den geheimen Berggrotten mit christlichen Steinen zugemauert haben, die von den Kindern der Azteken zurechtgemeißelt werden, die glücklicherweise imstande sind, das Evangelium zu hören, und keine Angst haben, ihre Eltern anzuzeigen, wenn diese sich dem Teufelstanz hingeben und einen besonders gefährlichen Tabak rauchen, der ihnen wilde Halluzinationen gibt und sie sogar dazu bringt, ihre eigenen Götter, aus Maisteig geformt und mit Gelb und Rot oder anderen verräterischen Farben bemalt, zu *essen*. »Ixiptla« ist das Wort, das du kennen mußt, Bruder Jacob, fährt Bruder Juan fort und belegt es sogleich mit einer Girlande von Erklärungen, die er aus den Ärmeln seiner Kutte zieht wie ein Zauberkünstler auf einem Jahrmarkt: »ixiptla« ist das Gottesbild der Eingeborenen, aber auch des Priesters der an der Seite des Idols steht; »ixiptla« ist die Kraft – »die sogenannte Kraft«, berichtigt Bruder Juan sich selbst – in einem Stein, einer Maske, einer Tracht, einem Federschmuck, in der Vase, die das Blut und Herz des Geopferten aufnimmt, selbst in einer kleinen Steinflöte; »ixiptla« ist kurz gesagt überall, verborgen in den Grotten, hoch oben in den Baumkronen, unter den Kaktuspflanzen, überall ist Unheimlichkeit, Dämonie und Schwarze Magie, und deshalb gilt es, sämtliche Götzen auszurotten und das Kreuz an ihre Stelle zu setzen. Aber ein Kreuz ohne den Leib Christi, weil die Indianer glauben, daß selbst Christus auf dem kleinsten Kreuz, das an der Gürtelschnur eines Bruders hängt, Christus selbst ist, das »ixiptla« der neuen Zeit. Aus dem gleichen Grund ist es auch das beste, Maria draußen im Missionsfeld nicht zu zeigen, sondern daß auch sie nur von Kerzen beleuchtet im kühlen Dunkel in den Kirchen zu sehen ist.

»Auch nicht Maria?« fragt Bruder Jacob, und ihm ist schwer ums Herz.

»Es kommt vor, daß auch sie aus Teig geformt und mit Gold und Silber bemalt und anschließend verspeist wird«, antwortet Bruder Juan und sieht nieder, während er verärgert von anderen Episoden erzählt, wo die Eingeborenen aus Christus und Maria »ixiptla« machten. Ja, die Brüder hatten sogar überlegt, ob nicht sogar das Kreuz gefährlich sein könne, die Eingeborenen könnten vielleicht darauf verfallen, einander in einer Orgie von Blut zu kreuzigen, wenn sie gefährlichen

Tabak inhaliert hatten; und noch schlagende Kinderherzen vor seine Füße zu legen. Nur zu sehen, wie die Indianer sich unter das Kreuz werfen, mit Schreien wie zu dem Gott Uitzilopochtli, würde den Meister aus Rotterdam erschüttert haben. Deshalb soll das Kreuz ein bißchen für sich stehen, aus einfachen Steinen, und unbemalt bleiben, während jeder einzelne Abgott aus seinem Versteck geholt und verbrannt oder zertrümmert werden muß, beschließt Bruder Juan de Gaona seine erste Unterrichtsstunde mit Bruder Jacob, als im gleichen Augenblick ein Läufer atemlos vor ihm stehenbleibt und berichtet, daß man am Rande des Viertels der Mücken ein heimliches Lager von Abgöttern entdeckt habe. Bruder Juan springt in die Luft, zieht die Schnur um seine Kutte stramm, schlägt zum Schutz gegen die starke Vormittagssonne die Kapuze hoch und schießt davon, indem er Bruder Jacob laut zuruft, daß er ihm folgen soll, um durch eigenen Augenschein festzustellen, wie es zugeht, wenn die Brüder sich mit Fackeln in den Händen sammeln, um die Torheit zu vertreiben.

Einige laufen hinzu, andere kommen in Booten, und Bruder Jacob, der Bruder Juan schnell aus den Augen verliert, steht ganz hinten in einem Boot mit einem pavillonartigen Aufbau aus Schilf und wird vorwärts gestakt, vorbei an schwimmenden Gärten, wo die Indianer Mais und Tabak anbauen und Salbei zum Trocknen aufhängen. In der Ferne ertönen Schreie und Johlen, weitere Boote mit Mönchen kommen aus kleineren

Seitenkanälen, und bald erblickt Bruder Jacob Rauch, der von einem gewaltigen Feuer sein muß. Der große Kanal, auf dem alle Boote dahingleiten, endet abrupt, um zu einer gepflasterten Straße zu werden. Alle Boote legen an, und der Indianer, der Bruder Jacob gefahren hat, macht ihm Zeichen, daß er auf Jacobs Rückkehr warten wird. Bruder Jacob kommt es vor, als sei er wieder in Europa mit neu aufgeführten Kaufmannshäusern in spanischem Stil, kleineren Palais mit Balkons, Wirtshäusern, Ställen, Spaniern zu Pferde, Gemeindepfarrern, die die Minderbrüder scheel ansehen, und Fuhrwerken in alle Richtungen. Viele laufen zu einem Platz, wo die Brüder mit Juan de Gaona an der Spitze ein Götzenbild nach dem anderen, aus Bast oder Holz gemacht, zu Haufen aufschichten und anzünden, während die Götter aus Stein auf einen Haufen für sich geworfen und von besonders starken Indianern im Auftrag der Mönche zerschlagen werden. Uitzilopochtli mit seinem Riesenkopf und den mißgestalteten Augen und einem Körper aus Schlangen und Edelsteinen – ins Feuer. Tlaloc mit dem Kopf nach unten, ein morsches Stück Baumstamm mit eingelegten jadegrünen und blauen Steinen – ins Feuer. Das Bild eines Adlers, der einem Vogel auf einem Kaktus auf der Insel in dem See Texcoco, die die Hauptstadt der Azteken werden sollte, ein Auge aushackt – ins Feuer. Ein Gott, von dem Bruder Jacob noch nichts gehört hat, aber erfährt, daß er Tezcatlipoche heißt, mit einem Kindergesicht mit Augen wie Spiegeln (vielleicht die Augen, die den verschwundenen Quetzalcoatl umgebracht haben, denkt er) – ins Feuer. Masken, Ornamente, Priestergewänder, Quetzalfedern, Fächer, Puppen aus türkisbelegter Keramik, Teller, immer neue Statuen oder Bilder von den Göttern ins Feuer oder in Stücke geschlagen. Und zwischen den Feuern springt Juan de Gaona hin und her und zitiert aus dem *Lob der Torheit*, während seine Augen Bruder Jacob nicht loslassen und seine eine Schulter unentwegt zur Wange hochschießt:

»Schluß mit Gesichten und Gespenstern und bösen Geistern und unterirdischen und tausend anderen dieser Art von Ungeheuern!«

»Aber Bruder Bernardino de Sahagún...«, sagt Jacob durch die Flammen.

»Ein Kind, Bruder«, lautet die metallische Antwort von jenseits der Flammen, während Bruder Jacob nicht anders kann, als laut zu denken: Was nun, wenn man die vernichtete Federbekleidete Schlange als den Ursprung von allem durch Christus ersetzte. Durch Gott. Und ließe die Götter in Frieden, die nun nicht mehr gelähmt sind von Bosheit, weil ihr Führer vor einem Spiegel verschwand und sie alle den Sinn für Gut und Böse und Norden und Osten, Süden und Westen verloren hatten. Aber kurz danach hält Bruder Jacob in seinem Gedankengang inne, als das Feuer sich plötzlich ausbreitet und auf ein Haus übergreift. In kürzester Zeit steht das Haus in Flammen, ein Faß mit Pulver explodiert, und bald ist es, als brenne der ganze Platz. Während viele flüchten, kommen mehr Minderbrüder hinzu, von Entsetzen gepackt über das, was sie sehen, und unter ihnen ist Bruder Bernardino de Sahagún, der sogleich zu einem der Feuer mit den brennenden Göttern läuft. Mit einem Stock versucht er, Tezcatlipoche davor zu bewahren, ganz zu verbrennen. Doch alles, was er aus den Flammen herauskratzt, ist der oberste Teil vom Kindergesicht des Gottes mit den spiegelnden Augen, die verloren aufblicken zu dem nun wolkenleeren Himmel.

Bruder Jacob geht allein zurück zu der Stelle, wo die Straße zum Kanal wird und der Indianer treu auf ihn wartet. Sie fahren ab. Bruder Jacob spürt, wie der Hunger sich meldet. Er vergaß, auf dem Weg zum Boot hinunter zu betteln, aber er hat keine Lust umzukehren. Überall um ihn herum die schwimmenden Gärten. Vor einer Hütte bittet er den Indianer, zu halten und anzulegen, und Bruder Jacob geht an Land in einen Garten mit einer kleinen Keramikwerkstatt. Überall sind Kinder, und zwei alte Männer liegen in ihren Hängematten und rauchen. Frauen tragen Keramik aus dem Ofen mitten in den Garten. Aber bald sind sie alle um Bruder Jacob versammelt, und einer der alten Männer bietet ihm zu rauchen an. Warum nicht, denkt Bruder Jacob, und ihm wird schwindelig, nachdem er ein paarmal, genau wie es ihm erklärt wird, inhaliert hat. Ganz hinunter in die Lungen muß der Rauch, dort soll er einen Augenblick bleiben, und dann langsam ausatmen. Alle lächeln. Bruder Jacob lächelt auch. Zum Glück wird ihm auch eine *tortilla* mit Chili angeboten, ein Maiskuchen und ein Glas Wasser, aber als er mit den Eingeborenen sprechen will, entdeckt er, daß keiner von ihnen Spanisch versteht. Warum hat er gerade hier angelegt? Vielleicht um zu fühlen, wie es ist, auf einem der schwimmenden Gärten zu gehen, von denen die Brüder sich nur schwer vorstellen können, daß sie bewohnt sind, ohne irgendwann zu sinken. Aber es mag sein, daß mehrere gesunkene Gärten unter den sichtbaren liegen, die Zeit hat das Ihre getan, und das Rätsel ist vielleicht nicht so groß. Oder hat er nur angelegt aus Neugier, endlich mit denen zusammenzusein, die zu missionieren und zu führen er hergekommen ist, ohne Mitbrüder, die ihm erzählen, was er denken und tun soll? Alle im Garten reden auf ihn ein, und er weiß nicht, was er antworten soll, während eins der Kinder ihn an seiner Gürtelschnur zieht und ein anderes ihm Blätter mit getrockneten Gewürzkräutern gibt, die er an die Nase halten und riechen soll.

Ein Gefühl von Hilflosigkeit überkommt Bruder Jacob. Er lächelt entschuldigend, geht ein wenig umher, hebt eine frischgebrannte Vase auf und bewundert sie. Sie hat die Form einer Frau, die einen Hund fest an sich drückt, und im Haar der Frau ist Platz für einen riesigen Strauß. Aber weder die Vase noch ein weiterer Maiskuchen helfen ihm gegen das Gefühl, gar nicht anwesend zu sein, als sei die Reise über das Nordmeer eine Reise zu dem Leben jenseits des Lebens gewesen, dem Ziel all seiner Sehnsucht. Doch nichts ist, wie er es sich gedacht hatte. Es erklingt keiner der neun Engelschöre, es sitzt keine Maria auf ihrem Thron in der Höhe, und doch ist er umgeben von einer unerklärlichen Freundlichkeit. Und er fühlt, daß ihm nichts Böses geschehen kann.

Vielleicht ist es wirklich so auf der anderen Seite des

Schleiers. Nur Lächeln und sonnengebräunte Körper und getrocknete Gewürzkräuter und schnatternde Enten in Käfigen und Blumen und ein überquellender Küchengarten und Kanäle mit Entenflotten und Schwärmen von Mücken und Goldfischen und Hechten, die nach Luft schnappen. Und nichts, absolut nichts, das bis morgen geschafft sein muß.

Aber die Sprache kann er nicht verstehen.

Alle setzen mit ihm über, und als er wieder an Land geht, um sich nun auf den langen Weg über die Ebene zu der Totenstadt Teotihuacán in den blauen Bergen in der Ferne zu begeben, von der er so viel gehört hat und die zu sehen er nicht länger warten will, laufen ihm die Kinder ein gutes Stück nach. Bei sich hat er Brot und einen Krug mit Wasser an einer Schnur über der Schulter. Das hilft, in den gewohnten Gehrhythmus zu kommen. Wieder pulsiert das Blut in seinen Adern, während er durch eine Landschaft geht, die nicht so verschieden ist von dem, was er im südlichen Europa gesehen hat. Fuß auf Fuß, Meile auf Meile geht er vorwärts, während er mit Sehnsucht an die Brüder aus Dacia denkt. Bald ist ihm, als begleiteten sie ihn, einer nach dem anderen – Bruder Bertel, Bruder Birger, Bruder Lütke, Bruder Lars, Bruder Peder, Bruder Igvald und die anderen, und sie alle sind entschlossen, mitten in der Totenstadt Teotihuacán ein neues Kloster zu gründen. Alle reden aufeinander ein, und wird einer von ihnen müde, hilft es ihm, die anderen mit raschen Schritten vorwärts schreiten zu sehen. Wann sind wir eigentlich in den Norden gekommen? fragt einer von ihnen. 1232, antwortet ein anderer. Wie hieß noch unser erstes Kloster? fragt ein dritter. Das weißt du doch, es war »Das Haus in Ribe«, antwortet ein vierter. Wann wurden wir eine Provinz, fragt ein fünfter und beantwortet es umgehend selbst – 1240. Drei Jahrhunderte minus drei Jahre waren wir in Dacia, und in Schonen hatten nur die Prämonstratenser ebenso viele Klöster wie wir, läßt sich der letzte in der Gruppe vernehmen, und auch Bruder Jacob erzählt dies und das über alles, woran er sich erinnern kann, seit damals im Jahre 1238, als die Franziskaner von Erzbischof Uffe nach Lund gerufen wurden.

»1239«, verbessert Bruder Bertel ihn.

»Wir können ja auch nicht über alles Bescheid wissen«, antwortet Bruder Jacob und fühlt, wie er alle Brüder ist, die zu allen Zeiten im Norden gewesen sind.

»Wir erinnern uns wohl an das erste Kapitel für die Provinz Dacia?« fragt Bruder Jacob und antwortet sich selbst: »1265, das Jahr vor dem Interdikt.«

»Da herrschte kein Zweifel.«

»Nein, wir waren der Ankunft des Tausendjährigen Reichs sicher.«

»Wie jetzt, Bruder Jacob?«

»Wie jetzt. Falls wir aus unseren Fehlern gelernt haben und zusammenstehen.«

»Und du selbst, Bruder Jacob? Hast du aus deinen Fehlern gelernt?«

»... Ich ...«

Wieder ist Bruder Jacob allein, ein »ich«, das aufs neue die Trauer darüber fühlt, daß das »wir«, dem er einmal angehörte, nicht mehr da ist. Er fürchtet, daß viele Brüder umgekommen sind, entweder von Feindeshand oder durch einen Anfall der böhmischen Krankheit wie jenem, der Bruder Igvald unter dem okzitanischen Himmel traf. Im nächsten Augenblick wirft Bruder Jacob sich vor, daß er überhaupt von Mecklenburg fortwanderte und nicht wie König Leonidas bis zum Letzten standhielt. Vielleicht geht im Norden über ihn das Gerücht, unter Protestanten und heimlichen Katholiken, daß die gesammelte Exilprovinz Dacia von dem Augenblick seines Verschwindens an ihrem Untergang entgegenging. Aber wie den Gerüchteschmieden erzählen, daß er seinen ganz bestimmten Grund hatte zu gehen, berufen von keinem Geringeren als …

Die Sonne geht unter, und Bruder Jacob ist sich darüber klar, daß es noch eine Tagesreise bis zu den Pyramiden der Sonne und des Mondes ist. Er legt sich an einen Wegrand, ißt das letzte Brot, trinkt ein wenig Wasser und fällt in Schlaf und träumt, daß er an einem Grabenrand voller Frühling bei Gottorf sitzt und auf die Männer des Königs wartet, an deren Spitze er sich setzen soll, um ganz Dänemark zurückzuerobern. Dann werden Norwegen und Schweden von selbst fallen, und die Heringsströme werden zu den Ålandinseln zurückkehren. Aber die Soldaten bleiben aus, und vor ihm sinkt Gottorf in Schutt, während Quetzalcoatl voller Entsetzen über sein eigenes Gesicht durch die Ruinen des Schlosses flüchtet und eins mit Venus wird.

»Wir schlafen, Bruder?« hört er plötzlich eine Stimme und fährt auf und erwartet, Bruder Bernardino über sich gebeugt stehen zu sehen. Aber es ist nur ein Tier, das raschelt. Und bis nach Mitternacht schläft Bruder Jacob wieder, traumlos. Als er erwacht und sich von neuem auf den Weg macht, begleiten ihn keine Brüder, doch die ganze Zeit denkt er an seine neuen Mitbrüder, das neue »wir«, dem er nun hier in der Franziskanerprovinz vom heiligen Evangelium angehört. Neben Bruder Bernardino und Bruder Juan und denen, mit denen zusammen er gereist ist, von Fray Alonso de Ajofrin bis zu Fray Martin de Córdoba, sind das alle die Brüder, die über das grenzenlose Neuspanien verstreut sind. Fray Andrés de Olmos, der gleichzeitig mit dem Sturm auf das Kloster der Minderbrüder in Flensburg hierherkam, ging nach Guatemala und ist wie Bruder Bernardino ein eifriger Sammler der Geschichte und Legenden der Indianer, wie er während der zweiten *Audiencia* des Vizekönigs darlegte. Nun soll er in Hueytlalpán sein, wo immer das liegen mag. Und Fray Toribio de Benavente mit dem Beinamen Motolinia, Der Arme, Der Demütige auf Nahuatl – nun ist er, in der Zeit, wo nicht auch er schreibt und schreibt, damit beschäftigt, die seraphische Provinz in Guatemala zu gründen. Und der französische Bruder Jacob de Testera – ist er vielleicht zurückgekommen aus Spanien und weit nach Süden gewandert, nach Yucatan? Und Fray Luis de Caldera, der ständig mit einem Riesenbuch mit Bildern der Sakramente, des Katechismus, des Himmels, der Hölle und des Purgatoriums unterwegs sein soll, Bildern, die er sogleich zuklappt, wenn er hört, daß die Indianer glauben, sie seien »ixiptla«. Ist es vielleicht dieser Bruder, der die Unsitte praktizierte, einen Ofen zu bauen, in dem er Hunde und Katzen lebend verbrennen ließ, um zu zeigen, wie schrecklich es in der Hölle ist? Und der flämische Fray Pedro de Gante, vielleicht der allererste Minderbruder, der seinen Fuß auf den Boden Neuspaniens setzte ... auch er schreibt und schreibt ... sein Katechismus auf Nahuatl ist bereits gedruckt worden ... während andere an Grammatiken und Wörterbüchern schreiben. Überall gehen die Brüder barfuß hin, wenn sie nicht schreiben, und keiner von ihnen fürchtet sich, allein auf eine Opferpyramide zu steigen und das Kreuz zu errichten. Und wie durch ein Wunder, als sei Gott wirklich mit ihnen, geschieht ihnen fast nie etwas, während sie fühlen, daß sie mit jedem Jahr ihr Territorium ausweiten, so daß es sich eines Tages mit dem Garten Eden treffen und die *Offenbarung des Johannes* in all ihrer Herrlichkeit in Erfüllung gehen wird.

Vielleicht kommt ihm bald ein Fray entgegen, denkt Bruder Jacob. Oder ein anderer wird von einem kleinen Pfad dazustoßen. Oder ihn einholen und sofort beginnen, ihn zu unterweisen. Und einer wird sagen:

»Ich kannte Bruder Bertel aus unserer Jugend in Assisi.«

Während ein anderer lächeln wird: »Ich erinnere mich aus Paris an Bruder Lütke.«

»Aber sie sind alle fort«, hört Bruder Jacob sich selbst antworten.

»Nein, dänischer Bruder«, wird die Antwort lauten. »Sie sind alle bei uns.«

Froh über diese Antwort läßt Bruder Jacob seinen Gedanken freien Lauf, und bald ist er zurück in seinen

Knabenjahren, als er mit seinem Bruder spielte. Nun sind es nicht die Windmühlenflügel, an die er denkt, sondern der Steinbruch auf Öland, wo sie ganz allein einen Sommer zubrachten und sich ihrer Phantasie überließen. »Was, wenn wir jetzt *Nichts* spielten?« fragte Christian ihn eines Tages, und Jacob antwortete: »Was meinst du?« Christian: »Daß nichts ist. Kein Himmel, keine Erde, keine Steine, es gibt nur dich und mich, und für mich bist du nichts, wie ich für dich nichts bin. Dann können wir alles miteinander machen, wozu wir Lust haben. Wir können einander schlagen, und es wird nicht weh tun. Wir können schlimmere Dinge tun, und niemand wird uns bestrafen, weil niemand da ist in der ganzen Welt.« Und es geschah, daß Jacob glaubte, daß nichts war, wenn Christian ihm direkt in die Augen sah und sagte, daß er sie nicht schließen dürfe, auch nicht bewegen. Tief drinnen in Christians Pupillen wurde es schwärzer und schwärzer, diese Augen waren die ganze Welt, und schwindelig geworden, mußte Jacob einen Stein anfassen oder mit den Fingern in der Erde graben, um zu merken, daß etwas da war. Aber jedesmal, wenn Christian eine Hand heben wollte, um ihn zu schlagen, mit den Worten, daß er nichts merken würde, schaffte Jacob es im letzten Augenblick, sie zu ergreifen und zurückzuzwingen, während Christians Augen normal wurden, und dann lachten sie zusammen, weil sie wußten, daß da, wo sie jeder für sich saßen, nichts aufhörte zu existieren. Doch eines Tages wollte Christian seinen Willen haben, und da er Jacob nicht zu schlagen wagte, der der Stärkere von beiden war, nahm er ein Tier und erschlug es mit einem Stein. Als das Blut aus dem Maul des Tiers floß und sein Winseln aus dem alten Steinbruch zum Himmel stieg, brach Bruder Jacob in Tränen aus und sagte, nun wisse er jedenfalls, daß das Böse existierte.

Der Bruder erschrak, ging einige Schritte zurück, sah reuevoll auf Jacob und sagte, daß er das Spiel nie wieder spielen wolle. Und Jacob glaubte seinem Bruder, bis zu jenem Tag auf Fünen, als er von dem Windmühlenflügel sprang und den Kornsack durchbohrte, der für ihn im Spiel Bruder Ludwig von Anhalt war. Aber bis dahin geschah es häufig, daß Jacob ganz für sich allein Kirchen besuchte. Hier hatte er Ruhe vor dem Bösen, das er überall zu spüren begann, und besonders im Menschen, wenn er mit den Augen des Bruders sah und alles zu Ich und Ich und Ich wurde. Wenn man nun dieses Ich ganz abschaffte? Und alle Menschen einsähen, daß der Mensch sich nur aufs neue erheben konnte, wenn er ein Wir wurde, ohne Furcht vor dem großen Nichts, das da war, bevor Gott die Welt erschuf.

Und Gott gab dem Menschen eine Seele, geschaffen aus Nichts, *centetl teyolitica itoca* anima *ic yol*...

Es ist Nacht, als Bruder Jacob endlich in der Totenstadt ankommt, und noch immer allein geht er das lange Stück von dem einen Tempel zu dem anderen. Er weiß nicht, welcher der Sonne und welcher dem Mond geweiht ist. Dann rät er, daß der Sonnentempel derjenige sein muß, der am weitesten im Osten (der Alten

Welt) liegt. Es dauert einige Zeit, den ersten Absatz des Tempels zu erklettern, und er hört die Schreie aller Geopferten. Wenn die Geopferten überhaupt schrien? Vielleicht empfanden sie es als das Natürlichste von der Welt, geopfert zu werden? Lächelten sie wie verhext in ihrer Trance? Auf dem ersten Absatz setzt Bruder Jacob sich nieder, und nun ist es seine Wanderung über Fünen, an die er denkt, als er die Glocke von der fernen Kirche hörte und in den Turm einer anderen Kirche hinaufkletterte und den Glockenstrang ergriff und der fernen Glocke antwortete und später den alten Mann mit den gebrochenen Fingern traf und fühlte, wie er sich füllte mit Kraft, die auf den alten Mann überging, der verblüfft seine Finger ausrichtete und vor ihm auf die Knie fiel:

»Franz!«

Die gleiche Kraft erfüllt ihn auch jetzt, doch diesmal ist niemand da, der sie empfangen könnte. Und er erhebt sich und läuft die vielen Stufen zum nächsten Absatz der Pyramide hinauf, gerade als der Mond über seinem Tempel aufgeht. Bruder Jacob wandert auf dem zweiten Absatz umher, und noch immer ist er erfüllt von Kraft, während er die Hände zum Himmel streckt. Diese Tempel sollen zu Tempeln von Bruder Sonne und Schwester Mond werden, sie haben auf die Liebe gewartet, seit damals, als Kain sie verhexte, und ganz oben auf beiden sollen bald Kreuze aufragen, und wenn er sie selbst errichtet. Wieder klingen die Glokken von Fünen in seinen Ohren. Es ist keine Perspektive in seinem Leben, er ist Knabe und alter Mann zur gleichen Zeit, es gelingt ihm, Christians Arm zur Erde zu drehen, während er zur gleichen Zeit alle Lutheraner aus Malmö verjagt, wenn auch nur für eine kurze Weile. Er geht nicht hinab durch Europa, er läuft, und es ist die Liebe, der er entgegenläuft. Ihr Wind trägt ihn über das Meer, und sie ist es, die nun seine Schritte ruhig Stufe für Stufe wieder hinunter auf die Erde lenkt, so daß er bald darauf mitten zwischen den beiden Tempeln steht, während in der Ferne ein wildes Tier ein Brüllen ausstößt. Bruder Jacob bekommt Lust, zu laufen, so schnell er kann, angetrieben von der Kraft der Liebe, die den Menschen unbesiegbar macht. Alles ist Anfang, und die dänischen Brüder werden bei ihm sein, von nun an bis in alle Ewigkeit. Einer wie der andere rundumher in Europa werden sie, in ihrem Versteck in Dänemark oder unter Brüdern in Litauen und Polen, deren Sprache sie nicht verstehen, hören, daß er in der Neuen Welt ist, auf der Schwelle des Tausendjährigen Reichs, und daß er nur darauf wartet, daß sie ihm nachfolgen. Vielleicht ist der erste schon längst in Veracruz gelandet und auf dem Weg herauf nach Mexiko-Tenochtitlán. Bruder Jacob läuft schneller, so daß er rechtzeitig in Tlatelolco sein und ihn in Empfang nehmen kann. Da ahnt er einen Schatten an seiner Seite, und als er das Gesicht wendet, jagt Alter an ihm vorbei, während sie mit einem Spiegel winkt:

»Nimm dir Zeit, Bruder Jacob.«

Das Land der Kolibris

Wie mit einem Lächeln. Bruder Jacob:

»Spalten wir, wie sie glauben, ihre Schädeldecken, wenn wir sie taufen?«

Der Ort könnte Nirgendwo sein, Utopia, besonders wenn er mitten in dem jadegrünen See Pátzcuaro läge und somit eine eigene, selbständige Gesellschaft wäre, von Wasser umgeben auf allen Seiten, wie von Raphael Hythlodeus, »dem brennenden Phantasten«, 1515 in Antwerpen dem Meister Morus beschrieben, eine Gesellschaft, wo alle gleich sind, außer den Kriegsgefangenen, wo es kein privates Eigentum gibt und die Produktion so geregelt ist, daß Waren nur nach Bedarf hergestellt werden, wo nur sechs Stunden am Tag gearbeitet wird und die Bewohner den Rest der Zeit mit Spielen und Sport verbringen und wo aus Gold Nachttöpfe gemacht werden. Als habe der Phantast, was dies anbelangt, auf die Taraskenindianer in dem versunkenen Königreich Michoacán gehört, die vollkommen überzeugt und mit großen Augen, ohne das geringste Verständnis für den unersättlichen Goldhunger der Spanier, erzählen, daß Gold »Exkremente der Sonne« seien, die man für die Götterfeste aufbewahren müsse. Der Rio Tetacaltapec oder der Rio Balsas oder der Rio Cutzamala könnten, wenn sie zwei Meilen von Tzintzuntzan entsprängen, jeder für sich der Fluß Anydrus,

Wasserlos, sein, und die alte Königsstadt, wo Bruder Jacob im Laufe des Jahres 1543 als Missionar eingeführt wird, könnte in der Tat Amaurote sein, die größte der Städte in Nirgendwo, die Nebelstadt.

Könnte sein.

Bruder Jacob macht es Spaß, diese Art Vergleiche anzustellen, und unweigerlich erinnert er sich an den Karneval seiner Jugend in Paris, als alle im Quartier Marais ihrer Phantasie freien Lauf ließen und sich als Utopier verkleideten und sich in eine bessere Welt träumten, wo die Herren die Schafzüchter in Frieden lassen und niemand befürchten muß, daß die Zukunft Hungersnot und Seuchen bringen wird. Und wo Schwester Tod die rostige Eisenpforte der Angst in einen verzaubernden Schleier verwandelt. Wenn der ausgezeichnete und redegewandte Thomas Morus, Bürger und Vicecomes in der weltbekannten Stadt London, wie er sich selbst nannte, und später *Lord High Chancellor*, nicht enthauptet worden wäre und auf seine alten Tage von Raphael Hythlodeus, der von Amerigo Vespucci die Erlaubnis bekam, durch die Länder Amerigos weiterzureisen, weitere Vergleiche zwischen Nirgendwo und dem Reich Michoacán gewünscht hätte, würde es ihn in Bruder Jacobs Phantasie sicher gefreut haben zu erfahren, daß, wie die Bewohner von Nirgendwo meinen, auch die Tarasken aus dem südlichen Tlapehuala an der Grenze zur Heimat der Cuitlateken und zu dem nördlichen Guanajuato, wo alles sich in den kaktusbewachsenen Wildnissen der kriegerischen Chichimeken zu verlieren beginnt, meinen, daß das Gedenken an die Güte und Tugend der

Toten die Tugend in der Welt, das Gedenken an ihre Taten die Taten der Lebenden befördere. Und daß nichts die Toten mehr freut, als wenn man gut über sie redet. Wie für die Utopier, so ist es für die Tarasken undenkbar, daß die Seligen sich nicht frei bewegen können, wie sie es wünschen, und hier wie dort würde es unfreundlich von den Toten sein, die überlebenden Freunde nicht zu besuchen, denen sie zu Lebzeiten in Liebe und Hilfsbereitschaft verbunden waren.

Bruder Jacob empfindet Freude beim Niederschreiben von Notizen, vorläufig auf dänisch, wenn es schnell geht, auf lateinisch, wenn der Sinn ganz klar sein soll, aber allmählich auch mit langen Sätzen auf spanisch mit eingestreuten Worten aus der Sprache der Tarasken. Gewaltige Wörter, die aus den Papieren hervorspringen wie vulkanische Quellen und zu ganzen Wasserläufen werden, *po-ga-hambihcacuhche* oder *hurendaque everi hapinati*, oder die wie kleine begeisterte Frösche davonhopsen wie *po-pa, po, pove, poti* oder *pahe-pa-vex*. Und nie brüllen die Tarasken, sie flüstern eher. Zu schreiben heißt, aufs neue zu sehen und zu hören, fühlt Bruder Jacob, ganz anders als in Kopenhagen, als jede Zeile, die er aufs Papier brachte, ein wildes Rückzugsgefecht, und jede Seite, die er beendete, eine Zugbrücke war, die er im letzten Augenblick hochzog, vor der Nase der Lutheraner mit ihrem Schaum vor dem Mund von all den schrillen Lauten, die sie ausstießen, weil sie die Fähigkeit, mit den Augen zu lauschen und mit den Ohren zu sehen, verloren hatten, so daß Bruder Jacob am Schluß in einem eiskalten Raum saß mit seiner Chronik, die er ebensogut ins Feuer hätte werfen können. Jetzt hat er wie nie zuvor das Gefühl, nach Hause gekommen zu sein, und als hülfen ihm seine Aufzeichnungen, sich an den Kosmos zu erinnern, bevor die Sintflut einsetzte. Mit den Augen, die – mit Platons Worten – die Sonne zur Mutter haben, geht er umher im Herzen von Michoacán, am liebsten um den See Pátzcuaro, und nichts von dem, das er sieht, überrascht ihn, als sei er früher schon hier gewesen oder als sei all dies etwas, von dem seine Mutter ihm erzählt hat, als er klein war. Besonders jubelt er darüber, zu hören, daß die Tarasken wie die Bewohner in Utopia meinen, die Toten bewegten sich weiter unter den Lebenden und seien Zeugen ihrer Worte und Handlungen.

Allein auf seinen Wanderungen stellt Bruder Jacob außerdem fest, daß die Verhöhnung eines Mißgestalteten oder eines Menschen, dessen Körper verstümmelt ist, von den Tarasken genau wie von den Utopiern als verwerflich und herabsetzend angesehen wird, nicht für den, der verhöhnt wird, sondern für den, der verhöhnt. Doch während die Bewohner von Utopia (selbst wenn sie sagen, daß die Federn der Vögel durch ihre Anordnung in bestimmten Mustern die göttlichen Mysterien zeigen) sich von Weissagekünsten und der Deutung der Zukunft mit Hilfe von Vogelstimmen und Vogelflug sowie von jedem anderen »Aberglauben«, wie sie es nennen, fernhalten, lauschen die Tarasken den Erzählungen der Kolibris und werden euphorisch oder ängstlich, je nachdem, wie ihre Priester diese Erzählungen oder die Bewegungen der Wolken deuten. Und während die Utopier in ihren Gebeten für alle Gnadengeschenke danken, die sie von Gott, dem Herrn und Ursprung alles Guten, empfangen haben, besonders für die Güte, die er ihnen erwiesen hat, indem er sie in Nirgendwo hat zur Welt kommen lassen, das so glücklich und reich ist, und zum Schluß darum beten, nach dem Tod zu Ihm zu kommen, sind die Tarasken sich so sicher, daß das eigentliche Leben erst nach dem Tod beginnt, daß sie zuweilen zu Hunderten davon abgehalten werden mußten, sich durch den Schleier des Todes zu werfen, wenn einer ihrer Könige, ein Cazonci, starb und einzelne Auserwählte geopfert wurden, um seine Reise zu erleichtern: die, die seine Pfeile und Bogen tragen sollten, die Töpfer, Weber, Frauen, die sein Essen bereiten sollten und den Weg vor ihm fegen und seine Kleider rein halten sollten, Musiker, Mundschenke und ein einzelner Tänzer und ein besonders geehrter Geschichtenerzähler. Selbst die Kinder wollten, wie man hört, gerne diese Reise unternehmen, weil sie wußten, daß sie im Jenseits weiterleben und Tabak und ausgesuchtes Brennholz für den Sonnengott Vater Huriata und die Mondgöttin Mutter Cutzi sammeln würden, die die Erdgöttin Cuerauaperi gebar.

Platon hat es nicht besser geschrieben, denkt Bruder Jacob und blickt auf den See Pátzcuaro hinaus, wo die Kanus der Tarasken mit ausgespannten Fischnetzen wie riesengroße Libellen dahingleiten, neugierig darauf, was sich unter dem sonnenglitzernden Wasserspiegel verbirgt.

Einmal im Morgen der Zeiten zogen sieben Indianerstämme fort aus den Höhlen im Norden. Sie wanderten nach Süden über Berge und durch feuchte, treibende Wolken und hinab durch Täler, die so tief waren, daß sie sich der Unterseite der Erde näherten, und einer von diesen Stämmen kam an den See Pátzcuaro mit dem frischen, jadegrünen Wasser, den üppigen Inseln und einem Gewimmel von Wat- und Schwimmvögeln, besonders Wildenten und weißen und blauen Reihern in den breiten Schilf- und Rohrgürteln. Und überall wurde der Stamm von Schwärmen von Kolibris willkommen geheißen, deren Federn in allen Farben des Regenbogens leuchteten. Die Schutzgötter des Stammes sprachen durch die Kolibris zu ihm, und so kam es, daß die Inseln und das Gebiet um den See von den Porhépechaen besiedelt wurden, oder den Tarasken, wie die Spanier sie nannten. Sie hatten weder Platon noch Augustin gelesen, und sie kannten nicht die Worte Kosmos oder Seele, doch glaubten sie an die gewaltigen Kräfte in den Bergen und im Wasser; zweifelt Bruder Jacob nicht daran, daß sie seit dem Tag, an dem sie von Adam und Eva fortzogen, so gelebt haben, daß sie durch einen früheren, nun vergessenen Seefahrer, einen anderen Spion Gottes, jenen Augustin inspiriert haben müssen, der *De civitate Dei* in zweiundzwanzig Büchern schrieb. Schrieb, daß die Seele im Wachstum ihres inneren Lebens, genau wie Bruder Jacob es fühlt, alles in Liebe umarmen zu können, das gleiche Schicksal hat wie die ganze Menschheit und daß auch in der Gesellschaft wie in der Geschichte Gott seine Vorsehung erweist. Diese Kanus. Diese Fischnetze. Dieser Wasserspiegel. Und die Enten und die Reiher und das Schilfgras. Und die Sonne. Und die Aufzeichnungen in seiner Hand. Die Erde unter seinen nackten Füßen. Die Königsstadt Tzintzuntzan – das Haus des Kolibris – in der Ferne.

Doch warum all diese Zerstörung? Warum alle diese verstümmelten Indianer, die die Spanier auf ihrem Eroberungszug in auch dieses Reich hinterließen, das ebenso friedlich war wie das der Azteken grausam? Warum dieser Nuño de Guzmán, dieses Gebrüll von einem Menschen, dieser Scharfrichter und Mordbrenner, von dem nach der Hinrichtung des Cazonci der Tarasken, Tangaxoan Tzintzicha, auch Hernán Cortés sich mit Bedauern distanzierte?

»Ich weiß die Antwort nicht, Bruder. Oder ich weiß sie nur zu gut: die Exkremente der Sonne«, hört Bruder Jacob die ganze Zeit die stille Antwort von Bruder Martín de Coruña alias Bruder Martín de Jesus, dem ersten Missionar, der nach Michoacán kam, und einer der zwölf Auserwählten aus der Provinz Sankt Gabriel. Siebzehn Jahre vor Bruder Jacobs Ankunft begann er alleine, das Evangelium zu verbreiten, nachdem er alle Götzenbilder des Cazoncis auf dem Marktplatz in Tzintzuntzan gesammelt und verbrannt und nachdem er Gold und Silber im See Pátzcuaro versenkt hatte, um den Eingeborenen zu zeigen, wie wenig es in seinen Augen wert war. Nun ist Bruder Martín jeden Tag über seine *Relación de Michoacán* gebeugt, in der er die Geschichte der Tarasken auf spanisch niederschreibt, aber mit den eigenen Augen der Tarasken gesehen, und während Bruder Jacob, der die fertigen Seiten zu lesen bekommen hat, seinen Weg zu der Königsstadt fortsetzt, denkt er die ganze Zeit an die Chronik und an ihre Zeichnungen in einfachen, weichen Farben, Braun, Lila, Blau und Grau. Die Personen auf den Zeichnungen haben mehr individuelle Züge als die, die er auf den bluttriefenden Zeichnungen in Tlatelolco gesehen hat, als sei hier in Michoacán Platz für ein Lächeln inmitten der Trauer über das, was geschah, als die Spanier in das Haus von Tangaxoan Tzintzicha gingen und vierzig Kisten mit Gold und Silber leerten. In einem bestimmten Haus hatte der König alle seine Edelsteine, und auf den Inseln im See Pátzcuaro hatte er noch mehr Kisten mit Gold und Silber und Edelsteinen und eintausendsechshundert grüne Federkleider, die für den Kriegsgott Curicaueri und Tzintzuntzans eigene Göttin Xaratanga bestimmt waren, und ebenso viele für ihren Sohn. Das allerfeinste Silber befand sich auf der Insel Janitzio, wo es, wie der Vater des Cazoncis, Zuangua, bestimmt hatte, ausschließlich der Mutter Mond gehören sollte.

Die Chronik erzählt weiter, wie die Ehefrauen des Cazoncis loslegten. Während sie sich auf die Wangen schlugen, so daß ihr Heulen einen Klang bekam, als käme es nicht von Menschen, warfen sie sich über die Spanier und deren indianischen Hilfssoldaten. Aber nichts nützte, und bald waren die vierzig Kisten zum Haus des Oberpriesters gebracht, von wo sie nach Mexiko-Tenochtitlán zu Hernán Cortés geschickt wurden, der fragte, wo der Cazonci sich befinde. Er bekam zu hören, der König sei in dem Bergsee ertrunken, als er eilig hinüberfahren wollte, um die Spanier in Empfang zu nehmen, und daß die Indianer aufheulten, daß nun alles in Michoacán anders geworden sei. Es kam ein Unwetter nach dem anderen, die Vögel verließen den See, alles weil die Spanier mehr Gold haben wollten, immer mehr Gold und Silber und noch mehr Edelsteine. Was verbarg die Insel Pacanda? Was verbarg die Insel Xaracuaro? Und der König der Tarasken, der doch nicht tot war, fragte sich selbst: »Was wollen sie nur mit all dem Gold? Sicher essen es ihre Götter!« Und der Cazonci befahl, daß man den Spaniern auch alles Gold zeigen solle, das sich auf den Inseln Apupato und Utuyo befand, während er flüsterte: »Was sollen wir nun tun, wo sie alles genommen haben?«

Bruder Jacob: »Schreibst du alles auf?«

Bruder Martín: »Alles! Lies weiter...«

Die Spanier verlangten, daß der Cazonci zusammen mit allen Kisten voll Gold und Silber nach Mexiko-Tenochtitlán kommen solle. Hernán Cortés rief die höchsten Männer des eroberten Aztekenreichs zusammen und sagte ihnen, sie sollten ihren Erbfeind, den König der Tarasken, gut empfangen, und sie zeigten ihm mit der größten Freundlichkeit die Häuser, in denen er mit seinem großen Gefolge wohnen sollte. Der Cazonci sah, daß nichts übrig war von dem mächtigen Aztekenreich, weil der Sonnengott Uitzilopochtli, von den Tarasken der Kolibri zur Linken genannt, nicht in der Lage gewesen war, sein Volk und seinen Tempel zu verteidigen, und auch nicht Cuauthémoc, Montezumas Neffe, der als letzter gewagt hatte, in Gefangenschaft Widerstand zu leisten, und dem nun beide Füße zu Beinstümpfen verbrannt worden waren. Hernán Cortés rief den Cazonci zu sich und sagte: »Kehre zurück in dein eigenes Land, denn ich betrachte dich nun als einen Bruder, und befiehl deinen Leuten, diese Anker mitzunehmen, damit wir Schiffe bauen können, um auf dem Südmeer zu segeln. Und mache den Spaniern keine Schwierigkeiten, wenn du nicht willst, daß sie dich totschlagen. Verpflege sie gut und verlange keine Steuern mehr von den Dörfern, denn ich will sie den Spaniern in *encomienda* geben.«

Tangaxoan Tzintzicha zog mit seinen Ratgebern und Würdenträgern davon, und den ganzen Weg unterhielt er sich damit, *patol* zu spielen, vier durchlöcherte Erbsen, die in einer bestimmten Weise eine bemalte Matte mit einer Figur treffen sollen. Er kam zurück nach Michoacán, und lange Zeit geschah nichts, vielleicht weil er sich hatte taufen lassen und den Christennamen Don Francisco bekommen hatte. Aber ringsumher in seinem Reich brachen Aufstände aus, in einem Dorf nach dem anderen wurden Spanier erschlagen, und man sagte, daß Don Francisco dahinterstecke, weil er es vielleicht gar nicht ernst meinte mit seiner Bekehrung und insgeheim den Befehl gegeben hatte, man solle die Christen ermorden, um sich ihre Haut zu den Tanzfesten für die Götter überstreifen zu können. Und Nuño de Guzmán erschien, rasend und mit vom Spähen blutunterlaufenen Augen, war er doch vergebens in den westlichen Gebieten in der Hoffnung herumgeritten, den Amazonen zu begegnen, die, wie er glaubte, dort in einem Fabelreich lebten, weil Westen und Land der Frauen in dem Nahuatl der Azteken das gleiche heißt: Chihuatlampa oder Wo Im Krieg Gefallene Frauen Sich Im Haus Der Sonne Ausruhen.

Nuño de Guzmán sagte zu Tangaxoan Tzintzicha: »Du bist ein Junge ohne Gehirn, gib mir alles Gold, das du besitzt!« Und als er nicht genug bekam, sagte er: »Du bist ein Aufrührer, der den Christen die Haut abzieht, gib mir mehr Gold!« Als er immer noch nicht genug bekam und als der Cazonci sagte: »Ja, ich will sterben!«, antwortete Guzmán: »Dann sperrt diesen König ein! Vielleicht antwortet er so, weil ich ihn zu gut behandele?«

Für die Zeit von neun Monden oder neunmal zwanzig Tage war der Cazonci der Gefangene der Spanier in Mexiko-Tenochtitlán, wohin auch alles Gold kam, in Kiste auf Kiste, in Säcken, Strümpfen, ausgedienten Hüten und Nachthemden. Es kam von jeder Insel im See Pátzcuaro und aus Verstecken in den Grotten und Höhlen der Berge. Überall der gleiche Anblick brennender Holzhäuser, toter Krieger des Cazonci, abgerissener Federn von ihren Trachten, die im Staub davonwirbelten, weinende Kinder ohne Mütter, vergewaltigte Taraskenfrauen und spanische Reiter auf galoppierenden Pferden mit Sandalen aus Eisen, die Funken aus Steinen schlugen. Als der Cazonci schließlich nach den neun Monden seiner Gefangenschaft zurückkehrte, erwartete ihn ein Prozeß, den Nuño de Guzmán angeordenet hatte, der ihn anklagte, dem Kriegsgott Curicaueri Christenhaut verehrt zu haben und mit den Beschützern des Goldes, Yornacuse und Queredapire Pecurisare, im Bunde zu sein.

Der Cazonci wurde dazu verurteilt, in einer *petate*, einem Korbgeflecht, an den Schwanz eines Pferdes gebunden und über Stock und Stein geschleift zu werden, um danach garrottiert und schließlich verbrannt zu werden. Seine treuen Diener sammelten seine Asche auf, aber Nuño de Guzmán nahm sie ihnen ab und warf die Asche in den Fluß. Viele liefen von Entsetzen gepackt davon. Aber einige der Diener des Königs sammelten später die Reste seiner Asche auf und begruben sie an zwei Stellen, am See Pátzcuaro und an einem anderen, geheimen Ort, und zusammen mit der Asche am See begruben sie einen Schild aus Gold und einige der Ohrringe des Cazoncis und alles Haar und alle Nägel, die ihm abgeschnitten worden waren, seit er klein war, sowie alle Schuhe, in denen er gegangen war, und alle Hemden, die er seit der Kindheit getragen hatte. Dies alles geschah im Jahre 1530, fünf Jahre bevor Meister Morus begnadigt wurde zur Enthauptung, nachdem er zunächst dazu verurteilt worden war, durch die City von London nach Tyburn geschleppt zu werden, um dort aufgehängt zu werden, bis er halb tot war, so daß er wieder losgeschnitten und ihm bei lebendigem Leib die Geschlechtsteile abgeschnitten, sein Bauch aufgeschlitzt und die Gedärme herausgerissen und verbrannt werden konnten, um dann schließlich gevierteilt zu werden, wonach die Teile vor den Toren der Stadt zur Schau gestellt wurden.

Die letzten ungeschriebenen Zeilen des »wahrhaft goldenen Büchleins« über das ferne Inselreich Utopia.

Die ersten, die verschwanden, waren die Götter der Zacapu-Berge, die in aufrechter Stellung die Eingänge zu den Grotten zu bewachen pflegten. Ihnen folgten die

Inselgötter vom See Pátzcuaro, Acuite Catapeme, die Schlangengöttin von der Insel Xaracuaro, ihre Schwester Purupe Cuxareti, der Fischgott Caroen, der Wasserpflanzengott Nurite und der Feuergott Chupi Tiripeme. Ihnen folgten der Kriegsgott Curicaueri, die Götter der vier Himmelsrichtungen, Tzintzuntzans eigene Göttin Xaratanga, Mutter Mond, Vater Sonne und zuletzt die Schöpfergöttin Cuerauaperi. Mit ihr verschwand alles, was unter der Sonne geschaffen war. Sie war die Erde selbst, zu der die Tarasken mit den Füßen sprachen, wenn sie rhythmisch in ihren Tänzen im Kreis stampften, und die sie als Wellen von Kraft spüren konnten, von den Zehen und den Fersen hinauf durch die Beinmuskeln und weiter bis ganz hinauf in den Oberkörper und den Nacken. Manchmal sprach sie als Schlamm, der in dicken Strahlen zwischen ihren Zehen aufschoß, andere Male wurde sie zu Klumpen mit kleinen Steinen, die weh taten, wenn sie zornig war, oder sie wurde zu einem feinen, flüsternden Staub. Nun verlor sie ihre Farben, vom Ockerrot bist zum Graubraun und Schwarzbraun, und versank in der Unterwelt oder wehte in sonderbaren, nie zuvor gesehenen Wolken davon, die auch den Sternengott Hurendequauecara mit sich nahmen dorthin, wo alles, wie in der Unterwelt, sich wandelt in etwas mit diesen leeren Augen und diesem stummen Mund, was es schon gab, lange bevor die Welt von Cuerauaperi geschaffen wurde. Dann streckte sie sich und gebar und gebar, mit Hilfe der vier Himmelsrichtungen, die sie an Armen und Beinen festhielten.

Weit kamen die flüchtenden Götter und Schutzgeister nicht. Überall fielen Adler vom Himmel, und manche träumten, daß es die Götter waren, die erschlagen wurden. Diejenigen, die diese Adler vom Himmel fallen sahen, konnten tagelang dasitzen, ohne ein Wort zu sagen. Viele empfingen in Träumen die Botschaft, daß sie durch den Schleier des Todes gehen sollten, und so konnte man zwischen den Nadelbäumen der Berge ganze Taraskenfamilien sich niederlegen und die Augen schließen sehen, sei es, um aus selbstzugefügten Wunden Blut verströmend, sei es nach Wochen ohne Essen und Trinken in die andere Welt hinüberzugehen in der Hoffnung, dort den ersten Cazoncis zu begegnen, die nackt und stark waren und nicht wie Tangaxoan Tzintzicha und sein Vater das Mißfallen der Götter erregt hatten, weil sie immer prächtig gekleidet waren, so daß die Spanier auf ihren Pferden ohne einen Kampf gewinnen konnten.

Überall waren die Untertanen des Cazoncis, sie liefen ums Leben oder verschwanden in die Berge, bis die seraphischen Brüder auftauchten, gerufen von Martín de Coruña. Einer tauchte hinter einem Baum auf, ein anderer auf einem gewundenen Pfad, ein dritter hinter ein paar Felsen, und sie gingen den Indianern nach und überredeten sie, zu ihren Häusern und Kanus im Schilf an den Ufern des Sees Pátzcuaro zurückzukehren. Und die Augen der Kuttenträger waren anders, und Waffen hatten sie nicht, und sie sagten, daß sie weder Gold noch Silber wünschten, und sah einer von ihnen einen Regenwurm, der auf einem festgetretenen Pfad lag und sich vor Schmerzen wand, nahm er ihn auf und legte ihn dahin, wo der Boden weich war. Rundum stellten die

Kuttenträger Tische auf mit einem Tuch darüber und einem Kreuz zwischen zwei Leuchtern mit Wachslichtern darauf, und sie stellten sich vor die Tische und erzählten lange von der Abwesenheit des Guten und daß irdische Gerechtigkeit und Liebe nur durch Unterordnung unter die geistliche Führung entstehen könne, so daß Gottes Stadt auf Erden die Pilgerwanderung ihrer Verbannung fortsetzen und sich am Ende der Zeiten mit ihrem kommenden Vorbild vereinigen kann: dem Himmlischen Jerusalem, »Unserer Mutter in der Höhe«.

Bruder Jacob macht Fortschritte mit dem Taraskischen, und oft sprach er mit dem aquitanischen Bruder Maturino Gilberti, mit dem er über das Nordmeer gesegelt ist, wie nah es der Sprache kommen kann, die Raphael Hythlodeus die Utopier sprechen hörte. Selbstverständlich hat der Phantast in seiner Beschreibung der Länder Amerigos fortgelassen und zugefügt, sicher hat er in seinem Bericht über Michoacán an Meister Morus Einzelheiten aus Yucatan oder Brasilien oder aus dem unbekannten Land der Chichimeken im Norden vermischt, doch so vieles von dem, was die Brüder um sich her sehen, stimmt mit seiner Erzählung überein, daß sie froh darüber sind, daß der neuangekommene »fremde« Bruder, der sprachbegabte und neugierige Fray Jacobo Daciano, die gleichen Betrachtungen anstellt. Derjenige, der am überzeugtesten davon ist, daß Tzintzuntzan am See Pátzcuaro das Herz des ursprünglichen Utopia sein muß, ist der Bischof von Michoacán, Don Vasco de Quiroga, der, angeregt von Thomas Morus' goldenem kleinen Büchlein, das er in seinem Arbeitszimmer vor sich liegen hat, in ganz Michoacán Klosterhospitäler gegründet hat. Don Vasco zufolge hat Thomas Morus in seiner Phantasie und mit seiner Vernunft in dem fernen London geordnet, was die Indianer selbst nicht erfassen können, weil ihnen die letzte, entscheidende Einsicht fehlt:

hinsichtlich der Eigenschaft der Städte
hinsichtlich der Obrigkeiten
hinsichtlich Arbeit und Zerstreuung
hinsichtlich der Beziehungen untereinander
hinsichtlich Reisen und anderer Themen
hinsichtlich Sklaven, Krankheit, Ehe und verschiedener anderer Dinge
hinsichtlich des Kriegswesens
sowie *hinsichtlich* der religiösen Anschauungen.

Dies stammt alles aus Thomas Morus' eigenem Inhaltsverzeichnis, unterstreicht Don Vasco, und was das Neue Testament im Verhältnis zum Alten Testament ist, das wird *Utopia* im Verhältnis zu der Geschichte der Taraskenindianer mit ihrem Reichtum an flüchtigen, oft unverständlichen Erzählungen von Göttern und Kolibris sein. Wo die Tarasken früher planlos umhertrieben, unmäßig lange plauderten, fischten, ohne sich darum zu kümmern, ob sie überhaupt etwas fingen, und von morgens bis abends in Aberglauben befangen waren, wünscht Don Vasco, daß sie nun ein wohlgeordnetes Leben führen sollen, und sein Traum ist, daß eines Tages in Michoacán ebensoviele Städte um seine *pueblo*-Hospitäler liegen sollen wie in Utopia, nämlich vierundfünfzig. Keine der Städte darf sich über die anderen erhaben fühlen, und die Umgebung jeder Stadt soll praktischerweise so beschaffen sein, daß um keine von ihnen weniger als zwanzig Quadratmeilen Land ist. Die Städte sollen in großem Abstand voneinander liegen und ihre Bewohner sich mehr als Bebauer des Landes fühlen denn als seine Herren.

Die Gruppe der Landwirte soll dauernd ausgewechselt werden, und Don Vasco sieht es gerne, daß eine große Anzahl Federvieh gezüchtet wird, und zwar in der sonderbaren Weise, wie sie von Thomas Morus beschrieben wird: die Henne soll nicht selbst auf den Eiern sitzen, sondern durch das Halten einer bestimmten, gleichmäßigen Temperatur werden die Küken ausgebrütet, die, sobald sie aus dem Ei gekommen sind, nicht den Hennen, sondern den Frauen und Männern folgen. Von je dreißig Haushalten oder Höfen soll jedes Jahr ein Anführer gewählt werden, wenn er auch nicht gerade wie bei Morus den unerklärlichen Titel »Syphrogant« tragen soll. Hier ist der Meister ein bißchen albern gewesen, findet Don Vasco. Die »Syphroganten« – vielleicht zweihundert insgesamt wie bei Morus – sollen einen Fürsten wählen, indem sie zuerst einen Eid ablegen, denjenigen zu wählen, der am tüchtigsten und am besten geeignet ist. Zeigt es sich, daß dieser Anführer von königlichem taraskischem Geschlecht ist, um so besser. Die Landwirtschaft soll ein Beruf sein, den alle gemeinsam lernen sollen, Frauen wie Männer, und die Tarasken sollen wie die Utopier, ihre aufgeklärten Verwandten, in besonderen Schulen ausgebildet werden. Neben der Landwirtschaft sollen alle ein oder zwei Fächer lernen, so daß jeder Taraske auch ein Fachmann werden kann. Niemand soll ohne Arbeit sein, alles ist in Allgemeinbesitz, alle sollen ihre Tätigkeit mit größtmöglicher Sorgfalt verrichten. Die Tage sollen so eingeteilt werden, daß die Tarasken am Morgen drei Stunden arbeiten können. Danach sollen sie zu Mittag essen, danach zwei Stunden ruhen, danach weitere drei Stunden arbeiten, worauf sie zu Abend essen. Um acht Uhr am Abend sollen alle in dem wiedergeborenen Michoacán zu Bett gehen und acht Stunden schlafen, bis zum ersten Hahnenschrei. Vasco de Quiroga – *el padre de los indios* – hofft, daß so die Indianer in ihren Kommunen dem anwachsenden Druck der hastig ernannten neuspanischen Adligen widerstehen können, die voller Wut dieses »Experiment« betrachten, das in der Geschichte nicht seinesgleichen hat, und *das* in einem Land, das sie mit ihrem Blut für die spanische Krone erobert haben. Zweifellos sind als nächstes wohl geweihte Friedhöfe vorgesehen, wo die Spanier allergnädigst die Erlaubnis erhalten, Seite an Seite mit den Eingeborenen zu ruhen.

Die Schimpfworte der Spanier für die Indianer kennen keine Grenzen – *desnudos, infieles, gandules, borrados, rayado*s –, und oft senden sie Expeditionen in die Berge hinauf, um die flüchtigen Tarasken einzufangen, die in Grotten leben und Erde essen und sich betrinken und sich schwindelig rauchen mit Tabak, der den Teufel erscheinen läßt. Man vermutet, sagen die Spanier, daß sie sich nicht einmal scheuen, ihre eigenen Kinder zu essen, wenn ihre unzähligen Frauen Kräuter der Perversion mit den Pflanzen der Bosheit zusammenbrauen. In seinem Bischofskontor in Pátzcuaro, der Nachbarstadt von Tzintzuntzan, muß Don Vasco mit seinen eichhörnchenfarbenen Augen, seinem aschgrauen Backenbart und mit den langen, sehnigen Fingern auf *Utopia* trommelnd den ganzen Tag lang zu den Klagen der mächtigen Grundbesitzer Stellung nehmen, weil auch die Minderbrüder in die Berge hinaufziehen, um die Tarasken zu überreden, in ein neues und würdiges Leben in der Gemeinschaft zurückzukehren, deren Regeln – *ordenanzas* – sie dazu erziehen sollen, gleichberechtigte Bürger in Thomas Morus' Reich zu sein.

Nicht alles geht so glatt, wie es im Buche steht, doch in dem Maße, wie es den Brüdern nach und nach gelingt, die Tarasken zur Rückkehr zu überreden, wird es schwieriger zu sagen, wo die Vision des goldenen Büchleins aufhört und die Wirklichkeit anfängt. Alles, was die Tarasken herstellen, kommt allen zugute. Jede Form von Luxus ist untersagt, und die Brüder können Tangaxoan Tzintzicha als das abschreckende Beispiel dafür ins Feld führen, wie ein mächtiger Mensch aufgrund übertriebener Prunksucht in seinen Untergang ging. Die Kleidung der Indianer ist jetzt weiß und ohne Muster, Zeichnungen oder andere unnötige Verzierungen. Alle essen zusammen im Gemeinschaftsraum der *pueblo*-Hospitäler. Die Kranken werden in zwei Gruppen geteilt, die mit ansteckenden Krankheiten und die ohne. Die sechs Stunden Arbeitszeit sind bereits eingeführt. Mit Ausnahme der Rektoren der Hospitäler sind alle Helfer Tarasken, und sie werden der Reihe nach gewählt. Alles geht in einem solchen Grad nach Thomas Morus' Kopf, daß Bruder Jacob voller Bewunderung ist, wenn er von seinen langen täglichen Wanderungen an den Ufern des Sees Pátzcuaro heimkehrt. Und als beispielhaft für die Hospitäler, die sich über Michoacán ausbreiten, heben die Brüder mit Stolz das Hospital Santa Fe hervor, das erste, das von Don Vasco im Land der Kolibris etwas nördlich von Tzintzuntzan errichtet wurde. Hier ist wahrhaftig Bruder Jacobs neues »wir«, und wenn es sein muß, ist er bereit, es mit Gewalt physisch zu verteidigen, denkt er eines Tages, als er wieder vom See zurückkehrt. Aber kaum daß er den Gedanken zu Ende denken kann, ertönen Rufe aus Tzintzuntzan, und drei Brüder kommen zum Klosterhospital gelaufen, um vor einer besonders bösartigen Bande der Grundbesitzer zu warnen, die auf der Jagd nach neuen Sklaven sind.

Es ist alles wie in Mecklenburg, als Bruder Jacob sich mit den Männern des Knabenbischofs Magnus schlägt. Blutnebel treiben hinter seinen Augen, die Erregung hämmert hinter seinen Schläfen, seine Arme schwellen vor Kraft, und als die Indianerjäger auf ihren Pferden erscheinen, stellt Bruder Jacob sich direkt vor das Kloster und weiß, daß niemand imstande sein wird, an ihm vorbeizukommen. Es ist ihm nicht klar, was in solchen Augenblicken mit ihm geschieht, und lehnt er sich zurück an die Mauer des Klosters, fürchtet er, daß sie unter dem Gewicht seiner Schultern umfallen könnte. Samson, bevor ihm das Haar geschoren wurde, Thor mit dem Hammer – die Kraft bekommt Bruder Jacob vom Feuer, und Stürme blasen aus seinem Mund, während alle Bosheit der Welt sich in schreckenerregenden Visionen vor ihm zeigt, die er, und koste es sein Leben, mit all der Kraft bekämpfen muß, die er vom Geschlecht seines Vaters geerbt hat, so will es Gott. Sein Vater ist bei ihm und dessen Vater, und während seine Vorväter alle wünschen, daß er nun seine entscheidende Schlacht schlagen soll, ist es die Mutter, die ihm mitten in dem Orkan in seinem Kopf mit der Stimme Santa Claras sanft zuflüstert, daß er, was er auch tut, das Richtige tut. Es ist richtig, flüstert sie, als er den ersten Reiter vom Pferd reißt und in den Rücken tritt, und es ist richtig, daß er dann mit Steinen nach dem zweiten Reiter wirft, der im Nacken getroffen wird und zu Boden fällt. Der dritte Reiter bäumt sich vor ihm auf, selbst das Pferd hat Angst vor ihm, und mit einem Schlag mit der Handkante trifft er den Reiter genau unterhalb der Kniescheibe, so daß sie abspringt und der Reiter, über dem Rücken des Pferdes baumelnd, um Gnade fleht. »Schlag ihn *ganz* tot«, brüllt der Vater ihm aus dem Inneren des Orkans zu. »Schone ihn«, flüstert die Mutter, und gerade als er den dritten Reiter vom Pferd zerren und auf ihm herumtrampeln will, hält er inne, und alles ist still. Die anderen Brüder sehen ihn sprachlos an. Indianer kommen aus der Stadt oder aus dem Kloster, und auch sie staunen stumm.

Bruder Jacobs Blick fällt auf einen Kolibri, der verzückt vor einer Blume an der Klostermauer schwirrt. Er geht zu ihm hinüber, und der Vogel fliegt nicht weg. Kurz danach geht er hinunter zum See und spürt, wie der Frieden über ihn kommt, während die Indianer ihm nachlaufen und ihn zu einer Kanufahrt hinaus zu einer der Inseln einladen, nach der er oft gespäht hat, aber nie darum bat, hinübergefahren zu werden. Zuerst wird er zu der großen, flachen Insel Xaracuaro mit ihren vielen Vögeln übergesetzt, aber er will sie nicht stören. Dann wird er zu der hohen und flachen Insel Pacanda gefahren, und mehr und mehr Kanus mit Tarasken folgen ihm, als seien sie überzeugt davon, daß er mit ihren Göttern im Bunde sei, die aus dem See nach ihm rufen. Endlich beschließt er, an der wichtigsten der Inseln, Janitzio, anzulegen, einem mächtigen Felsen, der aus dem Wasser aufragt, mit einem kleinen Fischerdorf, das sich an seine Flanke schmiegt, und er steigt zum Dorf hinauf und weiter bis zur Spitze und fällt auf die Knie und dankt Gott dafür, endlich nach Hause gekommen zu sein.

In den nächsten Tagen hat es den Anschein, als beginne Bruder Jacob plötzlich die Melodie in der Sprache der Tarasken zu verstehen, aber er muß sich weiterhin an das Spanische halten und Dolmetscher benutzen, nicht zuletzt, als er nach der Prügelei den Bescheid bekommt, daß er schneller als erwartet seine erste Messe unten am See abhalten und anschließend alle taufen soll, die gekommen sind, um ihn darüber predigen zu hören, wie die Engel erschaffen wurden und wie sie nach Michoacán gekommen sind, um die Tarasken gegen die unzähligen Dämonen zu beschützen. Bruder Jacob hat oft an die Millionen Indianer gedacht, die Toribio de Motolinia und die anderen ersten Brüder am Beginn ihres Wirkens taufen konnten, bevor sie ernsthaft dazu übergingen, die Indianer im Christentum zu unterrichten. Aber eine gewisse Ermattung hat sich überall in Neuspanien breitgemacht, als seien die Brüder müde und die Indianer zurückhaltender geworden, und der Widerstand der Conquistadoren und Grundbesitzer gegen diese Massentaufen ist immer noch stark. Nun kommen die Indianer von überall her, weil es das Gerücht gibt, daß Bruder Jacob sie taufen wird, sogar in Kanus vom See draußen kommen sie, und überall fliegen Enten und Reiher aus dem Schilf auf und erzählen, daß ständig neue Scharen zu der Stelle ziehen, wo Bruder Jacob auf einem flachen Stein seinen Altar errichtet hat. Es sind Hunderte, und die vielen Hunderte werden zu zwei-, vielleicht dreitausend, so daß seine Helfer in aller Eile ins Klosterhospital Santa Fe geschickt werden müssen, um mehr von den weißen Taufhemden zu holen, die die Taraskenfrauen genäht und gestapelt haben.

Bruder Jacob weiß, daß es unmöglich ist, alle zu taufen, und deshalb vereinfacht er das Taufritual nach den Anweisungen, die Bruder Toribio in seinen Schriften gegeben hat. Nur die nächsten, ausgewählten Tarasken sollen korrekt durch das Ritual geführt werden, während der Rest nur das Taufwasser empfangen soll. Dennoch dauert die Massentaufe fast den ganzen Tag. Zuerst haucht Bruder Jacob die Auserwählten dreimal an mit den Worten: »Verlasse ihn oder sie, unreiner Geist, und mache Platz für den Tröster, den Heiligen Geist.« Danach gibt er ihnen das Zeichen des Kreuzes auf die Stirn und die Brust: »Nimm das Zeichen des Kreuzes auf deiner Stirn wie in deinem Herzen entgegen. Nimm den Glauben an die Himmlische Offenbarung entgegen, und laß deinen Lebenswandel so sein, daß du von nun an ein Tempel Gottes sein kannst.« Danach segnet er die Auserwählten und legt geweihtes Salz auf ihre Zunge und sagt: »Empfange das Salz der Wahrheit. Es soll dich bewahren bis zum ewigen Leben.« Nach dem Gebet und der Beschwörung des bösen Geistes segnet Bruder Jacob aufs neue die Auserwählten und berührt mit einem Finger, den er in seinen eigenen Speichel in seiner rechten hohlen Hand getaucht hat, die Ohren und das rechte und linke Nasenloch der Auserwählten: »*Effeta*, öffne dich!« Nachdem er mit dem Katechumenöl das Kreuzzeichen auf ihrem Rücken genau zwischen den Schulterblättern gemacht hat, kann er endlich all die vielen taufen, die gekommen sind, und ihnen ihr weißes Hemd überreichen als Symbol des himmlischen Hochzeitskleids der Seele. Und alle bekommen eine brennende Kerze in die Hand.

Während die Sonne untergeht, sieht man überall in Tzintzuntzan die Talglichter, und einige der Getauften suchen ihre alten Götterbilder im Garten oder einer geheimen Öffnung in einer Mauer hervor und schlagen sie in Stücke. Müde wandert Bruder Jacob zum Klosterhospital, vor dem einzelne junge Olivenbäume stehen. Er träumt davon, daß sie einmal zu einem ganzen Hain werden, dessen heilende Kräfte berühmt sein können bis nach Mexiko-Stadt. Wenige Schritte hinter ihm folgt ein junger Taraske, der von den Seinen besonders ehrerbietig gegrüßt wird. Einige werfen sich sogar vor seine Füße, so daß er ihre Lichter aufheben und neu anzünden muß, so große Zärtlichkeit nährt er für die kleinen Flammen. Dann ergreift er Bruder Jacobs Kutte, und während sie sich zusammen auf eine

Bank setzen, stellt er sich vor als Caltzontzin, ein Sohn des hingerichteten Königs Tangaxoan Tzintzicha. Er ist bereits getauft auf den Namen Pablo, sagt er stolz, wird aber kurz darauf traurig, als er erzählt, wie sein Vater auf den Namen Francisco getauft wurde, um später vom weißen Gott so schändlich verraten zu werden. Nun bittet sein Sohn Bruder Jacob, wieder mit hinunter zum See zu gehen, wo überall Kanus mit Lichtern zu seiner, Bruder Jacobs, Ehre fahren.

»Nein«, sagt Bruder Jacob. »Sie dürfen nicht zu meiner Ehre sein, nur zu der unseres Erlösers.«

»Aber du bist unser Erlöser.«

»Nein, junger Don Pablo. Ich bin höchstens ein geringeres Übel. Eine runzelige Person. Was heißt das in eurer Sprache?«

»Erlöser, Bruder?«

»Nein, eine runzelige Person.«

»*Xurirangari*.«

Bruder Jacob ist gerührt über all die Lichter, die er draußen auf dem See sehen kann, und bald darauf werden sogar Feuer auf einigen Inseln angezündet. Aber er versucht, die Fassung zu bewahren, besonders, weil immer mehr Tarasken in ihren weißen Taufhemden sich um ihn sammeln und beginnen, vor Entzücken zu tanzen, während Frösche und Enten im Schilf zornige Laute über die Störung von sich geben.

»Xurirangari?«

»Ja?« sagt Bruder Jacob und wendet sich Pablo Caltzontzin zu.

»Das tat weh.«

»Ich weiß«, sagt Bruder Jacob leise und legt seine

eine Hand auf die Schulter des Königssohns. Lange Zeit sagen sie nichts. Dann flüstert Pablo Caltzontzin: »Jetzt tut es weniger weh, Xurirangari.« Und läuft davon.

In dieser Nacht kann Bruder Jacob im Kloster nicht schlafen. Er schlummert höchstens ein paar Stunden auf seiner Pritsche, während er sich selbst immer neue Tarasken taufen sieht, die mit ihren Lichtern in der Hand über ganz Michoacán dahinwandern und die gute Botschaft verkünden, daß Christus zu ihnen gekommen ist, so daß sie nie mehr zu Sklaven gemacht werden können. »Wir sind frei, wir sind frei«, hört er sie singen, doch die Männer der Grundbesitzer liegen überall im Hinterhalt und fangen sie und ketten sie in endlosen Ketten aneinander, so daß sie in den Kriegen gegen die Chichimeken im Norden eingesetzt oder in die Minen gebracht werden können, um erst gebrochen und alt wieder an die Oberfläche zu kommen, Skeletten ähnlicher als Menschen. Bruder Jacob erhebt sich, zündet ein Licht an und blättert in seinem geliehenen Exemplar der *Relación de Michoacán* und in Bruder Maturinos Entwurf zu einem spanisch-taraskischen Wörterbuch. Wo steht das Wort »Sünde«? Wie sagen: »Das Böse, das wir nicht wollen, aber tun. Das Gute, das wir wollen, aber nicht tun?« Bruder Jacob gibt es auf, aber statt dessen fällt ihm auf, wie viele Wörter auf taraskisch mit X anfangen. Spalte auf Spalte, während der Buchstabe im Dänischen kaum existiert. *Xamas. Xamaqui. Xamangani. Xas. Xarruxarumeni. Xanchaxanchaquareni* . . .

Monatelang sieht man Bruder Jacob zusammen mit Don Pablo Caltzontzin, und es sind mehr und mehr Geschichten über ihn im Umlauf, über die er lächeln muß, wenn Don Pablo sie ihm mit glühenden Augen erzählt. Bruder Jacob braucht keinen Schlaf, sagen sie. Er spricht die Sprache der Enten und kann Reiher vom Himmel herabwinken. Draußen auf den Inseln gehen Lichter auf, wenn seine Gedanken über den See hinwandern. Don Pablo wagt kaum, es laut zu sagen, aber es ist sein Traum, eines Tages ein Priester mit den gleichen Fähigkeiten zu werden wie Bruder Jacob. Den Wunsch, geweiht zu werden, bekam er, als er getauft wurde, aber nach der Hinrichtung seines Vaters verging er wieder. Nun brennt er wieder in seiner Brust, und wenn Bruder Jacob ihn unterrichten will, werden sie zusammen überall in Michoacán Kirchen bauen können, wie die Kirche in Zacapu in der Nähe von Querecuaro, das Don Pablo oft besucht, weil die Bewohner dort eine seltsame Geschichte darüber erzählen, wie Bruder Jacob sie kurz nach der Massentaufe im Handumdrehen gebaut hatte. »Wahr?« fragt Don Pablo, während Bruder Jacob nicht weiß, was er zu dieser Sicht seiner selbst sagen soll. Doch, er kam wirklich in die Bergstadt Querecuaro, wo viele Indianer wohnten. Doch, er rief die Einwohner der Stadt und ihrer Umgebung zusammen, hielt ihnen eine eindringliche Predigt und stellte dar, wie gut es sein würde, eine Kirche zu bauen, wo alle sich sammeln könnten, um Messen zu hören und die Sakramente zu empfangen und Andacht zum Schöpfer des Himmels und der Erde zu halten. Alle lauschten ihm, waren begeistert und begaben sich mit ihm zusammen mit Werkzeugen auf den Weg, um den Platz zu ebnen, der sich als am besten geeignet erwies. Als sie alle von der Bergkette Cheran herabstiegen, ließ er sie übernachten. Aber einige hielten sich die ganze Nacht wach, um dem Diener Gottes nachzuspionieren, denn sie hielten ihn für einen Zauberer, der Dinge tat, die unmöglich waren, vielleicht war er ein Besessener. Da stand Bruder Jacob mitten in der Nacht auf, kniete nieder, erhob seine Hände zum Himmel und begann sein Gebet, und alle, die ihm nachspionierten, sahen, wie er in Entrückung in die Luft erhoben wurde, und sie wurden von großer Furcht erfüllt und fielen in Schlaf bis zum nächsten Morgen. Aber kaum war es Morgen geworden, als Bruder Jacob sie alle zusammenrief und sagte, es sei Gottes Wille, daß hier die Kirche gebaut werde. Und sofort begannen alle, Bäume zu fällen und die Kirche und das Kloster in Zacapu zu bauen.

»Wahr, Vater?«

»Ja, wenn sie mich so gesehen haben«, antwortet Bruder Jacob und erinnert sich, wie er in jener Nacht mit einem gewaltigen Zweifel erwacht war, ob Michoacán nun wirklich Raphael Hythlodeus zu seiner Erzählung über Utopia inspiriert haben könnte. Vielleicht war es ein bestimmter Geschmack von Salz in der Luft, vielleicht ein Sonnenuntergang, der den ersten Zweifel säte, weil er seit seiner Zeit in Paris Utopia nie mit Gerüchen und Farben verbunden hatte. Nachdem er die Einwohner von Querecuaro zu dem Platz hinuntergeführt hatte, wo die Kirche gebaut wurde, kam es ihm vor, als erzähle jeder einzelne Nadelbaum eine ganz andere Geschichte, als sie der brennende Phantast erzählt hatte, erzähle von einem anderen Sonnengott als dem namenlosen, den einige wenige in Utopia verehren, während gleichzeitig eine andere Minderheit den ebenso namenlosen Mondgott und wieder andere die namenlosen Planeten verehren, während »die meisten und klügsten« dies alles von sich weisen, weil sie glauben, daß es eine göttliche Macht gibt, die überall in der ganzen Welt aufgrund ihrer Kraft und Tugend gegenwärtig ist. Kraft, das ist verständlich, denkt Bruder Jacob, aber »Tugend«? Wo steht das Wort in Bruder Maturinos Papieren? Danach wächst Bruder Jacobs Zweifel, und besonders zu den Kolloquien in Pátzcuaro, zu denen Don Vasco die Brüder aus ganz Michoacán einlädt, um unter freiem Himmel zu verhandeln, ob sich nun auch alles zum besten nach Morus' Buch gestaltet.

Bruder Jacob konstatiert, daß Don Vasco insgeheim selbst im Zweifel sein muß über die Richtigkeit des goldenen Büchleins, weil er ohne weiteres seinen Bischofssitz von Tzintzuntzan fortverlegen ließ, da es nicht möglich ist, dort größere Mengen Trinkwasser zu gewinnen, und die Stadt unglücklich zwischen dem See und den Bergen eingeklemmt liegt. Ohne weiteres beschloß er, daß der Flecken Pátzcuaro die neue kirchliche Hauptstadt sein solle, und legte großes Gewicht darauf, daß Morus ausdrücklich geschrieben habe, alle Städte in Utopia seien gleichwertig, und es war den Brüdern und den bekehrten Tarasken ein zusätzlicher Dorn im Auge, daß er die Orgel und die Glocken der Kirche und das natürliche Recht Tzintzuntzans, als alte Königsstadt die Bezeichnung Ciudad de Michoacán zu tragen, mitnahm. Und damit nicht genug. Don Vasco zwang auch viele Indianer, ihm zu folgen, damit Pátzcuaro mit seinen lediglich zehn oder zwölf Häusern bald beeindruckend würde, vielleicht mit Mexiko-Stadt konkurrieren könnte. Selbst die Glocken sollen gegen diesen Umzug protestiert haben. Mitten auf dem Weg sollen sie aus Sehnsucht nach ihrem früheren Turm geläutet haben, und es sollen viele Wochen vergangen sein, bevor sie sich wieder bereitfanden, über Pátzcuaro, Ciudad de Michoacán, zu läuten. Aber zu keinem Zeitpunkt ließ der Bischof sich von den vielen Protesten bewegen, und er tut weiterhin alles dafür, daß sein neuer Sitz so viele Brüder wie möglich zu tagelangen Gesprächen über Übereinstimmungen und Unterschiede zwischen dem Reich der Tarasken und dem der Utopier beherbergen kann. Besonders drehen sich die Gespräche um die Religionen im Buch und in der Wirklichkeit, und Don Vasco hat sämtliche Punkte des Buchs auf die Tagesordnung gesetzt.

Hinsichtlich Utopias Gott Mithra, des Gottes der vernünftigen Mehrzahl. Kann sicher nur eine Erhöhung des primitiven Sonnengottes der Tarasken, Vater Huriata, sein. Sind die Brüder einig?

Hinsichtlich Utopias Kirchen, die keine Bilder irgendeiner Art haben. Hier hat Thomas Morus und nach ihm Erasmus den Weg zu einem »gereiften« Michoacán gewiesen, wo in erster Linie die Schrift die Erlösung der Tarasken sichern soll. Aber Christus am Kreuz und Maria auf ihrem Himmelsthron sind unentbehrlich. Sind die Brüder einig?

Hinsichtlich des Kirchenbesuchs sollten die jetzt monogamen Tarasken sich wie die Utopier setzen, die Männer auf der rechten, die Frauen auf der linken Seite, und alle männlichen Familienmitglieder sollten vor dem Hausvater und alle weiblichen vor der Hausmutter sitzen. Sind die Brüder einig?

Hinsichtlich Opfern sollen die Tarasken von den Utopiern lernen, damit sie keinen Gefallen an blutigen Schlachtopfern finden. Dagegen dürfen sie gerne wie die Utopier Weihrauch und wohlduftende Kräuter verbrennen, wenn sie nur nicht glauben, daß dies etwas Bedeutungsvolles für die göttliche Natur oder für das Gebet der Menschen ist. Ist man einig?

Hinsichtlich des Lebens nach dem Tod sollen die Tarasken von den Utopiern lernen, die wissen, daß es nur mit Arbeit und guten Werken gewonnen werden kann. Einig?

Hinsichtlich der Sakramente hält Don Vasco inne und läßt seine Finger durch seinen aschgrauen Backenbart gleiten. Hier ist er noch zu keiner Klarheit gekommen.

»Aber alles steht deutlich bei Thomas Morus«, meldet sich Bruder Jacob. Es ist das erste Mal, daß er seine Stimme hören läßt, und alle Brüder blicken von ihm zu Don Vasco, der sichtlich überrascht ist über Bruder Jacobs Freimütigkeit. Bruder Jacob bittet darum, Don Vascos Exemplar des »Büchleins« leihen zu dürfen, und findet mit einem Glückstreffer genau die Stelle, die er vor Augen hatte, und liest vor, wie die Utopier die Sakramente entbehren mußten, die nur von den Priestern gespendet wurden. Aber steht da nicht auch, fragt Bruder Jacob und spürt, wie ihm das Blut in die Ohren steigt – steht da nicht, daß den Utopiern die Bedeutung der Sakramente bewußt ist? Und sich sehr nach ihnen sehnen?

Bruder Jacob hält inne, als er sieht, daß Don Vascos Gesichtsausdruck immer abweisender wird. Aber er kann es nicht lassen, auch die nächsten Zeilen zu lesen, während Don Vascos Hand schon fest um das Buch greift und daran zieht: »Ja«, ertönt die Stimme Thomas Morus' durch Bruder Jacobs Mund, »sie überlegen ernsthaft, ob nicht einer der Ihrigen, wenn kein christlicher Bischof zu ihnen kommt, doch zum Priester geweiht werden könnte. Und sie waren sehr eifrig darum bemüht, einen zu wählen.«

»Damit soll es für heute genug sein«, unterbricht ihn Don Vasco, schnappt das Buch aus Bruder Jacobs Händen und klappt es zu, so daß es widerhallt in der einst so unansehnlichen Siedlung, wo jetzt weiße Mauern die Sonnenstrahlen reflektieren und die Luft flimmern lassen. Die anderen Brüder sehen Bruder Jacob auf eine Art an, daß er nicht weiß, ob sie seinen Beitrag billigen oder mißbilligen. Doch als sei Don Vasco sich klar darüber, daß die Mißstimmung zwischen ihm und Bruder Jacob sich nicht entfalten darf, schlägt er vor, daß das Gespräch hinsichtlich der Sakramente an einem anderen Tag wiederaufgenommen werden soll, und vielleicht wäre es keine schlechte Idee, Bruder Juan de Gaona, den Meister in Rhetorik, Philosophie und scholastischer Theologie hinzuzurufen, damit er berichten kann, wie weit man in Tlatelolco in den Überlegungen gekommen ist, wie viele der Sakramente über die der Taufe, der Ehe und der Buße hinaus die Indianer zu empfangen geeignet sind. Bernardino de Sahagún und Toribio de Motolinia sollen auch willkommen sein.

Und Bruder Jacob und Don Vasco gehen auseinander mit dem Gruß der Franziskaner »*Paz y bien*«.

Mit den Küken fängt es an. In den Klosterhospitälern von Michoacáns weigern sie sich, den Frauen zu folgen, wenn sie unter deren Bäuchen oder zwischen deren Schenkeln ausgebrütet worden sind, und sehen sie in der Ferne Hühner, rennen sie zu ihnen hin. Als nächste zeigen die Kolibris ihre Unzufriedenheit. In Schwärmen steigen sie zum Himmel auf und bleiben wochenlang weg, als gebe es keine Süße mehr aus den Blumen zu saugen. Und bald verlautet es, daß die Tarasken erst in dem einen, dann in dem anderen Klosterhospital sich weigern, unter der Aufsicht der Brüder zu arbeiten, ihre weißen Tauf- und Arbeitshemden abwerfen und in die Berge oder in die breiten Schilfgürtel um den See Pátzcuaro flüchten. In aller Heimlichkeit verheiraten sie sich mit bis zu vier, fünf Frauen auf einmal, und nun geht das Gerücht, daß sie auch angefangen haben, ihre alten Götter wieder anzubeten. Besonders in der Umgebung des Dorfes Uruapan am Fluß Cupatitzio soll es drunter und drüber gehen, nachdem die Einwohner, die auf den Feldern arbeiteten, entdeckten, daß der Fluß ausgetrocknet war. An dem Tag legten alle die Arbeit nieder und warteten darauf, daß das Wasser zurückkehren und das Flußbett wieder füllen würde. Drei Tage warteten sie vergebens, während die Sonne das Flußbett so trocken brannte, daß es aufbrach und der Staub fortwehte. Und plötzlich begannen alle Götter, die die Tarasken ins Wasser geworfen hatten, ihre Köpfe aus dem getrockneten Schlamm zu erheben, von Vater Huriata, der Mutter Cutzi, der Schöpfergöttin Cuerauaperi und dem Kriegsgott Curicaueri bis zu all den kleineren Göttern, vom Fischgott Caroen bis zur Wasserpflanzengöttin Nurite und dem Feuergott Chupi Tiripeme. Die Einwohner Uruapans machten sich auf, um den verlorenen Fluß zu suchen, doch sie konnten weder Wasser noch eine Spur des Flusses finden. Statt dessen kamen sie an einen Berg, den sie noch nie gesehen hatten.

Als die Dorfbewohner begannen, auf den seltsamen fremden Berg hinaufzuklettern, mußten sie aufgeben. Nichts Lebendes war auf dem Berg, nicht ein Baum, nicht einmal ein Busch oder Grashalme. Und dazu war der schwarze Berg so heiß, daß die Kletternden sich die Füße verbrannten. Die aufrührerischen Tarasken beschlossen, den Fuß des Berges zu umgehen, und sie bemerkten verwundert, daß der Wald ganz still war. Kein Tier wagte, sich dem neuen Berg zu nähern, der mehr und mehr Hitze ausstrahlte, je weiter der Tag voranschritt. Endlich fanden die Tarasken die Stelle, wo der Cupatitzio normalerweise entsprang, aber alles, was sie sahen, war ein Haufen Felsbrocken. Darunter konnten sie den Fluß tosen hören, aber nicht ein Tropfen Wasser kam zum Vorschein. Der Häuptling des Dorfes befahl den Tarasken, auf die Felsbrocken zu klettern, und von dort erblickten sie den Fluß, der versuchte, von seiner neuen Quelle nach Uruapan zu fließen, doch beim Anblick des schwarzen Berges verschwand er sogleich wieder unter den Steinen. Während alle sich über dieses Phänomen wunderten, erschien ein Hirsch, doch obwohl er durstig war, wagte er nicht zu trinken aus Furcht vor dem schwarzen Berg. Er zitterte am ganzen Körper und verschwand wieder in den Wald, während die Dorfbewohner um ihr Leben zu fürchten begannen und sich fragten, was sie falsch gemacht hatten, daß der schwarze Berg ihren Fluß verschlang. Ein alter Taraske trat vor und sagte, daß es die Götter seien, die den Berg zur Strafe verschluckt hatten, und als die Einwohner nach Uruapan zurückkamen, hielten sie eine lange Versammlung ab und einigten sich, die alten Götter aus dem ausgetrockneten Flußbett wieder im Dorf aufzustellen und ihnen zu opfern. Und sie begannen, Opfertiere aus den Wäldern zu fangen.

Mehr und mehr Tarasken schlossen sich den aufrührerischen Einwohnern von Uruapan an, und unter ihnen – heißt es in Tzintzuntzan und Pátzcuaro – soll auch Don Pablo Caltzontzin gewesen sein, weshalb Bruder Jacob losgeschickt wurde, um ihn zu überreden, nicht in das alte Heidentum zurückzufallen. Mit Tangaxoan Tzintzichas Sohn als Anführer wird sich bald ganz Michoacán im Protest erheben gegen den Versuch der Brüder, sie vor den Grundbesitzern zu retten, die nur darauf warten, daß der Aufruhr auflodert, so daß sie ihn niederschlagen und über die seraphischen Brüder triumphieren können, die so einfältig sind zu glauben, daß die Indianer etwas anderes als wilde Tiere sind. Nachdem er Gott um Kraft gebeten hat, macht Bruder Jacob sich auf den Weg, und nachdem er gewandert und gewandert ist ohne einen Gedanken an Tag oder Nacht, sieht er in der Ferne etwas, das der schwarze Berg sein kann. Überall zwischen den Kiefern tauchen Tarasken in ihren alten Kriegstrachten auf und gehen auf Uruapan zu, und in ihrer Begleitung gelangt Bruder Jacob ans Ziel, obwohl keiner von ihnen ihn beachtet. Kurz vor Uruapan kommt Don Pablo ihm entgegen. Auch er ist in Kriegstracht. Und bewaffnet.

»Nun ist die Zeit gekommen, Vater Xurirangari«, sagt er mit dunkler Stimme. Es ist Bruder Jacob nicht möglich, seinen Blick zu fangen.

Bruder Jacob weiß nicht, was er sagen soll, und alle in der Stadt begeben sich zur Ruhe, um auf die frühe Morgensonne zu warten, damit sie Curicaueri die gefangenen Tiere opfern können. Als Bruder Jacob erwacht, kommt Don Pablo mit Wasser und Brot und erzählt stolz, daß er nicht geschlafen, sondern die ganze Nacht mit dem schwarzen Berg und den Felsbrocken gesprochen hat. Mitten in Uruapan ist das Altarfeuer zur Ehre des Kriegsgottes entzündet, und die Opfermesser liegen bereit. Doch gerade als das erste Tier geschlachtet werden soll, tritt zu Bruder Jacobs großer Erleichterung der besonders fromme Apostel Bruder Juan de San Miguel aus einer Hütte. Er war mitten in der Nacht nach Uruapan zurückgekehrt und hatte geahnt, daß etwas nicht stimmte, aber dieser Anblick ist schlimmer als alles, was er im Verlauf der Nachtstunden befürchtet hat, in denen er sich wach hielt, um für die Erlösung der Bewohner zu beten.

Uruapans Häuptling erklärt ihm, was geschehen ist. Bruder Juan, der Bruder Jacob darauf erklärt, daß er alle Dorfbewohner getauft hat, läßt mit seiner Antwort nicht lange auf sich warten. Rasch führt er die Bewohner zurück zu dem schwarzen Berg und sagt: »Aber könnt ihr denn nicht sehen, daß dies ein falscher Berg ist? Er ist im Pakt mit dem Tod, weil nichts auf seinen heißen, schwarzen Hängen wächst. Dieser Berg ist der Teufel persönlich. Aber unserem Gott kann er nicht widerstehen.«

Und Bruder Juan hebt die Hand und ruft dreimal: »Hinweg mit dir, Teufel, in Gottes Namen!«

Nach seinem dritten Ausruf beginnt der schwarze Berg zu beben und zu sinken. Die Felsbrocken rollen auseinander, und mit donnerndem Getöse schießt eine Rauchwolke aus dem Loch auf, wo der schwarze Berg sich vorher befand. Und aus dem Inneren der Erde bricht der Cupatitzio hervor, füllt das Loch auf und fließt hinunter in sein früheres Bett, während alle Einwohner Uruapans vor Freude jubeln.

Und mehr noch – wo er auf die Felsbrocken stößt, teilt der Fluß sich in zwei.

»Hast du gesehen, was ich gesehen habe, Vater Jacob?«

»Hast du gehört, was ich gehört habe?«

»Hast du gefühlt, was ich gefühlt habe?«

»Ja, Don Pablo.«

Zurück in Tzintzuntzan ist Don Pablo mehr denn je

entschlossen, zum Priester geweiht zu werden. Bruder Jacob erklärt ihm, daß er dann zuerst vier Jahre Unterricht in Don Vasco de Quirogas neuem Kollegium für anständige junge Männer durchlaufen muß. Am Tag darauf empfängt der Bischof die beiden in Pátzcuaro. Bruder Jacob erzählt alles, was geschehen ist, und er legt ein gutes Wort für Don Pablo ein. Don Vasco hört und hört dennoch nicht. Dann nimmt der Bischof von Utopia »das Büchlein«, blättert darin und fragt laut, was Thomas Morus wohl zu Vulkanausbrüchen und anderen störenden Naturkatastrophen sagen könnte.

Die Sakramente in Tarecuato

»Waren wir, wie sie sagen, nie Kinder, Brüder?«

Es ist einer jener Morgen im Klostergarten von Tzintzuntzan, wo den Brüdern klar ist, daß Bruder Jacob wieder Lust hat, aus seinem Leben zu erzählen und nicht nur müde auf Antwort auf seine sieben unmöglichen Fragen wartet. Es ist, als habe er seine ganze Stärke zurückgewonnen zwischen den Olivenbäumen, die er selbst so tatkräftig mitgepflanzt hat, als wage er wieder, »ich« zu sagen, wo er doch das »wir« vorzieht, mit kleinen Bemerkungen der Art, daß seine persönliche Geschichte nun wirklich niemanden interessieren kann. Bruder Jacob erhebt sich von der Steinbank und geht ein wenig im Klostergarten auf und ab, während er zum Himmel hinaufspäht, in Richtung Tarecuato. Dann setzt er sich wieder und sagt plötzlich: »Nie war ich so glücklich.«

»Wie als du Kind warst, Bruder?«

»Pah! Nein, ich denke an meine ersten Jahre in den Bergen, nachdem ich Don Pablo Caltzontzin in eurer Obhut zurückgelassen hatte. Wurde er schließlich zum Priester geweiht, Brüder?«

»Ja, aber von unserem neuen Bischof.«

»Don Antonio Morales. Ein Name, der verpflichtet! Aber auch er kann wohl nichts gegen die Beschlüsse der Konzile von Lima und Mexiko machen. Ich nehme an, es war ein Irrtum, daß Don Pablo zum Priester geweiht wurde... mit wieviel Jahren Verspätung? Zwanzig?«

»Erzähl von deinem Glück! Wir haben dich ja von dem fürchterlichen Norden erzählen hören und von deiner Wanderung nach Santiago de Compostela, als du zu zwei Personen wurdest.«

»Mindestens drei. Ihr vergeßt Bruder Bojac.«

»Aber Bruder Jacob! Nun *der* schon wieder!«

»Vielleicht der spaßigste von uns.«

»Erzähl etwas anderes. Etwas zur Aufmunterung.«

»Aber ich habe euch von meiner Jugend in Paris erzählt, Brüder.«

»Nur bis zu Juan de San Miguel, der wie bekannt das meiste für sich behielt. Erzähl nun von deinem Glück in Tarecuato.«

»Ich...« Ich fühlte es von dem ersten Morgen an, als ich in den Bergen erwachte. Aber es war schwer für mich, den Indianern in Zacapu Lebewohl zu sagen. Dorthin war ich geschickt worden, um draußen im Felde die Sprache der Tarasken gründlich zu lernen und damit das Verdienst zu erwerben, von ihnen Vater genannt zu werden. Ich glaubte, ich gehörte dem Kloster Santa Ana an, das ich ja selbst gegründet hatte, doch es war Gottes Wille, daß das Kloster Santa Maria de Jesus de Tarecuato auch das meinige werden sollte. Und am Anfang meins ganz alleine. Weinend hatten die Indianer aus Zacapu mich fast den ganzen Weg begleitet, aber das letzte steile Stück hinauf ging ich alleine. Es wehte kräftiger Wind, wahrlich einer von jenen Tagen, an denen Himmel und Erde dort oben zu einem rauschenden Dunkel aus braunem Staub werden. Niemand bekam mich zu Gesicht, da alle Bewohner sich in ihren Hütten verkrochen hatten, und ich fühlte die bedrohliche Stimmung überall. Tarecuato stand ja in dem Ruf, von einigen der kriegerischsten Tarasken bewohnt zu werden, die in heidnischer Zeit unaufhörlich gegen die aus Teocuitlatan und Zacualco und andere Dörfer in Jalisco gekämpft hatten, und wenn sie siegreich nach Hause zurückkehrten, brachten sie dem König von Michoacán Gefangene, von denen er sie fünf behalten ließ, die sie aufschnitten, um ihr Herz und ihr Blut dem Teufel opfern zu können, den sie auf einen Stein gemalt hatten. Natürlich war es Bruder Juan de San Miguel, der einen Bruder Bernaldo dorthin beordert hatte, ein Kloster zu gründen, gelungen, diesen gräßlichen Brauch auszurotten, doch selbst er zog vor meiner Ankunft andere und friedlichere Dörfer vor, besonders sein geliebtes Uruapan. Ich blieb in dem wirbelnden Staub stehen, die Kapuze tief über die Augen herabgezogen, braun in all dem Braunen, bis schließlich Schwester Mond oder Nana Cutzi hinter den Wolken zum Vorschein kam. Dann ging ich in Bruder Bernaldos Grundriß eines Klosterhospitals, um mit meinem Hut und Wanderstab als Kopfkissen zu übernachten. Ich fand meine Ecke und wollte mich gerade niederlegen, als ich einen seltsamen Gesang vernahm. Der Vollmond – Cutzi-huiripen, wie er ja heißt, wenn er voll erstrahlt – rief bald alle Bewohner aus ihren Häusern, so daß sie mit merkwürdig freundlichen Mienen die Nadelbäume und die Birken von der schönen Huanita singen hören konnten. »Und den Gesang hörtest *du* auch, o ekstatischer Bruder Jacob? Und schon in der ersten Nacht?« fragt ihr, und ich kann nur antworten, ja.

Bruder Juan meinte auch, ihn gehört zu haben, als er als der erste nach Tarecuato kam, aber er hatte ihm keine weitere Beachtung geschenkt. Später hat er mir anvertraut, daß er, wenn er besser zugehört hätte, vielleicht geblieben wäre und somit nicht mir überlassen hätte, das Klosterhospital von Grund auf umzubauen. »Aber wer war Huanita? Wo du nun so gern gerade von ihr reden willst«, sagt ihr. Sie war Tochter der Wälder und der Erdgöttin Cuerauaperis Günstling. Sie war schöner als jede Blume, und ihr langes, seidiges Haar, das über ihre Schultern herabwallte, hatte einen schöneren Duft als der, den der Ocote-Baum verströmt. Der Königssohn Tangaxoan, nicht der, der auf so schreckliche Weise von Guzmán hingerichtet wurde, sondern ein früherer Königssohn, vielleicht aus dem vorigen Jahrhundert, liebte Huanita. Besonders die Farbe ihrer Haut, die jener reifer Oliven glich, zog ihn an. Ihre Augen paßten zu ihrer Haut, und wenn sie zornig war, wurden sie zu Flammen. War sie aber ruhig, wurden sie zu weichen Schatten wie die Schattenblumen, die sich auf dem Boden des Waldes verstekken. Es war, als formten ihre obersten Haare sich zu einer leuchtenden Krone, aber sie war immer wachsam wie ein wildes Tier, das nicht wußte, wie man sich bei der Begegnung mit einem taraskischen Königssohn verhält. Die Frau des Waldes hatte keine Ahnung, wie sie die Fäden für Tangaxoans Gewand weben sollte, weil die Wälder ihr Zuhause gewesen waren, seit die Priester der Tarasken sie dazu verurteilt hatten, im Tempel der Götter verbrannt zu werden. Unter allen Jungfrauen der Tarasken war sie ausgewählt worden, Huriat-pari zu sein, die, die das Banner des Sonnengottes vor ihrem Stamm herträgt, und deshalb war es ihr verboten zu heiraten. Jungfrau sollte sie bleiben.

Aber Tangaxoan wagte es, den Zorn der Götter herauszufordern, und eines Tages, als Huanita durch den Wald lief, folgte er ihr, und als sie sich begegneten, sagte er zu ihr, sie sei wie der heilige Kolibri, der einen Augenblick da ist und dann plötzlich fort. Sie verliebten sich mehr und mehr in einander, während die Götter zornig wurden, aber da sie allein im Wald lebten, glaubten sie, keiner könne sie sehen. Doch vergaßen sie den bösen Priester Candó, der alles wußte, und eines Tages, als Tangaxoan zusammen mit seinem Vater in den Krieg zog, um Pátzcuaro zu verteidigen, entführte der böse Priester Huanita. Er war so böse, daß er ganz aufgehört hatte, den richtigen Göttern der Tarasken zu dienen, statt dessen brachte er heimlich dem falschen Gott Cuenomen Rauchopfer dar. Der Priester führte Huanita durch Carapan, und sie kamen nach Tangancicuaro, wo die drei Quellen aus der Erde sprudelten. Nach vielen Sonnen sandte Tangaxoan seine Vertrauten aus, um Huanita zu suchen. Nirgendwo konnte man sie finden, und nicht einmal ein Rauchopfer für Cuerauaperi half, da auch sie den beiden zürnte. Doch eines Morgens bekam Huanita die Erlaubnis, eine Weile allein fortzugehen, und bei den drei Quellen flehte sie Cuerauaperi an, Tangaxoan zurückzubekommen. Sie weinte so sehr, daß ihre Tränen zu Perlen wurden, und ihr sehnsüchtiges Seufzen stieg zwischen den Kronen der Bäume auf und verwandelte sich zu einem Wiegenlied für die Wälder. Plötzlich spürte Huanita jemanden hinter sich, und als sie sich umwandte, sah sie den bösen Priester ganz in der Nähe. Seine Augenbrauen waren dick und schwarz geworden, und seine Augen leuchteten wild. Huanita lief, so schnell sie konnte, direkt auf ihn zu, um ihn zu Boden zu werfen, doch sie war es, die fiel, da Candó weitaus stärker war. Er öffnete seinen Mantel und wollte über sie fallen, als ihn ein Pfeil traf und durch ihn hindurch ging und in einem Baum steckenblieb, aus dem im selben Augenblick warmes und blaues Wasser sprudelte.

Das blaue Wasser. Die zwei Liebenden, die sich wiederfanden. Die Götter, die besänftigt wurden. Der böse Priester, der tot war, und sein falscher Gott, der fliehen mußte. Und Huanitas Wiegenlied, das noch immer bei Vollmond erklingt, all dies hörte ich, als ich am nächsten Morgen eingeladen wurde ins Haus des Don Juan von Tarecuato, des Häuptlings am Ort, der Gebieter über viele Frauen und Sklaven, zahlreiche Kostbarkeiten und ein großes, schönes Haus mit vielen kleineren Häusern darum herum. Don Juan hatte während des Vollmonds nicht weit von mir entfernt gestanden und gesehen, wie ich mit Wohlgefallen dem Gesang Huanitas lauschte, und während Tata Huriata oder unser Bruder Sonne am nächsten Tag sich von seiner freigebigsten Seite zeigte, wurde ich von Don Juan, der von Bruder Juan getauft worden war und seinen Namen angenommen hatte, fürstlich bewirtet.

Verzeiht, Brüder, aber es kommt vor, daß wir plötzlich einer weltlichen Mahlzeit bedürfen, Schweinebraten, der trieft von Fett, das auf den glühenden Holzstücken zischt, Fasanen, die mit dem Kopf nach unten gehangen haben, Ochsenlenden, frisch gebackenes Brot, alle erdenklichen süßen Desserts, Weintrauben zum Abschluß und alles hinuntergespült mit Fässern besten Burgunders oder Weißweins aus Trauben, die eine Ahnung von Überreife haben durften. Jetzt redet Bruder Bojac. Nichts von alledem bekam ich, aber die Hähnchen, die von Don Juans Sklaven serviert wurden, schmeckten, wie mir noch nie zuvor Hähnchen geschmeckt hatten, als wären sie nur mit Kernen von Blutapfelsinen, getrockneten Trauben und zerstampften Haselnüssen gefüttert worden. Sie waren in einer Soße aus Schokolade und Chili zubereitet, und alle meine Sinne erwachten während dieser Mahlzeit. Schweißtriefend vom Chili, den Gaumen ein wenig gekühlt von Bananen und Avocado und Zitronen, beschloß ich, alles über die Legenden der Tarasken in Erfahrung zu bringen, um sie möglichst in einem Buch zu sammeln, auf das Bruder Bernardino von Sahagún und Bruder Martín de Coruña stolz sein würden. Mein bescheidener Beitrag zu unserer Bibliothek über das wiedergefundene Atlantis.

Während wir einen guten Tabak rauchten, der mich in einen geradezu seligen Rausch versetzte, erzählte Don Juan, wie Mutter Erde oder Cuerauaperi geboren wurde, und ich dachte, welch ein Glück es war, daß ich nach Tarecuato gekommen war in meinem neunten Jahrsiebt, das dem der strengen Rechenschaft folgt.

Haben wir das hinter uns gebracht und nach den alten Schriften meditiert – was mich betrifft, kehre ich immer wieder zu Bonaventuras *Sieben Stufen* zurück – kommt das Jahrsiebt des Mondes, und wir können langsam etwas leichtsinniger auf das Ganze blicken. Manche gehen so weit, von einem Jahrsiebt zu sprechen, in dem wir albern sein dürfen. Es waren zwar nur noch vier, fünf Jahre von meinem neunten Jahrsiebt übrig, und die zwei ersten hatten nicht gerade im Zeichen des Leichtsinns gestanden, als ich in Spanien umherstreifte und mich fragte, ob alles sinnlos sei. »Aber der *Kaiser*?« sagt ihr, wenn ich nur Spanien nenne, und ich antworte: »Wartet bis zu einem anderen Tag, Brüder, und ich werde euch vielleicht von ihm erzählen.« »Aber sollen wir die Zeit damit verschwenden, dich von Mutter Erde erzählen zu hören?« – fahrt ihr fort, und ich antworte, daß unser seraphischer Vater diese Legende geliebt hätte. Geliebt hätte zu hören, wie Licht aus dem Dunkel kam, als Curicaueri, der Kriegsgott, der einzige, der in den ersten Zeiten da war, entdeckte, daß seine großen runden Augen weder das Dunkel durchdringen noch seine Unendlichkeit verstehen konnten. Deshalb – und Franz hätte gejubelt, dies zu hören – schuf Curicaueri vier Sphären aus Licht, die aus den vier Ecken des Weltraums strahlten. Große formlose Massen von Materie in der Tiefe des Weltalls wurden nun in Curicaueris Augen reflektiert, und aus den Massen oder Nebeln schuf er Huriata und nannte ihn Vater und erlegte ihm auf, über das Universum zu wachen. So schuf Tata Huriata alle Himmelskörper und hieß sie, den Himmel zu erleuchten, jeder auf seine Art.

Und Tag und Nacht waren geschaffen.

Durch seine goldene Maske lächelte Curicaueri, als er die Ordnung sah, die Tata Huriata ins Universum gebracht hatte. Und er wünschte Huriata zu belohnen. Er schuf die Mondgöttin Nana Cutzi und gabe sie Tata Huriata zur Frau. Aus ihren vereinten Körpern brachen drei Lichtstrahlen am Firmament hervor und formten drei Kreise um Nana Cutzis dunklen Körper. Und aus diesen drei Kreisen wurde Cuerauaperi oder Mutter Natur geschaffen, und Vater Sonne gab ihr als Taufgeschenk Schönheit und Weisheit.

Curicaueri hatte das Licht geschaffen. Cutzi und Huriata schufen nun die Harmonie.

Curicaueri hörte die Hymne, die die Himmelskörper anstimmten, während sie sich über den Himmel bewegten, und er wußte, daß sein Werk vollbracht war. Er zog sich zurück auf seinen Ruhesitz zwischen den vier Sphären, setzte sich nieder, legte die Beine über Kreuz und dachte lange. Von seinem Platz aus betrachtete er Cuerauaperi, und als er sah, wie schön sie war, sandte er aus seinen Augen vier Lichtstrahlen, um sie vor den Blicken der Welt zu schützen. Ein Strahl ruhte auf Cuerauaperis Stirn, ein anderer auf ihrem Herzen, ein dritter auf ihren Händen und ein vierter auf ihrem Mutterschoß. Huriatas Tochter fühlte sich schwanger, und weit in der Tiefe des Universums, ganz unten auf der Erde, gebar sie in einem fürchterlichen Sturm die Berge, die Meere, die Seen, die Bäume und die Blumen. Vater Huriata und Mutter Cutzi halfen ihrer Tochter bei der Geburt, und nachher wachten sie bei ihr, er am Tage, sie in der Nacht. Nachdem sie Curicaueris Strahlen empfangen hatte, war sie die ganze Zeit imstande, neu zu gebären, wann immer es sein sollte, und bald kam die Reihe an die Tiere der Erde. Dann gebar sie die Menschheit, der sie den Namen Porhépecha gab und das Geschenk der Weisheit überreichte. Die Weisheit der Menschen war so groß, daß sie sogleich begannen, die Erde zu bebauen und in alle Richtungen zu bevölkern, vor allem um die großen Seen in Michoacán. Die Menschen, auch die mutigen Krieger in den Bergen, schufen Kunst und Musik und verzaubernde Musikinstrumente wie die süß klingende *ocarina* und die tonreiche *quiringua*. Mit den gefärbten Federn der Vögel malten sie, und mit Steinen und Holz schufen sie ihre Häuser. Und sie bauten Altäre, wo sie den Göttern danken konnten. Da saß Curicaueri mit Augen und Ohren aus dem feinsten Gold, so daß er immer von den Leiden der Menschen hören und sie sehen konnte. Und ihnen helfen. Nur dieser erste Gott war imstande zu sehen, während Tata Huriata sich damit begnügte, vom Himmel zu strahlen, und zusammen mit Nana Cutzi in den Tempeln als drei ineinander ruhende Kreise in Erscheinung trat. Cuerauaperi wurde zu einer nackten Frau mit langem, zu einer Krone gesammelten Haar und mit unter den Brüsten ruhenden Händen und mit dem Mutterschoß, stets bereit, neu zu gebären. So sah ich sie in einer schönen Figur im Hause meines Wirts.

Nun war ich an der Reihe. Don Juan konnte sehen, wie entzückt ich war, diese Legende zu hören, und er fragte, ob ich nicht Legenden kannte von da, wo ich herkam, dem Land der weißen Männer weit jenseits der sieben großen Grotten im Norden, von wo die Tarasken seinerzeit ausgewandert waren. Ich überlegte. Odin und Thor, das paßte irgendwie nicht richtig. Als wollte ich nur mich selbst wiederholen mit Geschichten, die ich unter anderen Himmelsgegenden hierzulande erzählt hatte, Geschichten, von denen ich noch immer nicht weiß, ob ich mir etwas aus ihnen mache oder nicht. Auf jeden Fall konnten sie sich nicht messen mit dem, was ich gerade gehört hatte, weil im Norden nie Platz gewesen ist für die Sonne. Für die Weisheit Huriatas. Im gleichen Augenblick kleckerte ich etwas von dem köstlichen Gericht auf meine Kutte, und während ich den glühenden Chili in der warmen Schokolade abwischen wollte, wovon ich Unersättlicher nach dem Fruchtdessert wieder aß, spürte ich zwischen meinen Fingern den rauhen Stoff meiner verschlissenen Kutte, die vor langer Zeit von einem Paar armer Mönchshände gewebt worden war, und als das Natürlichste von der Welt erzählte ich von *Fratello e Poverello* und all den Legenden über ihn, die in *Fioretti* oder »Kleine Blumen« gesammelt sind. Und ich erzählte alle Legenden, die andere über ihn erzählten. Ein wenig beschämt darüber, mit dermaßen gefülltem Magen dort zu sitzen, doch mit einem Gefühl, daß Franz mir vergeben hätte, erzählte ich, wie unser seraphischer Vater den schrecklichen wilden Wolf bekehrte, wie er die Turteltauben befreite, und von Christus, der im Traum zu ihm kam und ihm das gewaltige Schloß mit Waffen zeigte, die nicht zum Töten gebraucht werden dürften, daß er aber, erzählte er ihm, als ein Streiter Christi erwachen solle. Ich erzählte von

Franz' früherem ausschweifenden Leben, daß er alles hatte und sicher auch Sklaven gehabt hätte, wenn es in Assisi üblich gewesen wäre, und wie er in die Grotte ging und dort lange blieb und herauskam und zur Sonne aufblickte und Bruder sagte und auf den Mond wartete und Schwester sagte. Von Franz auf dem Berg Alverna erzählte ich, als er durch ein Wunder die Quelle entspringen ließ. Alles erzählte ich, sogar von seinem Besuch weit dort draußen, wo die Sonne aufgeht und wo er bereit war, auf glühendem Eisen zu gehen, so daß der Sultan Melek-el-Kamel von Ehrfurcht vor ihm ergriffen wurde und ihm freies Geleit gewährte, sich in Jerusalem zu bewegen, um unserem Erlöser zu danken. Schließlich zitierte ich den *Sonnengesang*. Als ich fertig war, das Essen von seinen Frauen abgetragen war und wir nur einander gegenübersaßen, gesättigt an Leib und Seele, aber ohne einen Gedanken an eine Ruhe oder ein Spiel mit getrockneten Erbsen auf Teppichen, sagte Don Juan mit einem gewaltigen Fragezeichen im Gesicht:

»Aber war Franz Christ?«

»Ja, Don Juan. Franz war Christ. Und mehr als irgendein anderer«, antwortete ich.

»Davon hat Vater Juan nichts gesagt.«

»Was meinst du, Don Juan?«

»Bruder Sonne. Schwester Wald. Bruder Wind und Schwester Gras. Und Bruder Feuer. Die hat er nicht erwähnt.«

»Was erzählte er denn?«

»Er erzählte von dem einzigen wahren Gott und seinem eingeborenen Sohn, den er sandte, um unsere

Sünde zu sühnen. Ich habe euren Gott nie als etwas anderes sehen können als am Kreuz. Aber Maria kann ich vor mir sehen. Mutter Maria. Doch du erzählst etwas ganz anderes. Du sagst, daß Vater Huriata, den Vater Juan einen Teufel nannte, auch euer Bruder Sonne sein kann.«

»Ja.«

»Kann Mutter Cutzi eure Schwester Mond sein?«

»Ja.«

»Kann Curicaueri Bruder Feuer sein?«

»Ja.«

»Kann Mutter Cuerauaperi die gleiche sein wie Mutter Maria?«

»Das kann sie, Don Juan.«

»Darf ich dich etwas fragen, Vater Jacob?«

»Ja, frag nur.«

»Könnte Franz einer von unserem Volk sein? Ist es denkbar, daß er sich in dein Land verirrte, als er sich verlief damals, als wir unsere Wanderung von den sieben Grotten nach Norden begannen?«

»Ja, das ist denkbar, Don Juan, und sogar sehr wahrscheinlich.«

»Und Franz wurde Christ, wie du sagtest?«

»Ja.«

In den Wochen danach war ich täglich mit Don Juan zusammen. Wir wanderten durch das Pueblo und grüßten jedermann, wir bestiegen die Berge zusammen, er erzählte mehr, ich erzählte mehr, und bald folgten viele in unseren Fußspuren. »Nach der Mahlzeit begannst du, zu weit zu gehen, Bruder Jacob«, höre ich euch flüstern, und ich antworte: »Ja aber Franz war *Dichter*, Brüder, habt ihr das vergessen?« Sagt »Franz«, und alle in der Alten Welt und viele in unserer Neuen wissen, was der Name bedeutet, während nur wenige etwas über die Gründung der anderen Orden erzählen können. Wer in den Dörfern Europas oder in den Pueblos Neuspaniens kann auf Anhieb etwas über Dominikus oder Augustin sagen? Wer weiß, wer den Orden der Prämonstratenser begründet hat? Und wer ist dieser General Ignatius von Loyola, der Spanien auf den Kopf stellt und dem Vernehmen nach wünscht, seine Soldaten auch hier herüber zu senden, um uns zu überwachen, in unseren Schriften zu schnüffeln und sich überhaupt anzumaßen, viel besser als wir, die Kinder des Dichters, die Jünger des Poeten, zu wissen, wie die Indianer zu Christen gemacht werden sollen? Sagt »Franz«! Der Name ist Liebe. Ist Nachfolge Christi. Ist das Evangelium. Es war, als fühlte ich Franz jede Sekunde, als ich zusammen mit Don Juan in den Bergen umherwanderte und mit ihren Bäumen und Tieren und Blumen sprach. Neuumbrien nannte ich meine neue Domäne, und zum ersten Mal in seinem Leben verstand Don Juan, warum es böse war, ein Tier den Göttern zur Ehre zu opfern. Ich erzählte ihm, daß die Götter es viel besser fühlen würden zu wissen, daß auch sie von Gott geschaffen waren, weil sie Kinder der Schwester Phantasie waren. Ohne sie würden sie erstarren wie Masken oder Steinfiguren, geschmückt mit allen erdenklichen Edelsteinen und dem weißesten Gold, aufgestellt an den schönsten Stellen, doch böse, weil sie sich nicht frei zusammen mit den übrigen Kindern der Schwester Phantasie bewegen durften, den Waldtrollen, den Fabeltieren und den anderen Geistern der Zwischenwelt. Mit der Hilfe von Schwester Phantasie würden alle Götter und Geister der Bergtarasken in Tarecuato bleiben dürfen, erzählte ich Don Juan. So wünschte Franz es. Und Christus, der allein uns die Erlösung nach dem Tod geben kann.

Ich ging sogar so weit, daß ich dachte, ob man in der *Doktrin* Teile des Alten Testaments überspringen könne. Nicht die Schöpfung. Nicht Moses und die Zehn Gebote. Nicht Abraham und Isaac, Saul und David. Aber wenn ich vor allem die Kinder sah, dachte ich: »Können sie wirklich das riesige Alte Testament in sich aufnehmen, all diese Namen, all diese Orte aus einem Land, das nie ihres war?« Würde das nicht das gleiche sein, wie ihnen zuviel Doktrin zu geben und Schwester Phantasie zu vergessen? Wenn nun Curicaueri und Vater Huriata und Mutter Cutzi und ihre Tochter Cuerauaperi ihr ganzes Leben nur auf den wahren Messias und seinen wahren Apostel gewartet hatten, unseren seraphischen Vater, der Dinge tat, die kein anderer vor ihm gewagt hatte, der Gottes Liebe überall sah, selbst in den kargen Steinen und der unfruchtbaren Lava? Es konnte sein, daß die Götter sich geradezu erlöst fühlten durch Christi Ankunft in ihrem Leben, weniger Gold und Stein wurden, freier wurden, froher – geistiger! »Zu weit, zu weit, Bruder Ekstase!« werdet ihr sicher einwenden, doch wie durch einen Zauberschlag öffnete ich die Tür zu den Herzen aller Tarasken dort oben in dem Alten Baum, was Tarecuato in ihrer Sprache bedeutet. Bruder Sprache, oder sagen wir Schwester Zunge? Meine Sprache, die ich von Franz zum Geschenk bekommen hatte, verstanden sie alle, weil sie fühlten, daß ich ihre verstand, und einer nach dem anderen begannen sie, zu mir zu kommen, um von dem Weg zu unserem Erlöser zu hören.

Nach den ersten Monaten hatte ich so viele Male in dem unfertigen Klosterhospital gepredigt, daß Don Juan plötzlich eines Morgens mit allen seinen Sklaven erschien und mir Hilfe anbot, es fertigzubauen. Ich hatte selbst mühsam Steine zusammengetragen, ich hatte mit Schnüren vermessen und Zeichnungen gemacht, doch nun kam die Arbeit wirklich in Gang, und zwar vom frühen Morgen bis zum späten Abend. Das Beste an dem Ganzen war, daß Don Juan alle seine Sklaven freigelassen hatte und mich fragte, ob Franz damit zufrieden sein und als Belohnung für ihn im Himmel in Fürbitte treten würde.

»Ja«, sagte ich.

»Ja!« sagte Franz.

Keiner Sache war ich mir sicherer als dieser, während das Kloster Form annahm, wie ich es gezeichnet hatte – die Kirche ganz in Stein, mit einem ungemein großen Säulenvorhof, der von baumbepflanzten Mauern und Oliven eingefaßt war, die ich aus unserem Klostergarten hier in Tzintzuntzan mitgebracht hatte. Der Säulenhof bekam einen Haupteingang und zwei Seiteneingänge aus eleganten, in rosaroten Marmor gehauenen Bogen. Vor der Kirche, auf einem massiven Säulensockel, ließ ich das große Kreuz errichten, das ihr noch immer bewundert, Brüder, ganz aus Stein gehauen und so, daß es den Charakter wahren Filigrans bekam.

Hier sollte ich das Neue Testament unterrichten und so viel vom Alten, wie ich für nötig befand, zwischen diesen Mauern sollten Curicaueri und Cuerauaperi und Vater Huriata und Mutter Cutzi und all die anderen Götter mit ihren Leuten auf der Schulbank sitzen und zuhören dürfen, wenn sie es wünschten. Sie durften auch gern mit Einwänden kommen, nur um sich schlagen durften sie unter keinen Umständen, da ich es nicht leiden kann, meine physische Stärke zu zeigen. Die Male, wo ich meine Arme gebrauchen mußte, fügten mir mehr seelische Schmerzen zu, als zu erinnern mir lieb ist. Wenn die Götter nicht kommen wollten, stand es ihnen frei, fortzubleiben, kamen sie aber, sollten sie, wenn wir in den Klosterhof hinausgingen, um frische Luft zu schöpfen, mit Geschichten aus der alten Zeit zu meinem geplanten kleinen Buch beitragen. Wie gesagt waren die Tarasken in Tarecuato von Bruder Juan de San Miguel getauft worden, der nun häufig aus Uruapan zu Besuch kam und mich in meinem Vorhaben unterstützte, Tarecuato zu dem Ort zu machen, von wo das Licht des Evangeliums über alle Berge und Täler in Michoacán erstrahlen sollte. Auch meine Art zu evangelisieren billigte Bruder Juan, wieviel Mühe es ihn auch gekostet haben muß, selbst wenn er sichtlich nervös wurde, als ich den Gedanken äußerte, eines Tages das heilige Sakrament der Eucharistie zu spenden. Das Abendmahl an die Indianer auszuteilen war bekanntlich noch an keinem Ort in Neu Spanien geschehen, und ich kannte alle Einwände dagegen, sie die

Santísima Eucaristía empfangen zu lassen. Man sagte – und »man« waren selbstverständlich die spanischen Grundbesitzer und Minenbetreiber, aber auch die gewöhnlichen Gemeindepfarrer, und »man« war auch Don Vasco, wie ich später erfahren sollte –, daß die Indianer, selbst wenn sie getauft waren, *ladinos* oder verschlagen blieben nach all den Grausamkeiten, die sie körperlich erfahren hatten. Sie gaben, mit anderen Worten, vor, wie Kinder zu sein, treuherzig und furchtsam. Ich wußte, daß viele Säkularpriester hier von Anfang an meinten, die Indianer seien außerdem öffentliche Sünder und daß sie ihre Sünde darin zeigten, daß sie der *pulque* verfallen waren. Als kürzlich Bekehrte würden sie nie die Größe im Sakrament des Abendmahls sehen können, und erlöst ist nur, wer geeignet ist, am Abendmahl teilzunehmen. Infolge dieses wahrlich dämonischen Zirkelschlusses kann ein Indianer nie erlöst werden! Das führte ich in meiner Antwort an, als Don Vasco einen seiner abgerichteten Indianer mit einem Brief zu mir heraufschickte, in dem es hieß, daß ich, was die Sakramente anbetreffe, nicht übereilt und eigenmächtig handeln dürfe. Ich antwortete zornig:

»COMUNION ES REMEDIO, NO PREMIO!«

Ich bewies, um mich nun selbst zu zitieren, daß es kein theologisches Prinzip gibt, das uns erlaubt, die Indianer von der Kommunion oder dem Abendmahl fernzuhalten. Sie sind nicht Belohnungen, sondern Mittel, und es reicht aus, wenn die Indianer mit den rechten Absichten und mit der Billigung ihres Beichtvaters zu den Sakramenten kommen. Ich billigte sie alle, ausgenommen ein paar besonders schwierige Fälle: zwei Brüder, die dafür bekannt waren, nie ein wahres Wort zu sagen und Reisende in den Bergen zu überfallen, auch ihre eigenen Leute. Später wurden sie zum Altar geführt, aber es bedurfte jahrelanger Geduld, besonders von Bruder Juans Seite, sie im richtigen Glauben zu erziehen. Ich fand kurz gesagt, daß ich das Recht hatte, im Einklang mit dem von mir abgelegten Gelübde zu handeln. Auch meine eigenen Dänen und später die wilden Wenden empfingen rasch das Sakrament der Eucharistie.

Die Kirche war brechend voll, als ich zur Handlung schritt, und es war zur gleichen Zeit, als die Kirche und das Klosterhospital und das große Kreuz, das sich davor zum Himmel streckte, fertig geworden waren. Bald sprach es sich in weiten Teilen Michoacáns herum, daß bei Vater Jacobo in Tarecuato alle, die es wünschten, das Sakrament des Abendmahls empfangen durften, und in den anderen Klosterhospitälern war man genötigt, meinem Beispiel zu folgen, besonders nach dem Ereignis, das wir alle kennen und von dem unter den Tarasken immer noch viel gesprochen wird, nämlich als Bruder Miguel de Esteualiz sah, daß eine der geweihten Hostien sich von den anderen trennte und durch die Luft direkt in den Mund einer Indianerfrau flog, die auf die Kommunion wartete. Selbst der damalige Guardian – ist er heute unter uns, Brüder? Kann er nun endlich nachsichtig über sein Mißtrauen lächeln? – sah es, aber dachte, die Hostie sei zu Boden gefallen, und wurde erst durch den Ministranten von dem rechten Zusammenhang überzeugt. Doch erst, nachdem er die Indianerfrau zu sich gerufen und sie befragt hatte und sie sagte, daß sie die fliegende Hostie empfangen habe, wagte er, beim Notar das Geschehene zu Protokoll zu geben. So wurde ich in meinem Vorhaben bestätigt und begab mich getrost auf meine *visitas* in die Bergdörfer, wo man das Evangelium noch nicht empfangen hatte, aber bereits durch Verwandte davon gehört hatte, die durch Verwandte davon gehört hatten, die durch... und überall, wohin ich kam, taufte ich, predigte ich. Und gab es Kranke, schlief ich die ganze Nacht dicht bei ihm oder ihr und schrieb am nächsten Morgen in einen Kreis auf der Tür die Namen der drei jüdischen Engel, die über die Heilung herrschen: SENOI SANSENOI SANMANGELOF.

Und überall sammelte ich Legenden für mein kleines Buch und verstand mehr und mehr, wie verschieden die Tarasken von ihren Erzfeinden, den Azteken, sind, die, nachdem Quetzalcoatl zugrunde gegangen war, den schwarzen Mächten untertan waren. Die Tarasken sind wahrlich ein Volk von Troubadouren, noch ein Grund dafür, daß sie »den Französischen« als einen ihrer Eigenen annehmen. Wenn wir es ihnen erlauben! Im Pueblo Paracho hörte ich zum Beispiel die Legende von Quiritzicuaro oder der Großen Quelle, während die Pinien und Eichen an Franz' Provence erinnerten, und die Guitarren und anderen Seiteninstrumente, die sie in ihren Werkstätten herstellten, konnten von den Liebeshöfen der Troubadoure bestellt worden sein.

»Noch eine Legende, Bruder?« fragt ihr, und ich antworte: wenn ich sie mit all den bekannten Versmaßen aus *la gaya scienza* singen könnte, würde ich es tun, so hinreißend ist die Erzählung von Tzintzin, der Sonnenpriesterin, die mit ihren tiefen roten Lippen und strahlenden schwarzen Augen eines Nachmittags durch den Wald ging, wo ihr Geliebter sie mit Wiesenblumen erwartete. Er wollte ihr helfen, ihren Krug mit Wasser zu füllen und ihn für sie nach Hause zu tragen, doch als sie einander erblickten, vergaß Tzintzin ihre Pflicht, und die beiden sprachen miteinander in der Sprache der Liebe, die überall in der Welt und zu allen Zeiten gleich ist. Quanicoti, so hieß der junge Mann, war der beste Krieger und Jäger im ganzen Königreich Michoacán, und er flüsterte Tzintzin zu, ihre Stimme sei wie der Wind, der im Gras flüstert, und wie die Biene, die zwischen den Bäumen summt. Über ihnen sprang der Spinnenaffe entzückt in seinem grünen Netzwerk von einem Zweig zum nächsten, und in der Höhe der höchsten Bäume erblickte er den blauflügeligen Schmetterling, während Tata Huriata sich in der Ferne hinter einer rosenroten Wolke verbarg.

Plötzlich wurde Tzintzin ängstlich, weil der Tag vergangen war, und sie fiel auf die Knie und betete zu Tata Huriata hinter der roten Abendwolke. Während sie auf den Knien lag, erschien ein vielfarbiger Kolibri. Tzintzin wußte, daß jedes Tier seine ganz besonderen Gaben hat, seine ganz eigene Melodie, seine Art, die Welt zu sehen und in ihr zu verschwinden und eins mit ihr zu werden. Der Kolibri, wußte sie, besteht aus Farben, die in einem Augenblick zwischen all dem Grünen tanzen, ein Schwirrzapfen von Purpur und Königsblau und Gelb und Jadegrün und Türkis, und während Tata Huriatas letzte Strahlen durch die Wolken brachen und der Kolibri wie in einer Ekstase von Wonne zum Himmel aufstieg, fielen Tropfen von seinen Flügeln, und die Tropfen glänzten wie Diamanten, und die Wasserdiamanten trafen die Blumen des Waldbodens, so daß Tzintzin sich nach ihnen bückte. Wo die Tropfen auf den Boden gefallen waren, erblickte sie eine ganz neue Quelle, und sie und Quanicoti füllten den Krug bis zum Rand mit Wasser, und gemeinsam trugen sie ihn zu Tzintzins Eltern. Die Nachricht von der neuen Quelle verbreitete sich überall, und sie wurde Quiritzicuaro genannt, und es ist diese Liebesquelle, Brüder, die noch immer östlich von Paracho sprudelt, dort wo Tata Huriata besonders gern zur Ruhe geht, weil er dort noch immer Tzintzin und Quanicoti in der gleichen Sprache wie in der Provence miteinander reden hören kann.

»Nein, Bruder, nicht mehr«, sagt ihr. Aber ihr wolltet ja von meinem Glück hören, oder irre ich mich? Es war mein Glück, diese Legenden zu sammeln, und es währte wohl an die drei Jahre, während mein neuntes Jahrsieben zu Ende ging, und Don Juan von Tarecuato, der ins Klosterhospital gezogen war, mir dabei half, sie niederzuschreiben. Don Juans höchster Wunsch war es jetzt, in unseren Orden aufgenommen zu werden, doch erzählte ich ihm, vertrauensvoll wie ich war, daß er zunächst *donado* oder Laienbruder werden müsse, bis sicher bald die Erlaubnis käme, daß auch Indianer sowohl das Mönchsgelübde ablegen als auch zum Priester geweiht werden dürften. Froh bei diesem Gedanken berichtete er von all den Legenden, die sein Volk über unseren heiligen Franz zu erzählen begonnen hatte. Franz war ganz sicher in Iacona und Ixtlán gesehen worden, und neue Quellen, ja ganze Wasserfälle brachen auf, wo er gewandert war, während Apfelsinenbäume sich zu wachsen anschickten, wo er geruht hatte, selbst an Stellen, wo kaum eine Distel gedeihen konnte. Die wehrlosen Waldschnecken lauschten seinem Rat, sich nicht auf die ausgetretenen Pfade hinauszubegeben, wo sie von den Sandalen der Tarasken oder den nackten Füßen unaufmerksamer Minderbrüder zertreten würden. Selbst die Regenwürmer lauschten ihm und blieben unter der Erde, während ganz unterschiedliche Blumen sich verliebt umeinander schlangen und nie zuvor gesehene farbenstrahlende Vorratskammern für die Kolibris gebaren. Die wilden Rosen wurden doppelt so groß, die Orchideen umarmten die Bäume wie Schlingpflanzen, und die Anemonenteppiche erstreckten sich doppelt so weit. Juan erzählte weiter, wie Kranke gesund wurden, wenn nur Franz' Schatten sich näherte, und wie bis dahin unfruchtbare Frauen plötzlich gebären konnten. Und die ganze Zeit flogen die Kolibris zu Tata Huriata und Nana Cutzi auf und trugen Franz' frohe Botschaft weiter, daß sie nicht zu Masken erstarren sollten, so daß Cuerauaperi aus Mangel an Wärme und Regen stürbe, sondern alle drei weiterleben könnten bis in ewige Zeiten, zur Freude von Schwester Phantasie.

Im Takt mit der Bekehrung begannen die Tarasken in meiner ausgedehnten Domäne auch zu singen und zu spielen wie nie zuvor. Sie sangen nicht nur die Gebete, sondern auch das *Te Deum* und alle Arten von Hymnen und in dem Latein, das sie zu lernen wünschten, weil es auch die Kirchensprache unseres kleinen armen Bruders gewesen war. Die Messe sangen sie, die Stundengebete, die Litaneien, das *Miserere*, die Hymnen zu den großen Festen. Und für die Toten sangen sie, glücklich in dem Wissen, daß Mutter Maria in dem Himmlischen Jerusalem auf sie wartete und daß erst dort das Leben sich in all seiner Herrlichkeit zeigen sollte. In allen diesen Dingen erwies Bruder Juan de San Miguel sich als ein großer Lehrer. Inspiriert von unserem hochmusikalischen Bruder Pedro de Jeronimo spornte er unsere Tarasken an, zu spielen und zu komponieren, wohin er auch kam, und nicht zuletzt auf den langen Wanderungen, die wir nun häufig gemeinsam unternahmen. Am liebsten ganz neue Musik. An jedem Ort fand er die besten Vorsänger heraus, während ich neue Legenden über die Krieger der Vorzeit sammelte, über blanke Seen, die plötzlich auftauchten, und über Liebende, die einander fanden. Bruder Juan ermutigte die Tarasken sogar, die Zahl ihrer Instrumente und Musiker zu vergrößern. Ganze Orchester entstanden, und bald gab es kein Pueblo, und sei es mit nur zwanzig Einwohnern, das nicht seine Spielleute hatte, die mit Flöten und Trompeten umgingen. Es brachte ein paar Probleme mit sich, meinte Bruder Juan, daß besonders die Trompeter ihre Fertigkeiten auch zu weltlichen Zwecken nutzten, nämlich um die Frauen zu verführen, aber ich fand es herrlich, daß die Männer, häufig wohlgekleidet, halb als indianische Häuptlinge, halb als spanische Adlige anzusehen, ihre Duelle um das andere Geschlecht mit Trompeten austrugen und nicht mit Waffen. Einige Gemeindepfarrer, vor allem die ganz jungen Neu-Spanier, die nun von Don Vascos Kolleg in Pátzcuaro abgingen, noch spanischer, als seien sie in Kastilien aufgewachsen, machten sich nichts aus der ganzen Musiziererei, doch unangefochten erschallten die Trompeten überall in den Bergen, selbst von den kleinsten Kirchen und Kapellen.

Und Franz hätte Gefallen daran gefunden.

Ich näherte mich meinem zehnten Jahrsiebt, das im Zeichen Merkurs oder des Intellekts steht und wo neue, schwere Prüfungen uns erwarten, als Tarecuato sich aus einer kleinen Ansammlung von Hütten, die dem allmächtigen Don Juan unterstanden, verwandelt hatte in etwas, das einer kleinen Stadt glich. Selbst der ewig wirbelnde braune Staub legte sich nun kurz nach einem Sturm, als wolle er all das Neue nicht verbergen. Bruder Juan, dem ich mit seinen Aquädukten in Uruapan geholfen hatte, war mir eine unschätzbare Hilfe in allem, was Landwirtschaft und Obstanbau betraf. Vom Morgen bis zum Abend lief er mit wehender Gürtelschnur umher und zeigte den Tarasken, wie sie Bananen, Quitten, Mamajas, Apfelsinen und verschiedene Zitronensorten anpflanzen sollten. Er lehrte sie, Weizen anzubauen und Vieh zu züchten, und bald wurde Tarecuato zu einer kleineren Hauptstadt für alle Bergindianer. Der Ort, wo sie kaufen und verkaufen konnten, mit Hähnchen als ihrem bevorzugten Zahlungsmittel, wo die Azteken ja Schokolade vorziehen. Aber auch mit Schmuck bezahlten sie, und nach dem Handel, der stets vor sich ging, wenn Tata Huriata von einem klaren Himmel schien, so daß niemand zu betrügen wagte (sie sagen noch immer, daß seine Strahlen die kleinste Unehrlichkeit bemerken und sich sogleich wie die Fühler einer Schnecke zurückziehen), sammelten sie sich in Gemeinschaftshäusern, die ich selbst bauen ließ, und machten Musik und spielten und tanzten, oder sie gingen zum Hospital, um ihre Kranken zu besuchen. Wie in den anderen Klosterhospitälern wurden die kranken Tarasken von ihren eigenen Frauen gepflegt, die auch häufig Geschenke für die Einrichtung des Hospitals mitbrachten, neue Bastmatten, Wandteppiche, Taburette und Holzkohlebecken. Den Krankenpflegerinnen nahm ich jeden Morgen die Beichte ab und führte sie häufig zum Altar. Montags, mittwochs und freitags las ich die Messe für die Toten, und jeden Sonntagabend hielt ich neben den regulären Gottesdiensten einen Gottesdienst für die Unbefleckte Empfängnis Mariens, der Schutzheiligen des Klosterhospitals.

Ich genoß es besonders zu sehen, wie Don Juans Sklaven nun ihr eigenes Stück Land bearbeiteten. Wir wissen ja, wie sehr die Tarasken es lieben, zu besitzen, noch eine Kleinigkeit, die Meister Morus nicht richtig bedacht hat, als er alles in Utopia zu Gemeinbesitz machte. Und doch stimmten alle in Tarecuato mit Don Juan an der Spitze zu, daß Teile des Landes um unser Pueblo dem Kollektiv gehören sollten. Während das Dorf nach und nach wuchs, fand ich, es sei an der Zeit, das Sakrament der Firmung zu spenden, doch wieder gab es Proteste vom Bischofssitz in Pátzcuaro, als verfolge Don Vasco aus der Ferne alles, was ich unternahm, und könne jeden meiner Züge voraussehen – wenn dies denn das richtige Wort ist, da das Evangelium wohl etwas anderes und mehr ist als eine Partie Schach. Vielleicht war er auch dagegen, daß ich seine Regeln dafür, wie streng ein Pueblo mit dem Klosterhospital als Zentrum geführt werden soll, nicht einhielt. Auf jeden Fall sandte er wieder einen Boten herauf in die Berge, daß ich die Tarasken nicht firmen dürfe, doch da war es zu spät, und das war alles, was ich ihm eines späten Nachts antwortete, während ich die traurige Legende von Sesihangari niederschrieb, deren geliebter Prinz Tanimaranscua von seinem neidischen Bruder, der Sesihangari auch liebte, in seinem Haus verbrannt wurde, so daß sie sich in sein brennendes Haus stürzte und ihn umarmte, damit sie den gleichen Flammentod erleiden konnte wie er und ihre Seelen in der Umarmung zum Himmel aufsteigen konnten. Jedes Dorf, jeder Flecken hatte seine Geschichte zu erzählen, und mit ihren Namen machte ich auf meinen Wanderungen oft kleine Gedichte, die nur ich selbst verstehen konnte und wo Ixtlán im Norden mit dem fernen Querecuaro Strophen austauschte. Nahuatzen Cheran Pichataro Sevina Tancitaro Huaniqueo Coeneo Tlazazalca Chilchota Jiquilpan. So klang es in mir, während ich des Paulus Worte an die Korinther wiederholte: »Wehe mir, wenn ich das Evangelium nicht predigte.« Es kam vor, daß ich es so eilig hatte, zu meinen kleinen Einsiedlerhütten bei den Indianern zu gelangen, daß ich mir die Füße blutig lief, doch nur selten merkte ich es, und nie entzündeten sich die Wunden.

Heilende Pflanzen, die die alten Taraskenfrauen darauf legten, machten, daß meine Füße am nächsten Morgen fast verheilt waren.

»Aber das Geschenk vom Kaiser, warum bist du nicht mit Siebenmeilenstiefeln gelaufen, um es zu erlangen, Bruder?« fragt ihr, und ich kann nur antworten, daß ich es vergaß, kaum ahnend, daß die vornehm versiegelte Kiste aus Madrid eine künstlerisch ausgeformte Figur des gekreuzigten Christus enthielt sowie – eine neue Kutte. Die letztere behielt ich. Ich trug fast nur noch Fetzen auf dem Körper, aber dennoch kam es mir vor wie ein Luxus, als ich die neue Kutte anlegte. Ich hatte mir selbst gelobt, meiner Ordenstracht nach dem dritten Kuttenwechsel keinen Gedanken mehr zu schenken, es sei denn, sie würde mir von Heiden oder Gewalttätern direkt vom Leib gerissen. Mein dritter Kuttenwechsel war in Ocaña in Spanien, zu einem Zeitpunkt, als ich kaum bei Sinnen war und Gerüchte über mich umgingen, daß ich verwirrt daherredete, und es waren die Soldaten des Kaisers, die mich auf Befehl in die Kutte steckten. Aber die Skulptur verschenkte ich. Meine Kirche in Tarecuato war nun so reich ausgeschmückt, daß ich Don Juan von Tarecuato bat, nach Jiquilpan zu ziehen, um die Skulptur seinen alten Feinden als Buße für die Male, da er den Ort verwüstet hatte, zu geben. Und dort ist die Skulptur des Kaisers noch immer zu sehen und wird unter dem Namen *El Señor del Socorro*, der Tröster, der Helfer, verehrt. Aber es ist wahr, Brüder, daß die Kiste des Kaisers monatelang im Lagerraum unseres Klosters in Pátzcuaro stand.

Vielleicht hielt ich mich vom Bischofssitz fern, um Don Vasco aus dem Weg zu gehen, aber eines Abends langte ich doch am See an und dachte, daß ich Hochwürden am nächsten Tag besuchen wollte. Ich legte mich in dem Schilfwald zur Ruhe, wo ich Jahre zuvor – überzeugt davon, daß das tausendjährige Reich an seinem strahlenden Anfang stand – meine erste Massentaufe gehalten hatte. Am nächsten Morgen kamen Kanus von allen Inseln des Sees, diese langen, schmalen Boote aus ausgehöhlten Baumstämmen. In einigen von ihnen waren bis zu zwanzig Tarasken, und bevor sie das Ufer erreichten, wo ich mich befand, paddelten sie alle miteinander in dem kristallklaren Wasser mit dem flimmernden Funkeln von der aufgehenden Sonne um die Wette. Sie wollten zum Markt, und kurz danach wimmelte es am Ufer um die Landungsstelle von Leben. Die Sonne traf die roten, faltenreichen Röcke und indigoblauen Schleier der Frauen, ihre Halsketten waren rote Korallen, die so schön zu ihren bronzefarbenen Gesichtern und blauschwarzen Haaren paßten, und ich dachte, daß es nun an der Zeit sei, daß Don Vasco von seinem Elfenbeinturm herabstiege, vergäße, ob sein ascheweißer Backenbart richtig gestutzt war, und sich einverstanden erklärte, den Tarasken alle Sakramente zu spenden. Ich eilte nach Pátzcuaro, um endlich mein Geschenk des Kaisers abzuholen und mit dem Bischof zu sprechen. Doch kaum hatte ich die versiegelte Kiste hinaus auf den Markt gebracht, als vier oder fünf von Don Vascos »jungen, rechtdenkenden, spanischen Männern« mich umringten und darüber klagten, daß ich überall, wo ich auftauchte, Verwirrung stiftete.

Etwas später kam der Bischof selbst, doch lange sagte er nichts, sondern begnügte sich damit, seine Fingernägel zu studieren, und ließ seine Theologen mich weiter mit Anklagen bombardieren.

Ich sah hinüber zu dem, was der Anfang von Don Vascos Kathedrale war, mächtiger als irgendeine andere in Neu Spanien sollte sie werden. In einem Durcheinander aus Steinen, Staub und Schlamm plackten seine Indianer sich damit ab, die Kirche zu bauen, die Peters eigene Kirche in Rom übertreffen sollte. Eines Tages würde die ganze Welt von Pátzcuaro hören, konnte man häufig unseren Bischof flüstern hören – an dem Tag, wenn seine fertige Kathedrale keinen Geringeren als den Papst in Rom empfangen würde, besonders, wenn es in Europa ganz entsetzlich zugehen und der Prophet von Osten und Süden und die Lutheraner von Norden unserer Kirche den Garaus machen würden.

»Der wiederaufgebaute Vatikan?« fragte ich Don Vasco.

»Wie kannst du es wagen, Bruder!«

»Wie kann ich was wagen, Don Vasco?«

»Zu spotten. Der Hohn ist dein Degen. Das Lächeln dein Dolch. Und die Verschlagenheit verbirgt sich in deinem Herzen. *Fremder*!«

»Was meint mein Bischof mit dem letzten?«

»Was ich sage, Bruder Jacob. Wenn du denn ein Bruder bist.«

Don Vasco sah auf das kaiserliche Siegel an der Kiste und hielt plötzlich inne.

»Darf ich das Geschenk mitnehmen?« fragte ich.

Nun war der Vater der Indianer plötzlich sanft wie ein Engel. Er winkte einigen von ihnen und gab ihnen den Befehl, mich zu begleiten und die Kiste an Stangen befestigt zwischen sich zu tragen.

»Und die Sakramente, Don Vasco? Wollen wir darüber sprechen?«

»Ein andermal, wenn ich Zeit habe.«

»Die Hochwürden nie hat.«

Ich machte mich auf die Wanderung nach Hause zu dem Alten Baum.

Ich weiß nicht, wie es kommt, aber wenn Unglück im Anzug ist, fühlt man es überall im Körper, als ein Zittern im Nacken, als Schwäche in den Knien. Schwarze Vögel fliegen aufgeschreckt umher, und bald verlieren sie gestohlene Goldringe und Halsbänder auf dem Pfad, auf dem wir gehen. Brände in der Ferne. Nach einer halben Tageswanderung sieht man die ersten Leichen. Kinder, Alte, Junge. Die spanischen Grundbesitzer waren wieder unterwegs gewesen, und aus allen Dörfern hatten sie junge Männer für ihre Kriegszüge gegen die Chichimeken im Norden eingefangen. Einige Dörfer hatten Widerstand geleistet, doch sie bekamen alle die Strafe zu spüren. Ich hastete hinauf nach Tarecuato, und nun kamen die Krankheiten dazu. Alle die Krankheiten, die wir mitgebracht hatten. Ein fürchterlicher Gestank schlug mir aus dem Klosterhospital entgegen. Alle Fußböden waren überbelegt, während die Krankenpflegerinnen und Don Juans frühere Sklaven Leichen hinaustrugen und sie in einem Massengrab außerhalb des Dorfs begruben. Sofort lief ich ins Hospital und gab den Sterbenden die Letzte Ölung, doch das Öl war bald aufgebraucht. Bruder Juan kam am nächsten Tag mit einem Krug Öl, aber auch das war schnell verbraucht, und nachdem ich Läufer hinunter nach Tzintzuntzan und Pátzcuaro nach mehr Öl geschickt hatte, kam von Don Vasco die Antwort zurück, daß ich das Öl, das ich hatte, sparen solle. Sterbende Spanier bedürften jedes Tropfens. Nur ihnen gehöre das Öl.

Über einen Monat lang war Tarecuato die Heimat des Todes. Ich glaube, die Bevölkerung wurde mehr als halbiert, während gleichzeitig die Spanier wieder kriegsfähige junge Männer fortgeholt hatten. Ich will nicht mehr über den Anblick berichten, den Tarecuato bot, das Weinen aus den Hütten, die Leichen, die sich häuften. Worte werden sinnlos. Aber eines Nachts bat ich darum, daß überall im Klosterhospital Lichter aufgestellt werden sollten, selbst in die kleinsten Ecken, und ich bat um Musik von Trompeten. Das Ganze hatte den Charakter von letztem, hoffnungslosem Widerstand. Die Trompeter kamen und spielten die ganze Nacht die Totenmesse, während ich ganz still bei offener Tür in meiner Zelle saß. Und lauschte und weinte. Sonderbare Erinnerungen kamen mir, vor allem an die Burg in Deutschland, wo der Wille geknechtet und der Tod Kaiser war. Dann ließ ich Papier und Feder bringen und schrieb einen Brief an *meinen* Kaiser, daß in seiner Neuen Welt alles verkehrt sei und daß nur sein Wort der Kirche befehlen könne, den Indianern die Sakramente zu geben, ohne die sie weder lebend noch tot waren. Friedlos hier. Heimatlos dort. Nachdem Ruhe über mich gekommen war, wurde der Brief fertig, und ich nannte ihn *Declamación del Pueblo Bárbaro de los Indios* – »Erklärung eines barbarischen, indianischen Volks, das die Taufe empfangen hat und die übrigen Sakramente zu empfangen wünscht«.

Ich merkte, daß der schwarze Engel des Todes, Schwester Tods grausamer Stiefbruder, beschloß, Tarecuato zu verlassen. In der folgenden Woche wurden Kranke langsam gesund, während die Glocken den ganzen Tag lang Danksagungen läuteten. Einige der jungen Männer, die die Spanier fortgeführt hatten, kehrten später zurück, und Don Juan von Tarecuato, der mehr als irgendein anderer geholfen hatte, die Toten zu Grabe zu tragen, fiel vor mir auf die Knie und bat, doch bald als vollwertiger, zum Priester geweihter Bruder in unseren Orden aufgenommen werden zu dürfen, so sicher war er sich dessen, daß Franz nach Tarecuato zurückgekehrt war, um das Dorf im letzten Augenblick vor der Auslöschung zu retten.

»Aber sandtest du den Brief schon damals ab?« fragt ihr, und ich kann nur antworten, nein. Ich schrieb ihn neu und wieder neu und versteckte ihn vier Jahre lang. Vier Jahre zu lange? Ja, Brüder, vier Jahre zu lange, zehn Jahre zu lange, hundert Jahre zu lange. Aber ich wußte, daß der Kaiser an das Schicksal Europas zu denken hatte, und ich hoffte außerdem, noch bis zu dem Prozeß gegen mich und zu den Konzilien in Lima und Mexiko, daß unser Orden von sich aus den rechten, evangelischen Weg einschlagen würde. Ich unterwies Don Juan, so gut ich konnte, und eines Tages, als ich fühlte, daß er imstande war, die Priesterweihe zu empfangen, sandte ich ihn nach Mexiko-Tenochtitlán, zu unserem kränkelnden Erzbischof Juan de Zumárraga, damit er von ihm persönlich die Erlaubnis erhalten könne, für die Welt abzusterben und sein neues Leben zu beginnen. Glücklicherweise war Don Vasco nach Europa gereist, und ich hoffte inständig, daß Don Juan im Kolleg von Tlatelolco von Bernardino de Sahagún und all den anderen gelehrten Brüdern gut aufgenommen werden würde, wenn ich auch wußte, daß das Kolleg noch immer unter gewaltigem Druck von allen Seiten stand, von den weltlichen Behörden, von den Gemeindepfarrern und sogar von den dominikanischen Brüdern, die Gerüchte in Umlauf setzten, daß die Indianer an nichts anderes denken, als sich zu betrinken, Frauen nachzulaufen und herumzulungern, weshalb sie nie das Zölibatsgelübde werden einhalten können. Die Gemeindepfarrer waren natürlich wütend auf das Kolleg, weil die aztekischen Adligensöhne, die dort in den ersten Jahren in der Hoffnung, später in die Kirche gehen zu dürfen, ausgebildet worden waren, immer noch besser Latein sprachen als sie und sowohl Tullius als auch Cicero zitieren konnten. Aber zu keinem Zeitpunkt hatte der Päpstliche Stuhl sich gegen das Kolleg ausgesprochen. *Sublimis Deus!* Die Zeit war vielleicht nun gekommen, daß er Ernst machte mit seiner Zielsetzung.

Don Juan und ich hatten vereinbart, daß er von den fernsten Bergspitzen, die ich von Tarecuato erkennen konnte, Rauchsignale senden sollte, ob er die Erlaubnis Priester zu werden, bekommen hatte oder nicht.

Wenn ja, weißer Rauch. Wenn nein, schwarzer. Alle in Tarecuato waren überzeugt davon, daß es ein Ja werden würde, und obwohl ich die begeisterten Gemüter zu dämpfen suchte, erschienen »die kleinen, alten Männer« jeden Morgen vor dem Kloster und fingen an, ihren merkwürdigen, grotesken Maskentanz zu tanzen. Jeder Tänzer war mit weißer Baumwollhose, Strohhut und einer roten Schärpe um den Leib bekleidet, und alle trugen Masken mit den runzeligen Zügen alter Männer. Die Tanzenden suchten einander in Späßen zu übertreffen, und in einer ihrer Formationen, die sie »das Kreuz der vier Sterne« nennen, tanzten sie sogar die Erschaffung der Welt. Ein ausgewählter Tänzer trug eine Maske, deren schönes, weißes Gesicht das von Mutter Cutzi symbolisierte, und alle mußten der Reihe nach mit ihr tanzen.

Das zog sich über Wochen hin und den ganzen Tag lang, bis alle gegen Abend müde wurden und sich schlafen legten. Ganz Tarecuato wartete auf die Heimkehr seines Häuptlings, aber als ich Don Juans schwarzes Rauchsignal weit draußen am Horizont sah, wußte ich nicht, was ich den kleinen, alten Männern sagen sollte. Sie witterten schlechte Nachrichten, und einer nach dem anderen verzog sich, während ich allein in Tarecuato umherging und mich fragte: »Warum?«

Von Don Juan erfuhr ich am gleichen Abend, daß das Kolleg in Tlatelolco jetzt eine Ruine war, wo niemand mehr unterrichtete, und daß auch Bruder Bernardino in seinem Kloster, begraben zwischen seinen Schriften und in trauriger Gemütsverfassung, gemurmelt hatte, daß Indianer noch immer nicht zu Priestern geweiht werden dürften, wie alle gehofft hatten, als das Kolleg gegründet wurde. Ob Don Juan auch Juan de Gaona traf, weiß ich nicht, ich fragte ihn nichts mehr, da er nahezu die Sprache verloren hatte. Alles hatte er geopfert. Seine Sklaven hatte er freigegeben. Seine Frauen auch. Später ging er fort und wurde sonderbar in den Bergen, und fragt ihr mich, Brüder, woran er starb, habe ich nur eine Antwort:

»Am Kummer.«

»Lassen wir, wie sie auch sagen, jede Nacht unsere Knochen auf dem Boden in unseren Zellen zurück, während der Rest von uns in die Hölle hinabsteigt, wo wir goldbekleidete Frauen treffen, die die Begier in uns entfachen?«

Keine Antwort. Alle Brüder fürchten nun, daß Bruder Jacob dem Tod nahe ist. Dennoch haben sie ihn wieder in den Klostergarten in Tzintzuntzan gebracht, in der Hoffnung, Antwort auf ihre Fragen zu bekommen. Aber wieder kommt er ihnen mit einer eigenen Frage zuvor. Und bleibt ansonsten stumm, fast wie umnachtet, als denke er an den Prozeß gegen ihn in Mexiko-Stadt vor vierzehn Jahren. Und an das, was danach geschah, bis er, in seinem zwölften Jahrsiebt, wieder zurückkehren durfte nach Tarecuato, als Guardian seines geliebten Klosterhospitals.

Mai 1552.

In Guadalajara nördlich von Michoacán ist in dem Haufen von Erde und Mauersteinen, die ein neu errichtetes Franziskanerkloster darstellen sollen, zum Ordenskapitel für die Franziskanerkustodie San Pedro y San Pablo in Michoacán und Nueva Galicia einberufen worden. Ein Brief wird ausgefertigt von Bruder Angel de Valencia und seinen vier Mitunterzeichnern, darunter Jacobo de Dacia, wie er bei dieser einzigen Gelegenheit unterschreibt. Der Brief ist an Karl V. gerichtet, und die Brüder bringen darin ihre tiefe Besorgnis über den Zustand der Mission in Michoacán und nicht zuletzt in den ausgedehnten Gebieten Neugaliziens zum Ausdruck, die die Spanier, in der Hoffnung, zwischen der Küste und der Sierra Madre Occidentale immer weiter nach Norden vordringen zu können, unter die Krone zu bringen suchen. Es ist einfach unmöglich, heißt es im Brief, den Indianern eine angemessene Unterweisung im christlichen Glauben zu sichern, wenn der Kaiser nicht umgehend dafür sorgt, daß mindestens hundert neue Brüder herübergesandt werden. Sie werden dem Kaiser von größerem Nutzen sein als militärische Eroberungen, die nur zu Tod und Grausamkeiten führen. In Neugalizien muß ein guter Führer ernannt werden, ein Gouverneur mit den richtigen Eigenschaften. Der Kaiser muß seinen *alcaldes* und *oidores* – Vögten und Schöffen – einschärfen zu verhindern, daß das Land der Indianer beschlagnahmt wird, und er muß einen speziellen »Protektor« nach Neugalizien senden, der nicht Gutsbesitzer sein darf. Wenn andere Gutsbesitzer die Zustände auf den Gütern der Krone sehen, benutzen sie diese nämlich als Entschuldigung für ihren eigenen Mißbrauch. Statt dessen sollen die Beamten entlohnt werden, damit die Indianer nicht wehrlos auf den Gütern oder in den Gruben sterben. Der Brief klagt außerdem darüber, daß den Brüdern Meßwein, Almosen und andere Notwendigkeiten von den Beamten des Kaisers vorenthalten werden, und die Brüder weisen jede

Klage darüber zurück, daß sie zu üppig bauen. Im Gegenteil werden ihre Klöster an vielen Orten aus *adobe* – sonnengetrocknetem Lehm – gebaut und sind äußerst bescheiden. Wer üppig lebt, sind die falschen Priester und Ordensleute, und insbesondere sind jene Priester zu meiden, die Geld verlangen, aber in der Seelsorge nichts leisten.

Schließlich senden die Brüder noch einen Appell an den Kaiser, er möge ein »Heilmittel« gegen das Unglück der Indianer finden, wenn das Land nicht zugrunde gehen soll, wie es zehn Jahre zuvor beinahe geschehen war, als die Nomadenindianer in Neu Galizien sich unter Führung des Häuptlings Tenamaxtli zum Krieg gegen die Spanier zusammenschlossen. Der 24. Juni 1541 ist ein Datum, an das sich alle Grundbesitzer mit Grausen erinnern – als der Conquistador Pedro de Alvarado unter seinem Pferd zerquetscht wurde und die letzten Spanier in Guadalajara oder Tlacotan, wie die Stadt damals hieß, mit Mühe und Not standhielten. Nur weil der Vizekönig Mendoza selbst mit einem Heer auftauchte, das mehr als 50 000 treue Indianer aus dem mexikanischen Hochland zählte, gelang es, die Aufständischen zu besiegen und Tenamaxtli gefangenzunehmen. Aber ganze sieben Tage dauerte die große Schlacht bei El Mixton, und nicht nur die Grundbesitzer und die Inhaber der Gruben fürchten einen neuen Krieg wie diesen, auch die Minderbrüder sprechen mit Trauer davon, weil es damals geschah, und zwar zum ersten Mal, seit sie in die Neue Welt gekommen waren, daß einer der Ihren, Bruder Juan Calero, ermordet wurde. Er befand sich allein in

Tequila, und weil er die Sprache der Indios konnte, suchte er sie zu beruhigen, indem er zu ihren Verstecken in den Bergen hinaufging und sie überreden wollte, unter seinem Schutz in ihr Dorf zurückzukehren. Doch als einzige Antwort erhielt Bruder Juan ein Bündel Pfeile in die Brust. Nachher zerschlugen die Indianer seine Zähne und zerschnitten sorgfältig seinen Mund, und während er sein Leben aushauchte, sagten sie zu ihm: »So wirst du nicht mehr in der Lage sein, zu uns zu predigen.«

Aus der Lodenkutte des erschlagenen Bruders machten die Indianer eine Figur, die sie jedes Jahr an seinem Todestag hervorholten – vielleicht noch immer hervorholen? fragen die Brüder sich –, um den Sieg ihrer eigenen Götter über Jesu Christo zu feiern. Und nicht zuletzt Bruder Jacob »von Dänemark« zitiert während des Kapitels Juan Calero als das tragische Beispiel dafür, was geschehen kann, wenn die Brüder nicht mit dem Kaiser ins Gespräch kommen. Bruder Jacob schlägt vor, im Brief hinzuzufügen, die Brüder hofften, daß der Kaiser sich vom Heiligen Geist inspirieren lassen und dem Überbringer, Bruder Joseph de Angula, aufmerksam zuhören möge, der vor seinem Eintritt in den Orden selbst Conquistador und Verwalter königlicher Güter gewesen war und deshalb das ganze schreckliche Los der Indianer kennt. Eine Abschrift des Briefs wird ausgefertigt, damit er nicht verlorengeht für den Fall, daß Bruder Joseph auf seiner Reise nach Spanien etwas zustößt und der Brief von den Grundbesitzern oder anderen Indianerfeinden abgefangen wird.

Aber zufrieden mit dem Inhalt des Briefs ist Bruder Jacob nicht, und während des Kapitels gibt er Anlaß für Beschwerden. Mit einem neuen Vollbart, an dem er unaufhörlich zerrt und sich kratzt, läuft er von dem einen zum anderen, angriffslustig, die ganze Zeit seine Mitbrüder der Kleingeistigkeit und Ketzerei beschuldigend, weil sie sich kein Beispiel nehmen an den Aposteln der frühen Kirche, die weder nach der Herkunft noch nach der Hautfarbe der Menschen fragten, sondern mit Paulus' Worten an die Kolosser sagten: »Da ist nicht mehr Grieche, Jude, Beschnittener, Unbeschnittener, Nichtgrieche, Skythe, Knecht, Freier, sondern alles und in allen Christus.« Bruder Jacob wünscht bis zuletzt, daß der Brief an den Kaiser weit radikaler sein solle, und er läßt zwei Schriften zirkulieren, die er selbst ausgefertigt hat, die eine in Spanisch und mit einem Titel, der sogleich alle herausfordert, weil er unzweideutig von einem barbarischen, indianischen Volk erzählt, das die Taufe empfangen hat und nun auch die übrigen Sakramente zu empfangen wünscht, die andere in Latein mit dem einfachen Titel *Libro*, worin Bruder Jacob alle Regeln der scholastischen Abhandlung einhält.

In beiden Schriften stellt Bruder Jacob heraus, daß es in Wirklichkeit nur eine Lösung für das Problem des katastrophalen Priestermangels in Michoacán und Neugalizien gibt: daß eingeborene Priester ausgebildet werden. Einige der Brüder sagen, daß Bruder Jacob das Original der Schrift über das Indianervolk bereits an den Kaiser gesandt haben soll, entgegen allen Regeln, nach denen das »ich« eines Bruders sich nicht vom »wir« des Ordens absondern darf, und kirchenpolitisch in krassem Widerspruch zu dem Konzil in Lima steht, das gerade im Jahre 1552 zu der Konklusion gelangt, daß weder Indianer noch Mestizen oder Mulatten zu Priestern geweiht werden dürfen. Alle Teilnehmer des Kapitels in Guadalajara haben Angst vor Bruder Jacob.

Man hört ihm zu und sagt, daß er schon recht haben mag, sagt aber auch, daß es so vieles gibt, das er nicht in Betracht zieht. Die Indianer, sosehr sie auch zu schützen sind, haben nur wenig gemein mit den Griechen, die einen Sokrates und einen Platon hervorbrachten. Sie können auch nicht mit den Juden verglichen werden, selbst wenn es noch immer Brüder gibt, die von dem Gedanken angetan sind, daß die Indianer als Kinder des Paradieses deren entfernte Verwandte sein können. Die bekehrten Juden der Frühzeit verstanden einen Text, waren verläßlich, stellten nicht alles auf den Kopf und betranken sich nicht – selbst wenn sie sich später, verführt von ihren inneren Dämonen, als *diabolii filii* und die schlimmsten Feinde Spaniens gleich nach den Mauren erwiesen. Und die Skythen, sagt die Geschichte, verstanden die Argumente der Logik und hatten viele strenge Priester unter sich, die das Evangelium beharrlich bis in die fernsten Gegenden Asiens verbreiteten. Alle Menschen in der Frühzeit waren kurz gesagt erwachsen genug für das Evangelium, während die Indianer, kaum daß sie etwas von dem heiligen Franz hören, glauben, er sei einer ihrer Vorväter. Selbst die Jungfrau Maria machen sie zu einer der Ihren und behaupten, daß sie mal in diesem, mal in jenem Pueblo erschienen sei, von dunkler Hautfarbe wie ein importierter Schwarzer.

Nein, den Indianern apostolische Verantwortung zu übertragen ist gleichbedeutend damit, sie ihrer göttlichen Unschuld zu berauben.

»Der Unschuld, Bruder Juan Calero zu ermorden?« zischt Bruder Jacob.

»Ja, verzeih, Bruder. Denn sie wissen nicht, was sie tun.«

Heimgekehrt nach Tarecuato hält Bruder Jacob sich von seinen Mitbrüdern fern. Nur wenn Juan de San Miguel, der seine Ansichten teilt, zu Besuch kommt, spricht er spanisch. Ansonsten bewegt er sich ausschließlich unter den Tarasken, die bekümmert sagen, daß er gleichsam in sich selbst eingesunken ist. Groß ist er nie gewesen, doch nun verschwindet er oft zwischen den Tarasken, wenn sie sich um ihn sammeln. Vater Baumstumpf nennen die Kinder ihn, wenn er in den Pausen zwischen dem Unterricht im Klosterhospital gerne mit ihnen spielt, und er hat nichts dagegen, wenn sie an seinem Bart ziehen. In seiner eigenen kleinen, spartanischen Kapelle betet er wie nie zuvor, und spürt er die Versuchung, alles aufzugeben und aus Betrübnis über das Unmögliche in seinem Wirken fortzugehen in die Berge, greift er zur Geißel und schlägt sich selbst so lange und so hart, daß die Einwohner von Tarecuato erschrecken, wenn sie ihn ins Freie kommen sehen. Als komme er geradewegs aus der Höllenfolter, so sieht er aus. Aber sogleich leuchten seine Augen auf, und viele hoffen, daß er wie einst, so wie die Älteren, die sich an seine Ankunft erinnern, erzählen, seine Flügel ausbreiten wird wie ein Engel und in den frühesten Stunden des Tags die kurze Messe in Tarecuato und fast zur gleichen Zeit in Tzintzuntzan liest, um kurz darauf die große Messe in Zacapu zu halten, so schnell lief er damals. Ja, so schnell, daß er oft eingeborene Reiter in vollem Galopp vom einen Pueblo zum anderen überholte. Zu allem ist Bruder Jacob imstande. Einmal, als er in Tzintzuntzan war, so wird erzählt, wurde ihm ein Bote nachgesandt, ob er einem vornehmen Indianer, der krank war, unverzüglich die Beichte abnehmen könne. Es regnete in Strömen, das Licht verschwand aus den Bäumen des Kiefernwalds, und es herrschte ein schreckliches Dunkel, das nur von Blitzen unterbrochen wurde. Doch Vater Jacob lief die zehn *leguas* in so gut wie keiner Zeit. Bevor er an das Kopfkissen des Sterbenden trat, wollten die Indianer ihm seinen Mantel abnehmen, der vom Regen durchnäßt war, aber Vater Jacob nahm ihn rasch ab und hielt ihn hoch in einen Sonnenstrahl, der gerade durch die Wolken brach. Der Mantel, sagten sie, blieb in der Luft hängen und war sofort trocken.

So werden viele Geschichten über den kleinen, gedrungenen und starken Tata Jacobo erzählt, der aus einem weit entfernten Land kam, das auch gegen Spanien Krieg führte. Als die Kirche Santa Ana in Zacapu unter seiner Leitung gebaut wurde, geschah es, so wird erzählt, daß die Zimmerleute die Maße für die Balken des Gewölbes nicht korrekt eingehalten hatten, so daß sie zu kurz waren. Die Indianer wurden zornig auf die Schuldigen, aber Vater Jacob hieß sie, still zu sein und mit den Balken zu kommen. Zur großen Verblüffung aller, die zugegen waren, weiteten sich die Balken vor aller Augen, und als sie eingesetzt wurden, paßten sie perfekt.

Eine andere Geschichte handelt vom Wasserauge in Tarecuato. Es wird berichtet, daß Vater Jacob kurz nach seiner Ankunft in Tarecuato viele Indianer aus den Bergen bat, zu kommen und sich taufen zu lassen. Aber es war eine große Wasserknappheit im Dorf. Gottes Diener bat alle, in den Kiefernwäldern nach Wasser zu suchen, und er begleitete sie. Eine Fußstunde von Tarecuato entfernt stießen sie auf eine gewaltige Wand aus sehr großen Steinen. Vater Jacob kniete nieder, sprach ein flammendes Gebet und erhob sich und segnete die Felsen. Danach schlug er mit seinem Wanderstab daran, und im selben Augenblick brach eine wunderbare Quelle mit reinem durchsichtigem Wasser hervor, und Bruder Jacob dankte Gott und taufte die Indianer. Und die Quelle bekam den Namen Das Auge Des Heiligen Wassers.

Und es wird erzählt, daß der Apfelsinenbaum in der Mitte des Patio im Kloster Santa Maria de Jesus de Tarecuato aus einem der Wanderstäbe herauswuchs, die Vater Jacob benutzte und die er in die Erde steckte, während er die heilige Messe zelebrierte. Als er zurückkam, war der Stab in einen Apfelsinenbaum voller Früchte verwandelt.

Und fehlt den Müttern in Tarecuato Milch, um ihre neugeborenen Kinder zu stillen, geben sie ihnen die Früchte oder die Blätter von diesem Baum.

Und es gibt keinen Mangel.

Viele Monate nachdem Bruder Jacob nach Tarecuato zurückgekehrt war, zirkulieren seine zwei geheimen Schriften überall in Neuspanien, von Kloster zu Kloster. Dann erreicht ihn der Bescheid, daß er sich zu einer *disputa pública* im großen Kloster des heiligen Franz in Mexiko einfinden soll. Sein Widersacher wird kein Geringerer als der unübertroffene Meister der Rhetorik, Scholastik und Logik, Bruder Juan de Gaona aus Burgos und von der Sorbonne sein. Er hat alle relevanten Argumente gegen den Inhalt der zwei Schriften Bruder Jacobs gesammelt. Bruder Jacob begreift nicht, welche, von Christus und aus dem Evangelium können sie nicht stammen. Aber auf seiner einmonatigen Wanderung nach Mexiko-Stadt macht er sich auf das Schlimmste gefaßt, als er merkt, wie die offizielle indianerfeindliche Stimmung von Landstrich zu Landstrich zunimmt, alle in der Hand der spanischen Encomenderos, die schlichtweg alles vergessen haben, was mit Karls V. *Leyes nuevas* zu tun hat.

Der neue Vizekönig, Luis de Velasco aus Kastilien, ist zwar dagegen, daß die Grundbesitzer sich zuviel Macht aneignen, aber gleichzeitig ist er sich der Gefahr in der fortgesetzten Freilassung der indianischen Sklaven bewußt. Im Gegenteil sollen die Indianer gezwungen werden, noch härter in den Silberminen zu arbeiten, und in den Klöstern stellen die alten, müden Brüder sich taub gegenüber Bruder Jacobs Aufforderung zum Ungehorsam gegen die Kirche und den Vizekönig – man muß »den Gang der Dinge abwarten«, man muß »über die Dinge nachdenken«, man »weiß noch nicht«, man »will ungern zu weit gehen«, so klingt es fast über all, während die Brüder anderseits dem Brief des Kapitels in Guadalajara zustimmen und nur ein Übel darin sehen, daß die Indianer weiter als Sklaven gehalten werden und, wenn sie freigelassen sind, der Krone Steuern und einer Kirche, die nicht die ihre ist, Abgaben zahlen sollen.

Doch, räumen sie Bruder Jacob gegenüber ein, die Zeit ist eine andere geworden seit der Ankunft der zwölf in San Juan de Ulúa 1524.

Mit der Schulter hoch unter der Wange, drei Tage alten Bartstoppeln und eifrig auf den Zehen wippend empfängt Bruder Juan de Gaona Bruder Jacobo Daciano, wie er nun in Mexiko zu heißen vorzieht, wo nicht zuletzt die neueröffnete Universität davon zeugt, daß nun hier alles so spanisch ist wie in Spanien selbst, während die Azteken weiter und weiter an den Rand des alten Tenochtitlán gedrängt werden.

Es kommt Bruder Jacob vor, als sei es mehr als ein Leben her, daß er zuletzt hier war, in dem nun nahezu verschwundenen Viertel der Mücken, wo die meisten Kanäle zugeschüttet und in schnurgerade Straßen verwandelt sind, und kaum ist er ins Kloster eingelassen, ist bereits der öffentliche Disput mit Juan de Gaona im Gange.

Viele aus dem weltlichen Leben sind auch erschienen, Kaufleute und Importeure, Notare und Schreiber, Handwerker und alternde Conquistadoren, selbst ältere Schuljungen. Sogar vornehme Adelsdamen. Aber die meisten sind seraphische Brüder, die mit

Bernardino de Sahagún gekommen sind, der sich nervös an seine langen Ohren faßt, an die Ohrläppchen. Alle lauschen aufmerksam Juan de Gaonas *Antidota quarundam propositionum cujusdam famigeratissimi theologi*, Gegengift gegen einige Behauptungen eines gewissen berühmten Theologen:

»*Pater Jacobe, religiose, senex, sacerdos et quondam mihi amicitia conjunctissime*, Pater Jacob, fromm, hoch betagt, Priester und mir einst in Freundschaft inniglich verbunden. Ich frage dich demütig: Was hat es damit auf sich, daß du uns in jeder Hinsicht und in solcher Schärfe angreifst und uns als verbohrt und in Ketzerei verwickelt darstellst? *Haec Ecclesia in Occidentali India non est in Spiritu Sancto fundata*, behauptest du, weil den Glauben an Jesus Christus ohne hinreichend viele Diener und ohne den Gebrauch der Sakramente, die zur Erlösung erforderlich sind, zu begründen deiner Überzeugung nach heißt, den Glauben ohne den Heiligen Geist zu begründen. Deine These, dänischer Bruder, ist, daß die indianische Kirche indianische Mönche, Priester und Bischöfe zulassen soll. Du sagst, daß die Indianer im großen und ganzen angeborene Eigenschaften und Neigungen haben, die ihnen helfen, gute Christen zu sein. Du sagst, daß dies der Fall war in deinem Pueblo in den Bergen mit einem Indianer, einem Häuptling sogar, dem Gott seinen Geist gesandt hatte, und daß der Indianer den Wunsch bekam, Ihm zu dienen, indem er der Welt entsagte und ein evangelisches Leben führte. Du sagst, um zu predigen und die Sakramente angemessen und perfekt zu spenden, sei es notwendig, die Sprache der Eingeborenen zu können.

Du sagst, daß die Pueblos die *Doktrin* aus dem Munde der Eingeborenen mit größerem Wohlwollen annehmen als aus dem der Fremden.«

»*Respondeo: Nova haec Ecclesia plantula in Orbe Indiarum Spiritu Sancto plantata est.* Ich antworte dir, diese neue Kirche, die in den indischen Ländern gepflanzt worden ist, *ist* im Heiligen Geist gegründet, und da sie sich an ebendiesem Geist erquickt, ist sie bis heute gewachsen im Herrn, indem sie vermehrtes Wachstum in Jesu Christo empfangen hat. Doch die Gefahr eines Rückfalls ist bei den Indianern größer als bei anderen Ungläubigen, weil in ihnen eine Fremdheit gegenüber unserer Welt vorherrscht, die bewirkt, daß sie nicht gut taugen zum Befehlen, sondern daß man sie beaufsichtigt im jetzigen Stadium ihres Christseins. Weil viele demütig und dem Zustand, den wir beschrieben haben, unterworfen sind, werden viele hochmütig werden, wenn sie hoch hinauskommen, und deshalb wünsche ich zu sagen, daß die Indianer nicht Lehrer sein sollen, sondern Schüler, nicht Priester, sondern Untergebene. Und noch ein Argument: der Grund dafür, daß soviel Wildheit unter ihnen ist, ist, daß sie den Zufälligkeiten und der Unmäßigkeit des Alkohols unterworfen sind, und aus diesem Grund sollen sie keine Mönche sein.«

Spott gegen Bruder Jacobo Daciano von den Zuhörern.

Dacianos Antwort: »In ihrem heidnischen Leben betranken sie sich nicht.«

Erwiderung von Gaona: »Daß sie sich in heidnischer Zeit nicht betranken, lag an der Furcht, die sie vor denen hatten, die sie regierten. Aber die Alten tranken, und bei den Festen waren sie betrunken.«

Gegenargument von Daciano: »Es gibt heute Indianer, die sich nicht nur nicht betrinken, sondern die überhaupt nicht trinken.«

Entgegnung von Gaona: »Und selbst wenn es heute einzelne gibt, die sich weder betrinken noch überhaupt trinken, ist aufs Ganze gesehen das Gegenteil der Fall. Und deshalb sind Befürchtungen angebracht, wenn man die Indianer Gelübde in unseren Orden ablegen läßt, so daß sie anschließend Priester werden können.«

Neues Gegenargument von Daciano: »Es sind einige Indianer in die Orden in der Alten Welt aufgenommen worden, ein Beweis dafür, daß in Spanien eine andere Meinung herrscht.«

Erwiderung von Gaona: »Einer, der in einem gewissen Orden in jenem Land war, erhielt die Mönchskutte durch Betrug, ohne daß man wußte, daß er Indianer war. Er erregte Verdacht, weil er trank, wann immer er konnte, und doch war er ausgezeichnet in Latein und hatte ein großes Wissen, und er war taktvoll und sprachbegabt. Aber er wurde vom Aussatz des Alkohols befallen.«

Dacianos Beharrlichkeit: »Im franziskanischen Orden haben wir einen Beweis für einen indianischen Franziskanermönch mit beispielhaftem Lebenswandel.«

Gaonas Ausnahme: »Es ist wahr, daß in unserem Orden einer war, der sich im Königreich Spanien aufnehmen ließ, ohne sich zu erkennen zu geben. Aber er ist sehr enthaltsam. Man hat nie einen Fehler an ihm bemerkt, und in Übereinstimmung mit seinem angeborenen Wesen ist er sehr arm, demütig und bußfertig. Aber er ist nicht Guardian gewesen, er hat kein Amt bekleidet, obgleich er sehr alt ist und viele Jahre Mönch war.«

Dacianos Erklärung: »Ich bot mich an, sie gründlich für das Amt auszubilden.«

Gegenschlag von Gaona: »Das war tollkühn.«

Argument *ad hominem* gegen Daciano: »Unspanischer Bruder, hast du Luthers Gift im Blut?«

Daciano: »Der Adler des Hieronymus schwebt über uns allen, Gaona. Wir stehen alle unter der Anklage von Gottes Stimme.«

Diszipliniertes Argument von Gaona: »Lassen wir die Indianer zu unserem Orden zu, ist es um die Statuten geschehen.«

Frage von Daciano: »Welche Statuten? Die unseres heiligen Franz? Ich kenne aus seinen Schriften keine Statuten, die andere Völker ausschließen.«

Erklärung von Gaona: »Unser seraphischer Vater konnte auch nicht das untergrabende Wirken der Judenchristen in Spanien voraussehen. Ich spreche von der *limpieza de sangre*, dem Nachweis der Reinheit unseres Blutes, durch vier Generationen, bevor wir unser heiliges Gelübde ablegen.«

Daciano: »*Conscientia deponi potest*. Das Gewissen kann beiseite geschoben werden, wie Aquin sagte. Aber er meinte auch, daß dessen Grundlage *synteresis* unübertrefflich und unvergeßlich ist.«

Gaona: »Viele Formen der Unwissenheit sind laut

Thomas gewollte Unwissenheit, *ignorantia voluntaria* – wie wenn der Wille den Intellekt zurückhält, etwas zu erkennen, das er erkennen kann. In diesem Fall, Daciano, entsteht ein widerspruchsvoller Mensch, ein *homo perplexus*, der nicht wissen will, was er weiß. Man kann nicht sagen, daß Unwissenheit ihn entschuldigt. Du bist nicht entschuldigt, Daciano. Du kennst unsere Statuten.«

Wie die Chronik lakonisch schließt:
»Gaona Sieger. Daciano besiegt.«

Verurteilt zu Wasser, Brot und Schweigen auf unbestimmte Zeit sowie mit dem Verbot belegt, sich nach Beendigung des Schweigens jemals über seinen Fall zu äußern, macht Bruder Jacob sich auf den Rückweg. Aber diesmal wählt er eine andere Route, nordwestlich, in der Richtung des Klosters San Miguel el Grande.

Der Nordosten der Augustiner ist kaum ein Gebiet, um zu verschwinden, bis er das Schweigen wieder brechen darf, in Bartolomé de Las Casas' und seiner Dominikaner Chiapas wird er sich noch fremder vorkommen, und in den Klöstern seines eigenen Ordens, in denen er übernachtete, als er von Tarecuato nach Mexiko ging, wird er sich noch unwohler fühlen als vorher. Aber der Nordwesten ist das Land des Schweigens, mit sehr wenigen Franziskanerklöstern, die er nie besucht hat und wo er deshalb besser, wenn es schlimm kommt und keine Indianer ihn aufnehmen wollen, Schutz suchen kann, ohne allzuviel Aufmerksamkeit auf sich zu ziehen.

Die ersten Tage tut Bruder Jacob nichts anderes, als Juan de Gaona zu parodieren. Die Schulter unter die Wange hochgezogen, wiederholt er alle Argumente Gaonas, und wo keine Gefahr besteht, daß Vorbeiziehende zwischen Kakteen und Felsen auftauchen, brüllt er seine peitschenden Argumente zum Himmel hinauf, daß sie Widerhall geben, bevor sie als galoppierender Schwachsinn in die gewaltige Landschaft verschwinden. »Buchstabe A! Buchstabe A! Antworte aus deinem pyramidablen Schweigen auf diese Idiotie eines verwirrten Gehirns!« fleht Bruder Jacob an einer Stelle einen Felsen an, nachdem er Pflanzen und Wurzeln gegessen hat, die er noch nie zuvor gekostet hatte und die ihm neue Kraft geben. Er beginnt nun auch zu lachen, während er fortfährt: »A wie Alverna und A wie Antonius, A wie Anschovis und A wie Amen, komm heraus aus deinem Schweigen und gib uns das Alphabet zurück, auf daß alle deine Botschaft verstehen können.« Bruder Jacob versteht nicht, wo seine ganze Kraft herkommt, doch dann erinnert er sich schwach, wie Bruder Bernardino de Sahagún ihn bei seiner ersten Ankunft in Mexiko gewarnt hatte, jemals *raíz diabólica* zu essen, die zwar den Indianern Kraft gibt, tagelang ohne Essen und Trinken zu wandern, aber auch ihren Blick nach innen wendet, so daß sie sich an ihre alten Götter erinnern. Doch statt zu erschrecken, lacht Bruder Jacob noch lauter, während er sich in Erinnerung ruft, wie er von Paris zu der Buchdruckerstadt Lyon wanderte und unerwartet Begleitung von Alcofribas Nasier und Raphael Hythlodeus bekam, und sie sich vollaufen ließen mit Wein und über alles lachten.

»Teufelswurz oder Wein, es kommt auf dasselbe heraus«, hört er Alcofribas Nasier ganz von Frankreich herüberrufen, ein Ruf, der von einem Adler über das Nordmeer getragen wird, der über ihm am Himmel kreist und sich nun nicht weit von ihm entfernt niederläßt und mit den Flügeln im Staub schlägt und ihm mit François Rabelais' kleinen schwarzen Zähnen unter dem hellroten Zahnfleisch zulacht.

Und Bruder François alias Alcofribas Nasier leistet ihm bald Gesellschaft und rät ihm, wie in früheren Zeiten seinem Schmerz eine Form zu geben und ihn vor sich zu sehen. Bruder Jacob fühlt, wie er sowohl Bruder Jacob als auch Bruder Bojac aus Frankreich ist, und als Bruder Bojac ist er sofort in der Lage zu sehen, wie der Schmerz in seinem Inneren aussieht. Er hat die Form von Lianen. Ein ganzer kleiner Urwald von Lianen. Bruder Bojac geht direkt vor ihm, aber rückwärts, und bleibt Bruder Jacob stehen, bleibt Bruder Bojac stehen, und geht er einen Schritt zurück, geht Bruder Bojac den gleichen Schritt vorwärts. Nun beginnt Bruder Bojac, den Schmerz aus ihm herauszuziehen, gewaltige, schleimige Lianen von *Dummheit*, die mit den Knoten des *Hochmuts* zusammengebunden sind. Liane auf Liane zieht Bruder Bojac aus ihm heraus, während Alcofribas Nasier und Raphael Hythlodeus sich darin einwickeln wie zu einem Karneval, umeinander herumtanzen und dann in die Landschaft hinaus verschwinden, während Bruder Jacobs ganzer Schmerz hinter ihnen im Wind flattert. Hythlodeus ist zu ihnen gestoßen nach einer Expedition hoch hinauf in den Norden, wo er sicher war, in den Garten des Paradieses geblickt zu haben, und Bruder Jacob ist ein wenig betrübt, daß er nicht dazu gekommen ist, ihm von dem Anblick zu erzählen. Aber Bruder Jacob ist erleichtert, während Bruder Bojac versucht, Alcofribas Nasier und Raphael Hythlodeus nachzulaufen. Auf halbem Weg muß er jedoch aufgeben und wandert langsam zurück zu Bruder Jacob und sieht ihm direkt in die Augen. Vollbart steht Vollbart gegenüber. Lächeln begegnet Lächeln.

»Wollen wir nach Tlalocan gehen, dem Ort der Götter?« fragt Bruder Bojac.

»Ja, laß uns an diesen freundlichen Ort gehen«, antwortet Bruder Jacob.

Und sie verschwinden mit raschen Schritten in der Landschaft, während Bruder Bojac ihm alles über die gute Kaktuswurzel *peyotl* erzählt und wie Majakuagy, der in alten Tagen Häuptling eines Indianerstamms war, sein Volk von der Sklaverei unter einem anderen und grausamen Stamm befreite und es in das Gelobte Land führte, wo Menschenopfer für die Götter durch Opfer von Blumen und Früchten und Schlangen ersetzt waren. Majakuagy oder Der Schwanz Des Hirschs wußte, daß, wie der Hirsch und der Mais die Nahrung des Körpers sind, ist *peyotl* die des Geistes, und er gab seinem Volk die gute und heilige Wurzel, damit es rasch in das Gelobte Land gelangen konnte. Vielleicht war Majakuagy kein anderer als Moses, fragt Bruder Bojac sich selbst und erwartet nicht, daß Bruder Jacob die Antwort auf eine so verzwickte Frage weiß, während um sie her alles sich in großartigen Farben badet, die Berge wie ausgehauene Treppen gegen den Himmel stehen und Quetzalcoatl, Die Federbekleidete Schlange, höchstpersönlich zum Vorschein kommt und ihrer Sehnsucht Ausdruck gibt, zu ihrem Volk nach Tenochtitlán zurückzukehren, um es von dem Bösen, dem es allzulange unterworfen gewesen ist, zu befreien, so daß es sich wieder damit begnügt, den Göttern Schlangen und Blumen und Kaktuspflanzen zu opfern, statt die Pyramiden mit unschuldigem Menschenblut zu besudeln.

Gehen Bruder Jacob und Bruder Bojac zwei oder drei Wochen lang Seite an Seite? Ist es das Rote Meer, dem sie sich nähern? Bruder Jacob hat nun keine Vorstellung mehr von Zeit und Ort, und langsam beginnt er seine Kraft zu verlieren. Und nachdem Bruder Bojac ihn unerwartet verlassen hat, Die Federbekleidete Schlange davongeflogen ist und er sich nicht länger von dem Gedanken belebt fühlt, daß Majakuagy vielleicht Moses ist, wird Bruder Jacob plötzlich von umherstreifenden Chichimeken umringt. Zwischen ihnen hat er solche Angst wie noch nie zuvor in seinem Leben. Ihre Sprache versteht er nicht, ihre Kleidung ist anders als alles, in das er bisher Indianer sich hat kleiden sehen. Sie puffen ihn. Und als der größte der Indianer mit bemaltem Kopf abwechselnd an seiner Kutte zerrt und ihn mit seinem Speer sticht, kommt ihm Bruder Juan Galero in den Sinn.

»Hilf mir, Franz«, flüstert er.

Plötzlich fällt Bruder Jacob ein, daß die Indianer

nichts mehr respektieren als einen Besessenen, und während er hinter seinem Bart wiehert, beginnt er von neuem, die Lianen der Dummheit aus dem Körper zu ziehen. Sorgfältig. Während er sie genau studiert. Eine nach der anderen. Aus dem Magen zieht er sie, aus den Knien und Ellenbogen, sogar aus dem Bart. Um die Besessenheit noch lebendiger zu machen, wirft sich Bruder Jacob kurz darauf zu Boden und wälzt sich, wobei er sonderbare Heullaute ausstößt. Schließlich tut er wie ein Hund, als wolle er sich tief in die Erde graben. Als er aufblickt, haben die Indianer sich zurückgezogen. Vor Erschöpfung fällt Bruder Jacob in eine tiefe Ohnmacht und erwacht erst spät am nächsten Tag im Kloster San Miguel el Grande, wo die Brüder über ihn gebeugt stehen und fragen, was nur mit ihm geschehen sei und aus welchem Kloster er komme.

Aber Bruder Jacob ist stumm, und stumm bleibt er die folgende Woche, bis er sich wieder auf die Wanderung nach Hause, nach Tarecuato begeben kann.

Kaum ist Bruder Jacob über den Rio Lerma ins Herz von Michoacán gekommen, als ihm ein junger Minderbruder, den er nie zuvor gesehen hat, entgegenkommt und ihm erzählt, daß alle Brüder in Michoacán Nachricht bekommen haben, ihm mitzuteilen, wo immer sie ihm begegnen, daß er nicht nach Santa Maria de Jesus de Tarecuato gehen darf, sondern sich im Kloster in Pátzcuaro einzufinden hat, wo er die Zeit des Schweigens verbringen soll. Der junge Minderbruder, von dem Bruder Jacob annimmt, daß er der Sohn eines

Conquistadors ist, weil er noch immer von neuspanischer Arroganz gekennzeichnet ist, beeilt sich, ihn über seine Fehler zu belehren, doch jedesmal, wenn Bruder Jacob ihm antworten will, legt der Junge seinen dünnen, zitternden Zeigefinger an die Lippen:

»Still, Bruder! Jetzt ist die Zeit gekommen, wo wir uns besinnen und stillschweigen sollen.«

»Dann besinnen wir uns und schweigen still«, bricht Bruder Jacob sein Schweigen.

»*Du* schweigst still.«

»Nein, *wir* schweigen still. Das hast *du* selbst gesagt.«

»Das sagte nicht *ich*, sondern *wir*.«

»Sagte oder sage?« treibt Bruder Jacob seinen Spott weiter.

»Habe gesagt, sage und werde weiterhin sagen.«

»O junger, eifriger Bruder!«

»Still!«

Als Bruder Jacob in Pátzcuaro ankommt, empfangen ihn die alten Brüder mit Maturino Gilberti an der Spitze jedoch mit freundlichem Flüstern. Besonders der französische Bruder Maturino nimmt sich seiner an und gibt ihm Lektüre zu lesen, so daß er das Schweigen besser aushalten kann. Viel hat Bruder Maturino geschrieben seit seiner Ankunft, und jetzt ist er dabei, seinen großen *Diálogo de la Doctrina Cristiana* in der Sprache der Eingeborenen fertigzuredigieren. Er hofft, daß Bruder Jacob das Werk eines Tages approbieren wird. Die beiden schließen sich mehr und mehr zusammen, während sie aus Pátzcuaro hinauswandern und gern zu den Inseln übersetzen, wo sie ungestört sein können. Hier bringt Bruder Maturino seine volle Unterstützung für Bruder Jacob zum Ausdruck, eine Unterstützung, flüstert er, mit der er auch von Bruder Juan de San Miguel rechnen kann, der nun dem Klosterhospital in Tarecuato vorsteht. Aber schwer ist es, eine andere Meinung zu haben, und Bruder Maturino beklagt sich darüber, daß er in Pátzcuaro von den Gemeindepfarrern und leider auch von den Seinen angegriffen wird, weil er Franzose ist, wie auch Bruder Jacob während des Prozesses in Mexiko sicher manches böse Wort über seine dänische Herkunft hören mußte: französisch oder dänisch, das gleiche wie heimlicher Protestant zu sein! Außerdem greifen Don Vascos frisch ausgebrütete Gemeindepfarrer ihn wütend an, weil er die Tarasken nach eigenem Gutdünken verheirate.

»Sprich französisch zu mir«, sagt Bruder Jacob eines Tages zu Bruder Maturino, der von den Indianern auf dem Rücken getragen wird, wenn sie sehen, daß er wieder aufgeben muß wegen eines alten Schmerzes in seinen Beinen. Er hat ganz vergessen, daß er nicht mit Bruder Jacob sprechen darf, dem aufgegeben ist, ihn predigen zu hören, so daß ein neuer und bußfertiger Fray Jacobo eines Tages in wahrer Erkenntnis seiner Sünden aus dem Schweigen hervortreten kann. Dann erinnert sich Maturino an die Pflicht:

»Aber Bruder Jacob, du brichst dein Schweigen.«

»*Sing* mir etwas auf französisch«, fährt Bruder Jacob unbeeindruckt fort und denkt mit einem Glücksgefühl im Herzen an die Seine. Beide lachen einen Augenblick, dann bricht Bruder Maturino begeistert in ein Lied aus dem Aquitanien seiner Jugend aus. Danach wechselt er etwas säuerlich wieder ins Spanische und berichtet, welch schreckliche Geschichten der neue Erzbischof in Mexiko, der Dominikaner Alonso de Montutar, über ihn erzählt. Aber da ihm klar ist, daß Bruder Jacob das Französische beherrscht, wechselt er wieder zurück in seine eigene Sprache und erzählt, und nun mit einem Schmunzeln, was den Erzbischof dazu veranlassen würde, sich zu bekreuzigen. Pedro und Maria aus Tzintzuntzan waren von ihm, Bruder Maturino, in einer Kirche getraut worden. Aber Pedro findet eine Geliebte und wünscht statt dessen, sich mit ihr zu verheiraten. Also nimmt er sie mit zur Kirche und sagt, mit ihr sei er verheiratet gewesen, bevor er sein Auge auf Maria geworfen habe. Ohne die Sache zu untersuchen, solle er, Bruder Maturino, die erste Ehe aufgelöst haben. Da Maria einen neuen Ehemann findet, sollte man glauben, daß alles nun in Ordnung war, doch o weh und Schande! Pedro bekommt nun seine Frau über und wünscht Maria zurück. Er gibt zu, gelogen zu haben und daß Maria seine wirkliche Frau sei. Worauf er, Bruder Maturino, die zweite Ehe des süßen und unschuldigen Pedro aufgelöst und ihn aufs neue mit Maria verheiratet haben soll.

Ob er danach Pedros zweite Frau und Marias zweiten Mann miteinander verheiratet haben soll, darüber vermeldet die Geschichte nichts...

»Wahr, Bruder Maturino?«

»*Silence!*«

Vielleicht war das Ganze ein Traum. Es kommt kein tausendjähriges Reich. Die *Offenbarung des Johannes* verbleibt ein kryptischer Text. Die Welt ist die gleiche auf beiden Seiten des Nordmeers, und die Indianer sind nicht die Reserve Gottes, sondern ganz gewöhnliche Wilde. Raphael Hythlodeus hat nie Michoacán besucht, sondern vielleicht die Philippinen, von denen gewisse Brüder laut zu träumen beginnen. Während andere, und zwar die meisten, fühlen, daß die Zeit reif ist für die letzte große evangelische Offensive, bevor die aggressiven Gemeindepfarrer im Komplott mit den Grundbesitzern Neuspanien zu einer beliebigen spanischen Provinz verwandelt haben, mit einem allmächtigen Adel, ein wenig Bürgertum und einem Volk, das hungert. Die alten Minderbrüder werden überall in Neuspanien von einem neuen Drang ergriffen, die Geschichte und die Legenden der Indianer in der eigenen Sprache der Eingeborenen und mit einer Übersetzung ins Kastilianische zweisprachig aufzuzeichnen, und es geht das Gerücht, daß Bernardino de Sahagún nun in die Ruinen des Kollegs von Tlatelolco zurückgekehrt ist, um den Geist jener Tage wiederzufinden, als es mit dem ausdrücklichen Ziel gegründet wurde, indianische Priester auszubilden. Mit wütender Energie schreibt er neue große Abschnitte seiner aztekischen Geschichte in zwölf Büchern. Aber der Widerstand der Säkulargeistlichen gegen die frisch geweckte Neugier der alten Brüder auf alles, was indianisch ist, wächst von Tag zu Tag. Und das, obwohl die Brüder weniger und weniger werden, so daß es häufig vorkommt, daß ein Bruder von einem kleinen Pueblo in ein großes versetzt werden muß, mit dem Resultat, daß die Indianer eine Mauer um ihn bilden und sich weigern, ihn gehen zu lassen, weil er als ihr Vater weder Steuern noch Sklavenarbeit von ihnen fordert. Geschweige denn Bezahlung fordert für seine Messen. Besonders offene Brüder beginnen inzwischen sogar den Prozeß gegen Bruder Jacob in Zweifel zu ziehen. Sie müssen erkennen, daß er zum denkbar ungünstigsten Zeitpunkt stattfand und daß er außerdem auf einer falschen Grundlage beruhte. Wenn man nun das »Blutzertifikat« aus Spaniens inneren Angelegenheiten vergessen und Bruder Jacobs Rat befolgt hätte, Eingeborene in die Klöster aufzunehmen und die am besten Geeigneten zu Priestern zu weihen, würde der seraphische Orden viel stärker dastehen. Er würde bei weitem der größte sein. Er würde der eigene Orden der Indianer sein. Er würde wahrhaftig der erste Orden Christi sein. Jetzt schrumpft er. Monat auf Monat.

Als Wiedergutmachung an Bruder Jacob wird er von seinen Mitbrüdern 1554 zum Kustos für die Kustodie San Pedro y San Pablo in Michoacán und Jalisco gewählt. Wieder kann er, und nun mit Gewicht, gegen die Feinde des Ordens sprechen. Den Bart läßt er fallen und spricht. Mit Billigung seiner Mitbrüder verurteilt er in Pátzcuaro und Tzintzuntzan bald alles, was die Spanier und »ihre Kirche«, wie er es nennt, unternehmen. Selbst Juan de Gaona soll mit eingesunkenen Schultern und stillstehenden Füßen eingeräumt haben, daß er während des Prozesses gegen Bruder Jacob zu weit gegangen sei. Er hatte nur Weisungen befolgt. Aber vielleicht sei die Zeit reif für eine Neubewertung der Situation? Hätte er still sein Exemplar des *Lobs der Torheit* zu Rate ziehen sollen? Aber die Zeit arbeitet gegen die seraphischen Brüder. 1555 bekräftigt das Konzil in Mexiko den Beschluß von Lima: daß Indianer, Mestizen oder Mulatten weder zu Priestern geweiht noch in irgendeinen Orden aufgenommen werden dürfen. Und im Jahr darauf geschieht das für die Minderbrüder denkbar Schlimmste: ihr Beschützer, Kaiser Karl V., erscheint in einem berstend vollen Rittersaal des Schlosses in Brüssel, um seine Abdankung bekanntzugeben. Nur in Schwarz gekleidet, mit einem Kragen in den Farben des Ordens vom Goldenen Vlies, teilt er mit, daß er gegen die Feinde des Christentums in Deutschland, in Frankreich und im Mittelmeer getan habe, was er konnte, doch nun gedenke er, sich auf die letzte, große Reise vorzubereiten. Seine Königtümer werden seinem Sohn Philipp, das Kaisertum seinem Bruder Ferdinand übertragen werden.

Von allen alten Brüdern in Michoacán ist Bruder Jacob von dieser Nachricht am stärksten berührt. Mehrere Tage lang, nachdem er sie empfangen hat, geht er allein an den Ufern des Sees Pátzcuaro entlang.

Nun schweigend aus eigenem freien Willen.

Sie taucht auf dem Hügel Tepeyac ein Stück nördlich von Mexiko-Stadt auf.

Vor der Ankunft der Spanier hieß sie Tonantzin, Unsere Mutter – war sie doch die Mutter aller Götter. Um sie zu verjagen, hatten die Franziskaner auf dem Hügel, wo sie verehrt und wo ihr geopfert wurde, eine

Kapelle gebaut, die der einzigen, wahren Gottesmutter geweiht war, doch sie stellten keine Statue von Maria in der Höhe in der Kapelle auf, da sie befürchteten, die Azteken würden glauben, daß sie dann den Hügel bewohne, daß er »ixiptla« sei. Statt dessen hatten die Minderbrüder ein einfaches Bild von Maria aufgehängt, so gemalt, wie sie in Büchern und auf Fresken gern die biblische Geschichte für die Indianer zeichnen und malen lassen: einfach, verständlich, poetisch, doch ohne die Möglichkeit, daß die Bilder zum Gegenstand von Götzenanbetung gemacht werden können. Doch nun wird plötzlich zum Entsetzen der Minderbrüder die kühle Maria in der Kapelle auf dem Hügel Tepeyac zu einer ganz anderen Frauengestalt, nahezu eine heidnische Göttin, die Jungfrau von Guadalupe genannt wird. Halb indianisch, halb spanisch tritt sie in einem Strahlenglanz von Gold hervor und nimmt die Kapelle in Besitz, und sogleich beginnen alle zu ihr zu wallfahrten, die Spanier, weil sie glauben, daß sie als Erscheinung Marias imstande ist, sie von Krankheiten zu heilen, die Indianer, weil sie glauben, sie sei Tonantzin, die sie daran erinnert, nie ihre früheren göttlichen Kinder zu vergessen, während sie gleichzeitig stolz ist, zur Mutter des Christus der siegreichen Spanier erhöht worden zu sein. Das Gerücht besagt, daß allein sich dem Hügel Tepeyac zu nähern dem Wallfahrtenden neues Leben gibt, und die Minderbrüder predigen vergebens aus ihrer Isolation gegen die Jungfrau von Guadalupe. Besonders Bruder Bernardino de Sahagún ist aufgebracht: »Dies ist Mißbrauch, gegen den vorgegangen werden muß«, predigt er, wohin er auch kommt, »denn der wahre Name unserer Gottesmutter, Unsere Frau, ist nicht Tonantzin, sondern *Dios*nantzin. Das Ganze muß ein Werk Satans sein! Selbst aus den entlegensten Gegenden kommen die Indianer zu Unserer Frau von Guadalupe, um zu Tonantzin zu beten und ihr zu opfern, während sie überall einen Bogen um die Kirchen machen, die Unserer Frau geweiht sind. Was tun wir?«

Im fernen Michoacán ist Maturino Gilberti nicht weniger aufgebracht, als er von der Rückkehr der Frau-Schlange hört. In seinem taraskischen *Diálogo*, der die Krönung seines Werks als Apostel ausmachen soll und worin er das evangelische Christentum im Geiste des Erasmus und der Bibelreformisten verkündet, hat er nichts als Kritik übrig für das Phänomen von Tepeyac, und er hofft, daß etwas Ähnliches in Michoacán nicht geschehen wird:

Der Schüler: »Aber mein Herr, warum malt man nun aufs neue Bilder von Unserer Frau und den Heiligen? Hat Gott nicht befohlen, daß wir keine Bilder anbeten sollen?«

Der Meister: »Mein Sohn, wir beten kein Bild an, auch nicht das Kruzifix, die heilige Maria oder die Heiligen. Sie sind nur dazu da, uns an die große Gnade Gottes zu erinnern... Und selbst wenn wir auf die Knie fallen und anbeten, beten wir nicht das Kreuz an, das wir sehen, denn das ist nur aus Holz, sondern Gott selbst beten wir an, Unseren Herrn im Himmel.«

Wie Bruder Maturino hegt Bruder Jacob keinen Zweifel, daß die Geschichte von Mexiko-Stadt ihren Ausgang nimmt und vom Erzbischof Montufar in Szene gesetzt worden ist, dem Mann aus Granada, der sich um jeden Preis von seinem franziskanischen Vorgänger Zumárraga absetzen will. Es gilt nur eines: jede Spur von *El Erasmismo* auszulöschen. Nun sprechen nicht Antwerpen und Basel, sondern Granada, und Granada wünscht, daß die Indianer schnellstmöglich alles über die Konzile von Lima und Mexiko-Stadt, auf denen ihnen die Kirche genommen wurde, vergessen sollen. Da den Eingeborenen nicht erlaubt wird, Priester und Mönche und Nonnen zu werden, sollen sie spüren, daß die herrschende Kirche ihnen eine Hand im Dunkeln reicht. Mit einem einzigen durchdachten Manöver, Bruder Jacob nennt es schlicht »maurisch«, hat die Kirche den Minderbrüdern den Todesstoß versetzt. Die Kabale ist aufgegangen: die Indianer werden von nun an ihr gehören und nicht ihnen, aber der Kirche angehören als Sklaven, als »Freie«, als Trunksüchtige, als Unwissende, als Kranke und Sterbende, als Die Ohne Rechte. Als Tonantzins Kinder, die nicht ihre eigene Geschichte in den Schriften der Franziskaner lesen dürfen, die sich nicht daran erinnern dürfen, wie es war, sondern indem sie ihre Mutter, verkleidet als Maria, ein Pflaster auf die Wunde des Gemüts legen sehen. Dies ist nicht das Werk der Schwester Phantasie, sondern ein in den erzbischöflichen Gemächern von Mexiko-Stadt ausgedachter diabolischer Schachzug, denkt Bruder Jacob. Dies ist das alte Europa. Dies ist das Spanien Jacobs des Maurentöters, nicht Jacob

Majors, des Donnersohns und Fischers, der allen mit seinem Pilgerstab und seiner Jacobsmuschel entgegenging. Und zurück bleiben die Minderbrüder und können sich bis zu ihrem Todestag darüber ärgern, daß sie nicht von den Statuten über die *limpieza de sangre* aus Spanien, sondern von den vom Heiligen Geist eingegebenen des Kollegs von Tlatelolco abgewichen sind.

Der Messias-Kaiser zum zweiten Mal abgedankt.

»So wurdest du denn auch besiegt, Gaona, aber von einem Feind, mit dem du nicht gerechnet hattest«, sagt Bruder Jacob oft laut, wenn er sieht, wie alles zu der Zeit vor Erasmus zurückkehrt.

Don Vasco de Quiroga ist nun wieder zu Hause in Pátzcuaro nach seinen Jahren in Spanien, wo er offenbar gründlich über die Irrtümer des Erasmus und Thomas Morus belehrt worden ist. War des Bischofs eigenes Modell von Utopia auch kaum, wie Thomas Morus sich sein fernes Reich gedacht hatte, so spürte Bruder Jacob eine Zeitlang doch, daß Don Vasco am Beginn seines Wirkens von der ehrlichen und evangelischen Empörung des Sheriffs aus London über das Elend dieser Welt entflammt gewesen war. Nun fordert Seine Hochwürden, daß die Tarasken in allen Pueblos und Klosterhospitälern Michoacáns noch härter an seiner gigantischen Kathedrale arbeiten sollen, vom frühen Morgen bis zum späten Abend. Die Indianer kommen von weit her, und nach beendetem Tagewerk bekommen sie keinen Lohn, und darüber hinaus werden sie mit anderen Arbeiten gequält, wie zum Beispiel die Häuser der Spanier zu reparieren. Mehr und mehr

Tarasken sterben, besonders die stolzesten aus der alten Königsstadt Tzintzuntzan. Während der Königssohn Don Pablo Caltzontzin sich wieder in den Bergen versteckt, für Bruder Jacob ein großer Verlust.

Aber die Kathedrale in Pátzcuaro wächst und wächst. Und Don Vasco ist so von ihr in Anspruch genommen, daß weder indianerfreundliche Spanier noch die eigenen Sprecher der Indianer zu ihm vordringen können. Alles bestimmt er selbst, und oft nimmt er Kleidung von den Tarasken und läßt sie zu den wilden und halbnackten Chichimeken in Neu Galizien senden in der Hoffnung, sie davon abzubringen zu morden und zu plündern. In den Bergen hat der Bischof seine treuen Sendboten, die Feste veranstalten, bei denen die Armen zusätzliche Abgaben zahlen sollen, und für die Freilassung der Indianer fordert er den Zehnten von ihnen für die Erhaltung der Klosterhospitäler. Der Bischof und sein Provisor verurteilen die Indianer ohne viel Federlesens zu Strafen, wenn sie ihren Pflichten nicht nachkommen, von Peitsche und Gefängnis, wo sie oft sterben, bis zu Zwangsarbeit und Kirchenbuße, und überall setzt er seine eigenen Priester ein, die gegen die Brüder wirken und von den Kanzeln herab verurteilen, daß sie die Sakramente den Eingeborenen spenden.

Dies alles und noch viel mehr schreiben Bruder Jacob und Bruder Maturino ausführlich auf, so daß sie eines Tages eine Anklageschrift gegen den Bischof ausfertigen können, die an Spaniens neuen König gerichtet ist. Doch vielleicht wird es zu spät sein. Bruder Jacob hat das Gefühl, als fiele das ganze Jahrhundert vor seinen Augen in Schutt und Asche. Bald werden die neuen

Priester des reinen Blutes in Sänften getragen werden, mit Goldringen an sämtlichen Fingern und Edelsteinen um den Hals. Vor lauter Votivtafeln wird es unmöglich sein, zu den Altären der Kirchen vorzudringen, und von Kirche zu Kirche werden Messen gegen Schmerzen im großen Zeh und für das baldige Ableben des Nachbarn zelebriert werden. Einige Jahre werden auf diese Weise vergehen, doch dann wird die Flutwelle kommen, und Bruder Jacob sieht sie vor sich: Sie ist ätzend weiß und wird alles mit sich reißen, und diesmal noch schlimmer als im Norden. Überall werden die Kirchen zusammenstürzen, und die Antipriester der neuen Zeit werden von einem weit fürchterlicheren Feuer entflammt sein als die Lutheraner des Nordens. Das Kreuz werden sie zerbrechen, und Christus werden sie verhöhnen. Gott werden sie abschaffen und den gottlosen Menschen an seine Stelle setzen. Alles wird erlaubt sein, auch Menschenopfer, so daß die Pyramiden in Teotihuacán aufs neue mit Blut besudelt werden. Der Mensch, der sich selbst opfert zur Ehre des Gottes Nichts. Die heiligen Schriften – ins Feuer. Die Bibliotheken der Brüder – Hurenhäuser. Die Klosterhospitäler in Michoacán – Gefängnisse. Das Kreuz vor Santa Maria de Jesus de Tarecuato – ein Galgen. Sämtliche Altarbilder – kurz und klein geschlagen. Alles wird davongespült, und niemand wird mehr der wahren Maria einen Gedanken schenken, wenn die Flutwelle auch zum Hügel Tepeyac hochschwappt und einen Augenblick vor der Jungfrau von Guadalupe innehält, um ihr für ihre Mithilfe zu danken, und dann auch sie mitzureißen.

Nicht einmal Schwester Phantasie wird überleben. Wo sie sich auch befindet, Kalk drüber.

Es wird September 1558, und Bruder Jacob weiß, daß er trotz des Verbots nach Tarecuato hinaufwandern muß. Etwas ruft ihn, er weiß nicht, was. Dort angekommen, läßt er einen Sarg in die Kirche stellen, wo Bruder Juan de San Miguel ihn empfängt und sagt, daß nichts in den Bergen mehr so ist wie früher, nachdem Bruder Jacob das Verbot erhielt, als Guardian des Klosters zurückzukehren. Der braune Staub wirbelt, das Dorf liegt verödet da, und der Apfelsinenbaum in der Patio des Klosters läßt die Blätter hängen und trägt keine Früchte. In der Nacht auf den 21. September kann Bruder Jacob nicht schlafen. Früh am Morgen läßt er überall im Kloster Lichter aufstellen. »Die kleinen alten Männer« kommen in Verkleidung und fragen ihn, ob sie vor der Kirche fröhlich tanzen sollen. Sie wollen so gern zeigen, wieviel es ihnen bedeutet, daß ihr Tata nach Hause gekommen ist, aber Bruder Jacob sagt, daß es heute keinen Grund zum Tanzen gibt, nur zum Trauern.

»Warum das?« fragen sie.

»Ja, warum das?« fragt Bruder Juan.

»Ich weiß es nicht«, antwortet Bruder Jacob. »Ich weiß es wahrhaftig noch nicht.«

Einen Augenblick später fühlt er, daß alles in ihm ein Abgrund von Dunkel ist. Hat der Wahnsinn ihn ergriffen? Er setzt sich in eine der hintersten Reihen in der Kirche und betet zu Gott, ihm die Vernunft zurückzugeben. Die Tarasken kommen nun in Scharen in die Kirche, und Bruder Jacob weiß noch immer nicht, was er tun oder sagen soll. Dann tritt er an den Sarg und sagt laut:

»Unser Kaiser ist tot.«

Die Trauerfeier für Karl V. dauert den ganzen Tag und auch den Abend. Es wird Mitternacht, die Lichter gehen langsam aus, bis auf die Lichter um den Sarg, die erneuert worden sind. Sie sollen auch die Nacht über brennen. Gleich am nächsten Morgen verläßt Bruder Jacob Tarecuato wieder und begibt sich hinunter nach Pátzcuaro, von Trauer erfüllt, aber auch von Kraft, wenn er an die letzten zwei Jahre denkt, die der Kaiser im Hieronymitenkloster in Yuste im Tal Sierra de Gredos in Spanien verbracht hat. Es heißt, der Kaiser sei dort eines Nachmittags genau um fünf Uhr angekommen, und mit solcher Spannung hatten die Brüder ihn erwartet, daß die Glocken vor Begeisterung sogleich zu läuten begannen. Das einzige, was er wünschte, war, von seinen Büchern, Landkarten, vier Uhren, die ein italienischer Uhrmacher ihm gebaut hatte, sowie, sagt das Gerücht, einer Unzahl von Taschenuhren, die in Europa Mode geworden waren, umgeben zu sein. Achtunddreißig Mönche nahmen sich täglich seines religiösen Lebens an, und unter ihnen sollen drei Tenöre, zwei Kontra-Altstimmen, zwei Bässe, zwei Soprane und ein Organist gewesen sein.

Es macht Bruder Jacob froh, an all dies zu denken, nicht zuletzt an die Taschenuhren, und während er dahinwandert, beginnt er hier und da mit den Resten seiner tiefen Singstimme ein Lied zu singen. Kein Tag ist vergangen seit der Abdankung des Kaisers, ohne daß Bruder Jacob an ihn gedacht hat, während er gleichzeitig fühlte, daß der Kaiser ihm aus seinem Kloster täglich einen Gedanken sandte.

Nun ist es, als sei alles vollbracht zwischen den beiden, und zurück im Kloster in Tzintzuntzan stürzt sich Bruder Jacob auf Bruder Maturino Gilbertis *Diálogo de la Doctrina Cristiana en lengua de Mechoacán*, das er zusammen mit dem Augustiner und Taraskenkenner Alonso de la Veracruz approbieren soll, damit das Werk in Mexiko-Stadt in den Druck gehen kann. Es macht Bruder Jacob glücklich, zu sehen, daß jede Zeile in dem sechshundert Seiten starken Werk so geschrieben ist, als habe der Kaiser Bruder Maturino über die Schulter geflüstert. Bruder Jacob vermißt nichts in dem Dialog, der alles enhält: die Bibelgeschichte, ein Andachtsbuch über Christi Leidensgeschichte, Meditation über die drei theologischen Kardinaltugenden Glauben, Hoffnung und Barmherzigkeit, eine Deutung der sieben Ausstrahlungen des Hochmuts der Erbsünde und der sieben entgegengesetzten Tugenden enthält, Predigten über die Evangelien für das ganze Jahr, Dialoge zwischen Meister und Schüler über alles, das wahrhaft christlich ist, eine Schilderung der Ankunft Antichrists und wie die Guten von den Bösen getrennt werden sowie eine ausführliche Erklärung der sieben Sakramente, die an alle gespendet werden können. Schließlich enthält das Werk ein lange entbehrtes Wörterbuch.

»Vor Gott und meinem Gewissen erachte ich dies alles als sehr katholisch«, schreibt Bruder Jacob in seiner

Approbation als besonders kundiger *Teologo y Religioso de la custodia de Mechoacán* und fügt hinzu, daß es ein für die Eingeborenen »sehr wertvolles Wissen« enthalte. *Sin dejar palabra ninguna*, ohne ein einziges Wort übersehen zu haben, kann Bruder Jacob abschließend feststellen, daß das Taraskische sich in guter Übereinstimmung mit der von den Eingeborenen gesprochenen Sprache befindet: »Ich verstehe sie, weil ich mehr als sechzehn Jahre darin gepredigt und die Beichte abgenommen und die anderen Sakramente gespendet habe. Folglich meine ich, daß das Werk gedruckt werden sollte. Daß dies die Wahrheit ist, bekräftige ich mit meinem Namen. Fray Jacobo de Dacia.«

Doch kaum ist das Werk gedruckt und im Umlauf, läßt Don Vasco zwei seiner Säkularpriester es näher untersuchen. Sie behaupten beide, Dolmetscher des Taraskischen zu sein. Leider haben sie wenig Zeit. Bevor andere Arbeit sie ruft, können sie nur den ersten von Bruder Maturinos Dialogen lesen und finden ihn voller Fehler, »schlecht klingend und mit skandalösen Behauptungen«. Weiter können sie konstatieren, daß der taraskische Originaltext und die kastilianische Übersetzung, die Bruder Maturino auch besorgt hat, nicht übereinstimmen. Infolgedessen verbietet Erzbischof Montufar jeden Verkauf des *Diálogo* und verfügt, die bereits im Umlauf befindlichen Exemplare zurückzuziehen. Doch zu seiner und Don Vascos Verärgerung fährt Bruder Jacob damit fort, das Werk unter den Tarasken zu verbreiten, und wohin er kommt, erzählt er wahrheitsgemäß, daß Vater Maturino selbst nicht kommen kann, da die Gicht in seinen Beinen ihm mehr und mehr zu schaffen macht und er im Kloster in Pátzcuaro bleiben muß, doch daß die Provinzialminister der drei Bettelorden das Buch genehmigt haben.

Gleichzeitig warnt Bruder Jacob vor Don Vascos Priestern, sowohl denen im Kolleg in Pátzcuaro ausgebildeten als auch denen, die aus Spanien kommen. Überall in Michoacán stachelt Bruder Jacob seine Mitbrüder zum Widerstand gegen diese Kirchenmänner auf, und mit der Zeit wird ihnen vollkommen klar, daß ihr Prozeß gegen ihn falsch war. In aller Heimlichkeit sprechen sie jetzt davon, die Indianer, die es wünschen, zu Priestern zu weihen. Schlecht sehend, viele fast taub, manche mit krummen Rücken, andere mit den Schmerzen des Alters in Füßen und Hüften, werden die Minderbrüder in Michoacán und Nueva Galicia von neuer Inspiration entflammt. Ein Bruder wirft seine Stöcke fort, eine anderer meint, plötzlich wieder sehen zu können, und zwischen den Kiefernwäldern der Berge und rund um den See Pátzcuaro sieht man sie mit Bruder Maturinos *Diálogo* unter dem Arm. Vielleicht wird Gott ihnen im letzten Augenblick helfen. Vielleicht brauchen sie nicht auf eine Abreise zu den Philippinen, die nie stattfinden wird, warten, in der Hoffnung, dort – endlich – das Gelobte Land zu finden, wo das tausendjährige Reich sich einfinden wird.

Aber der Bischof schlägt zurück. Seine Priester erobern die Stationen der Brüder, plündern ihre Kirchen und Kapellen und arrestieren die Widerspenstigsten unter ihnen. Das verstärkt nur den Widerstand der Brüder, und bald reicht Don Vasco Klagen darüber an die Krone ein, daß die alten Minderbrüder seine Gemeindekirchen schänden und zusammen mit den Indianern deren Glocken, Kelche, Kreuze und Ornamente fortschleppen. Im Erzstift Mexiko sollen die Brüder Francisco de Ribera und Juan Quijano von ihren aufrührerischen Mitbrüdern in Michoacán angesteckt worden sein und sechshundert Indianer um sich gesammelt und sie mit Pfeilen und Bogen und Schilden bewaffnet haben, um gemeinsam mit ihnen im Laufe einer einzigen Nacht die Kirche in San Pablo de Tepamachalco zu zerstören. Und hinter den Brüdern in Michoacán und Mexiko sammeln sich mehr und mehr Indianer, so daß sich unter den Spaniern die Furcht vor einem neuen Aufruhr ausbreitet, einem weit schlimmeren als dem in Neu Galizien im Jahre 1541, weil er nun unter der Führung der verschlagenen, alten Minderbrüder mit dem fremden und gefürchteten, kleinen, vierschrötigen und übernatürlich starken Fray Jacobo Daciano alias *El Extatico* an der Spitze stehe.

Im Kloster San Francisco in Pátzcuaro tauft Tata Jacobo nun alle, die zu ihm kommen. Don Vasco muß es bald aufgeben, die Tarasken »von Grund auf« zu unterweisen, wie es seit seiner Rückkehr aus Spanien sein oft zum Ausdruck gebrachter Wunsch ist. Er sieht nur einen Ausweg: seine abgerichteten Indianer unter der Führung gutgewachsener Säkularpriester direkt ins Kloster zu schicken, um Bruder Jacob hinauszutreiben und zu arrestieren. Viel Zeit kann der fast achtzigjährige Greis nicht mehr haben, und ein paar Monate in dem schwarzen Kerker werden ihm schon den Rest geben. Don Vascos Männer treffen ein, als Bruder Jacob einen Säugling auf dem Arm hält. Sie gehen direkt zu ihm und zerschlagen als erstes seinen Taufstein. Nachdem er das Kind in die Arme der Mutter zurückgelegt hat, wird Bruder Jacob von den Priestern aus der Kirche gestoßen. Draußen fällt sein Blick als erstes auf Don Vasco, der aus seiner Sänfte steigt.

»Dein Mangel an Glauben wird dich in die Hölle bringen, Bischof!« ruft Jacob ihm entgegen.

»Meinst du, daß Erlösung allein durch den Glauben möglich ist, Bruder?«

»Nein, in der Falle fängt er mich nicht. Aber nur der Glaube kann uns zu den rechten Werken führen. Das wußte unser Kaiser.«

Bald liegt das Kloster in Pátzcuaro unbewohnt da, weil keiner der Brüder die demütigende Belagerung durch Don Vascos Männer hinzunehmen bereit ist. Einige gehen nach Tzintzuntzan, wo sie hoffen, in ihrem geliebten Olivenhain in Frieden sein zu können. Andere gehen auf die Inseln im See Pátzcuaro oder in ihre alten Einsiedlerbehausungen in den Bergen. Bruder Jacob selbst wird von den Indianern aus Tarecuato fortgebracht. Gerade als Don Vascos Männer Hand an ihn gelegt hatten, um ihn fortzubringen ins Gefängnis der Stadt, tauchten Reiter auf und entrissen ihn den Händen seiner Feinde. Sie setzten ihn auf ein reiterloses Pferd und ritten mit ihm fort. Bis zuletzt rief er

Don Vasco nach, daß ohne den Glauben kein Werk zu dem Himmlischen Jerusalem führe.

Aus der Sänfte des Bischofs schallte die Antwort zurück:

»Natter! Seelenmörder! Du bist ja *Protestant*!«

Bruder Jacob, wieder müde, als erinnere er sich an alles aus seinem langen Leben, das so lang ist, daß sein Beginn sich in der Urzeit verliert, wo sich wiederum alles in Visionen und Landschaften verliert, die dem menschlichen Auge unbekannt sind:

»Bespitzeln wir sie, wenn wir ihnen die Beichte abnehmen, Brüder?«

Keine Antwort.

Ein wenig später fragt einer der Brüder vorsichtig:

»Aber, Bruder Jacob, warum nanntest du dich in Mecklenburg Jacobus Gottorpius? Du versprachst, eines Morgens zu berichten...«

Keine Antwort.

Allein in dem jetzt verfallenen Kloster in Tarecuato geschieht es Bruder Jacob oft, daß er den gleichen Traum träumt. Er befindet sich auf einer langen Wanderung durch die Wälder Dänemarks, aber es sind nicht die, in deren Nähe er geboren ist. Es fällt ihm schwer, den Bäumen, den Blumen und dem Getreide auf den Feldern, die er zwischen den Baumstämmen erkennt, Namen zu geben. Er geht einem Vogel nach, den er noch nicht gesehen hat, so entzückt ist er von seinem Gesang. Als er zu einem Kloster kommt, ist die Pforte zugemauert, aber durch eine Hintertür kommt er hinein zu den Mitbrüdern, die ihn in einer Sprache empfangen, die er nicht versteht. Doch ahnt er, was einzelne Wörter bedeuten sollen, und als einer der Brüder die Zahl 340 in den dicken Staub auf dem Fußboden zeichnet, weiß er, daß das die Anzahl der Jahre ist, die er von ihnen fort gewesen ist. Dann versinkt das Kloster in der Erde, doch ohne daß die Brüder deshalb erschrocken sind. Später kommt Bruder Jacob in ein Tal, immer noch fliegt der Vogel vor ihm, und das Tal ist erleuchtet von Vater Huriatas Strahlen. In dem Tal ist eine Kapelle, und ein Bruder kommt heraus und sagt auf taraskisch zu ihm, daß sie beide die letzten Überlebenden im Umkreis von Meilen sind. Die Männer des Königs sind hinter ihnen her, aber der fremde Bruder sagt, daß niemand die Sprache versteht, die sie sprechen, und deshalb dürfen sie Dänemark verlassen, ohne belästigt zu werden, und in die Berge hinaufgehen, wo die Eingeborenen, die Krankheit, Hunger und Sklavenarbeit überstanden haben, verstehen werden, was sie sagen. Einmal holen die Männer des Königs sie ein, verschwinden aber sofort wieder, als Bruder Jacob sich zu ihnen umwendet und wie ein Frosch redet:

»Pacaparacutarahpenftsani Pacani Pamani.«

Unruhig erwacht Bruder Jacob in Santa Maria de Jesus de Tarecuato und fährt fort, taraskisch mit sich selbst zu reden. Er ist nun über achtzig, und ein paar Jahre sind vergangen, ohne daß der Bischof seine Männer nach ihm geschickt hat. Bruder Jacob kann den Tag einteilen, wie er will, ohne Rücksicht auf die spanischen Grundbesitzer, die ihn sowieso nicht als ihren Seelsorger haben wollen. Spanisch spricht er nur mit

Juan de San Miguel, der oft krank ist und aus seinem Kloster in Uruapan zu ihm kommt, als fühle er, daß seine Zeit bald um ist. Ein paarmal hat Bruder Juan seinen Wunsch zum Ausdruck gebracht, in Tarecuato begraben zu werden, und bald ist Bruder Jacobs Kloster sein fester Aufenthaltsort. Die Indianer pflegen ihn mit heilenden Kräutern, aber eines Morgens entdecken sie, daß er im Schlaf von ihnen gegangen ist, und er wird in das Mönchsgrab hinabgelassen, das bereits die irdischen Überreste eines Einsiedlers aus Chilcota sowie einen jüngeren neuspanischen Bruder enthält, der in Bruder Jacobs Abwesenheit beauftragt worden war, Bruder Juan im Auge zu behalten, damit er nicht, von Bruder Jacob angesteckt, die Sakramente nach allen Seiten austeilte. Den ganzen folgenden Tag zelebriert Bruder Jacob die Totenmesse für Bruder Juan, und während er dies tut, kommen ein paar Tarasken in die Kirche und sagen, daß Weinranken und Kletterrosen am Marmorkreuz vor dem Kloster emporgewachsen sind. Bruder Jacob geht hinaus und sieht, daß die Eingeborenen die Wahrheit gesagt haben, und bebend geht er vor dem Kreuz auf die Knie und dankt Gott, weil das Kreuz Christi zu der lebenspendenden Weinranke wird, die sich mit der ganzen Fülle der Kirche ausbreitet, wo sonst kein Wein wächst. *Lignum vitae*. Einen schöneren Abschied und ein schöneres Willkommen konnte Gott seinem treuen Diener Juan nicht bereiten. Vielleicht erzählt das blühende Kreuz auch von einem ganz neuen Morgen, wo das Gute nicht mehr abwesend sein wird und wo die Menschen aus Platons Höhle mit ihrem Schattenspiel, das die Wahrheit verzerrt, herauskriechen, wo Maria ihren himmelblauen Mantel über Michoacán ausbreiten wird und die Sakramente von den Wassern des Jordans reichlich für Spanier wie für Indianer fließen werden. Aber Bruder Jacob fühlt, daß bald die Stunde kommt, wo er selbst Bruder Juan nachfolgen wird. Das Morgen hier auf Erden wird nicht seins sein.

Doch zuerst muß er die Kranken mit dem Kreuz segnen. Sie werden mehr und mehr. Und sind Säuglinge unter ihnen, wird er sich neben ihre Wiege legen, damit sie seine letzte Kraft in sich aufnehmen können.

Und er muß die neuen Kinder unterrichten. Es sind weniger und weniger geworden, als wollten die Tarasken sich nicht mehr vermehren.

Und er muß mithelfen, nach Zeichnungen, die Bruder Juan hinterlassen hat, ein neues Aquädukt zu bauen. Aber viele eingeborene Männer sitzen nun träge vor ihren Hütten, während ihre Muskeln verkümmern. Sie rauchen, kauen Gras. Und trinken freudlos.

Und er muß sich um das Vieh kümmern, das Bruder Juan die Eingeborenen zu züchten gelehrt hat. Es bricht vor Durst auf den verdorrten Feldern zusammen.

Und wieder muß er in seiner eigenen Abschrift von Bruder Martín de Coruñas *Relación de Michoacán* lesen, wo die Tarasken von ihrer Geschichte, bevor sie erobert wurden, erzählen, von der fürchterlichen Hinrichtung ihres Königs Tangaxoan Tzintzicha und von den Minderbrüdern, die in Leichenkleider gekleidet auftauchten und die Schädel der Tarasken spalteten, als sie sie in Massen tauften. Und ist es nicht die Chronik der Tarasken, die wieder und wieder studiert werden muß, sind es die vielen neuen Legenden, die Bruder Jacob wieder zu sammeln angefangen hat, wenngleich seine Wanderungen kürzer und kürzer werden. Zu einigen Legenden hat er nur die Stichworte – Der göttliche Inchatiro, Die Glocke von Xaracuaro, Die Erschaffung des Sees Cuitzeo. Er hofft, daß die Eingeborenen in Tarecuato ihm eines Tages alle die Legenden von den Bergen und den Seen erzählen, die ihm für sein Buch fehlen. Auf Gutenbergs Presse gedruckt und in Tausenden an die Indianer verteilt, wird es den Eingeborenen die Erinnerung zurückgeben, bevor es zu spät ist. Hilflos und ohne Hoffnung warten sie jetzt nur darauf, was der morgige Tag und die Spanier ihnen an neuen Prüfungen bringen werden.

Aber bald beginnt Bruder Jacob zu fallen, zum ersten Mal in seinem Leben. Und als er zum dritten Mal fällt, ist er außerstande, wieder aufzustehen, und wird von vier Indianern ins Kloster gebracht. Eine Woche liegt er auf seiner Pritsche und kann sich nicht bewegen, doch dann kommen die Indianer wieder, diesmal mit einer Bahre, und obgleich er heftig protestiert, legen sie ihn darauf und laufen die vielen Leguas den ganzen Weg hinunter zum Klostergarten in Tzintzuntzan mit den gekrümmten Olivenbäumen, die mit einer Hand hinter dem Ohr allem lauschen, was gesagt wird, und imstande sind, Kranke zu heilen, die sich an ihre Stämme lehnen und den Rücken fest gegen die Rinde stemmen.

Die müden Brüder nehmen Bruder Jacob voller Freude auf. Endlich ist vielleicht die Stunde gekommen, wo er von seinem Leben erzählen wird. Um ihn aufzuheitern, bringen sie ihm die Nachricht, daß Don Vasco tot und der Bau seiner Weltkathedrale zum Stillstand gekommen ist. Doch nur an gewissen Vormittagen, wenn die Schmerzen in seinem Rücken nachlassen, fühlt Bruder Jacob sich imstande zu erzählen, ansonsten denkt er unaufhörlich an die *Relación* und die sieben Fragen, die er sich aus jener Stelle im Text gebildet hat, wo die Tarasken verwundert davon erzählen, wie sie die ersten Brüder sahen, die nach Michoacán kamen. An fünf Vormittagen hat er den Brüdern fünf seiner unmöglichen Fragen gestellt. Nun stellt er die sechste:

»Hatten wir keine Mütter?«

Eines Morgens ist Bruder Jacob seines Wegs gegangen. Er will nach Hause nach Tarecuato, nach Hause zu dem Wind und dem braunen Staub, wenn das Schlimmste eintreten sollte, will er lieber auf dem Weg dort hinauf sterben, als zwischen den Seinen im Kloster Tzintzuntzan einschlafen. Einer der Brüder ist ihm gefolgt, und als sie Seite an Seite gehen, sieht Bruder Jacob, daß es der Königssohn Don Pablo Caltzontzin ist, der als erster und einziger Indianer in Michoacán von den Brüdern die Kutte bekommen hat und sogar von dem neuen Bischof Don Antonio zum Priester geweiht worden ist.

»War es ein Irrtum? Glaubte er, daß du vielleicht Spanier seist?« fragt Bruder Jacob.

»Es geschah wohl aus Furcht. Ich drohte damit, mein Volk wieder zum Aufruhr anzutreiben.«

»Und wenn du wählen könntest, Don Pablo? Sevina Comanja Zacapu Charapan Huaniqueo Querecuaro Jacona Pátzcuaro Tzintzuntzan Tarecuato. Alle diese Orte werden wieder dein sein, wenn du die Kutte und das Kreuz ablegst! Was wirst du dann sagen? Was wirst du wählen? Das Kreuz oder die Krone? Nein, du sollst nicht antworten. Ich bitte dich, antworte nicht.«

»Aber warum hast du gefragt, Vater?«

»Vielleicht weil meine Gedanken angefangen haben, im Kreis zu gehen, und ich stelle mir selbst Fragen, von denen ich weiß, daß ich sie nicht beantworten kann. Vielleicht ist allein unsere Wanderung durch den Schatten Gottes die Antwort...«

»Aber warum nanntest du dich Gottorpius, Vater Jacob? Warum wollten sie so gerne, daß du diese Frage beantwortetest?«

»Es war einmal, es war nicht einmal, es war einmal... So fangen die Perser immer ihre Märchen an, habe ich mir erzählen lassen. Es war einmal ein fliegender Teppich, es war einmal kein fliegender Teppich, es war einmal ein fliegender Teppich...«

»Es war einmal wer, Bruder Jacob?«

»Es war nicht einmal...«

»Es war einmal!«

»Es war einmal ein Königssohn wie du, Bruder Pablo.«

»Aber er war im Norden geboren.«

»Er war im Norden geboren.«

»Erzähle, wenn du möchtest, und geh ein wenig langsamer. Du gehst so schnell, daß ich, der Eingeborene, dir kaum folgen kann. Erzähle von deiner Wahl,

Tata Xurirangari, deiner Wahl, die auch zu der meinen wurde. Der Norden. Seine Flüsse. Die Meere um den Norden. Seine Berge und seine Ebenen. Seine Frauen. Seine Schlösser. Wein? Wächst dort Wein? Sein Sommer und sein Winter. All dies wird dein sein, wenn du die Kutte und das Kreuz ablegst. Du wirst sogar wieder jung werden. Was wirst du dann sagen? Was wirst du wählen? Das Kreuz oder die Krone? Nein, du sollst nicht antworten. Ich bitte dich, antworte nicht.«

»Aber warum hast du gefragt, Bruder Pablo?«

»Du hast gefragt! Erzähle, Vater Jacob. Die Wälder werden dir zuhören, die Bäche und die Seen, die Vögel und alle Hirsche. Und die schöne Huanita. Sie werden dir keine andere Frage stellen als diese: ›Warum nanntest du dich Gottorpius?‹«

»Bruder Pablo, das Ganze ist mit wenigen Worten gesagt. Als Königssohn drückte ›er‹ damit sein Recht als Bruder des gefallenen dänischen Königs aus, den ›gottorfschen‹ Teil der Herzogtümer in einer Gegend, die Schleswig und Holstein heißt, zu erben, dort wo Dänemark zu Deutschland und Deutschland zu Dänemark wird. In seinem Exil in Mecklenburg wünschte ›er‹ mit diesem Namen seine Unterstützung für das politische Recht seines gefangenen Bruders auf den dänischen Thron auszudrücken. Aber die Hoffnung auf eine Restauration unserer Kirche im Norden verschwand schnell, und statt dessen ging ›er‹ fort...«

»Weil der Kaiser dich rief?«

»Weil der Kaiser ihn nach Spanien rief.«

»Aber woher kannte er den Kaiser?«

»Er kannte ihn nicht persönlich. Aber sein Bruder

war verheiratet mit der Schwester des Kaisers, die Isabella hieß und nach dem Tod meiner Mutter unsere Königin war. Gehe ich immer noch zu schnell?«

»Ich komme mit! Wie hieß dein Vater?«

»Hans. Juan.«

»Warum verlor dein Bruder, Vater Jacob?«

»Oh, Bruder Pablo, er hatte eine große Seele. Für die gab es keine Grenzen. Immer strebte sein Geist zu den entlegensten Horizonten, um dann wieder zurückgesogen zu werden in sein eigenes inneres Dunkel. Vielleicht sehr dänisch. Er wußte, er wußte nicht, er konnte, konnte nicht, wollte, wollte nicht. Als seine Frau während ihrers Exils in den Niederlanden starb, war es, als würden alle Katastrophen über ihn niedergehen. Trotzdem suchte er wieder alle Horizonte des Geistes ab und schrieb einen persönlichen Brief an Doktor Luther, daß seine Königin auf evangelische Weise gestorben sei, da sie auf dem Totenbett das Abendmahl in beiden Formen empfangen habe. Ja, er schrieb sogar, daß, als die Priester der Mutterkirche ihr die Letzte Ölung geben wollten, Gott sie die Sprache verlieren ließ. Aber gleichzeitig ließ mein Bruder eine andere Darstellung für einen katholischen Priester verfassen, eine Darstellung, die sogar auf Pergament im Sarg der Königin niedergelegt wurde. Da konnte man lesen, daß die Königin teils mit Worten, teils durch Zeichen zu erkennen gab, daß sie ihre Sünde bereute und am christlichen Glauben festhalten und im Schoß Unserer Mutter, der heiligen Kirche leben und sterben wollte. Ich könnte viel mehr erzählen über des Königs Fall. Schon meine Mutter befürchtete, daß mit seiner Thronbesteigung das Ende nahen und die Flutwelle über den Norden hereinbrechen würde.«

»Wie hieß deine Mutter?«

»Christine. Sie lehrte mich alles. Als sie starb und in unserer Ordenstracht begraben wurde, starb auch mein Dänemark. Alles lag nun in den Händen meines Bruders, und er verleugnete mich völlig. Kannte mich nicht. Wollte nicht mit mir, Jacobus Johannis, reden, als habe er einen persönlichen Sieg errungen über mich, der ich nur wünschte, in unserem Orden zu bleiben.«

»Aber warum verleugnet ein Bruder seinen Bruder?«

»Ich war eine Bedrohung für ihn. Nachdem er das Land Schweden erobert hatte, war er gezwungen, eine Erklärung zu akzeptieren, daß er das Erbrecht auf das Land nur besaß, wenn er beweisen konnte, daß er der einzige Sohn meines Vaters, König Hans, war. Das schwedische Recht schrieb vor, daß, wenn mehrere Söhne vorhanden waren, unter ihnen gewählt werden sollte. Mich gab es nicht, durfte es nicht geben. Und mich gibt es wohl kaum in einer einzigen Chronik aus dem Norden. Viel mehr gibt es nicht zu erzählen, Don Pablo. Mit fünf dänischen Königen habe ich gleichzeitig gelebt, vier von ihnen sind tot. Mein Vater, selbstverständlich. Mein Bruder. Unser Onkel, der auch einige Jahre König war und der die Henne von Gottorf genannt wurde. Und der Sohn der Henne, der eigentlich verantwortlich ist für den Tod meines Bruders und der in das Land des Mißtrauens und des Zweifels und des Lebensüberdrusses einrückte und mit seiner Eisenfaust und Luthers Katechismus alles niederschlug. Ich habe gehört, daß sowohl der eine als auch der andere Christian vor sieben Jahren starben, 1559. Der eine in Gefangenschaft, der andere auf der Höhe der Macht. Wenn es nicht der Wahrheit näher kommt zu sagen, daß sie beide in Gefangenschaft starben.«

»Aber der Kaiser? Wie verlief eure Begegnung?«

»Ich ging von unserer Exilprovinz Saxonia vom Heiligen Kreuz nach Sepharad, wie Spanien in der Bibel heißt. Du hast mich in Tzintzuntzan vielleicht davon erzählen hören. Verzeih, Bruder Pablo, daß ich dich erst jetzt sehe. Meine Augen sind nicht mehr das, was sie einmal waren. Wo sind wir jetzt? Nähern wir uns Patamban? Im übrigen finde ich, daß du jetzt an der Reihe bist zu erzählen! Erzähl von deiner Familie, ganz von den ersten Königen Hire Ticatame und Sicuirancha und Pauacume an... spreche ich ihre Namen korrekt aus? Nein, am liebsten, Bruder, erzähle mir von dem Rauchenden Berg.«

»Jetzt, Vater Jacob?«

»Jetzt. Genau jetzt.«

»Es war einmal, es war nicht einmal, es war einmal eine schöne Prinzessin aus Quetzalcoatls großem Volk im Osten. Sie hieß Ixtaccihuatl. Ihr Vater war betrübt, weil keiner das Herz seiner Tochter gewonnen hatte. Aber eines Tages kam einer unserer Prinzen, Popocatepetl vom Hundestamm, über die Berge und ging in das fremde Land hinunter. Da sah er die gewaltige Stadt Teotihuacán und ließ sich von seinen Sklaven in einem Stuhl aus schierem Gold in sie hineintragen, kaum worin du getragen worden sein dürftest, als du nach Sepharad kamst...«

»Du sagtest Einwohner? Gab es Einwohner in der Totenstadt Teotihuacán?«

»Vor vielen Jahren, ja, Vater. Und sie sahen sogleich, daß der Neuankömmling Taraske war, weil er nicht anständig gekleidet war. Sie wurden sehr zornig. Aber Ixtaccihuatl erblickte ihn, und ihre Mandelaugen strahlten, und ihre Lippen bebten. Sie wußte, daß der Prinz der war, auf den sie so lange gewartet hatte. Der König war aufgebracht und verbot den beiden, einander zu sehen, aber eines Abends entführte unser Prinz seine Prinzessin, und sie gingen wochenlang durch die Berge und kamen nach Hause nach Michoacán, aber auch von hier mußten sie fliehen, weil auch wir Ehen außerhalb unseres Volks verboten. Genau hier, wo wir jetzt gehen, Vater, gingen sie, und die Silberbäche des Waldes löschten ihren Durst, und der Honigsaft der Pflanzen gab ihnen Kraft. Als der Winter kam und der Wind beißend kalt wurde, fühlten sie, daß sie bald sterben würden, und eines Nachts, als sie in der Nähe zweier Berge weit von hier entfernt ausruhten, sagte Popocatepetl: ›Diese Nacht wird unsere letzte sein. Morgen bei Sonnenaufgang müssen wir uns trennen. Der Geist deines Gottes Quetzalcoatl wird dich sicher auf den kleineren Berg hinauftragen, und auf seiner Spitze wird ein Bett aus dem süßen, wohlduftenden Pinienholz dir helfen, den langen, tiefen Schlaf zu finden. Und währenddessen will ich auf den größeren Berg hinaufsteigen, von wo ich für immer deinen heiligen Körper erblicken kann.‹ Am nächsten Morgen, als die

Sonne durch die Wolken brach, hielt unser Prinz zum letzten Mal seine Geliebte in seinen Armen. Dann ließ er sie gehen, während er selbst zu dem größeren Berg ging, um ihn zu besteigen. Keins von ihnen wandte sich um. In diesem Augenblick begann es zu schneien wie nie zuvor, und es schneite weiter, bis die beiden eingeschlafen waren. Ixtaccihuatls Volk nannte den kleinen Berg die Schlafende Frau, und seit ihrem Tod ist die Spitze des Berges mit Schnee bedeckt, der so weiß ist wie die Farbe ihres Kleides, als sie lebte. Der größere Berg wurde von meinem Volk getauft, Vater, und wir nennen ihn den Rauchenden Berg, und es ist immer noch so, daß von der Spitze des Berges Rauch aufsteigt, wenn Popocatepetl um Ixtaccihuatl trauert.«

»Könnte ich doch nur die zwei Berge sehen.«

»Aber Vater Jacob, es wird viele Wochen dauern, zu ihnen zu gelangen. Erzähle nun von deiner Begegnung mit dem Kaiser.«

»Jetzt?«

»Jetzt. Genau jetzt. Bevor wir uns für die Nacht zum Schlafen niederlegen.«

»Er empfing mich an seinem Hof in einer Stadt, die Ocaña heißt, nachdem er von seinem mißglückten Kriegszug in das Land Algier zurückgekehrt war. Er bot mir sogleich an, ein Söldnerheer aufzustellen, falls ich daran dächte, Dänemark im Namen meines Bruders zurückzuerobern. Er gab mir einige Tage Bedenkzeit. Dann rief er mich zu sich, warf einen Blick auf eine italienische Uhr, die er gerade gekauft hatte, und sagte: ›Krone oder Kreuz, Fray? Du hast die Wahl.‹ Ich antwortete leise: ›Amerigo Vespuccis *Mundus no-*

vus, dorthin wünsche ich mich, mein Kaiser, in Christi Namen!«

»Und all das sagst du erst jetzt?«

»Ich spreche zu einem Königssohn.«

Spät am nächsten Tag, während die Abendsonne über Tarecuato liegt, gelangen die zwei Brüder ans Ziel. Bruder Jacob steuert sofort auf Santa Maria de Jesus zu, deren Glocken ihm ein Willkommen daheim läuten. Auf dem letzten Stück bis zum Kloster erinnert er sich wieder an die Glocke der Kirche auf Fünen, und als er zum Kloster kommt, wartet er darauf, daß der alte Mann mit den gebrochenen Fingern ihm entgegenkommt. Das Marmorkreuz, das Bruder Jacob vor vielen Jahren errichtet hat, ist nun ganz von Weinranken und Rosen umschlungen, und bevor er es erreicht und an seinem Fuß niedersinkt, sieht er das Altarbild im Chor der Franziskanerkirche in Odense vor sich, mit dem gekreuzigten Christus in der Mitte und den Ästen, die von seinem Baum ausgehen und die Erzählung von seiner Leidensgeschichte tragen, von der Fußwaschung bis zu seiner Himmelfahrt und den zwölf Aposteln, die am Pfingsttag um die Jungfrau Maria versammelt sind, die Sankt Bonaventuras *Lebensbaum* aufgeschlagen in ihrem Schoß hält. Maria, die zur Braut Christi erhoben wird, die Himmelskrönung erfährt und ihre Machtstellung als Kaiserin des Himmelreiches einnimmt:

Mich ehren nun alle neun Engelschöre,
denn Christus Jesus zu mir kam
als der Kaiserin des Himmelreichs.
Wärst du verdammt zu der Hölle Grund
und solltest hinab noch zu dieser Stund,
wirst du dich an mich wenden!

Ganz still ist es, wo der heilige Franz von Assisi, mit Tonsur und in seine Ordenskutte mit Kapuze und einer Schnur mit drei Knoten um den Leib gekleidet, andächtig das Gesicht der Christusfigur betrachtet. Er ist barfüßig, und seine erhobenen Hände tragen die Male der Stigmatisierung, die Franz in einer Vision empfing, als er auf dem Berg Alverna betete. Lange schaut Bruder Jacob zu dem Blumenkreuz auf, dann spürt er jemand hinter sich, und als er sich umwendet, sieht er direkt in Bruder Pablos Augen.

»Hast du mich nach dem Auftrag meiner Mutter geschnitzt?«

»Was sagst du, Vater Jacob?«

»War es nach der Zeichnung, die die Königin von mir in Assisi machen ließ?«

Bruder Jacob blickt wieder zum Kreuz mit dem Blut Christi in allen Trauben auf. Bald muß er sie auspressen und den Wein in Fässer füllen und ihn an Michoacán austeilen. Aber es ist spät, und die Sonne ist jetzt untergegangen. Und seine siebte und letzte Frage hat er nie gestellt. Vielleicht kann Bruder Pablo ihm Antwort geben.

Bruder Jacob versucht vergebens, sich aufzurichten. Um ihn scharen sich alle Indianer aus Tarecuato. Vier der »kleinen, alten Männer« heben ihn auf und tragen ihn in die Kirche, wo alle Lichter brennen. Sie legen ihn vor den Altar, und bevor Schwester Tod langsam seine Augen schließt, kann er gerade noch ins Ohr von Don Pablo Caltzontzin, der sich über ihn beugt, flüstern:

»Kamen wir aus der Hölle, Bruder?«

Epilog

DAS GRAB NIRGENDWO

Chaque homme a sa terre promise,
son jour d'extase et sa fin en exil.
Amiel

Kaum ist Bruder Jacob in Tarecuato mit seiner Jacobsmuschel aus Compostela zwischen der Hand und der Brust begraben, will das Gerücht wissen, daß die Indianer ihn aus dem Gemeinschaftsgrab der Mönche ausgegraben und ihn in eine Nische im Hauptschiff der Kirche verlegt haben, gleich hinter der Altarwand, damit er an einem trockenen Ort bleiben könne.

Die Mönche einer neuen Zeit beginnen bald mit Lampen und Hacken nach dieser Stelle zu suchen, aber als sie die Spuren in der Nische sehen, wagen sie doch nicht, das Grab zu öffnen, aus Furcht vor den Indianern, die alle paar Jahre in großer Heimlichkeit mit Wollstoff für eine neue Mönchskutte zu Bruder Jacob kommen, während sie seine alten Lumpen als Reliquien behalten. Dennoch bleiben die Tarasken mißtrauisch, denn sie wissen, daß, wenn Bruder Jacob etwas geschieht, Pest und neues Unheil sie nun ganz vernichten werden.

Deshalb holen einige ihrer Häuptlinge seinen Leichnam wieder hervor und gehen mit ihm in die Berge und verbergen ihn in einer Krypta auf dem Grund einer großen und unbekannten Grotte. Wachslichter werden in großer Anzahl aufgestellt, und sie brennen ohne Unterlaß, während wohlriechender Weihrauch aus den Weihrauchfäßchen aufsteigt und drei der Ältesten für immer den Ort bewachen, als wollten die Tarasken zu erkennen geben, daß ihr Vater, wenngleich begraben, doch nicht tot ist.

Er braucht nur Ruhe, fern von den Seinen.

Bibliographische Nachschrift

Ich trug mich mit Plänen für einen Roman über Søren Kierkegaard, aber die Aufgabe erwies sich selbstverständlich als unlösbar. Den Roman – die Romane – über Søren Kierkegaard hat Kierkegaard selbst geschrieben, wieder und wieder, und in zunehmendem Grad auch über die Unmöglichkeit, in einer engen, lutherischen Gesellschaft mit Staatskirchenpastoren apostolischer Christ zu sein. Der Roman über Kierkegaard sollte meine zwei voraufgegangenen Romane über jeweils den »Ethiker« Peter Wilhelm Lund (*Der Weg nach Lagoa Santa*) und den »Ästhetiker« Peder Ludwig Møller (*Det er svært at dø i Dieppe*; »Es ist schwer, in Dieppe zu sterben«) abschließen.

Hätte ich ihn geschrieben, würde er tragisch geendet haben und sicher in einem griesgrämigen Tonfall: noch ein dänischer Entwicklungsroman darüber, das Eine zu wollen, und damit zu enden, ausgestoßen zu werden aus dem Entenhof. Aber Kierkegaard war nie griesgrämig, und vielleicht starb er in Wahrheit glücklich, im klaren Bewußtsein dessen, daß er seine Mission erfüllt hatte und daß er nie anderen zugehören würde als »dem Einzelnen«.

Kierkegaard hatte mir geholfen, P. W. Lund und P. L. Møller zu verstehen, was konnte ich mehr von ihm verlangen? Wollte ich nun auch auf seinem Rükken reiten?

Ich legte meine Entwürfe beiseite und fühlte mich in einem Vakuum, weil ich mir in meinem Vorhaben so sicher gewesen war: eine Trilogie über Kierkegaards drei Stadien auf dem Lebensweg, mit Kierkegaard selbst als der Inkarnation des religiösen Stadiums. Vor Autoren in einem Vakuum soll man sich in acht nehmen. Wenn man lange genug in einen Abgrund starrt, beginnt er zurückzustarren, wie Nietzsche sagt, und ich fühlte, daß P. L. Møllers Abgrund mich anstarrte von morgens bis abends und daß ich außerstande war, den »Sprung« in das Religiöse zu machen. Das erzählte ich Jørgen Schleimann bei einem späten Frühstück. Schleimann, der zwar selten Romane liest, aber ein begeisterter Leser von Lexika ist, blickte von seinem Begrüßungsschnaps auf und erwiderte, er sei in der neuen Ausgabe des *Dansk Biografisk Leksikon* gerade beim Buchstaben J angelangt.

»Was hat das mit meinem Problem zu tun?« fragte ich.

»Schlag einmal unter *Jacobus de Dacia* oder *Broder Jacob den Danske* nach«, antwortete er. »Christian II. soll einen Bruder gehabt haben, der als franziskanischer Missionar in Mexiko endete.«

Am Tag danach eilte ich in die Bibliothek, und ganz richtig, dort stand eine viertel Spalte über Bruder Jacob den Dänen, verfaßt von Jørgen Nybo Rasmussen. Mein erster Gedanke war: Film! Er würde damit beginnen, daß alles *weiß* wird in Dänemark, nach dem Anschlag auf die Kalkmalereien. Es erschien mir unmöglich, einen Roman über Bruder Jacob als Fortsetzung meiner zwei voraufgegangenen zu schreiben.

Welche Möglichkeit hatte ich, mich mit einem dänischen Franziskanermönch und Königssohn zu identifizieren? Das neunzehnte Jahrhundert Lunds und Møllers liegt ja direkt um die Ecke, und vielleicht treten wir erst jetzt, am Ausgang des zwanzigsten, aus ihm heraus. Aber die Zeit Bruder Jacobs? Nichtsdestoweniger wandte ich mich an Jørgen Nybo Rasmussen, Archivar im Reichsarchiv und Historiker, der gerade das Manuskript seines *Broder Jakob den Danske* (Odense 1986) abgeliefert hatte, dem Umfang nach ein kleines Buch, doch dem Inhalt nach ein bahnbrechendes und hochkonzentriertes wissenschaftliches Werk, der Ertrag eines dreißig Jahre währenden Interesses an Bruder Jacob. Bereits 1974 hatte Jørgen Nybo Rasmussen *Bruder Jakob der Däne als Verteidiger der religiösen Gleichberechtigung der Indianer in Mexiko im 16. Jahrhundert* (Wiesbaden) herausgegeben. Nybo Rasmussen hat eine Fülle alter Chroniken, Briefe und Schriften aus Dänemark, Deutschland und Mexiko durchgearbeitet, um das Rätsel aufzuklären: Hatte Christian II. einen jüngeren Bruder, der Jacob (wie ich ihn nenne) hieß und der als Missionar in Michoacán in Neuspanien endete? Ich hatte unweigerlich das Gefühl, mich zu Hause bei Nybo Rasmussen aufzudrängen – wie konnte ich mit meinem frisch geweckten Interesse davon träumen, seinen Bruder Jacob zu »übernehmen«? Aber Nybo Rasmussen zeigte sich von Anfang an in großzügiger Weise hilfsbereit und überließ mir neben einer Kopie seines Manuskriptes seine Examensarbeit sowie Teile eines noch ungedruckten Werks, beide über die Franziskaner in Skandinavien. Aber dennoch: Welche

Chance hatte ich, Bruder Jacob »von innen heraus« zu verstehen? Ich hatte nach und nach die Idee, einen Film über ihn zu drehen, aufgegeben, und mir schwebte eine Romanidee vor: Ich wollte über mich selbst als Pastor verkleidet schreiben, vielleicht sogar als der Pastor in meinem Film *Giv Gud en chance om søndagen* (»Gib Gott eine Chance am Sonntag«), der (wieder) in eine Krise kommt, weil er (aber jetzt zu spät) fühlt, daß das lutherische Fundament, auf dem er seine Karriere gebaut hat, das falsche ist. Der Pastor ist gerade vollauf damit beschäftigt, einem Roman über Kierkegaards religiöses Stadium den Garaus zu machen, läßt sich krank schreiben und macht sich auf nach Mexiko, um nach Bruder Jacob zu suchen. Diese Reise hinab in das Verschwundene sollte die wichtigsten Kapitel des Romans ausmachen. Aber eines Tages würde »ich« ja wieder nach Dänemark zurückkehren, »meine« Arbeit wiederaufnehmen – und weiterhin in Nietzsches Abgrund starren. Vielleicht zur gleichen Zeit, wie der Papst freundlich einen Besuch in Dänemark absolviert, und die kalte Schulter gezeigt bekommt. Wie es auch geschah. Hätte ich den Roman geschrieben, würde er sicher auch in einem unkleidsamen griesgrämigen Tonfall geendet haben.

Ich war kurz davor, die Idee, mich Bruder Jacob zu nähern, aufzugeben, als der Maler Erik Bøttzauw, mein alter Reisegefährte aus Brasilien, eines Tages im Frühjahr 1988, als ich den Kopf besonders tief hängen ließ, anrief und fragte, ob ich mit nach Mexiko wollte. Er war von dem, was ich ihm über Bruder Jacob erzählt hatte, so begeistert, daß er sich Jørgen Nybo Rasmussens Buch angeschafft hatte und nun nach Mexiko reisen wollte. Wollte ich mit? Oder wollte ich zu Hause sitzen bleiben und vergebens nach Bruder Jacob suchen?

Ein paar Wochen später waren Erik Bøttzauw und ich in Bruder Jacobs Michoacán. Nun wollte ich nur sehen und hören. Wenn ich auch nie über Bruder Jacob schreiben würde, könnte ich auf jeden Fall sagen, sein und der Tarasken Michoacán erlebt zu haben. Ich ließ alle meine Sorgen in Dänemark und öffnete meine Sinne, und eines Tages spürte ich, daß der Roman in Gang war: in genau dem Augenblick, als Erik Bøttzauw und ich in den Klostergarten in Tzintzuntzan mit seinen magischen Olivenbäumen eintraten. Es war, als flüsterten die Bäume mir zu: Beginn an einem Ende. Leb dich ein in Bruder Jacobs Zeit. Lies, was er las. Lerne seine Wanderung kennen. Aber bleib zunächst eine geraume Zeit hier in Michoacán. Höre den Tarasken zu. Schaff dir ihre Legenden an. Hör, was sie vielleicht über den dänischen Königssohn zu erzählen haben. Und verliebe dich nicht in dich selbst in der Verkleidung eines ziemlich uninteressanten modernen Pastors »in der Krise«.

In Morelia (der Hauptstadt von Michoacán) blieb Erik Bøttzauw und mir der Mund offenstehen, als wir in dem dortigen Museum für taraskische Kultur Kartenskizzen der Klosterhospitäler sahen, die Bischof Vasco de Quiroga, direkt inspiriert von Thomas Morus' *Utopia*, hatte bauen lassen. Auf dem Marktplatz der Stadt fand ich auf ausgebreiteten Strohmatten zwischen antiquarischen Büchern die mexikanische Übersetzung eines Essays von J. M. G. le Clézio über die Kultur und die Legenden der Taraskenindianer, und es zeigte sich, daß es sich um eine erweiterte Fassung des Vorworts zu seiner eigenen Übersetzung der *Relación de Michoacán* ins Französische (Paris 1984) handelte, ein Buch, von dessen Existenz ich nichts geahnt hatte. Wahrhaftig der Anfang einer Bibliothek: Nybo Rasmussen, Thomas Morus und le Clézio!

In Paris ging ich auf die Jagd nach franziskanischer Literatur, die in Dänemark aufzutreiben unmöglich ist. Vergessen wir nicht, daß es bis zum Beginn des vorigen Jahrhunderts hierzulande verboten war, katholische Literatur zu drucken und zu importieren. Bei *Éditions Franciscaines* in der Rue Marie-Rose, schräg gegenüber einem Haus, an dem steht, daß hier Lenin im Exil lebte, fand ich außer Büchern über franziskanische Theologie (insbesondere Bonaventura) die schöne und unschätzbare Anthologie *Mystiques Franciscaines* von Ivan Gobry (Paris 1959). Ich ergänzte nun meine franziskanische Handbibliothek mit allem, dessen ich in Paris über Spanien und Neuspanien zur Zeit Karls V. habhaft werden konnte. Überaus hilfreich waren mir Pierre Chaunu (besonders *L'Espagne de Charles Quint*, Paris 1973) und natürlich der große Erasmus-Experte Marcel Bataillon (*Erasmo y el Erasismo*, Barcelona 1978). Später fand ich Georges Baudots gewaltiges Werk über die früheste Missionsgeschichte der Franziskaner in Neuspanien, *Utopie et histoire au Mexique* (Toulouse 1977), das dem Klassiker *Conquête Spirituelle du Mexique* von Robert Ricard (Paris 1933) verpflichtet ist.

Und ganz neue Bücher über Bruder Jacobs Zeit erblickten gleichzeitig das Licht der Welt in den Buchhandlungen von Paris, gerade als ich angefangen hatte, mich zu orientieren – in rascher Reihenfolge erschienen oder waren erschienen Christian Duvergers *La conversion des Indiens de Nouvelle Espagne* (Paris 1987) und le Clézios *Le rêve mexicain* (Paris 1988), mit einer Huldigung an den selbstlosen, visionären Fray Jacobo Daciano, sowie Serge Gruzinskis *La Colonisation de l'imaginaire* (Paris 1988), dem sein *Les Hommes-dieux du Mexique* (Paris 1985) voraufgegangen war und sein *La Guerre des images* (Paris 1990) folgte, alle drei Bücher mit einer Menge von Details über die Missionsgeschichte der ersten Minderbrüder in Neuspanien.

Nun sah meine Arbeitsbibliothek nach etwas aus, und zu Hause schaffte ich mir die notwendigen dänischen Grundlagenwerke über das sechzehnte Jahrhundert an, von Troels-Lund bis zu den Literaturgeschichten von Oluf Friis und Carl S. Pedersen und Vilhelm Andersen. Und die ganze Zeit sandte mir Jørgen Nybo Rasmussen mehr Material: Thorlacius-Ussings *Claus Bergs altertavle*, Tue und Bodil Gads *Rejsen til Jakobsland* (Kopenhagen 1975) über Pilgerwege nach Santiago de Compostela, Fotokopien alter franziskanischer Chroniken, in denen Bruder Jacob vorkommt, eine Biographie über Vasco de Quiroga, Fray Maturino Gilbertis *Diccionario de la Lengua Tarasca* und vieles andere mehr.

Gerade als ich mich dem dritten Teil des Romans näherte und spürte, daß ich mehr über die Legenden der Taraskenindianer wissen müßte, erhielt ich von

Texas Christian Press in Fotokopie Maurice Boyds *Tarascan Myths and Legends* (1969), ein Buch, nach dem ich vom Anfang meiner Recherchen an in sämtlichen Bibliotheken und Buchhandlungen vergeblich gesucht hatte. Die Fotokopie erreichte mich zu dem Zeitpunkt, als die Spezialistin für indianische Sprache und Kultur, Anne Schlanbush, die ihre Magisterarbeit gerade über die Tarasken geschrieben hatte, mir freigebig ihr Material überließ. Sie hatte in einem Interview gelesen, daß ich mich für Bruder Jacob interessierte, mir geschrieben und mir Hilfe angeboten. Wieder einmal wurde ich in meiner Theorie bestätigt: daß es nicht immer ratsam für einen Autor ist, sich mucksmäuschenstill zu verhalten über das, woran er oder sie gerade arbeitet. Niemand ist eine Insel.

Hiermit richte ich einen herzlichen Dank an die vier Personen, die diesen Roman möglich machten. Der größte Dank gilt selbstverständlich Jørgen Nybo Rasmussen, mit dem ich unzählige Male über den Roman konferierte: wäre es denkbar, daß ...

Zum Schluß: Wer es wünschen sollte, Bruder Jacobs Grab zu finden, sollte folgende Geschichte beherzigen: Es wird erzählt, daß ein Gemeindepfarrer vor nicht allzu vielen Jahren das Grab finden wollte. Aus Vorsicht trugen drei alte Tarasker ihn auf den Schultern dorthin, nachdem ihm zuvor die Augen verbunden worden waren. Der Pfarrer zerschnitt jedoch die Schnur seines Rosenkranzes und ließ nach und nach die Perlen zu Boden fallen. So glaubte er, bei Tageslicht den Weg leicht allein wiederfinden zu können. Die Gruppe drang in Bruder Jacobs Höhle ein, nahm dem Pfarrer die Binde von den Augen, und mit eigenen Augen konnte er Bruder Jacobs Leichnam bewundern. Voller Zuversicht, das Grab wiederfinden zu können, stand er am nächsten Morgen auf. Aber als er sich auf den Weg machen wollte, traten die drei Tarasken in sein Zimmer und sagten zu ihm: »Vater Pfarrer, heute nacht auf dem Weg zu dem heiligen Grab ist dein Rosenkranz gerissen. Aber hier geben wir dir deine Perlen zurück. Wir haben sie gleich von der Tür deines Zimmers an bis zum Höhleneingang aufgelesen. Zähle sie, es fehlt nicht eine einzige.« (*Michoacán. Paisajes, leyendas y tradiciones*)

Henrik Stangerup — *Langebæk, Oktober 1990*

ZEITTAFEL

der Lebensgeschichte Jacobs des Dänen
von Jørgen Nybo Rasmussen

ca. 1484 Jacob wird als dritter Sohn von König Hans und Königin Christine geboren. Seinen Namen erhält er vermutlich nach seinem gerade verstorbenen Onkel, Graf Jacob von Delmenhorst.

ca. 1500–1515 Jacob tritt unter unbekannten Umständen in den Observantenzweig des Franziskanerordens ein. Er wird zu einem tüchtigen »dreisprachigen« Bibelhumanisten und Theologen ausgebildet; wo, ist nicht bekannt.

1520 31. Oktober. In seinem schwedischen Erbbrief leugnet König Christian II. aus politischen Gründen, einen lebenden Bruder zu haben. Hiernach wird Jacob in dänischen historischen Quellen verschwiegen.

1527–1530 Bruder Jacob wirkt als Vizeguardian im Franziskanerkloster in Malmö. Er disputiert mit den lutherischen Reformatoren der Stadt, Claus Mortensen Tøndebinder, Hans Olufsen Spandemager und Frans Vormordsen.

1530 Während der Belagerung des Klosters durch Bürgermeister Jørgen Kock oder Mønter vom 7. bis 14. Mai verteidigt Bruder Jacob seine Mitbrüder energisch, doch wird er zusammen mit den anderen Franziskanern schließlich gewaltsam aus dem Kloster vertrieben.

1531–1534 Die Franziskaner-Observantenprovinz Dacia wird während einer normalen Dreijahresperiode von dem Provinzialminister Rasmus Clausen Ulf geleitet. Er macht »Jacobus Johannis« zu seinem »socius«, d.h. Begleiter und Sekretär.

1532 Gemeinsam mit dem Lektor Bruder Rasmus Olufsen versucht Bruder Jacob im Juli–August durch einen Appell an den Herrentag in Kopenhagen das Franziskanerkloster in Næstved vor der Ketzereianklage des Reichshofmeisters Mogens Gjøe zu retten, aber vergebens.

1532–1534 Bruder Jacob verfaßt die zwei ersten Drittel der *Chronik der Vertreibung der Graubrüder* u.a. mit der Schilderung seiner eigenen Erlebnisse in Malmö. Die Ordensführung beabsichtigte, die

Chronik als Klageschrift in einem Prozeß um die Rückgewinnung der verlorenen Klöster zu benutzen, der für den geplanten, doch nie durchgeführten Herrentag 1534 vorgesehen war.

1534–1536 Der als »Grafenfehde« bekannte Bürgerkrieg bricht in Dänemark aus. Der Reformationskönig Christian III. siegt und nimmt daraufhin die katholischen Bischöfe in Dänemark gefangen und setzt sie ab.

1537 Christian III. macht am 2. September die lutherische »Kirchenordnung« zum Gesetz für die Kirche in Dänemark. Da sie ein Verbot aller Bettelorden enthält, muß neben vielen anderen Bruder Jacob ins Exil zu dem katholischen Herzog Albrecht VII. von Mecklenburg gehen. Bruder Jacob wird zum 35. und letzten Provinzialminister der Franziskanerprovinz Dacia gewählt.

1539 Unter dem Namen Jacobus Gottorpius fertigt Bruder Jacob am 19. April in Mecklenburg im Hinblick auf seine Abreise drei Briefe aus, in denen er die Angelegenheiten der Provinz

Dacia und seiner Mitbrüder, u.a. Lütke Naamensens, regelt.

1541–1542 Bruder Jacob begegnet in Spanien dem Schwager seines Bruders, Karl V.

1542 Unter der Bezeichnung »El provincial de Dacia« segelt Bruder Jacob in der Zeit von März bis August zusammen mit neun anderen Franziskanern von Sevilla nach Veracruz in Neuspanien.

Am 14. August tritt Bruder Jacob die Landreise nach Tenochtitlán oder Mexiko-Stadt an. Er bekommt hier Kontakt mit seinen Mitbrüdern und lernt Nahuatl.

Bruder Jacob beginnt im Herbst oder im folgenden Jahr seine Missionstätigkeit in Michoacán. Er lernt schnell Taraskisch.

Der lokalen Tradition zufolge legt Bruder Jacob bereits am 8. Dezember das Städtchen Coeneo nördlich des Sees Pátzcuaro an.

1543 Bruder Jacob kommt in Tarecuato an und baut die Kirche des Klosters und der Stadt.

1546 Ein Wunder wird als Bekräftigung der liberalen Austeilung des Altarsakraments durch Fray Jacobo Daciano an die Taraskenindianer gedeutet.

1548 Bruder Jacob gründet das Kloster Santa Ana und die Stadt Zacapu.

1552 Zusammen mit dem Kustos der Franziskanerkustodie San Pedro y San Pablo in Michoacán und Nueva Galicia unterzeichnet auch »Fray Jacobo de Dacia, diffinidor« (Ratsmitglied) am 8. und 20. Mai einen Brief, der in zwei Varianten an Kaiser Karl V. gesandt wird. Der Brief behandelt Missionsprobleme und besonders den Priestermangel.

1551–1552 Das Konzil in Lima verbietet die Priesterweihe von Indianern, Mestizen und Mulatten.

1553 Bruder Juan de Gaonas polemische Schrift *Antidota* (1. Mai), gegen Bruder Jacobs lateinisches *Libro* gerichtet, worin Bruder Jacob es als Ketzerei bezeichnet hatte, den Indianern prinzipiell die Priesterweihe zu verweigern. Bruder Jacobs spanisches

Buch über das gleiche Thema, *Declamación del Pueblo Barbaro de los Indios*, erschien vermutlich gleichzeitig.

Die Disputation über diese Frage findet mit Sicherheit bei einem Kapitel in der mexikanischen Franziskanerprovinz Santo Evangelio statt. Bruder Jacob wird zum Verlierer erklärt und bekommt eine Kirchenstrafe auferlegt.

1554–1557 Dem späteren Chronisten Espinosa zufolge leitet Bruder Jacob in dieser Dreijahresperiode als Kustos die Kustodie Michoacán und Jalisco.

1555 Das Konzil in Mexiko-Stadt schließt sich dem Verbot des Konzils von Lima gegen indianische und andere nichteuropäische Priester an.

1557? Bei dem Provinzkapitel der mexikanischen Franziskaner in Huetjozingo in diesem oder dem folgenden Jahr begegnet der Historiker Geronimo de Mendieta Fray Jacobo Daciano.

1558 Auf Aufforderung des Erzbischofs Montufar approbiert Bruder Jacob, zu diesem Zeitpunkt Guardian des

Klosters in Tzintzuntzan, am 21. Juli den taraskischen Katechismus seines Mitbruders Maturino Gilberti: *Thesoro Spiritual en lengua de Mechoacan.*

21. September. Jacob hält die Seelenmesse für Kaiser Karl V. an dessen Todestag, noch immer als Guardian in Tzintzuntzan.

1559	Bruder Jacob approbiert am 15. Juni Maturino Gilbertis taraskischen *Diálogo de la Doctrina Cristiana.*
ca. 1562	Bischof Vasco de Quirogas Priester greifen das Franziskanerkloster in Pátzcuaro an, zerschlagen den Taufstein und vertreiben Bruder Jacob.
1565	Die bisherige Kustodie San Pedro y San Pablo in Michoacán wird zu einer selbständigen Franziskanerprovinz gemacht.
1566 (1567?)	29. Oktober. Bruder Jacob der Däne stirbt im Kloster Tarecuato mit dem Ruf eines Heiligen. Er wird dort begraben, doch die Grabstätte ist unbekannt.

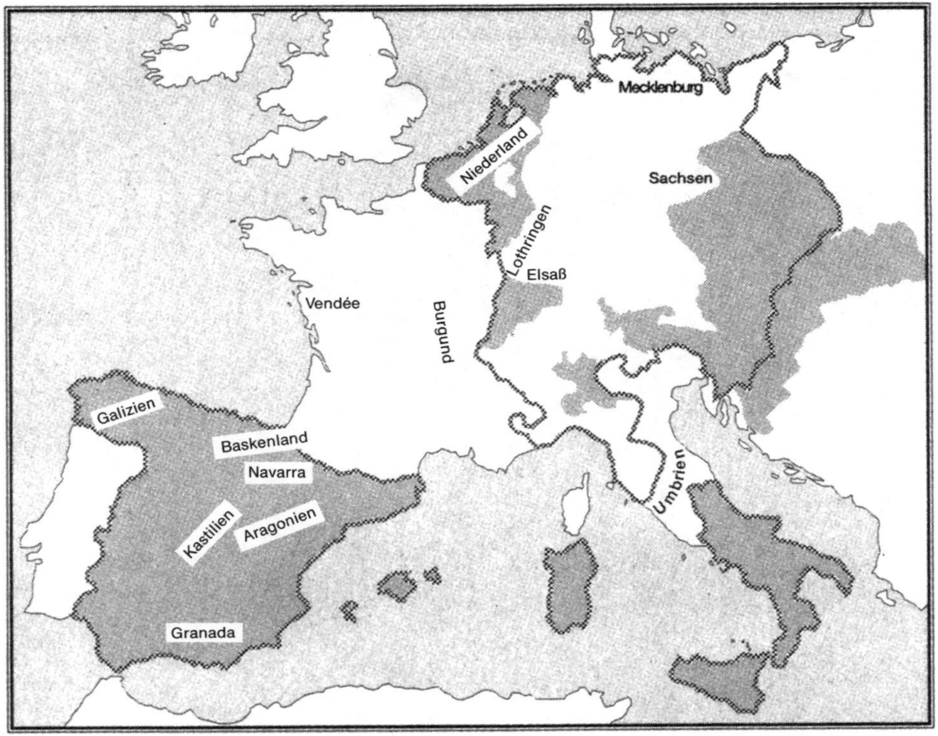

Europa zur Zeit Karl V.

Dänemark und seine Umgebung zur Zeit Bruder Jacobs (bis 1539)

▲ *Stadt mit Franziskaner-Kloster in der Provinz »Dacia« bis 1528*

● *Andere Stadt*

■ *Schloß*

Die zu Gottorf gehörenden Landstriche der Herzogtümer Schleswig und Holstein 1490–1523

--------- *Damalige Grenze*

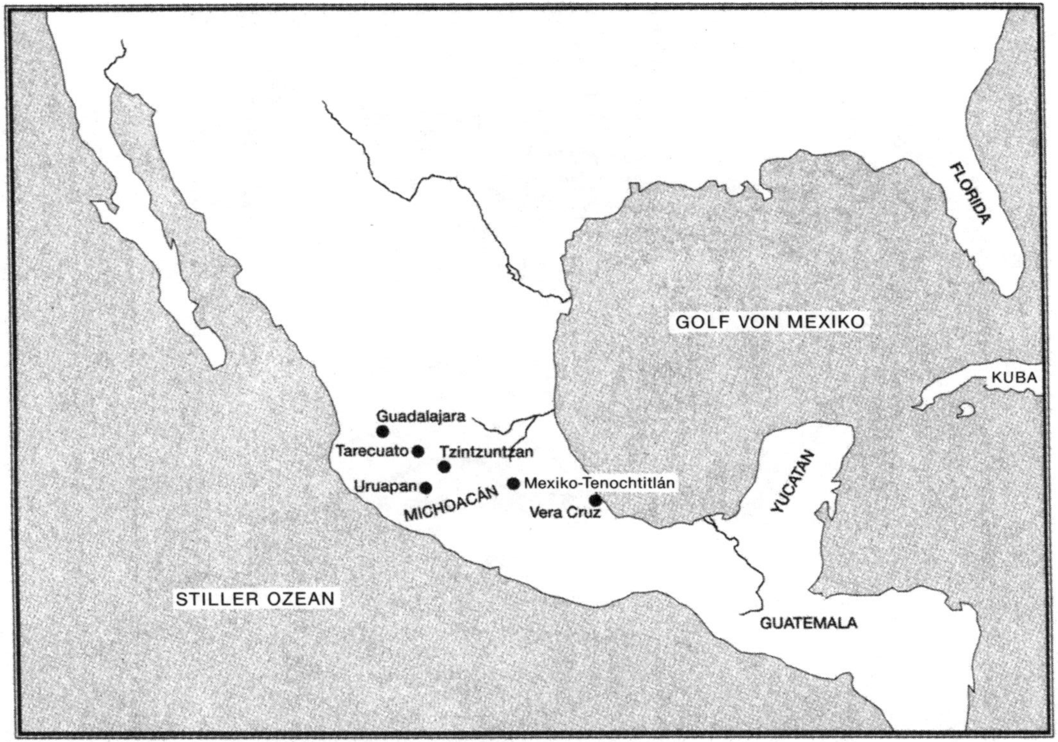

Mexiko zur Zeit von Bruder Jacob

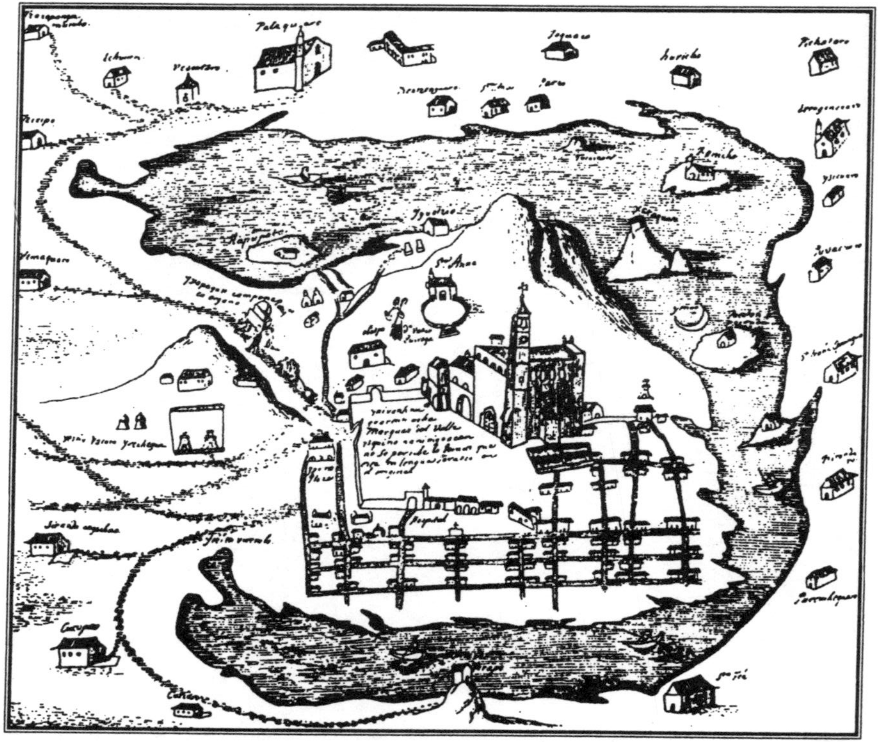

Tzintzuntzan zur Zeit Bruder Jacobs